MARTIN MUCHA

Seelenschacher

WIENER SEELEN Den schlecht bezahlten Universitätslektor Arno Linder plagen einmal wieder die Geldsorgen. Da kommt es ihm gerade recht, dass ihn ein alter Bekannter um einen Gefallen bittet. Bruder Erich, der Sekretär und Vertraute des Wiener Kardinals Gutbrunn, hat ein seltsames Anliegen: Ein kleines privates Kreditbüro akzeptiert die Seelen seiner Kreditnehmer als Sicherheit. Mutter Kirche ist natürlich beunruhigt und will sich informieren.

Die Aussicht auf ein Nebeneinkommen und die eigene Neugier drängen Arno dazu, den Auftrag anzunehmen. Zunächst kann er sehr wenig herausfinden. Als er jedoch die junge Journalistin Marianne Schauberger kennenlernt, kommt er einen kleinen Schritt weiter. Doch dann wird Marianne Schauberger ermordet, und Arnos Name wird bei der Leiche gefunden …

Dr. Martin Mucha, geboren 1976 in Graz, studierte in Wien Philosophie, Geschichte und Theologie. Er arbeitet seit fast zehn Jahren im Bereich Drehbucherstellung für Kino- und Fernsehfilme. Seiner ausgedehnten Reisetätigkeit, vor allem nach Asien und Afrika, entsprang bislang ein Bild-Text-Band über Afghanistan und Tadschikistan. Mit dem Krimi »Papierkrieg«, der in seiner Wahlheimat Wien spielt, feierte er sein überaus erfolgreiches Romandebüt, das nun in »Seelenschacher« seine Fortsetzung findet.

Bisherige Veröffentlichungen im Gmeiner-Verlag:
Papierkrieg (2010)

MARTIN MUCHA

Seelenschacher

Kriminalroman

GMEINER *Original*

Personen und Handlung sind frei erfunden.
Ähnlichkeiten mit lebenden oder toten Personen
sind rein zufällig und nicht beabsichtigt.

Besuchen Sie uns im Internet:
www.gmeiner-verlag.de

Im Ehnried 5, 88605 Meßkirch
Telefon 07575/2095-0
info@gmeiner-verlag.de

1. Auflage 2011

Lektorat: Claudia Senghaas, Kirchardt
Herstellung: Julia Franze
Umschlaggestaltung: U.O.R.G. Lutz Eberle, Stuttgart
unter Verwendung eines Fotos von: © Bubbels / sxc.hu
Druck: Fuldaer Verlagsanstalt, Fulda
Printed in Germany
ISBN 978-3-8392-1133-5

Raymond Aronofsky appears courtesy of Thomas Welte

Patrick McAllister Dank für Rat und Ohr

»Eines Tages gebot die Vorsehung
den Kräften der Natur Einhalt.
Sie ließ dreizehn Tage wie Samt und Seide
über dem Nanga Parbat aufgehen …«

Paul Bauer über den Alleingang von Hermann Buhl,
den Erstbesteiger des Nanga Parbat

KAPITEL 1

I

Ende Juli ist nicht viel los auf dem Institut für Klassische Philologie der Uni Wien. Die Hörsäle sind leer, das Sekretariat ganztags unbesetzt, und auch die Bibliothek hat nur für ein paar auserwählte Stunden, gewöhnlich Freitagvormittag, geöffnet. Dann, wenn sämtliche Philologen schlafen. Alles ist leer und still. Kein Wunder, bei der subtropischen Hitze, die zu der Zeit in Wien herrscht. Wenn das Hemd auf der Haut und die Schreibhand am Papier kleben bleibt. Wenn die Straßen nach Bananenschalen und Hundepisse riechen. Wenn nur ein Büro besetzt ist. Meines.

Die Sache schimpft sich wissenschaftlicher Journaldienst und bleibt immer am Jüngsten hängen. Wenigstens hatte ich das Büro ganz für mich allein. Die beiden Dissertanten, mit denen ich mir den winzigen Raum während des akademischen Jahres teilen muss, ließen sich nicht blicken. Somit bestand meine ganze Gesellschaft aus Aktenschränken und Topfpflanzen. Die Aktenschränke waren vollgeräumt, die Topfpflanzen tot. Also hielt sich der Zwang zu Smalltalk in Grenzen.

Ich verbrachte also den Sommer damit, in meinem Büro zu sitzen und an meiner Habil zu basteln. Während der langen, einsamen Stunden kann man förmlich zusehen, wie die angenehme Kühle des Morgens der brütenden Hitze des Mittags weicht, um im Laufe des Nachmittags in drückende Schwüle überzugehen. An guten Tagen beginnt es um halb vier zu regnen. In großen, schweren Tropfen. Wer dann keine brauchbare Tasche hat, dem verläuft auf dem Nachhauseweg die Tinte der Manuskripte, und ein ganzer Tag voller Arbeit ist dahin. Ist mir schon passiert, seitdem kleidet ein Plastiksackerl vom Hofer meine alte Ledertasche innen aus. Hässlich, aber zweckmäßig.

An jenem Mittwoch kletterten die kleinen Celsiusse fleißig nach oben, bis zum Mittag war es noch ein Stückchen Zeit. Ich hatte mir gerade eine neue Tasse Tee eingeschenkt, die Füße seitlich auf den Schreibtisch gelegt und weidete mich am Anblick der mumifizierten Topfpflanzen, die mir mein Vorgänger hinterlassen hatte, als es an der Tür klopfte. Den Blumenmumien ging es besser als mir, ihre Ruhe würde niemand mehr stören können. Sauer rief ich »Herein«, und die Türe öffnete sich. Ein kugelrunder Kopf auf einem kugelrunden Torso erschien. Der Torso steckte in einer schwarzen Cappa, unter der das Weiß des Habits hervorlugte. Die Kopfkugel war haarlos, glatt und glänzte schweißig. Um den unter Doppelkinnen verschwundenen Hals hing ein schönes, einfaches Silberkruzifix. Es schwang gegen seine Brust, die sich hob und senkte, als Bruder Erich nach Atem rang. Offensichtlich war er die Philosophenstiege zu Fuß heraufgestiegen. Einen Mann wie ihn konnte das umbringen.

»Servus, Erich, nimm Platz.« Ich wies auf einen der Studentenstühle hin, der vor meinem Schreibtisch stand. »Einen Tee?«

»Gern.« Erich setzte sich mühsam. Seitdem ich ihn zum letzten Mal gesehen hatte, war er noch ein bisschen in die Breite gewachsen, der Stuhl war ihm zu klein. Eine fettgepolsterte Hand erschien und nahm die Teeschale entgegen. Die Hand war fast eine Kugel, die Finger schienen aus jeweils drei Kugeln zu bestehen.

»Wie ich sehe, eiferst du noch immer dem heiligen Thomas nach. Wie ich höre, mussten sie die Treppe seines Turms abreißen, um seine Leiche abtransportieren zu können.«

»Das kann mir nicht passieren, ich lebe nicht in einem Turm.«

»Gut zu wissen, dass du dir der Gefahr bewusst bist.«

»Arno, lass die Späße, ich bin wegen was Ernstem hier.«

»Meinst du, dein Leibesumfang sei keine ernste Angelegenheit? Fett ist tödlicher als Blei.«

Er ignorierte meine letzte Weisheit und zündete sich einen Zigarillo an. Das tut er nur, wenn er nervös ist. Ich schob ihm ein leeres, staubiges Glas hin. Er aschte hinein.

»Also, worum geht's?«

Erich inhalierte tief, was den Kugeleindruck noch verstärkte, blies aus und schaute an mir vorbei zum Fenster hinaus in den Lichthof.

»Kannst du jemanden beschatten, herausfinden, was er so treibt, welche Motive er hat, ob es irgendeinen schwachen Punkt gibt und dergleichen?«

»Warum gehst du nicht zu einem Profi? Der ist nicht teurer als ich und kann das wahrscheinlich besser.«

»Weil das eine heikle Sache ist und ich nicht jedem zutraue zu verstehen, worum es da geht.«

»Handelt der Mann etwa mit geklauten altgriechischen Partikeln?«

»Nein.« Erich inhalierte und sah mich ernst an, dabei verschwanden seine kleinen schwarzen Äuglein fast hinter dem Fett seiner Tränensäcke und Lider. Wieder blies er aus, wie weiland Moby Dick. »Er handelt mit Seelen.«

Da musste ich schlucken. Schenkte mir Tee nach, leerte meine Schale mit einem Schluck, doch es half nichts. Also füllte ich sie wieder, führte sie an die Lippen und trank aus. So war es besser. Ich stellte die Schale ab.

»Mit Seelen?«

»Du hast es gehört.«

»Wie macht er das, en gros, Import-Export, kauft oder verkauft er sie?«

»Genau weiß ich das nicht, ich weiß nur, dass er mit Seelen Handel treibt.«

»Und woher weißt du das?«

»Das geht dich gar nichts an.«

»Doch, wenn ich für euch arbeiten soll, schon. Der Mann ist entweder ein Genie oder ein Idiot. Wahrscheinlich beides.«

Erich schwieg.

»Was willst du von ihm, hast du vor, deine Seele zu verschachern?«, bohrte ich nach.

»Keineswegs.«

»Aha! Er wildert in eurem Revier, einzig die allein selig machende Mutter Kirche hat das Recht, ein Interesse an Seelen zu haben. Es geht also um euer Monopol. Darum willst du, dass ich ihm nachschnüffle.«

»Mach dich nicht lächerlich, wir haben kein merkantiles Interesse an den Seelen unserer Mitmenschen.«

»Wirklich nicht? Habt ihr nicht so den Petersdom finanziert?«

»Na ja, damals schon, aber diesmal ist es anders.« Erich druckste herum.

»Es geht darum herauszufinden, was hinter dem Mann steckt. Hab ich recht? Dass er hier und da Seelen kauft, stört euch nicht so, aber dass …«

»Jede Seele ist gleich wichtig und muss gerettet werden«, unterbrach mich Erich. »Und warum sagst du immer ›Euch‹, ich will dich engagieren.«

»Ach wo, du kommst direkt vom Kardinal, er will zuerst Fakten haben, bevor er etwas gegen den Mann unternimmt. Darum bist du hier.«

»Ja, schon. Es ist eine heikle Angelegenheit, wir müssen über den Mann so viel in Erfahrung bringen wie möglich. Wir sind in letzter Zeit in ein paar Fettnäpfchen getreten, das muss unter allen Umständen vermieden werden. Wir können uns keine weiteren Patzer leisten.« Erich wand sich wie ein Wurm, er fühlte sich sichtlich unwohl. Irgendwas war da noch im Busch.

Plötzlich wurde mir klar, was Erich so verunsicherte. Ich lächelte und schenkte mir nach. Als ich ausgetrunken hatte, bemerkte ich beiläufig: »Ihr habt Angst, dass der Mann nicht einfach ein gerissener Geschäftemacher ist, sondern dass mehr dahintersteckt. Pferdefüße und Bockshörner etwa, und ein bisschen Schwefel.«

Erich sah mich erstaunt an, hatte sich jedoch gleich wieder im Griff.

»Es wäre möglich. Na, was ist, hast du Interesse?«

»Sicher. Klingt enorm spannend. Was hast du dir dabei vorgestellt?«

»Du könntest herausfinden, in welchem sozialen Umfeld er lebt, was er sonst noch so treibt. Über welche

Kontakte der Mann verfügt und wie viele Seelengeschäfte er abgeschlossen hat. Vor allem wollen wir wissen, welche Absichten er hegt.«

»Du meinst, wie er darauf gekommen ist, gerade diese Art von Geschäft zu machen.«

»Genau. Außerdem etwas, das sich im Notfall als Druckmittel verwenden lässt. Kannst du das?«

»Ein Versuch ist möglich. Billig wird es nicht.«

»Ich hab dich um einen Freundschaftsdienst gebeten und du denkst dabei nur an Geld? Stell dir doch vor, wenn …«

»Das ist mir alles egal, die Wirtschaftskrise hat mir meinen Sommerjob genommen. Ich kann die Miete noch genau einen Monat zahlen, so wie's aussieht, lande ich um Weihnachten herum auf der Straße. Da sind mir deine Schauermärchen völlig gleich. Das Fressen kommt vor der Moral, wie der große Bert es so schön formuliert hat.«

»Viel können wir dir nicht zahlen, das musst du verstehen.«

»Sterben muss ich, sonst nichts. Wenn ihr zu wenig zahlt, mach ich's nicht.«

»Gut, ich werde mit den anderen sprechen, aber eigentlich war dafür kein Geld vorgesehen. Du musst verstehen, alle sind furchtbar nervös, ich weiß nicht, was sie sagen werden, wenn ich ihnen klarmache, dass unser Mann nur für Geld zu haben ist.«

»Nur für Geld.«

Erich nickte. »Na gut, ich werde schauen, was sich machen lässt. Du hörst von mir am Nachmittag.« Er erhob sich schnaufend.

»Erich«, unterbrach ich seine Bemühungen, »du weißt, dass es in Wirklichkeit keine Seelen gibt?«

»Arno, du kennst schon das Stoßgebet des Atheisten?« Er machte sich auf den Weg zur Tür.

»Nein.«

»Lieber Gott, wenn es dich gibt, rette meine Seele, wenn ich eine habe.«

Mit diesen Worten war er zur Tür hinaus. Ich blieb allein zurück. An Arbeit war jetzt nicht mehr zu denken. Kurz nach drei läutete das Telefon, ich nahm ab, nickte, packte meine Sachen zusammen und ging hinaus. Der Journaldienst würde sich auch von alleine machen. Draußen öffneten sich zu meiner Begrüßung die Wolken, und als ich in der U-Bahn saß, war ich völlig durchnässt. Aber meine Wohnung war bis Silvester bezahlt.

II

Ich kannte Erich noch vom Studium her. Einmal hatte ich an einer Exkursion ins Dominikanerkloster an der gleichnamigen Bastei im ersten Bezirk teilgenommen. Erich war damals unser Führer gewesen, als wir uns die Handschriften ansahen, die dort aufbewahrt wurden. Irgendwie gerieten wir in eine Diskussion über die Summa Theologica, und danach liefen wir uns öfter über den Weg. Bruder Erich war ein scharfsinniger und belesener Mann, der nicht nur an Leibesumfang dem Aquinaten gleichkam. In letzter Zeit hatten wir uns ein wenig aus den Augen verloren, auch weil er wusste, mit was ich mein mageres Lektorengehalt so aufzubessern pflege. Er musste ordentlich Karriere gemacht haben, denn wie kam er sonst dazu, pikante Aufträge für den Kardinal auszuführen, Gutbrunner war ein äußerst vorsichtiger Mann. Doch wie alle in seiner Umgebung hatte er einen Fehler, er nahm seinen Glauben zu ernst. Warum sollte er sonst einen Mann bezahlen, der ausziehen sollte, um den Teufel zu fassen? Wenn der denn hinter der Sache stecken sollte.

Ich konnte sie in meinem Geiste vor mir sehen, die aufgeregten alten Herren, in ihrer Angst vor dem Antichristen, wild durcheinander rufend. Ein paar mit Verstand mussten dabei sein, ein paar, die wussten, dass sie mit so etwas nicht an die Öffentlichkeit gehen konnten, ohne ausgelacht zu werden. Ich musste unwillkürlich vor mich hin lachen. Dass mein Gegenüber in der U-Bahn, ein älterer Herr mit Anzug und Regenschirm, mich missbilligend betrachtete, war mir egal.

Ich sollte so etwas wie den Advocatus Diaboli spielen. Das war derjenige, der im Verfahren der Heiligsprechung dem zukünftigen Sanktus alle Fehler, die er finden konnte, anzukreiden hatte. Ein Schutzmechanismus, der verhindern sollte, dass allzu vielen Unwürdigen diese Ehre zufiel. Allein ich hatte hingegen die Aufgabe herauszufinden, ob der Mann unschuldig war. Darum war auch Erich zu mir gekommen. Weil ich Atheist bin und an den ganzen Hokuspokus nicht glaube. Man wollte einen Außenstehenden, einen Neutralen. Offensichtlich nahmen die hohen Herren die Angelegenheit noch ernster, als ich ursprünglich angenommen hatte. Ich hatte höllisch aufzupassen, nicht dass ich noch einen unschuldigen Kredithai der Inquisition auslieferte.

Damit ließ ich die unangenehmen Gedanken beiseite,

stieg aus und ging die U-Bahn-Station Schweglerstraße hinauf, dorthin, wo der Kredithai sein Büro hatte, Ecke Tannengasse/Märzstraße, mitten im 15. Bezirk, direkt vor meiner Haustür. Als ich aus dem U-Bahn-Schacht heraus in den Regen trat, der in warmen, großen Tropfen vom Himmel fiel, konnte ich es kaum mehr erwarten, diesem Mann von Angesicht zu Angesicht gegenüberzustehen.

Sein Büro lag genau an der Ecke. Zwischen einer kroatischen Bar mit Flachbildschirm und einem Kindergarten der Stadt Wien. Auf der anderen Seite der Tannengasse, vis-à-vis des Kindergartens, befindet sich der Reithofferpark. Mit Tauben, Fußballkäfigen und einem Gewusel kleiner, dunkelhaariger Kinder, deren Mütter auf den Bänken saßen und Sonnenblumenkerne knackten.

Neben der Eingangstür prangte ein großes Schild, in der Farbe milchigen Hellblaus, auf der in schwarzer, serifenloser Schrift stand: »Korkarian Kredite«, nebst jeder Menge Zusatzinformationen über fiskalische Produkte, die angeboten wurden. Außerdem noch ein paar Zeilen in verschiedenen Sprachen, die ich nicht beherrsche. Von Seelenhandel stand dort nichts. Die Öffnungszeiten waren jedoch wohlwollend, von sieben Uhr morgens bis elf Uhr nachts. Außerdem gab es die Möglichkeit, 24 Stunden am Tag telefonisch einen Termin zu vereinbaren, wenn man um drei Uhr morgens einen Ferrari kaufen wollte, etwa. Oder eine neue Knarre, um endlich ein gewichtiges Argument in den Ehestreit mit einbringen zu können. Es war einer jener Läden, die man aufsucht, wenn einem die Bank kein Geld mehr gibt, das Konto unter Lohnpfändung steht und der Privatkonkurs nur noch durch den plötzlichen Tod der Erbtante aufgehalten werden kann. Alles schon gehabt. Diese Art von Läden sah man neuerdings öfters im Straßenbild. Sie waren im Zuge der Kreditkrise aus Dönershops oder Handyläden entstanden und wie Pilze aus dem Boden geschossen. Die meisten waren schon wieder verschwunden.

Während ich so dastand, dass man mich von drinnen nicht sehen konnte, und las, tropfte das Wasser aus den vollen Regenrinnen herunter, bildete Lachen auf dem Asphalt des Trottoirs und erreichte endlich auch meine Unterhose. Nun, da an meinem Körper kein trockener Fleck mehr zu finden war, beschloss ich, zuerst in der kroatischen Bar nebenan mein Glück zu versuchen. Immerhin hatten die Segafredo.

In der winzigen Bar war ich der einzige Gast. Der Fernseher an der Hinterwand lief und zeigte irgendeine Premier-League-Partie. An der Wand hingen ein paar Fotos und eine kroatische Fahne. Bei einem hübschen Mädchen bestellte ich einen doppelten Espresso, und als meine Bestellung kam, versuchte ich, sie ein wenig über den Kredithai nebenan auszufragen. Nebenbei trank ich meinen Espresso, er war weder heiß noch gut, und wenn es ein Segafredo war, na dann wollte ich einen Besen fressen, samt Putzfrau.

Das Mädchen war noch keine 20, blond, mit ein paar Sommersprossen auf der Nase, und da ihr offensichtlich langweilig war, unterhielt sie sich mit mir, während mir das Regenwasser aus der Hose lief, um auf dem Boden kleine Lachen zu bilden. Über den Kredithai wusste sie nichts. Als ich schon aufgeben wollte und zahlte, beugte sie sich ein wenig nach vorn, schielte nach links und rechts, und meinte: »Er ist Jude.« Dann steckte sie mein Geld ein, nickte ernst, und ich ging hinaus.

Es regnete noch immer. In meinen Schuhen quatschte es. Ein Jude als Seelenhändler, das hatte mir noch gefehlt. Meine würdentragenden Auftraggeber waren sicher aufgeklärte Weltbürger, aber schon allein das Wort klerikaler Antisemitismus ließ mich im warmen Sommerregen frösteln. Wenn ich das Erich erzählen würde, wer weiß, vielleicht würde ich noch ein Autodafé erleben. Jetzt, wo der gegenwärtige Papst das Haupt der Inquisition gewesen war, bevor er Petris Amt übernommen hatte. Würde in der Kronenzeitung sicherlich eine nette Schlagzeile abgeben, und was Wolf Martin darauf reimen würde, ließ sich denken. Ich holte tief Luft und trat ein.

Das Innere des Kreditbüros war ein bisschen enttäuschend. Fast hatte ich ein paar rauchende Kerzen, Totenschädel und Phiolen mit blubberndem Inhalt in Rot und Grün erwartet. Doch es gab nur zwei Schreibtische, eine Tür, die nach hinten führte, und neben ihr einen Wasserspender. An den Wänden hingen ein paar Kurstafeln und Werbeplakate. Das leise Surren der Computerkühler war das einzige Geräusch, das zu hören war. Alles war modern und sachlich, nicht die geringste Spur von Eschatologie hing in der Luft.

Die beiden Arbeitsplätze waren unbesetzt, und es lagen ein paar Ausdrucke mit Tabellen darauf herum. Ich schaute mich um, doch es war niemand zugegen. Fast wäre ich an einen der Tische herangetreten, um mir das Papier und die Computer ein wenig näher anzuschauen, als ich mich dann doch entschloss, mein Hirn einzuschalten, und zuerst einmal an den Wänden hochschaute. Und da waren sie ja auch: zwei kleine Überwachungskameras. Unter beiden leuchtete ein roter Punkt, also waren sie eingeschaltet.

Das mit dem Herumstöbern konnte ich mir aus dem Kopf schlagen. Ich räusperte mich und rief: »Hallo, ist jemand anwesend?« Dabei bemühte ich mich, einen respektablen Ton zu treffen.

Es dauerte ein bisschen, dann hörte ich hinter der Tür ein paar Geräusche, und es trat jemand ein. Eine junge Frau schloss die Tür hinter sich und kam auf mich zu. Sie hatte langes, lockiges, dunkles Haar und dunkle Augen mit den geschwungenen Augenbrauen einer byzantinischen Prinzessin. Sie trug einen dunkelbraunen, dünnen Pullover und einen grauen, glockenartigen Rock, der knapp über den Knien endete. Beides eng anliegend, denn da war nichts, weswegen sie sich schämen hätte müssen. Eine silberne Kette trug sie um den Hals, ansonsten keinen Schmuck. Auch geschminkt war sie fast gar nicht.

Mit einer Armbewegung bot sie mir einen Platz an und während wir uns setzten, fragte sie: »Was kann ich für Sie tun?«

»Ich bin wegen eines Kredits gekommen …«

»Dass Sie nicht zum Kokosnüsseernten da sind, kann ich mir denken. Schließlich ist das ein Kreditbüro.«

Sie sprach mit einer leichten Melodie, und ihre Verschlusslaute waren undeutlich moduliert, so als würde sie sich ein wenig über sie hinwegmogeln. Außerdem sprach sie in vollem Ernst. Da war keine Spur eines Lächelns, weder in ihrer Stimme noch in ihren Augen. Das Gesicht war sowieso ganz Pokerface. Ich hatte genug Stunden als Croupier hinter Spieltischen verbracht, um das beurteilen zu können.

»Ich habe gehört, es gibt bei Ihnen spezielle Konditionen, die man woanders nicht finden kann. Deswegen bin ich hier.«

»Wir haben jede Menge sehr guter Angebote, welches schwebt Ihnen vor?« Dabei blätterte sie in einem der Prospekte, die vor ihr auf dem Schreibtisch lagen, ohne mich auch nur eine Millisekunde aus den Augen zu lassen.

»Da wären Blitzkredite, sehr beliebt, Sie können das Geld sofort mitnehmen, in bar selbstverständlich. Die Zinsen hängen von der Laufzeit ab, zwischen drei und 21 Tagen. Ansonsten gibt es noch …«

»Nein«, unterbrach ich sie, »ich bin wegen meiner Seele hier.«

Augenblicklich hielt sie in ihrem Sermon inne und fixierte mich. Wenn ich geglaubt hatte, vorher im Fokus ihrer Aufmerksamkeit zu sein, hatte ich mich geirrt. Jetzt war ich es, und mir war nicht wohl dabei. Irgendwie kam ich mir vor wie ein Impala, dem der Löwe ins Auge blickt.

»Wir sind keine Kirche, die befindet sich die Märzstraße hinauf, am Kardinal-Rauscher-Platz, vis-à-vis des Elisabethspitals.«

»Ich habe gehört, Sie würden Seelen kaufen. Deswegen bin ich hier, ich habe eine anzubieten, ein bisschen abgewohnt zwar, aber immerhin.«

»Na gut.« Wenn möglich, war sie jetzt noch ernster als zuvor. »Allerdings kaufen wir keine Seelen, sondern nehmen sie lediglich als Sicherheit. Wenn Sie Ihren Kredit nicht bedienen können, dann und nur dann wechselt sie den Besitzer.«

»Was ist, wenn ich von vornherein gar keine Absicht habe, den Kredit zu bedienen? Schicken Sie mir dann ein Inkassokommando nach Hause?«

»Nein. Ganz sicher nicht. Uns gehört ja dann Ihre Sicherheit.«

»Sie wären das erste Büro dieser Art, das kein Inkassokommando unterhält. Für gewöhnlich sind das die großen Kerle mit den Baseballschlägern und den Problemen mit der Aggressionskontrolle. Die wahrscheinlich dort hinter der Tür gelagert sind. Haben Sie sicher schon gesehen.«

»Ich bin nicht naiv. Natürlich haben wir gewisse Mittel zur Verfügung, wenn es die Zahlungsmoral säumiger Kunden zu stärken gilt. Wenn wir allerdings Sicherheiten haben, dann ist das nicht nötig.«

»Aber es ist doch nur eine Seele.«

»Genaugenommen ist es nur ein Stück Papier, auf dem das steht.«

»Also kann jeder kommen und sich Geld abholen? Einfach so?«

»Nein, keineswegs. Er oder sie hinterlässt ja die eigene Seele.«

»Und ich kann nicht zweimal kommen?«

»Nein, der Schöpfer in seiner Gnade hat jedem Menschen nur eine Seele verliehen. Wenn die weg ist, ist sie weg.«

»Und was ist mein Unikat wert?«

»Sie ist uns gut für 500 Euro.«

»Nicht mehr? Schließlich hat Gott der Herr nur Einzelstücke angefertigt. Wird das nicht honoriert?«

»Die Bewertung Ihrer Sicherheiten obliegt uns allein. Wenn unsere Konditionen Ihnen unangemessen erscheinen, können Sie sich ja einen anderen Kreditpartner suchen.«

»Na gut, Sie haben mich in der Hand, ich brauche das Geld. Schließlich zahlt der Pfandleiher auch nie den vollen Wert für das Familiensilber. Wie steht es mit den Zinsen?«

»Laufzeit fünf Monate, jeden Monat 20%.«

»Das ist Wucher.«

»Genau.«

»Ich lasse Ihnen nur meine Seele, sonst nichts?«

»Sicherlich, nur Ihre Seele.«

»Na gut, wo muss ich unterschreiben?« Ich hatte schon in meine Jackentasche gegriffen und meine Füllfeder herausgeholt.

»Diese speziellen Fälle betreut mein Vater, aber er ist momentan geschäftlich unterwegs. Wenn Sie also wollen, dann kommen Sie heute Abend so gegen acht noch mal vorbei. Wir haben dann den Vertrag aufgesetzt und Sie haben noch etwas Zeit, sich die ganze Sache durch den Kopf gehen zu lassen.«

»Sehr gut, bis heute Abend dann.« Ich steckte meinen Füller wieder ein und stand auf.

»Wenn Sie es sich bis dahin anders überlegt haben sollten, ist das für uns überhaupt kein Problem. Bedenken Sie gut, es ist Ihre Seele, die Sie einsetzen.«

Ich verabschiedete mich und ging hinaus. Der Regen hatte inzwischen aufgehört, heiß und schwül war es noch immer. Auf dem Gehsteig befanden sich große Regenlachen, in denen die Blüten der Sommerlinden schwammen. Ich ging nach Hause.

III

Zu Hause holte ich meine Flasche aus der Ledertasche und schenkte mir einen Schluck Tee ein. Ich trank ihn aus und legte die nassen Kleider ab. Dann ging ich nackt zum Fenster, öffnete es und setzte mich in meinen Lehnstuhl, den ich vors Fenster zog. Ich wollte schon die Musik einschalten, besann mich jedoch eines Besseren und holte stattdessen mein Handy heraus und wählte. Es läutete ein paar Mal, dann wurde abgenommen.

»Hi, Reichi, Arno da.«

»Servus.«

»Juristische Auskünfte zu haben?«

»Sicherlich. Wenn du zahlen kannst.«

»Lass die Witze. Kann man seine Seele als Sicherheit bei einem Kreditabschluss einsetzen? Hält so was vor Gericht?«

»Wie meinen?«

»Kann man einen Vertrag über eine Seele schließen? Verstößt das nicht gegen die guten Sitten?«

»Hm, weiß nicht. Wie sollte es überhaupt zu einem Verfahren kommen? Der eine hat die Seele, der andere das Geld. Der mit dem Geld wird doch nicht so blöd sein und seine Seele zurückfordern, er hat ja schließlich das Geld. Der andere wollte ja die Seele, die hat er auch.«

»Was aber, wenn er sich das anders überlegt. Das meine ich. Was ist, wenn er das Geld hat und der andere will es wiederhaben, kann er einen Prozess anstrengen?«

»Anstrengen schon, doch den wird er verlieren. Wenn das Ganze auf Papier steht. Sag bloß, du hast deine Seele verkauft.«

»Noch nicht. Kommt aber noch.«

»Wo kann man das? Ich hätte auch so was. Brauch's nicht und würd's verkaufen.«

»Sag ich dir später, ich weiß noch nicht sicher, ob es da nicht einen Haken bei der Sache gibt.«

»Muss es geben, sonst macht das doch niemand. Seelen gibt es nicht. Ach ja, und schau in den Spiegel. Wenn du dich nicht mehr siehst, dann hat's funktioniert.«

Damit legte Reichi auf. Was eine Seele mit einem Spiegelbild zu tun hat, verriet er mir nicht.

Ich setzte mich in meinen Lehnstuhl, langte hinüber zum Computer, drückte auf Play, und Robert Johnson legte los, während das letzte Regenwasser draußen vor dem Fenster von den Blättern der Kastanie tropfte, in die grauen Lachen im grünen Gras.

Herinnen saß ich nackt in meinem Sessel, spürte dessen rauen Stoff auf der Haut, schmeckte das leicht bittere Aroma des kalten Grüntees auf der Zunge und hatte den Blues im Ohr. Robert Johnson war ein wandernder Bluessänger der 30er-Jahre, der im Mississippidelta herumzog, von Auftritt zu Auftritt. Nur er, seine Stimme und seine Akustikgitarre. Er singt seinen Blues über Geldmangel, Liebeskummer und Arbeitslosigkeit. Die besten Stücke sind die, in denen er über seine Wanderschaft singt, die Sehnsucht nach dem Zuhause und der Angst davor, was er finden würde, sollte er je zu Hause ankommen. Der Legende nach hatte er an einem Eisenbahnübergang um Mitternacht dem Teufel seine Seele verkauft, um der beste Gitarrist aller Zeiten zu werden. Ein faustischer Charakter, der einen langsamen Tod durch vergifteten Whiskey gestorben war. Er hatte die falsche Frau gevögelt.

Das konnte mir nicht passieren, in allem anderen sprach er mir allerdings aus der Seele. Derjenigen, die mir 500 Euro wert war.

Während ich so dasaß und grübelte, war Robert bei ›Come on, into my kitchen‹ angelangt. Ein dunkler, schwerer Blues, in dessen Slideguitar-Licks sich der Duft von verfaulten Verandabrettern, Maiswhiskey und Regen finden lässt. »You better come on«, sang Robert, »into my kitchen, it's gonna be rainin' outdoors.« Keine andere mir bekannte Einladung ist so unheilschwanger wie die von Robert an die unbekannte Frau, die ihm nicht unbedingt treu gewesen war. Vielleicht mit Ausnahme der von Krimhild an die Burgunderkönige. Und wie das endete, ist bekannt.

Robert schloss den Song mit einer sanften Phrase, die aus dem stampfenden Blues in eine kleine, verhaltene Note führt, in deren leisem Vibrato der Song endet. Ich schaltete den Sound aus und setzte mich an den Schreibtisch, bis zum Abend ordnete ich meine Notizen, die ich vor Erichs Besuch gemacht hatte. Wie immer war das meiste davon unbrauchbar, aber so verging wenigstens die Zeit bis zum Termin bei Korkarian. Als dann die Schatten draußen länger zu werden begannen, kam eine leichte Brise durchs offene Fenster herein. Wie immer im Sommer kühlte sie nicht wirklich, sondern brachte mir die drückende Hitze nur noch mehr zu Bewusstsein. Ich stand von meinem Stuhl auf und ging in die Küche, duschen. Das Wasser war lauwarm, aber besser als nichts. Noch nass, ging ich zum Kühlschrank, holte eine Gurke heraus und schälte sie. Dann teilte ich sie in der Mitte, streute ein wenig Salz darauf, ließ ein paar Tropfen Rotweinessig darauffallen und biss in das knackige, kühle, grüne Gemüse. Ein bisschen Olivenöl wäre nicht schlecht gewesen, aber das war ausgegangen.

Schließlich zog ich mich an, ein leichtes blaues Hemd und meine dünne, braune Leinenhose. Die Schuhe waren noch immer nass, ich quatschte bei jedem Schritt. Dann schnappte ich mir meine Tasche und machte mich auf den Weg.

Draußen hatte sich die Hitze des Tages im Asphalt der Straße und in den dicken Mauern der Häuser gespeichert, alles war schon lang wieder trocken. Der Duft des Regens war verflogen, um dem Geruch der großen Stadt, die schwitzte und Müll produzierte, zu weichen. Außerdem waren viel zu viele Hunde unterwegs. Ich bog in die Tannengasse ein. Vor der Minibar, die mit einladender Leuchtreklame protzte, standen ein paar Mädchen und zeigten ihre Reize. Augenscheinlich war nicht viel los, normalerweise sind nicht alle vier gleichzeitig auf Kundenfang. Wahrscheinlich war es den Freiern auch zu heiß. Wer konnte es ihnen verdenken.

Oben am Reithofferpark saßen die Mütter mit ihren Kopftüchern noch immer auf den Bänken und knackten Sonnenblumenkerne, aber inzwischen hatten sich ihre Männer und Söhne hinzugesellt. Deren blank geputzte Autos standen auf der Straße, die Männer lehnten an ihnen und redeten. Inzwischen hatten meine Schuhe aufgehört zu quatschen, dafür begann ich mein Hemd durchzuschwitzen, alles im Leben hält sich die Waage.

Ich stand an der Kreuzung, blickte die Straße unentschlossen hinunter und holte tief Luft. Ein Moment der Schwäche, aber als ich dann in die »Korkarian Kredite«

eintrat, war ich wieder gefasst. Die Computer surrten, doch es war niemand da.

»Hallo«, rief ich. Es kam keine Antwort.

Endlich machte sich hinter der Tür ein Geräusch bemerkbar und ein älterer Herr betrat das Büro. Er war zart und feingliedrig gebaut, gut einen ganzen Kopf kleiner als seine Tochter. Er trug dunklen Zwirn, gut geschnitten, ein Hemd in der Farbe ungefärbter Seide und eine grüngoldene Krawatte mit verschlungenen Mustern. Sein Haar war eisengrau, voll und gescheitelt. Die dunklen Augen wirkten so, als hätten sie viel gesehen, was sein Mund niemandem erzählen würde. Ein Mann, dem das Leben schon ordentlich eingeschenkt hatte, ohne dass er deswegen weinen würde. Wortlos wies er mir mit der Rechten, an der er einen goldenen Ring mit rotem Stein trug, einen Platz an und setzte sich. Er stützte die Ellenbogen auf dem Tisch auf, sodass er seine Finger vor dem Mund ineinander verschränken konnte. Mit der Linken drehte er den Ring mit dem roten Stein um seinen Finger.

Da er nichts sagte, begann ich zu sprechen: »Ich bin wegen eines Kredits gekommen, man hat mir gesagt, dass …«

»Weiß ich.« Er sprach hart, ganz ohne die Melodie seiner Tochter, eher so wie ein Russe Deutsch spricht, ein wenig guttural und mit ausgeprägten Reibelauten.

»Vertrag habe ich aufgesetzt, ist hier.« Er öffnete eine Ledermappe, die ich bisher nicht bemerkt hatte, und entnahm ihr ein paar Seiten Papier, von einer Klammer zusammengehalten.

»Lesen Sie durch, dann unterschreiben. Hier und hier.« Er zeigte mir die Stellen. »Dann können Sie gehen, mit dem Geld.«

»Wenn ich die Raten nicht bezahlen kann, …«

»Dann gehört Ihre Sicherheit uns«, unterbrach er mich unwirsch. »Steht alles da drin.« Mit der Ringhand wies er auf das Papier.

»Wie viele derartige Kredite …«, haben Sie laufen, wollte ich fragen, aber wieder ließ er mich nicht aussprechen.

»Das hier ist Vertragsunterzeichnung, kein Interview. Schreiben Sie oder gehen Sie. Kein Problem für uns.«

Ich holte meinen Füller heraus und unterschrieb, zweimal. Die Feder kratzte auf dem schlechten Papier.

»Dann brauchen wir noch Name, Anschrift. Passport und Meldezettel haben Sie schon hier?«

»Sicherlich.« Einmal hatte ich wenigstens mitgedacht und kramte die Papiere aus meiner Ledertasche. Ich legte sie auf den Tisch. Er drehte sich um und rief etwas in einer Sprache, die ich nicht kannte, nach hinten. Seine Tochter kam heraus, nahm die Papiere und grüßte freundlich.

»Guten Abend. Wird alles kopiert, ist gleich erledigt.«

Dem Vater war das gar nicht recht. Noch ehe ich ein ›Guten Abend‹ erwidern konnte, fuhr er sie rüde an. Wieder in der Sprache, die ich nicht kannte. Sie antwortete nicht, nickte nur und war hinten verschwunden. Derweilen blickte ich angestrengt auf den Vertrag, bloß um ihr nicht nachzuschauen. Ihre Hinteransicht war sicher genauso schön wie die Front, allerdings wollte ich ihr nicht noch mehr Schwierigkeiten machen. Ein paar Minuten vergingen, eisiges Schweigen herrschte, dann kam die Tochter zurück, tat so, als wäre ich Luft, und legte meine Papiere vor ihren Vater. Der sagte kurz etwas zu ihr, worauf sie eine Tasche von ihrem Arbeitsplatz holte und wortlos hinausging.

Der Mann sah nochmals meine Dokumente durch, verglich die Unterschriften von Pass und Vertrag, händigte mir dann ein Exemplar aus. Anschließend öffnete er eine Schatulle, entnahm ihr fünf Hunderter, zählte sie erst für sich, danach für mich auf den Tisch. Ich ließ sie noch liegen und setzte erneut zu einer Frage an.

»Ist es schon vorgekommen, dass jemand seine Sicherheit nicht ausgelöst hat?«

»Wie gesagt, das ist kein Interview. Sie haben schon unterschrieben, nehmen Sie das Geld und gehen Sie.«

Ich hatte nicht vor zu gehen, deswegen sah ich ihn einfach weiter stumm an. Er hatte auch überhaupt nicht die Absicht zu antworten. So kam es, dass wir uns anstarrten. Es war heiß und stickig in dem Büro, mein Nacken war nass wie eine Katzennase. Schließlich gab ich auf, nahm Geld, Vertrag und einen kleinen Rest Würde, packte alles in meine Tasche und ging hinaus. Mein »Auf Wiedersehen« würdigte er keiner Antwort.

Das war gar nicht gut gelaufen. Ich hatte zwar meine Seele gegen 500 Euro eingetauscht, aber erfahren hatte ich rein gar nichts. Außer, dass die Tür massiv und das Schloss gut war, ohne Spezialwerkzeug und jede Menge Erfahrung unknackbar. Noch dazu lag die Tür direkt auf die Märzstraße hinaus, irgendwer würde da immer vorbeikommen. Drinnen entging nichts den Argusaugen der Videokameras. Safe hatte ich keinen gesehen, doch es gab sicherlich einen. Wenn schon die Türen so gut waren, dann Gnade mir Gott beim Eisenschrank. Vielleicht hatte er die Daten irgendwo elektronisch gesichert, aber das war ungewiss, und da ich die Tür nicht ohne großes Risiko angehen konnte, war das ohnehin belanglos. Vielleicht war in seiner Privatwohnung was zu finden. Doch wie das herausfinden? Der Knabe war nicht mehr grün hinter den Ohren, allein war eine Beschattung fast nicht machbar. Ich hatte so was mal für Bender durchgezogen, mit Fred und ein paar anderen. Wir waren zu sechst gewesen, mit Autos und allem, aber es hatte gar nicht gut funktioniert. Ich war allein, hatte kein Auto, das bedeutete, es würde nur funktionieren, wenn er einen Heimweg hatte, den er zu Fuß ginge. Dann könnte ich ihn jeden Abend einen Block weit verfolgen, um am nächsten Tag dann dort zu warten, von wo ich einen guten Überblick auf den Punkt hätte, an dem ich ihn am Abend zuvor sausen hatte lassen. Dann wieder einen oder zwei Blocks weiter, bis ich schließlich vor seiner Haustür stehen würde. Dann untertags in seine Wohnung einbrechen, wobei ich nur hoffen konnte, dass Mama Korkarian nicht mehr lebte, weil sonst immer wer zu Hause sein würde. Alles in allem keine verlockenden Aussichten. In Gedanken vertieft war ich bis nach Hause gekommen. Vor meiner Wohnungstür kam mir zu Bewusstsein, dass ich hungrig war, aber ich hatte keine Lust mehr, irgendwohin zu gehen. Ich wollte mich in meiner Wohnung vergraben und ein bisschen herumgrübeln. Irgendwas musste doch zu machen sein.

Ich zog mich aus, hängte meine Sachen über einen Kleiderbügel und setzte mich mit einer Schale Tee in meinen Stuhl. Es war noch immer viel zu heiß, ich dachte fieberhaft nach, wollte zu keinem Ergebnis kommen, und der Sencha half auch nichts. Da hatte ich meinen Verstand im Studium geschärft, Erfahrung bei zwielichtigen Typen gesammelt, meine Seele verkauft, und, wie sagte Faust: »Hier sitz' ich nun, ich armer Tor, und bin so klug als wie zuvor.« Dabei war ich gar nicht auf der Suche nach der Weltformel, sondern nur hinter ein paar Adressen her. Ich wollte mich gerade in Selbstmitleid ertränken, als es an der Tür klopfte.

Schnell schlüpfte ich in eine Shorts und ein T-Shirt und ging zur Tür. Das musste nun der Pudel sein. Ich öffnete, doch vor der Tür stand kein Pudel, sondern eine junge, sehr schlanke Frau. Etwa in meinem Alter, in Jeans und T-Shirt, mit einer Segeltuchtasche, die sie um die Schultern gehängt hatte. Sie trug ihr krauses, lockiges Haar sehr kurz. Der Teint war dunkel, die Augen groß und die Haltung stolz. Ihre Nase, die Stirn und die vollen Lippen verrieten, dass eines der Elternteile wohl aus Ostafrika stammte. Ich tippte auf Äthiopien. Schmuck und Schminke waren nicht ihr Ding.

»Entschuldigen Sie die späte Störung, ob Sie mir wohl ein paar Minuten Ihrer Zeit opfern könnten?« Ihre Stimme war sanft, die Aussprache sehr klar und ohne den geringsten Anflug von Akzent.

»Sicherlich. Wenn Sie hereinkommen wollen.« Ich öffnete die Tür und bat sie herein. Sie schüttelte jedoch nur kurz den Kopf.

»Lieber nicht.«

»Aber ich habe doch gar keinen Drudenfuß an der Tür hängen.«

Sie starrte mich kurz verständnislos an.

»Vergessen Sie's, ich hab nur einen bizarren Sinn für Humor.«

»Ich habe heute noch nicht gegessen. Wenn Sie wollen, lade ich Sie zum Abendessen ein. Als Ausgleich für die Störung und ein paar Fragen.« Sie lächelte mich an. Ich war baff.

»Wenn Sie wollen, sehr gerne. Nur einen Augenblick, bis ich was Passendes angezogen habe.«

Ich schloss die Tür und suchte mein Gewand heraus. Während ich in das schweißklamme Hemd fuhr, hämmerte mir ein Gedanke im Kopf herum: In was für eine Sache hatte ich mich da bloß wieder hineingeritten?

IV

Ihr Auto parkte direkt vor der Haustür. Es war groß, schwarz und klobig, mit gelben Frontleuchten und augenscheinlich schon uralt.

»Was ist denn das?«, fragte ich. »Ein Wolga?«

Ich hatte ins Fahrzeuginnere gelinst, und einen Hirsch auf dem Lenkrad entdeckt.

»Genau. Steigen Sie ein.«

Ich blieb vorerst aber lieber draußen stehen. Sie hingegen saß schon drin.

»Der ist sicher älter als ich.«

»Kann sein, Baujahr '73.«

»Erfüllt der überhaupt noch die Verkehrs- und Abgasnormen?«

»Wie ein Ökofreak schaun Sie mir nicht gerade aus.«

»Na ja, bloßes Interesse.«

»Mein Freund bastelt gerne. Wenn man ein bisschen

herumschraubt, geht sich's aus. Kommen Sie schon, zu Tode gefürchtet ist auch gestorben.«

Ich stieg ein und warf die Tür zu. Man sagt, die großen Automobilhersteller haben eigene Abteilungen, um den Türsound der Autos gut hinzukriegen, satt und voll soll es klingen. Damit der Kunde die gekaufte Qualität auch hört. So was hatten die tüchtigen Sowjetingenieure sicher nicht gehabt, aber der Sound war aberwitzig. Eine Mischung aus Panzerkuppel und Sargdeckel. Ich schnallte mich an, während sie den Motor anwarf. Ein Mangel an Pferdestärken konnte dem Auto nicht vorgeworfen werden.

»Wie viel hat der denn drauf?« Ich beugte mich hinüber. »Ist das wirklich eine siebenstellige Zahl?«

»Ja, wir haben diesen März die Million Kilometer geknackt.«

»Rechnen die Russen nicht in Werst?«

»Keine Ahnung. Großer Unterschied?« Sie blickte über die Schulter, als sie losfuhr.

»Nein.«

»Na, dann ist es egal.«

»Säuft er viel?«

»Sicher, ist ein echter Russe.«

»Was?«

»So ziemlich alles. Ich glaube, man kann sogar Rohöl tanken. Wenn der letzte Benz der Welt mit einem Kolbenfresser liegen bleibt, dann fährt noch irgendwo ein Wolga. Diese Autos sind unverwüstlich. Und irgendwie finde ich ihn sogar schön. Nicht George-Clooney-mäßig, sondern eher Richtung Jack Nicholson.«

Da war was dran. Der Wagen hatte was, was nicht alle haben. Stil. Die Fenster waren unten, die Abendluft kühlte wohltuend, und wir fuhren die Hütteldorferstraße nach Westen. Zwischen den Häusern blinzelte uns die untergehende Sonne entgegen, die rot hinter dem Wienerwald zu verschwinden begann. Schließlich kamen wir die Maroltingerstraße hinauf nach Ottakring. Zwischen ein paar Wohnblocks und einem niedrigen Ziegelgebäude bog meine Fahrerin links ab und wir kamen nach ein paar Metern vor einer Pizzeria zu stehen. ›Alfredo‹ stand auf dem Leinentransparent, das über dem Eingang hing. Die Wohnblocks hinter uns waren die letzten Vorposten der dicht bebauten Stadt. Vor uns lagen grüne Hügel, mit Einfamilienhäusern und Kleingartensiedlungen bebaut. Entfernt im Eichenwald glänzte die goldene Kuppel der Otto-Wagner-Kirche, die innen aussieht wie ein U-Bahn-Klo.

»Ich hoffe, Sie sitzen gerne draußen. Die Sommerabende in Wien haben für mich immer so ein Italiengefühl.«

Mit diesen Worten stieg sie aus und warf die Tür zu. Mir blieb nichts anderes übrig, ich musste auch aussteigen. Gegen italienisches Essen habe ich nichts einzuwenden. Draußen sitzen mag ich gar nicht. Ich will meine Bücher auf Papier, meinen Tee aus der Kanne und mein Essen unter Dach. Gegen Pixel, Teebeutel und Freiluft hege ich eine entschiedene Abneigung. Aber da sie das Geld hatte, musste ich wohl oder übel meine Abneigung hinunterschlucken. Also folgte ich ihr widerspruchslos.

Auf einer Terrasse aus Waschbetonplatten standen unter ein paar Birken etwa zehn schön gedeckte Tische aus dunklem Holz, mit dazu passenden Stühlen. Ganz hinten war noch ein Zweiertisch frei, und ein Kellner führte uns hin. Auf der anderen Seite der Terrasse drehte sich ein Wasserrad, lebensfroh glucksend. Zusammen mit dem Gemurmel der Essenden ergab das eine nette Atmosphäre.

Wir bestellten, danach hielt ich es nicht mehr aus.

»Also, schießen Sie los. Was wollen Sie von mir?«

»Sie haben doch heute einen Kredit abgeschlossen, oder?«

»Worauf wollen Sie hinaus?«

Sie nippte an ihrem Weinglas. Ein roter Sizilianer, ein Primitivo. Dann holte sie ein Notizbuch heraus.

»Auf die Konditionen.«

»Das ist Privatsache.«

»Also soll die Rechnung auch Privatsache sein?«

»Ich habe gerade einen Kredit abgeschlossen. Ich schwimme im Geld.« In fünf Scheinen. Das sagte ich jedoch nicht dazu.

Sie nahm noch einen Schluck.

»Hm, der ist gut, so erdig und voll.« Sie ließ den Geschmack noch ein wenig nachwirken, bevor sie weitersprach. »Fangen wir noch mal von vorne an.«

»Einverstanden.«

»Ich bin Marianne Schauberger, Journalistin und hinter einer Story her.«

Schade, irgendwie hatte ich auf mehr gehofft, sowohl was Namen als auch Hintergrund anging. Das klang mehr nach Waldviertel als nach einer abessinischen Schönheit. Ich brach mir ein Stückchen Weißbrot ab und tauchte es in Olivenöl. Ausgezeichnetes Brot, weich, sanft, guter Biss und perfektes Öl, leicht bitter und scharf, mit einem Hauch Zitrusnote.

»Und Sie sind?«

»Arim Shirandzmi. Arbeitslos und hinter einem Abendessen her. Aber ich denke, das wissen Sie längst.«

»Wieso?«

»Weil es auf meiner Wohnungstüre steht.«

Sie lächelte.

»Wohnungstüren haben manchmal falsche Namen.«

»Wirklich? In meinem Fall nicht.«

»Gemeldet ist in der Wohnung ein anderer.«

»So? Wer?«

»Ein Dr. Arnold Linder, Lektor an der Uni Wien.«

»Kenn ich nicht, den Typen.«

»Ist ein interessanter Kerl. Hat eine Polizeiakte, so dick wie die von Udo Proksch.«

Sie öffnete ihr Notizbuch und orientierte sich einen Augenblick. Die Seiten waren voll mit einer kleinen, genauen Schrift in Blau. In dem Moment hätte ich meine Seele hergegeben, um in dem Notizbuch zu lesen, aber die hatte ich ja schon verkauft. Dann begann sie vorzulesen.

»Das Ganze beginnt '97, da hat man Sie bei einer Razzia in einem Bordell mitgenommen. Haben dort gearbeitet. Im gleichen Jahr hat man Sie beim Autoklauen erwischt, leider stellte sich heraus, dass es Ihr eigenes Auto war. In den nächsten Jahren gibt es jede Menge Einträge wegen Verwicklungen in Eigentumsdelikte, Gewalttaten, illegales Glücksspiel, …«

Sie wollte die Liste offensichtlich fortsetzen, aber ich unterbrach sie.

»Ich weiß, was ich getan habe. Damit können Sie mich nicht unter Druck setzen. Ich wurde nie verurteilt. Nicht mal eine Vorstrafe können Sie mir nachweisen.«

»Das will ich auch gar nicht. Ich wollte Ihnen nur zeigen, dass ich gut recherchiere.«

»Gut recherchieren? Machen Sie sich nicht lächerlich. Ihre Zeitung zahlt in den Urlaubstopf der Polizei, dann reicht ein Anruf. Da sucht der Polizeipräsident persönlich. Nur bei heikleren Sachen muss nachgezahlt werden.«

Ich war sauer. Solche Quellen hätte ich auch gerne gehabt. Bei der Polizei saßen jedoch leider keine Freunde von mir, und wenn ich in den Topf gezahlt hätte, würde sich die Kiberei nur schiefgelacht haben.

»Der Umgang mit sensiblen Daten unterliegt der journalistischen Ethik.«

»Blödsinn, der Auflage. Ihr hättet Haider schon vor 15 Jahren den Garaus machen können, Ähnliches gilt für Strache, aber so hättet ihr mit ihnen keine Auflage mehr gemacht. Nur wenn es um normale Bürger geht, habt ihr keine Skrupel. Journalistische Ethik gabs vielleicht noch im 19. Jahrhundert. Heute gibt es nur mehr Vermarktbarkeit, Reichweiten und Anzeigenpreise.«

Ich brach mir noch ein Stück Brot ab. Weißbrot mit Olivenöl beruhigt kolossal.

»Aber wir wollen uns nicht streiten. Sie sind hinter einer Story her«, lenkte ich ein.

»Korkarian vergibt interessante Kredite. Ich bin ihm schon einige Zeit auf der Spur. Heute hab ich gesehen, wie Sie in sein Büro gingen. Dann bin ich Ihnen gefolgt und habe ein bisschen telefoniert. Sie können mir nicht einreden, dass Sie nur wegen eines Kredits dort waren. Also, was wissen Sie von ihm?«

»Warum gehen Sie nicht selbst hin und schauen es sich an? Fürchten Sie etwa um Ihr Seelenheil?«

»Ach wo, Seelen gibt's nicht. Ich war schon dort, doch es hat nicht geklappt.«

»Warum?«

»Weil Korkarian ein Rassist ist. Er meinte, ›Negerseelen‹ nehme er nicht. Genau so hat er sich ausgedrückt.«

Sie nahm einen Schluck Wein. Ihr Glas war fast leer.

Ich glaubte eher, dass Korkarian gemerkt hatte, dass da was im Busch war. Als er den Braten gerochen hatte, wollte er kein unnötiges Risiko eingehen. Rassist war er vielleicht trotzdem, aber das hätte ihm sicher nicht das Geschäft vermasselt. Dafür war der harte kleine Mann zu beherrscht.

In dem Moment kam unser Essen. Für sie ein Nudelgericht, für mich Gnocchi mit Steinpilzen gefüllt und kurz angebratenen Lungenbratenstreifen garniert. Das Essen war sehr gut. Die Gnocchi waren kartoffelig und zäh, das Fleisch wunderbar zart, und alles eingehüllt in das Aroma von gutem Parmesan. Frau Schauberger bestellte sich noch ein Glas Primitivo.

Während des Essens wurde nicht viel gesprochen, außer ein paar lobenden Worten über die Qualität der Speisen. Als wir beide fertig waren, bestellte sie noch ein Glas Wein, die Nachspeisenkarte und ging auf die Toilette. Ich lehnte mich über den Tisch, wo auf ihrer Seite, rechts neben dem Gedeck, das Notizbuch lag. Viel Zeit hatte ich nicht. Schnell blätterte ich durch und überflog die Seiten. Ihre Schrift war nicht leicht zu entziffern, aber im Zusammenhang mit der Korkarianstory fielen mir ein Name und eine Adresse auf: Erich Buehlin, Servitengasse 17. Das war im 9. Bezirk. Ich legte das Notizbuch wieder an seinen Ort, achtete genau darauf, dass alles so war wie zuvor, und kümmerte mich um die Nachspeisenkarte, die in dem Moment gebracht wurde. Ich entschied mich für ein Tiramisu, angesichts der anderen Angebote ein wenig einfallslos, doch ich hatte schon jahrelang keines mehr gegessen. Sie kam zurück und setzte sich.

»Und, haben Sie was gefunden?« Ihre Augen lächelten. Ein klein wenig, so schien es mir zumindest.

»Ja.« Pause. Doppeldeutig konnte ich auch sein. »Ich nehme das Tiramisu.«

»Ein bisschen einfallslos. Ich nehme das Mezzofreddo mit dem Basilikum.«

»Passt das denn zum Rotwein?«

»Zu gutem Rotwein passt fast alles.«

Der Ober kam und wir bestellten.

»Also, was wissen Sie über Korkarian?«, fragte sie.

»Fast gar nichts, und sicher nichts, was Ihre Kontakte Ihnen nicht schon gesagt haben.«

»Lassen Sie hören.«

»Ich rate mehr, als dass ich es weiß. Er ist Armenier, wahrscheinlich mit seiner Tochter zur Zeit des Karabakh-Konflikts eingewandert oder kurz danach, wegen des Embargos. Seine Tochter hat studiert oder tut es immer noch. Ich tippe auf Germanistik oder was Verwandtes.«

»Wie kommen Sie da drauf?«

»Weil die Tochter ausgezeichnetes Deutsch spricht, sich gewählt ausdrückt und sehr viel Selbstvertrauen besitzt. Das heißt, sie muss schon seit früher Kindheit in Österreich wohnen, sonst klappt das mit der Sprache nicht. Da passt der Konflikt vom Datum her gut hinein. Da sie aber nicht umgangssprachlich gefärbt spricht, muss sie eine gewisse Ausbildung genossen haben. Sie hat verschiedene Sprachebenen zur Verfügung: sachlich, aber auch schnippisch, daher tippe ich auf ein Studium, sicher was mit Sprache, Germanistik bietet sich an.«

»Zum Vater?«

»Schwer zu sagen. Jedenfalls, das Kreditwesen beehrt er noch nicht allzu lange.«

»Woher wollen Sie das wissen?«

»Ich habe früher mal für ein paar Leute gearbeitet, die da auch ihre Finger drin hatten. Der Mann wäre mir sicher aufgefallen. Außerdem scheint er mir ein harter Brocken zu sein. Sehr vorsichtig und beherrscht. Weiß genau, was er tut. Wahrscheinlich gute Kontakte, sowohl zur Exekutive als auch zur Gegenseite. Mit dem würde ich mich nicht anlegen.« Ich dachte ein bisschen nach. »Geht sich noch ein Espresso aus?«

Unsere Nachspeisen wurden gerade gebracht.

»Sicher, nur keine Hemmungen.«

Ich bestellte.

»Und sonst noch? Was Sie mir sagen, weiß ich schon alles«, bohrte sie weiter.

»Könnte sein, dass er Jude ist. Das wäre nicht gut für Ihre Story.«

»Nein, das wäre gar nicht gut. Was wissen Sie über seine Kredite?«

»Was er sonst noch öffentlich anbietet, scheint alles in der Norm zu liegen. Von Außergewöhnlichem weiß ich nichts, bis auf die Seelensache.«

»Ja …«, forderte sie mich auf, als ich eine kleine Pause einlegte. Die ganze Zeit über hatte sie mitgeschrieben. Es schien mir, als wäre ich mit meinen Vermutungen richtig gelegen, denn weder hatte sie mich verbessert noch erkennen lassen, dass sie mit dem Gesagten nicht übereinstimmen würde. Inzwischen war der Kaffee gekommen und ich nippte genüsslich an meiner Tasse.

»Das läuft so ab, dass ich einfach hingegangen bin, mein Interesse bekundet habe und dann ein paar Stunden später den Vertrag unterzeichnet habe.« Ich nannte ihr die Konditionen.

»Ist der Vertrag wasserdicht?«

»Weiß ich noch nicht, aber ich habe jemanden, der mir das ganz genau sagen wird.«

»Lassen Sie mich das Papier sehen?«

»Eher nicht, vielleicht in ein paar Tagen.«

Das schmeckte ihr nicht so, doch sie fragte weiter.

»Warum haben Sie das gemacht?«

»Weil ich Geld gebraucht habe und nicht an Seelen glaube. Für mich eine Win-win-Situation.«

»Sie haben nicht vor, den Kredit zurückzuzahlen?«

»Nein. Mir ist die Marie lieber.«

»Glauben Sie nicht, dass Korkarian was dagegen haben könnte?«

»Eigentlich schon, ich bin sehr gespannt, was passiert.«

»Sie haben gesagt, dass mit ihm nicht zu spaßen ist. Warum so ein Risiko eingehen?«

»Darauf lass ich es ankommen. Neugier bringt die Katze um, hat meine Großmutter immer gesagt.«

»So ganz glaube ich Ihnen nicht. Da steckt doch mehr dahinter.«

»Nein. Sicher nicht.«

»Niemand riskiert wegen 500 Euro seine Gesundheit.«

»Der Niemand sitzt direkt vor Ihnen«, ich hatte schon

für weit weniger viel mehr riskiert, »und ihm schmeckt das Tiramisu.«

»Ja, die Küche ist hier wirklich gut. Was mich viel mehr interessiert: Warum macht er das? Korkarian ist Geschäftsmann, was verspricht er sich dabei zu verdienen? Wer löst denn da seine Seele wieder aus?«

»Ich glaube, dass er auf den Aberglauben der Leute vertraut. Ist leicht verdientes Geld, wahrscheinlich ohne viel Risiko.«

»Die Leute sind heute nicht mehr so religiös.«

»Ich habe bewusst abergläubisch gesagt. Diese ganze Esoteriksache boomt doch immens, Astrologie, Feng Shui, Ayurveda, bioenergetische Salzkristalle, Schamanenseminare im Waldviertel etc. 2500 Jahre Aufklärung durch Rationalität, und die Tünche der Zivilisation ist immer noch erst hauchdünn. Da gibt's sicher genug, die zuerst das Geld sehen und dann, wenn die fünf Monate um sind, doch den Bammel um ihre Seele kriegen. Korkarian macht damit sicher ein gutes Geschäft.«

»Gier und Aberglauben, darauf baut er, meinen Sie?«

»Nicht nur er. Was, meinen Sie, hat die Finanzkrise verursacht? Ich will jetzt nicht zynisch klingen, aber das scheinen doch die großen Triebfedern menschlicher Entwicklung zu sein. Was mir bis jetzt so untergekommen ist, lässt sich damit erklären.«

»In Ihrem persönlichen Umfeld?«

»Da auch, doch ich dachte eher an größere Zusammenhänge. Weltgeschichtlich halt.« Ich zuckte mit den Achseln.

»Gut. Lassen wir das. Sie wollen mir also nicht verraten, wer Ihre Auftraggeber sind?«

»Doch, das habe ich Ihnen doch gerade erklärt: Gier und Aberglauben.«

Ich grinste sie an, aber das beeindruckte sie nicht.

»Warum hat Ihnen Korkarian einen Vertrag gegeben, Sie machen auf mich nicht gerade den Eindruck von jemandem, der vorhat, seine Seele wieder auszulösen?«

»Wenn ich will, kann ich ganz schön klein und armselig wirken. Wie ein verängstigtes Rehlein.«

»Darauf soll Korkarian reingefallen sein? Kann ich mir schlecht vorstellen.«

Da musste ich ihr vollkommen recht geben. Irgendwas war da bei dem Armenier im Busch. Das jedoch wollte ich der Schauberger nicht auf die Nase binden. »Ach wo, der hat das sicher geschluckt«, behauptete ich mit Bestimmtheit.

Sie versuchte, mich noch ein bisschen aus der Reserve zu locken, aber ich war auf der Hut. Schließlich zahlte sie und wir gingen. Ins Auto stieg sie allein, es war nicht weit bis zur nächsten U-Bahn-Station und ich wollte noch ein bisschen zu Fuß gehen. Die Hitze des Tages hatte sich in eine angenehme Wärme verwandelt, die Nacht spannte sich dunkelviolett über die Stadt. Autos, Straßenlaternen und Verkehrsbeleuchtung sorgten für die nötigen Lichtpunkte. Zwischen den Grünanlagen der Wohnblocks sah man hier und da Teenager verstohlen schmusen oder mit Drogen dealen. Es fühlte sich fast an wie im Urlaub.

V

Das mit den Urlaubsgefühlen war vorbei, als ich die Haustüre öffnete. Beim Anblick eines Kleinlasters, der direkt vor dem Haus parkte, war ich schon misstrauisch geworden, aber meine schlimmsten Befürchtungen wurden durch die Realität, die ich im Haus antraf, noch in den Schatten gestellt. Es war stockdunkel. Die Mieter standen auf den Gängen und redeten aufgeregt durcheinander. Alle hatten Taschenlampen oder Kerzen in der Hand. Jeder sprach in seiner Muttersprache auf den anderen ein, der natürlich nur seine eigene beherrschte. Dazwischen fielen immer wieder ein paar Wortfetzen in Deutsch. Irgendwie schienen sich alle zu verstehen. Der Einzige, der nichts verstand, war ich. Schön blöd, wenn man Latein, Altgriechisch, Englisch und Deutsch beherrscht, aber in Rudolfsheim-Fünfhaus wohnt, wo man Türkisch, Arabisch und Kroatisch spricht. Abgesehen von den paar Ecken, wo man nur mit Thai durchkommt. Ich bahnte mir mühsam den Weg durch meine Mitbewohner, die Männer in Unterhosen und T-Shirt, viele Frauen in Nachthemd und Morgenmantel. Ein kleiner Bub lief laut brüllend, nur mit einer Skimütze bekleidet, durch die Gänge. So mancher Bierbauch war zu bewundern, und nicht allen Frauen schien es unangenehm zu sein, einmal auch ihre Nachthemden in der Öffentlichkeit vorführen zu können. Seltsamerweise traf das auch auf die zu, die sonst immer mit Mantel und Kopftuch unterwegs waren.

Im ersten Stock, oder wie es bei uns heißt, im Mezzanin, traf ich meine Nachbarin im Gespräch mit zwei von Mikes Mädchen an. Alle drei hatten gleich wenig an. Die einen zum Arbeiten, die andere zum Schlafengehen. Ihr Mann saß auf der Stiege und trank mit Mike Dosenbier. Egal was passiert, Mike hat immer eine Dose in der Hand. Wenn's Scheiße läuft, dann knackt er noch ein Blech und stellt die Musik lauter. Das ging diesmal nicht, weil offensichtlich der Strom ausgefallen war. Deswegen musste noch mehr Bier her. Seine rote Nase leuchtete im Schatten. Ansonsten war er bis auf eine weiße Unterhose nackt. Ein Goldketterl baumelte an der haarigen Brust, überall auf seinem nackten Körper prangten Knasttattoos.

»Auch eine Patrone?«, fragte er mich und griff hinter sich in eine Kühlbox. »Die Supp'n wird eh warm, besser sauf mas weg, solangs no kalt ist.«

Mikes größte Furcht ist es, dass das Bier in der Hölle warm sein könnte. Dass es dort eventuell gar keines geben könnte, war ihm noch nie in den Sinn gekommen. Er reichte mir die Dose und zündete sich eine Zigarette an. Das kleine Häufchen vor ihm sagte mir, dass er seit etwa einer Stunde hier saß. Das Bier war eiskalt, außen am Blech lief das Kondenswasser hinab, und wie immer war der erste Schluck herrlich. Bier sollte überhaupt nur in ersten Schlucken verkauft werden.

»Was ist denn eigentlich los?«, fragte ich einfach so in die Runde. Erst jetzt fiel mir auf, dass alle Mikes Dosenbier in der Hand hatten. Auch die orientalische Hausfrau, von der ich bisher nur die Augen gesehen hatte.

»Die Dutschn über dir hots Wosser übergehen lass'n. Jetzt hamm a an Wosserscho'n, der was si gwaschen hot. Und außerdem ist die Elektrik im Oarsch.«

»Mir hamma koa FI im Haus«, meinte nun mein Nachbar. »Da Besitzer ghert verklagt, der Oarsch.«

Alle nickten und riefen die Verdammnis auf den gierigen Wicht, dem das Haus gehörte, herunter, jeder in seiner eigenen Sprache. Mike murmelte nur zustimmend. Außer ihm und mir wusste niemand, dass er das war, dem das Haus gehörte.

»Und jetzt?«

»Installateur und Elektriker san scho do. Schau ma, was sie sogn.«

»Wird alles die Hausverwaltung zahlen müssen«, meinte mein Nachbar. Offenbar war er so was wie die vox communis.

»Und meine Obernachbarn, denen das Missgeschick passiert ist?«

Das junge Paar war eingezogen, kurz nachdem Slupetzky ermordet worden war.

»Arbeitslose, beide. Ham weder Geld noch Versicherung. Ich zahl keinen Cent.« Wieder Zustimmung unter den anderen.

Da tippte mir jemand von hinten auf die Schulter. Ein kleiner Mann mit grau gesprenkeltem Haar, einem mächtigen Schnurrbart und einer gewissen Ähnlichkeit mit Josef Dschugaschwili.

»Sie wohnen 6?«

»Ja.«

»Hams Sie ordentlich Wasserschaden. Missen wir trockenlegen. Außerdem Mauern aufstemmen, wegen Leitung neu Einzug. Viel Arbeit, ordentlich Schmutz.«

Er deutete auf meine Wohnungstür hinter seinem Rücken. Die Tür stand sperrangelweit offen. Er bemerkte meinen Blick.

»Haben wir aufgemacht. Hoffe, ist kein Problem.«

Na gut, einem Handwerker, der nachts um halb zwölf kommt, dem verzeiht man viel.

»Haben Sie andere Wohnung? Ihre geht nicht, fir, sag'ma, …« Er unterbrach sich und rief nach hinten in die Wohnung. Was er sagte, verstand ich nicht. Eine helle Stimme antwortete. Aber meiner Meinung nach nicht in der Sprache, in der er hineingerufen hatte. Daraufhin sah mich mein kleiner Stalin kurz an und meinte: »So 14 Tage, drei Wochen.«

Die restliche Nacht verbrachte ich damit, meine Bücher einzupacken und in den Keller hinunterzutragen. Meine Exzerpte und Notizen waren nicht beschädigt, und auch sie verstaute ich mit den anderen Sachen, die mir am Herzen lagen, im Keller. Viel war es nicht: ein paar Dosen Tee, meine schöne Teekanne, die letzten Platten meiner Sammlung und mein Teppich. Auf den Rest war geschissen. Da mein Kopfkissen völlig durchnässt war, packte ich nur meine Toilettensachen, einen kleinen Rest sauberen Gewandes und meine Decke in einen Koffer. Nahm ihn in die rechte Hand, klemmte meinen uralten PC in die linke und zog aus. Von nun an würde die Uni mein Zuhause sein. So lange, bis sie mich auch dort hinauswerfen würden. In der Uni dürfen nur Obdachlose schlafen, Institutsangehörigen ist es verboten. Gut, ich war ja nun beides.

Ein kalter, leicht diesiger Morgen sah mich um fünf Uhr den U-Bahn-Schacht hinter dem Rathaus hinaufsteigen. Koffer und PC waren schauderhaft schwer. Unter meinen Füßen war der Asphalt nass, in der Nacht hatte es wieder geregnet. Ein paar Autos fuhren laut an mir vorbei.

Das Rathaus hob sich schwarz gegen den hell werdenden Himmel ab und spiegelte sich in den Lachen auf dem Trottoir. Der Tag war noch nicht ganz angebrochen, aber die rosenfingrige Eos war schon dabei, über den Horizont zu lugen.

Ich ging zum Hintereingang der Uni, sperrte mühsam auf und quälte mich die verschlungenen Hintertreppen hinauf ins Institut. In meinem Büro breitete ich meine Sachen auf dem Boden aus, rollte mich auf meiner Decke zusammen und war sofort eingeschlafen.

Geweckt wurde ich, als eine Fliege begann, auf meinem Gesicht herumzukrabbeln. Eigentlich hätte ich mich freuen müssen, dass ich mein Büro mit einem lebenden Wesen teilte, doch dem war nicht so. Die mumifizierten Topfpflanzen, die modernden Kongressakten und meine Unterlagen waren mir lieber. Ich wusch mich, putzte meine Zähne, und als ich mich rasiert hatte, fühlte ich mich wieder wie ein Mensch. Obwohl meine Ohren nach wie vor dröhnten, meine Augen brannten und mir die Müdigkeit bleiern aufs Gemüt drückte. Doch nach der ersten Schale Tee, den ich inzwischen gemacht hatte, hatte ich auch das hinter mir gelassen. Ich saß an meinem Schreibtisch, blätterte ein wenig in einer Philologenzeitschrift und nippte an meinem Sencha. Schließlich fand ich in der Zeitschrift einen interessanten Aufsatz und vertiefte mich in die Lektüre. Mit ein wenig Tee und Stilanalysen zu Ciceros Gebrauch des ACI ist jeder Morgen ein Fest. Während ich las und mir Notizen machte, begann sich die Hitze des kommenden Tages bemerkbar zu machen, meine Kanne leerte sich zusehends und ich beschloss, dass es Zeit wurde zu handeln. Schließlich ging es schon auf halb elf.

Erich Buehlin, Servitengasse 17. An der Roßauer Lände stieg ich aus der U4 und folgte dem Donaukanal ein paar Meter flussaufwärts. Unter den Bäumen am Wasser hielt sich noch ein wenig Morgenkühle, es war angenehm zu gehen. Ich musste nur aufpassen, dass mich die Myriaden von Radfahrern nicht erwischten. Dazwischen lief ab und zu ein Jogger vorbei und junge Mütter schoben ihre Kinderwägen. Bei der nächsten Ampel überquerte ich die Roßauer Lände, bog in die Pramergasse ein und kam so zur Servitengasse. Die Serviten sind ein Marienorden, der im 13. Jahrhundert in Florenz gegründet wurde. Seine sieben Gründer wurden 1888 heilig gesprochen, so als ob sie »eine Person wären«, ein einmaliger Vorgang in der Geschichte der Kirche. Das Ordenskloster gab der Straße ihren Namen.

Ich klingelte bei Nummer 17, dort, wo Buehlin stand. Irgendwer hatte direkt neben die Klingeltafel in wunderschöner Kalligrafie ›Fuck You‹ gesprayt. Nach ein paar Augenblicken des Wartens summte der Türöffner und ich trat ein. Im Hausgang war es dunkel und kühl. Schwere Schwaden Kohlsuppendufts hingen in der Luft. Mit einer unbekannten Note im Hintergrund. Je näher ich Buehlins Wohnung kam – sie lag hinten hinaus im Erdgeschoss –, desto stärker wurde der unbekannte Geruch. Als ich vor seiner Tür stand, war von der Kohlsuppe nichts mehr übrig, verbranntes Haar, saures Kupfer und eine Mischung aus ägyptischen Spezereien und Ammoniak hatten sie komplett verdrängt. Buehlins Tür, massiv und mit einem guten Schloss versehen, war nicht geöffnet. Klingel fand ich keine, also klopfte ich. Die Sicherheitstür klang satt und mächtig. Buehlin hatte offensichtlich gegen Einbrecher vorgesorgt. Endlich, als ich schon fast wieder gehen wollte, drehte sich ein Schlüssel und die Tür öffnete sich einen kleinen Spalt. Kalte Luft drang heraus, meine Nackenhaare sträubten sich.

»Was wollen Sie?«, flüsterte eine Stimme, leise und eigentümlich stimmlos.

»Mein Name ist Linder. Ich bin in einer dringenden Angelegenheit hier und hoffe, Sie können mir helfen.«

»Ich kenne Sie nicht.«

»Es ist wirklich dringend und ganz sicher von Vorteil für uns beide, wenn wir miteinander sprechen.«

»Ich kenne Sie nicht.«

»Dann sollten wir uns kennen lernen.«

»Ich lasse keine Unbekannten in meine Wohnung.«

»Sprechen wir halt hier vor der Tür miteinander.«

»Es werden uns alle zuhören können.«

Ich merkte förmlich, wie Neugier und Vorsicht miteinander rangen. Schließlich blies er energisch durch die Nase aus und die Tür schloss sich. Ich hatte gewonnen. Drinnen hörte ich Ketten klirren und die Tür öffnete sich. Wieder nur einen kleinen Spalt. Eisig kalte Luft blies mir entgegen. So kalt, dass der durchdringende Geruch in der Kälte beinahe unterging. Ich zwängte mich durch die Tür und trat ein. Sofort schloss sich die Tür hinter mir mit einem lauten Knall. Buehlin schloss ab und baute sich vor mir auf. Obwohl er gebeugt dastand, war er gut einen Kopf größer als ich und sehr schlank, schon fast unterernährt. Er trug einen weißen Kittel, der an vielen Stellen verschmutzt und verbrannt war. Die Taschen des Laborkittels beulten sich aus und überall schauten die Enden von Werkzeugen heraus. Sein Gesicht war hager und scharf gezeichnet, die

Augen unstet, und eine kühne Nase das Auffälligste. Auch im Gesicht wies er kleine Brandspuren auf.

»Also, was wollen Sie?«, fuhr er mich an. »Ich habe eine Waffe.« Den Revolver hielt er in der Rechten. Beide Hände waren mit Pflastern übersät.

»Mit Ihnen reden.«

»Das haben Sie schon gesagt.«

»Ich arbeite für eine Firma …«

»Es wird nichts gekauft, gehen Sie.« Er deutete mit dem Revolver auf die Tür.

»Nein. Ich will nichts verkaufen. Aber es geht um Geld.«

»Hab ich keines. Raus mit Ihnen.« Wieder wies er mit dem Revolver zur Tür. Ich blieb ungerührt stehen.

»Raus, hab ich gesagt.« Nervös fuchtelte er mir mit der Knarre vor dem Gesicht herum. »Die Wände sind dick hier, wenn ich Sie erschieße, hört das keiner. Also raus.« Der Lauf des Revolvers wies zur Tür.

Jetzt hatte ich genug von dem Theater. Wenn das so weiterginge, würde mich der Irre wirklich noch über den Haufen schießen. Ich wartete, bis die Knarre weit von mir weg zeigte, machte einen schnellen Schritt, hatte sein Handgelenk gefasst und drehte einmal kräftig daran. Gegen einen echten Gegner hätte das nie funktioniert, aber Buehlin war keiner. Noch ehe ich sein Handgelenk sicher hatte, hatte er vor Schreck seine Waffe schon zu Boden fallen lassen. Ein bisschen Angst einjagen schadet nicht, dachte ich und drückte ihn gegen die Wand, sodass ich ihm mit seiner eigenen Hand am Hals die Luft abdrückte. Er wimmerte erbärmlich, und ich funkelte ihn böse an. Mit meinem besten Gangsterblick, dem, den ich von Bogey geklaut habe. Ich drückte noch ein bisschen zu.

»Wenn ich Sie jetzt loslasse, sind Sie vernünftig. Sie werden mich in Ihr Wohnzimmer bitten, wir werden uns setzen, vielleicht bieten Sie mir auch was zu trinken an und wir plaudern gemütlich. Wie alte Freunde.«

Er nickte bloß. Seine Augen blickten mich starr an und er blinzelte nervös. Als ich ihn losließ, sackte er beinahe in sich zusammen. Ohne mich aus den Augen zu lassen, ging er den Gang entlang ins Wohnzimmer. Ich hob den Revolver auf und folgte ihm.

Das Wohnzimmer wie auch das Vorzimmer waren alt und vernachlässigt. An den Wänden klebten die Überreste alter Tapeten, die in den Sechzigern gelb gewesen sein mochten, heute aber nur mehr grau waren. An manchen Stellen hatte sich die Tapete von der Wand gelöst und der Verputz schaute hervor. Wasserflecken waren überall zu sehen, und wenn es nicht so beißend gestunken hätte, wäre sicher auch Schimmel zu riechen gewesen. Ein Vorhang, der in schweren, braunen Falten zu Boden hing, teilte das Wohnzimmer. Was sich dahinter befand, konnte ich nicht sagen. Ansonsten war das Zimmer leer, bis auf einen kleinen Tisch mit zwei Korbstühlen und Massen von Büchern, die verstreut und in Stapeln herumlagen. Dazwischen jede Menge einzelner Blätter, bedeckt mit Kopien, Skizzen und wirren Formeln. Die beiden Fenster waren mit Packpapier zugeklebt. An der Decke sorgte eine Neonlampe für Licht. Buehlin setzte sich an den Tisch, faltete die Hände im Schoß und schaute mich groß an. Seine Augen zwinkerten noch immer nervös und seine Finger glitten ineinander wie Schlangen. Abgesehen von den Pflastern, Brandspuren und Verfärbungen hatte er wunderschöne lange, schlanke Finger. Solche Finger wünschen sich Pianisten zu Weihnachten und Frauen träumen von ihnen. Ich setzte mich und legte den Revolver zwischen uns auf den Tisch, so dass der Lauf auf Buehlin zeigte. Daneben befand sich ein leinengebundenes Buch. »Hohlwelttheorie« stand auf dem Buchrücken.

»Sie wollen also Geld von mir. Ich habe keines.« Er machte eine kleine Pause. »Und auch nichts, das einen materiellen Wert darstellt. Sie können mich also töten oder foltern, das wird Ihnen nicht viel einbringen.«

»Aristoteles sagt, die besten Handlungen sind diejenigen, die ihren Wert in sich selbst tragen. Es gibt Menschen, die sehen das genauso. In Bezug auf Folter und Mord jedenfalls.«

Ich ließ ihn ein wenig schwitzen. Dann machte ich weiter.

»Aber keine Sorge, deswegen bin ich nicht hier. Ich will auch kein Geld von Ihnen. Ich bin hier, weil Sie einen Kredit aufgenommen haben.«

»Der verfluchte Jude. Ich wusste doch, dass das alles ein Beschiss war.«

»Was denn genau?«

»Der ganze Vertrag. Niemand gibt einem Geld für seine Seele. Einfach so.«

»Sie haben also Ihre Seele verhökert.«

»Ja.«

»Warum?«

»Weil ich Geld brauchte, schnell, und sich sonst nichts anbot.«

»Sie dachten nie daran, es zurückzuzahlen?«

»Natürlich nicht«, stieß er wütend hervor. »Jetzt können Sie mit mir anstellen, was Sie wollen. Das Geld ist weg und kommt auch nicht wieder.«

»Ich bin kein Inkassokommando. Wie lange ist das denn her, dass Sie den Vertrag geschlossen haben?«

»Etwa ein Jahr.«

»Und Sie haben nichts von Korkarian gehört seither?«

»Doch, ich bekam drei Schreiben von ihm, als die Frist verstrichen war. Erinnerungen, völlig harmlos. Seit einem halben Jahr hab ich nichts mehr von ihm gehört.«

»Wofür haben Sie denn das Geld gebraucht?«

»Für meine Arbeit.«

»Woran arbeiten Sie?«

Er wollte zuerst nicht damit rausrücken, aber als ich wieder mit dem Revolver spielte, stand er auf und ging zum Vorhang. Ich folgte ihm. Er zog den schweren Stoff beiseite, und dahinter kam eine Werkstatt zum Vorschein, die aussah, wie sich Hollywood das Labor von Frankenstein vorstellt. An den Wänden hingen Werkzeuge, vom kleinsten Schraubenschlüssel bis zum größten Hammer, für jede Arbeit von der Feinmechanik bis zur Elektronik. An der hinteren Wand stand auf einem Tisch eine Anordnung Reagenzgläser, in denen Flüssigkeiten blubberten, kondensierten und schließlich in ein Tongefäß tropften. Die Wand dahinter sah aus wie eine der altmodischen Apothekerwände, ein kleines Türchen neben dem anderen, Hunderte davon und alle fein säuberlich beschriftet. Der üble Geruch hatte hier seinen Ursprung. Was zu Frankensteins Labor allerdings fehlte, war das Monster im Stuhl, mit den Elektroden am Kopf. Dafür stand in der Mitte des Raumes ein Kasten, ungefähr zweieinhalb mal einen Meter lang, etwa einen Meter hoch. Es war ein verwirrendes Konstrukt, an dem Kupferdrähte, zu Spiralen geformt, entlangliefen, Drähte herausstanden, und das mit mehr Details ausgestattet war, als sich wiedergeben lässt. Wenn jemals etwas nach einer Weltuntergangsmaschine ausgesehen hat, dann dieses Gerät.

»Was stellt das dar?«, fragte ich nüchtern und bemerkte, dass der alte Mann neben mir den Gesichtsausdruck angenommen hatte, den manche Leute aufsetzen, wenn sie Kleintiere sehen. Er starrte verzückt auf seine Maschine, seine metallene Geliebte.

»Wenn Sie das nicht sehen können, hat es auch keinen Sinn, dass ich es Ihnen erkläre.«

»Funktioniert es?«

»Sie funktioniert.« Er klang stolz wie der Vater einer Tochter, die den Nobelpreis eingesackt hat.

»Woran merkt man das?«

Er schaute mich an und lachte. Ein widerwärtiges, stimmloses Lachen. Wenn das vom Seelenverkauf stammte, musste ich mir die Sache noch einmal gründlich überlegen.

»Das werden Sie schon noch merken. Alle werden das merken.« Es fehlten nur mehr ein missgestalteter Adlatus und eine blitzdurchzuckte Gewitternacht, dann wäre die Szene perfekt gewesen. So aber fühlte ich nur ein wenig Mitleid mit dem alten Mann, der sein ganzes Leben in diese Maschine gesteckt hatte.

»Wie kamen Sie eigentlich zu Korkarian? Sie machen mir nicht den Eindruck, als wären Sie viel unterwegs.«

»Ein Bekannter hat ihn mir vermittelt.«

»Wer?«

»Ein alter Freund.« Er war noch immer in die Betrachtung seines Werkes versunken.

»Name, Adresse?«

»Ernst Neumann, Kleingartensiedlung Steinbruch, Ecke Braillegasse.«

»Das ist oben bei der Sternwarte, oder?«

»Genau.«

»Woher hat der den Kontakt?«

»Keine Ahnung, hab ihn nicht danach gefragt.« Noch immer starrte er seine Maschine an.

»Herr Buehlin«, ich rüttelte ihn unsanft an der Schulter. Er fuhr herum, völlig aufgeschreckt. Nun, da er den Blick von seiner Maschine abgewandt hatte, blinzelte er wieder nervös.

»Wir hatten einen rauen Start, ich hoffe, Sie sind mir nicht allzu böse deswegen. Hier haben Sie meine Karte. Wenn irgendwelche Probleme mit Korkarian auftauchen sollten, lassen Sie es mich wissen. Ich regle das dann.« Der alte Mann hatte eine Saite in mir zum Schwingen gebracht, die ansonsten schweigt.

Buehlin nickte nur und ließ die Karte in einer seiner ausgebeulten Taschen verschwinden.

»Es war schön, dass Sie hier waren, doch ich muss mich jetzt um CoKon kümmern. Es ist noch so viel zu justieren.« Er schob mich förmlich aus seiner Wohnung. Augenscheinlich hatte er keine Ahnung mehr davon, was die letzte halbe Stunde passiert war. Ich nahm mir vor, auch so einmal nach ihm zu sehen. Wahrscheinlich würde er dann gar nicht mehr wissen, dass ich schon einmal da gewesen war. Buehlin war einer der Typen, die jahrelang in ihrer Wohnung liegen und niemandem fällt es auf, dass sie tot sind.

VI

Während ich noch über Buehlin grübelte, hatten meine Füße auf dem Weg zum Donaukanal einen Umweg eingeschlagen. In der Clusiusgasse wohnte zu der Zeit ein guter Freund. Bevor ich der Kreditsache weiter auf den Grund ginge, wollte ich noch ein bisschen etwas anderes in Erfahrung bringen, und dafür war er der richtige Mann. Unter den Sommerlinden, neben einer Hauseinfahrt, findet sich in der stillen Gasse ein Milchglasfenster. Dort klopfte ich an. Es dauerte nicht lange, ich hörte Schritte und das Fenster öffnete sich.

»Servus, Arno, willst du reinkommen?«, begrüßte mich eine volle, tiefe Männerstimme, die auch nach langen Jahren des Exils ihren rheinischen Ursprung nicht verleugnen konnte.

»Sicher.«

Ich wuchtete mich auf das Fensterbrett und stieg ein. Wir schüttelten uns die Hände. Shahin ist etwa einsneunzig groß und ein richtiger Kasten von einem Mann. Zehn Zentimeter mehr Schulterbreite und man könnte ihn bei Ikea unter dem Namen »Ririko« kaufen.

»Willst du auch was essen? Ich mache mir nämlich gerade Reis.«

Wenn Shahin einem Reis anbietet, sagt man nicht nein.

Die wechselhafte Geschichte des 20. Jahrhunderts hat zwar viele der Verbindungen zu seinen Wurzeln zerstört, aber Shahin macht Reis, wie es eben nur ein Perser kann. Daran ändert auch die Tatsache nichts, dass er in der Nähe von Köln aufgewachsen ist. Persischer Reis wird gewaschen, angekocht, wieder gewaschen, dann der Reiskocher mit hauchdünnen Erdäpfelscheiben ausgelegt und der Reis fertig gekocht. Schließlich, wenn der luftig trockene Reis Korn für Korn auf dem Teller liegt, mit den knusprigen Erdäpfelscheiben bedeckt, wird alles andere zur Nebensache. Zum Reis von Shahin kann man sogar Hinkelsteine essen.

»Find ich super, dass du mal wieder vorbeischaust.«

»Ich störe doch nicht?«

»Nein, ich hab heut frei und wollte nur ein bisschen schreiben. Ich muss erst morgen wieder zu meinem verrückten Wirtschaftsprüfer.«

»Gut, weil ich dich was fragen muss. Die ›Hohlwelttheorie‹ ist doch so eine Nazi-Theorie, oder?«

Auf dem Gebiet Drittes Reich, Kriegsgeschichte und Verschwörungstheorien ist Shahin ein Ass. Die Wände seiner Wohnung sind durchgehend von überfüllten Bücherregalen bedeckt, Werke zu diesem Themenkomplex, die er nicht kennt, die gibt es nicht. Selbstredend ist er kein Antifaschist.

Shahin war gerade dabei, sich einen Joint zu drehen, was er immer mit Filter und einer Maschine erledigt, als das Wort ›Hohlwelttheorie‹ seine Aufmerksamkeit vollständig in Besitz nahm.

»Ja, ja, das ist 'ne verrückte Sache.« Er sprang auf und ging mit zwei langen Schritten durchs Zimmer. »Ich hab hier irgendwo'n paar Bücher zu dem Thema …«

»Bleib nur sitzen, so genau muss ich es nicht wissen. Nur überschlagsmäßig.«

Er setzte sich wieder an das kleine Tischchen, das maximal so groß wie seine Handinnenfläche war, obwohl Shahin die kleinen Hände eines Mogulprinzen besaß. Während er seine Maschine in Gang setzte, begann er zu sprechen.

»Die Theorie geht davon aus, dass wir an der Innenseite einer hohlen Kugel leben, daher der Name. Find ich super, das Ganze.« Er zündete den Joint an und inhalierte tief. Mit zusammengekniffenen Augen fuhr er fort. »Ob der Begründer Nazi war, weiß ich nicht, aber in gewissen Kreisen erregte die Theorie Aufsehen und Sympathie, als Alternative zur Relativitätstheorie, die ja jüdischen Ursprungs ist. Man kommt sogar ein Stück weit in der Welterklärung, bloß mit der Mondlandung war das dann alles passé.«

»War das Ganze eine offizielle Doktrin? Musste man das glauben?«

»Nein, nein. Hitler glaubte daran, doch es war kein Gebot. Nur weil er Vegetarier war, durften die anderen ja auch Fleisch essen. Neben Hitler war, soweit ich weiß, da nur mehr die SS dabei.«

»Die SS? Warum denn das?«

»Du musst das so sehen: Die waren total asozial, die Jungs. Das war eine antibürgerliche Revolution, aus diesem Grund, glaube ich.«

»Also, wenn jemand heute so ein Buch bei sich zu Hause hat, praktisch aufgeschlagen, dann ...«

»Du kennst jemanden, der so ein Buch hat?«

»Du hast keines?« Ich war erstaunt.

»Nein. Die ganze Theorie war nie sonderlich populär, hat sich nicht wirklich gut verkauft. Man kann es vielleicht in einem Antiquariat auftreiben, aber da muss man Glück haben.«

»Also, du hast noch keinen Primärtext gelesen, nur aus zweiter Hand?«

»Genau. Aber du kennst wen, der ein Original hat?«

»Ja.«

»Wer? Würd ich gerne kennenlernen.«

»Vielleicht später, ist ein bisschen heikel. Ich kann davon ausgehen, dass derjenige einschlägige Kontakte hat?«

»Man kommt nicht automatisch unter Beobachtung des Verfassungsschutzes, nur weil man so ein Buch kauft. Das nicht, aber es ist ein starker Hinweis, würde ich sagen.«

Ich bedankte mich und wollte das Gespräch schon in andere Bahnen lenken, als Shahin noch einmal darauf zu sprechen kam.

»Weißt du, was ich an der Theorie charmant finde?«

»Schieß los.«

»Dass sie auf eine gewisse Art die Mondlandung doch überlebt hat. Neben der etablierten Geschichte, die in den Lehrbüchern steht, schwirrt doch jede Menge verrücktes Zeug herum.«

»Du meinst, dass die Freimaurer die Welt beherrschen und Elvis in Mistelbach einen Altwarenladen betreibt?«

»Genau. Es gibt die Theorie, ein paar Bücher und Dokus, dass sich die Nazis, als der Krieg verloren war, ins Innere der Welt zurückgezogen haben.«

»Du meinst, dass Adolf nicht nach Argentinien, sondern ins Erdinnere abgehauen ist?«, nahm ich Bezug auf die kruden Theorien, dass der Führer den Zweiten Weltkrieg überlebt haben könnte. So ein Gespräch macht deutlich mehr Spaß, wenn beide dasselbe Spiel spielen.

»Nein, mit einer fliegenden Untertasse.«

Ich war erstaunt. »Wie will man mit einer fliegenden Untertasse ins Erdinnere gelangen?«

»Irgendwie musste er doch in die Antarktis kommen, wo in den 30er-Jahren deutsche Expeditionen den Eingang in das hohle Erdinnere gefunden hatten.«

»Du meinst, die Aliens haben Hitler und seine Kumpane abgeholt und in Sicherheit gebracht?«

»Nein, nein, die Nazis sind die Aliens.«

Nun verstand ich kein Wort mehr.

»Shahin, schön langsam und von vorne bitte. Das ist mir zu hoch.«

»Also, hör zu: Du weißt doch, dass die Deutschen den anderen wehrtechnisch weit voraus waren. Sie hatten nicht nur Panzer von Porsche und Uniformen von Hugo Boss, sondern auch die besten Flugzeuge, Raketenantrieb und solche Sachen.«

»Weiß ich, ja.«

»Also, das war eine verrückte Zeit damals, es herrschte eine ungeheure Aufbruchsstimmung, die Entscheidungsträger waren im Schnitt sehr jung. Man versuchte, in allem neue Wege einzuschlagen. Einer dieser Wege war der Nurflügler.«

»Noch nie gehört, was ist das?«

»Normale Flugzeuge bestehen aus Rumpf und Tragflächen, ein Nurflügler eben nur aus ›Flügeln‹.«

»So wie die amerikanischen Stealthbomber?«

»Genau. Was meinst du, woher die die Idee haben? Nur war die deutsche Variante wesentlich radikaler. Das

Ganze soll enorme Vorteile besitzen, was Aerodynamik, Manövrierfähigkeit und so weiter betrifft, frag mich nicht, ich bin kein Ingenieur. Auf jeden Fall hat man das geplant und gebaut. Ich hab schon echte Baupläne gesehen.«

»Sind die Dinger auch geflogen?«

»Das kann man heute nicht mehr so genau sagen.«

»Also alles nur Humbug.«

»Es gibt sowohl alliierte als auch deutsche Augenzeugen, und nach dem Krieg sind in Hollywood die Ufos aufgetaucht, die haargenau so aussehen wie die deutschen Untertassen. In Holland soll so ein Haunebu '45 ein Dutzend amerikanischer Panzer ausgeschaltet haben.«

»Haunebu, was soll denn das heißen?«

»Das war der Codename für die Nurflügler.«

»Das denk ich mir, und was heißt das?«

»Das weiß niemand. Die Deutschen haben unter strengster Geheimhaltung gebaut und getestet. Das Erste, was die Westalliierten gemacht haben, war, die Raketen- und Haunebu-Leute sicherzustellen. Ebenso die Archive. Man weiß nicht einmal, wer an diesen Projekten gearbeitet hat.«

»Okay, also Hitler soll mit so einem Ding getürmt sein.«

»Nein. Davon weiß ich nichts, da ist sogar noch die U-Boot-Geschichte glaubwürdiger. Weil die Haunebusache von der SS kam, nicht von der Partei und auch nicht von der Wehrmacht. Das war ein SS-Projekt, denen gings um eine neue Welt, die haben da ganz schön investiert. Hitler war dagegen, darum hat er zum Schluss ja auch die Thule-Gesellschaft verboten. Das war der harte Kern der SS, und noch ein paar andere. Die waren sogar Hitler zu asozial.«

»Das ist doch Blödsinn, mit den damaligen Motoren konnte man niemals in die Antarktis kommen. Geschweige denn, die nötigen Menschen für einen Neuanfang hinschaffen.«

»Die hatten auch ein anderes Antriebssystem. Unsere Motoren basieren alle auf der Explosion, das Resultat ist der gewöhnliche Verbrennungsmotor. Die Deutschen, mit dem Mangel an Brennstoff, forschten da auch in andere Richtungen, alternative Energiegewinnung sozusagen. Da gabs unter anderem einen verrückten Österreicher, den Namen hab ich vergessen, der arbeitete an der Implosion. Lach nicht, der Mann hatte eine ganz eigenartige Theorie über die Natur, aber die Sachen, die er gebaut hat, funktionieren.«

»Nur gibt es dafür leider keine Beweise, war zu geheim.«

»Nein, überhaupt nicht, der machte im Zivilleben Strömungsanlagen und Turbinen, die bis heute funktionieren.«

Beim Wort Turbinen klingelte etwas bei mir, doch ich kam nicht darauf, was. Leider vergaß ich es sofort wieder, als Shahin weiterredete.

»Der Mann wurde sofort nach dem Krieg von der CIA geschnappt und nach Nevada geschickt.«

»In die Area 51. Wo die abgestürzten Ufos gelagert werden.«

»Genau.« Shahin überhörte meinen Sarkasmus geflissentlich. »Die Amis waren so versessen auf den Mann, sie wollten ihn nicht mehr gehen lassen. Irgendwann in den

Fünfzigern aber gelang es ihm, doch zurückgeschickt zu werden. Und jetzt rate.«

»Er ist dann sofort verstorben.«

»Genau. Vier Tage nach seiner Ankunft. Die Projekte wurden ohne ihn für immer auf Eis gelegt.«

»Also, zusammengefasst, die Thule-Gesellschaft ist in die Antarktis ausgewandert und wohnt jetzt im Erdinneren.

Sollten wir fast mal hinfahren und ihnen einen Besuch abstatten.«

»Vielleicht. Ich weiß nicht, ob sie heute noch dort sind. Auf jeden Fall schickten die Amis kurz nach dem Krieg, '48 oder so, eine Expedition los, 4.000 Soldaten unter dem Befehl eines kampferprobten Generals. Es kamen nur ein paar Hundert zurück, die sofort kaserniert wurden, weil sie von Untertassen und einer ungeheuren Bedrohung sprachen. Damals begannen auch die Geschichten von den ersten Ufo-Sichtungen.«

»Warum haben die Amis die Nazis in der Antarktis nicht einfach ausgeräuchert?«

»Da war dann der Koreakrieg, der Kalte Krieg ging los und die Theorie sagt, dass die SS in der Antarktis nur ein Zwischenlager hatte.«

»Und wo sind sie jetzt?«

»Man vermutet, auf dem Mars.«

Das war starker Tobak.

»Sag, Shahin, glaubst du den ganzen Unfug?«

»Nein, aber ich finde ihn charmant.«

VII

Draußen, im hellen Licht des späten Mittags, kam mir alles unwirklich vor. Nicht die obskuren Theorien, von denen Shahin erzählt hatte, sondern das lebensfrohe Kinderlachen am Donaukanal, der Verkehrslärm und die in die Station Friedensbrücke einfahrende U-Bahn. Im Gedränge der verschwitzten Leiber fand ich recht schnell wieder in die Realität zurück. Wohl oder übel.

Etwa eine Stunde später stieg ich oben am Flötzersteig aus dem 48a aus. Die Hitze verursachte Luftspiegelungen über dem grauen Asphalt. Jedes vorbeifahrende Auto schickte ein paar Kubikmeter Höllenluft herüber. Von der Bushaltestelle führte ein asphaltierter Weg die Böschung hinauf zur Sternwarte und den Kleingartensiedlungen, alles betoniert, nirgends ein kühles Lüftchen, überall nur Hitzestau und Staub. Dafür hatte die Ottakringer Brauerei ein riesiges Plakat aufgehängt, das ein überlebensgroßes, vollgefülltes Bierglas zeigte. Augenscheinlich eiskalt und nur darauf wartend, getrunken zu werden. Daneben stand geschrieben: ›Mei Bier hot ka Krise.‹

Als ich die Böschung hinter mir gelassen hatte, war das Schlimmste überstanden, die letzten Meter bis zu meinem Ziel gabs sogar ein bisschen Schatten von ein paar alten Kastanien. Dann war ich auch schon an der Ecke Steinbruch/Braillegasse. Hinter mir lag das Observatorium auf einer freien, hügeligen Grasfläche. Das lange, ungemähte Sommergras bildete einen lebhaften Kontrast zu den wohlgetrimmten Grünflächen der kleinen Parzellen vor mir. Dort stand jeder Grashalm stramm, die kleinen Hüttchen und Pergolen wirkten penibel sauber und die

Autos glänzten frisch gewaschen. Leute spazierten sorglos dahin, ein paar Fitnessbesessene quälten sich auf ihren Mountainbikes ab und irgendwo hinten wurde gegrillt. Eine Stimmung aus biederer Ruhe und kleinbürgerlichem Frieden lag über der ganzen Szene.

Gleich das erste Häuschen auf der rechten Seite sollte mein Ziel sein. Das Grundstück umfasste etwa 200 Quadratmeter, mit einem kleinen Häuschen drauf, zwei Bäumen und einem Schuppen, das Ganze eingezäunt. Vor dem Lattenzaun standen straßenseitig eine Bank und ein Auto. Bei dem Wagen handelte es sich um einen Chevrolet Impala Cabrio mit mächtigen Heckflossen, Chrombesatz und weißen Ledersitzen. Außerdem war das Ungetüm türkis lackiert und hatte eine Ausstrahlung wie Greta Garbo. Ich konnte das Burgerfett riechen, den Rock'n Roll hören, und irgendwie schlichen sich Gedanken an Petticoats in mein Hirn. Obwohl ich, streng genommen, gar nicht weiß, was das ist.

Auf der Bank neben dem Wagen saß eine Frau, auf ihre Art nicht minder beeindruckend als der Impala, was nur zu einem kleinen Teil von ihrem Umfang herrührte. Die Frau war einfach gewaltig. Zuerst glaubte ich, sie sei nackt, dann erst fielen mir winzige, halb versteckte Stoffteile in Neonpink auf. Sie sonnte sich offenbar, und ihre wohlgebräunte Haut glänzte eingeölt. Ich ging an ihr vorüber, lehnte mich an den Zaun und fragte einen Herrn, der mit einer Bierdose in seiner Hollywoodschaukel saß und die Kronenzeitung las: »Bin ich hier richtig, sind Sie Herr Neumann?«

»Den gonzen Tag über und abends mit Beleuchtung. Was wuins denn?«

»Ich komme von Herrn Buehlin …« Weiter kam ich gar nicht.

»Kummans eina«, sagte er, öffnete mir die Tür, meinte zu mir gewandt: »Is a hin, der alte Trottel?«, und fügte zu seiner Frau gewandt hinzu: »Frieda, der junge Mann hat an Durscht, dass man siacht, geh, hul ihm a Hülsn. Sei so liab, ja?«

Vor dem Zaun setzte sich die Frau in Bewegung. Gegen dieses Naturschauspiel ist die Geburt eines Elefantes ein Kindergeburtstag. Ich saß noch gar nicht richtig, da hatte mir Frau Neumann schon eine Dose gereicht, direkt aus der Regenrinne über dem Kopf ihres Gatten. Er hätte nur den Arm auszustrecken gebraucht, aber anscheinend herrschte bei den beiden eine strenge Arbeitsteilung.

Als ich mich bei Frau Neumann bedankte, meinte sie nur: »Anschaun kost an Fünfer«, und ging wieder hinaus, um auf der Bank weiter in der Sonne zu braten. Sie trug einen String.

Neumann schaute mich an, zuckte mit den Achseln und meinte: »Zum Wohl« Er war etwa Anfang 60, trug nur eine Badehose, allerdings nicht in Neonpink, sondern in Braun, und war dünn wie ein Sadhu. Von dem Buddha wird erzählt, dass er, wenn er die Hand auf den Bauch legte, seine Wirbelsäule spüren konnte. Neumann schien bis dahin nicht mehr viel zu fehlen. Ein stoppeliger, weißer Bart stand ihm im Gesicht, der Kopf hingegen war völlig kahl. Gutmütige blaue Augen blitzten hinter dicken Brillengläsern, ein Lächeln umspielte die Lippen, und in seinem linken Ohr trug er ein Flinserl.

Ich kam gar nicht dazu, etwas zu fragen, Neumann erstickte mich förmlich in seinem Redefluss. Früher war

Neumann Magistratsbeamter gewesen, heute im verdienten Ruhestand. Er und Buehlin, den er immer nur ›der alte Trottel‹ nannte, kannten sich schon ihr ganzes Leben lang. Ihre Väter seien enge Freunde und Arbeitskollegen gewesen. Früher hätten sie viel Zeit miteinander verbracht, aber als Buehlin in die Frühpension ging, habe sich das geändert. Von diesem Zeitpunkt an habe Buehlin sich nur mehr um sein Hobby gekümmert, das sei von Jahr zu Jahr schlimmer geworden. Die letzten fünf Jahre hatte er ihn gar nicht mehr zu Gesicht bekommen. Bis dann, vor etwa einem Jahr, Buehlin angerufen hatte. Er steckte in üblen finanziellen Schwierigkeiten, und Neumann hatte ihm von Korkarian erzählt, danach bis zum heutigen Tage wiederum kein Wort von seinem Freund gehört.

An dieser Stelle unterbrach sich Neumann, um seine Frau nach einem neuen Bier zu schicken. Ich wurde auch gefragt, aber meins war noch halb voll. Lauwarmes Bier ist nicht so mein Ding. Ich nutzte die Unterbrechung, um eine Frage zu stellen.

»Wissen Sie, an was Buehlin da herumbastelt?«

»Irgend a Spinnerei. Was es ist, waß kaner. Er hot imma dazöhlt, dass er's uns zagt, wenn's fertig is. Aber so weit is es nie kumman.«

»Heute Morgen, als ich bei ihm war, meinte er, dass es funktioniert.«

»Des sagn solche Spinner imma. Darauf gib i nix. Dem sei Maschin wird nie was wern.«

»Gut. Eigentlich interessiert mich der Korkarian mit seinen Krediten auch mehr. Was wissen Sie über den?«

»Exakt gar nix. A Freind hat ma davon erzählt, und wia

mi da Erich um Geld gfragt hat, is a ma wieder eingfallen. Hab ma denkt, des passt wia da Oarsch aufn Eimer.«

»Und woher hat Ihr Freund den Kontakt?«

»Des waß i nimma.« Er drehte sich um und rief seiner Frau zu: »He, Frieda-Liebling, was hat'n da Walter dazöhlt über den Kreditheini. Waßt du des no?«

»Na. Lass mi mit deine spinnertn Freind in Friedn. Sei so gut bitte.«

»Könnten Sie mir vielleicht mit der Adresse Ihres Freundes helfen, dann frag ich ihn selbst.«

Als ich das sagte, fing Neumann an zu grinsen: »Gebn kann i dir des scho, aber wird da nix nutzn. Der Walter is von uns drei der mit dem gräßten Vogel in da Marü'n.«

VIII

Eine halbe Stunde später sah mich der Sommernachmittag die Steinbruchgasse hinuntergehen. Die Kleingartensiedlung ging in Einfamilienhäuser über, diese ihrerseits in Wohnblocks. Ein paar rotgraue Ungetüme aus den Siebzigern standen herum, umgeben von Grünflächen, wo die Hausfrauen die Wäsche zum Trocknen hinausgehängt hatten. Ich suchte die Adresse, die mir Neumann gegeben hatte, und stand schließlich vor einer Haustüre. Bei Hausser läutete ich, einmal, zweimal, doch es rührte sich nichts. Als ich meinen Finger zum dritten Mal auf die Klingel legen wollte, sprach mich jemand an. Eine klein gewachsene, dunkelhaarige Frau stand vor mir, einen

Wäschekorb in der Hand. Eine zierliche Person, wie ein Porzellanpüppchen, in ausgewaschenen Jeans.

»Zu wem wolln Sie denn?«

»Hausser, Walter.«

Sie verzog das Gesicht, als hätte sie was Übles gerochen. Dabei rümpfte sie das Stupsnäschen wie ein Katzenbaby.

»Zu dem? Sind Sie von der Hausverwaltung?«

Ich verneinte.

»Das ist Riesengfrett mit dem. Rast mit Rollstuhl herum, so dass die Leit vom Gehsteig springen müssen. Einmal hat er sogar Kind angefahren. Stelln sich Ihna vor! Seitdem hat er Hupe am Gefährt, wie ein LKW. Macht Höllenlärm. Wenn bsoffen ist, uriniert Hausser einfach in Öffentlichkeit. Außerdem pöbelt die Leit an. Wir haben an Hausverwaltung geschrieben, wollen wir ihn loswerden, aber rührt sich nix. Seins so gut, machen Tür auf, ja?«

Ich nahm den Schlüssel aus dem Wäschekorb und öffnete die Tür. Anschließend nahm ich ihr den Wäschekorb ab.

»Kommen Sie mit, in meine Küche. Wird sicher bald regnen draußen.« Sie lächelte mich an. »Mach ich Ihnen die Kaffee. Tratschen wir ein bisserl, wenn Hausser heimkommt, hört man eh. Weil spielt dann immer ganz laut Musik. Furchtbarer Lärm. Wohnt leider neben mir. Meine Mann sagt: ›Ich bring ihn um, den Oarsch.‹ Sag ich: ›Super, willst du Messer?‹ Aber macht er einfach nicht.« Sie lächelte mich kopfschüttelnd an, als wollte sie sagen, dass mit den Männern heute auch nichts mehr los sei.

In ihrer Wohnung im Erdgeschoss stellte sie den Wäschekorb auf eine Bank, putzte sich die Hände an einem

Geschirrtuch ab und bot mir einen Platz am Küchentisch an. Alles war sauber und ordentlich, die Abstellflächen glänzten und es roch gut. Ein leichter Hauch von Putzmitteln, vermischt mit einer Ahnung klaren Essensduftes. Die Art von Duft, die nur entsteht, wenn jemand wirklich gut und leidenschaftlich kocht.

»Starke Kaffee oder schwache?«

»Stark.«

»Gut. Viel Kaffee ist nix gut in Österreich.« Nach dieser ernsthaften Feststellung ging sie zum Herd, an dem ein paar langstielige Kupferkännchen hingen. Sie brachte Wasser zum Kochen und bereitete in einer umständlichen Prozedur zwei Tassen türkischen Kaffee zu. Siedend heiß, tiefschwarz und mit einem feinen, rot-schwarz glänzenden Schaum bedeckt. Schließlich deckte sie einen mit einem Tuch bedeckten Gugelhupf ab und schnitt zwei dünne Scheiben herunter.

»Gugelhupf machen hab ich hier gelernt. Meine Kinder sind ganz verrückt danach.«

Kaffee und Mehlspeise wurden vor mich hingestellt. Ich nippte am Kaffee und brach ein Stückchen Kuchen ab. Beides war ausgezeichnet.

»Schmeckt's?«

»Super.«

»Müssen sich Ihna vorstellen, Hausser hat Gewehr. So mit Luftdruck. Manchmal schießt er am Morgen auf die Vögel. Weil, sagt er, singen die so laut!«

Sie hatte sich neben mich gesetzt, viel näher, als mir lieb war, und nippte ihrerseits am Kaffee. Als sie die Tasse zurückstellte, blickte sie mich von unten herauf an. Mit großen Augen.

»Und Sie?«

Mir war ein wenig unwohl zumute. Was würde wohl ihr Mann dazu sagen, wenn er nun heimkommen würde? Es war schätzungsweise ein paar Minuten nach fünf. Um die Zeit kommen Männer von der Arbeit heim. Gefrustet von einem langen Tag. Sie schien meine Gedanken lesen zu können.

»Meine Mann ist auf Montage, irgendwo in Salzburg. Kommt ganze Sommer nicht heim. So wenig Arbeit überall.«

Wieder blickte sie mich an. Von unten herauf, mit den großen Augen. Die Frau war höchstens einsfünfzig groß, wog sicher nicht mehr als 40 Kilo. Zur Not hätte ich sie mit einem Arm aufheben können. Eigentlich hätte sie sich vor mir fürchten müssen, doch meine Hände waren feucht und die weichen Knie unter dem Tisch gehörten zweifellos auch mir. Ich kam mir vor wie ein Riesenkaninchen, das einer winzig kleinen Schlange gegenübersitzt. Ein Kaninchen, das weiß, dass es niemals in den Bauch der kleinen Schlange passen wird. Aber es sieht auch den gewaltigen Hunger in den Augen der kleinen Schlange, einen Hunger, den eine ganze Welt nicht zu stillen vermag.

In dem Moment war draußen auf dem Gang eine Hupe zu hören und eine bösartige, keifende Stimme, die schrie: »Ihr kleinen Rotzpippen, wenn es schlafts, kumm I und nah eich die Augen zua!« Dann das Getrappel von kleinen Füßen und das Surren eines Elektrorollstuhls, der an der Wohnungstür vorbeifuhr. Eine Faust donnerte gegen die Türe, sodass es sie fast aus den Angeln gehoben hätte. Meine Gastgeberin zuckte zusammen.

»Das macht er immer, diese schreckliche alte Mann.«

Es schien fast, als würde sie zu weinen beginnen. Das riss mich aus der Hypnose, ich sprang auf, verabschiedete mich und war schon bei der Tür. Eigentlich schade um den Kaffee und den Gugelhupf. Es müssen Opfer gebracht werden, wenn man überleben will. Als ich die Wohnung verließ, sah ich noch, wie sich auf der anderen Gangseite die Türe hinter Hausser schloss. Mit einem Rumms, so als wollte er sagen: Sehet denn, nun bin ich zu Hause.

Ich ging hinüber und horchte. Musik drang laut durch die papierdünne Türe. Ich klopfte. Der Rollstuhl surrte und die Türe wurde aufgerissen. Aus zusammengekniffenen Augen starrte mich ein alter Mann an, der trotz der Julihitze eine dicke Wolldecke mit Karomuster über die Knie gelegt hatte. Er schien ein paar Jahre älter zu sein als Neumann und Buehlin, aber das konnte auch daran liegen, dass ihn das Leben im Rollstuhl vorzeitig hatte altern lassen. Verbitterung und Hass hatten tiefe Linien in sein hartes Gesicht gegraben. Von den strichdünnen Lippen hing ihm ein Speichelfaden aufs unrasierte Greisenkinn. Die laute Musik schlug mir ins Gesicht.

»Haben Sie ein wenig Zeit?«

»I bin a Krüppel. Zeit is alles, was ich hab. Aber net fir di!«

Er wollte die Türe ins Schloss werfen, doch ich hatte meinen Fuß in den Spalt gezwängt. Gott sei Dank war die Tür leicht und mein Schuhwerk fest. Ein gebrochener Mittelfußknochen ist kein Spaß, der kann auch nie mehr gut werden. Durch die halb offene Tür röhrte ein schmutziges Trompetensolo über einem swingenden Barpiano. Durch den Lärm brüllte mir Hausser mit seinem keifenden Organ entgegen: »I kumm ausse, Burli, wo i scho hingschissen hab, muast du erst amol hinschmecken!«

Er drückte mit aller Gewalt gegen die Tür, sein Rollstuhl surrte wie ein Nest erbitterter Hornissen. Doch ich hielt dagegen. Zentimeter für Zentimeter rang ich ihm ab. Die ganze Zeit über hatte ich das Trompetensolo im Ohr, in den hohen Lagen rein und klar, unten jedoch voller Schmutz und Lust. Ganz böser Blues, das musste Bessie sein.

»Kommen Sie, Hausser, nur ein paar Minuten. Hören wir ein bisschen der Kaiserin zu und reden. Ja?«

»Du kennst Bessie?«

»Sicher. Das ist doch ›Gimme a pigfoot and a bottle of beer‹.«

»Na, Burli, wenn'st die Smith kennst, kannst eina kumman. Bist eh stärker wia i.«

Die Tür öffnete sich. Mir rann der Schweiß in Strömen über das Gesicht, und mein Hemd klebte am Rücken. Ich schnaufte durch, der alte Mann und sein Rollstuhl hatten mir ordentlich zugesetzt. Wenn irgend möglich, war es in der Wohnung noch heißer als auf dem Gang. Die Luft, zum Schneiden dick, stand förmlich im Raum und umhüllte mich wie ein Mantel aus heißem Blei. Der Letzte, der gelüftet hatte, war vermutlich noch Augenzeuge der Sintflut gewesen.

Ich folgte Hausser in seine Wohnküche. Aus den billigen Boxen, die an einen portablen CD-Player angeschlossen waren, dröhnte die letzte Überleitung. Bessie Smith kam gerade zum Ende des Songs. Wie viele der alten Bluesstücke hatte auch dieses eine abschließende ›Confession‹, die an die sakralen Ursprünge dieser Musik erinnerte: ›Gimme a reefer and a gang of gin, play me, cause I'm in my sin, blame me, cause I'm full of gin.‹

Hausser war an den Esstisch gefahren, dessen Tischtuch zahlreiche Brandlöcher aufwies, und schenkte sich ein Gläschen Schnaps aus einer unetikettierten Flasche ein. Nachdem er den Schnaps geschluckt hatte, atmete er geräuschvoll in einem lang gezogenen »Ahhhhh« aus.

»Würd dir a was anbieten, Burli, aber der Trester is nix fir Kinda.«

Ich war froh, nicht ablehnen zu müssen, denn einerseits wollte ich einem Typen wie Hausser gegenüber nicht unhöflich sein, andererseits auch um keinen Preis den Schnaps schlucken müssen. Als er die Flasche entkorkt hatte, war ihr ein penetranter lösungsmittelartiger Geruch entströmt, der mir die Nackenhaare aufgestellt hatte.

»Wie bist denn überhaupt einakumman? Hab di gar net läuten ghert.«

»Ich war schon im Haus, als Sie gekommen sind.«

»Ahh«, er lächelte unsympathisch, »du warst bei der Klanen von gegenüber. Wenn'st zu der sagst: ›Nimm Platz‹, liegt's scho am Rucken und hot d'Fiaß am Plafond. Schieb die Pornoheftln auf'd Seiten und setz di nieder.«

Ich tat, wie mir geheißen und entdeckte dabei, dass Hausser einen vielseitigen Geschmack besaß. Alles war vertreten, Schwangere, Fette, Dünne, alle Hautfarben und Altersgruppen, Hauptsache weiblich und nackt.

Bessie war unterdessen in den ›Weeping Willow Blues‹ eingestiegen. Der Song fließt langsam und träge, wie ein Südstaatenfluss. Die kommt ohne Schlagzeug aus und in Bessies Gesang sind all die Freuden und Ängste einer sterblichen Seele verankert, so wie sich die Landschaft, durch die ein Fluss fließt, in seiner Oberfläche spiegelt.

»Also, Burli, warum bist du bei mir?«

»Woher kennen Sie Korkarian?«

»Warum kennt ein armer Krüppel einen Kredithai?«

»Haben Sie ihm auch Ihre Seele verkauft?«

Hausser starrte mich an.

»Bist narrisch? Mit solchen Sachen macht ma kan Spaß. Die Seele ist alles, was du bist, und das Einzige, das wirklich nur dir selbst gehört. Eine große Sache. Damit handelt man nicht.« Hausser sagte das mit einer einfachen Bestimmtheit, die mich sprachlos werden ließ. Er war nun ganz ernst und hatte die Umgangssprache abgelegt wie eine Maske.

»Aber du hast ›auch‹ gesagt, wer hat denn seine Seele verkauft?«

»Buehlin.«

»Woher hat denn der davon gewusst?«

»Neumann hat's ihm gesagt.«

»Alle bösen und gedankenlosen Taten deines Lebens kommen am Ende zu dir selbst zurück.«

Sprachs und versank in Schweigen. Wir saßen still am Tisch, der Blues röhrte dunkel und bedrohlich aus den Plastikboxen, während draußen die Sonne schien und Kinder über die Grünflächen jagten. Das schien eine Million Meilen weg zu sein.

»Ich war damals auf der Suche nach einem Kredit, die Banken wollten mir keinen geben, da bin ich auf Korkarian gestoßen und ich fand die Bedingungen so amüsant. Achtlos hab ich das allen Bekannten erzählt, weil ich es für einen guten Witz hielt. Achtlos war ich.« Er machte eine kleine Pause. »Weißt du, was Naglfar ist?«, fuhr er fort.

»Ja, aus der germanischen Mythologie. Das Schiff, das die Riesen bauen, um zum Ragnarök, dem Weltuntergang, nach Asgard zu gelangen.«

»Und du weißt auch, aus was sie es bauen?«

»Aus Haar, Finger- und Zehennägeln …«

»… die achtlose Verwandte den Toten nicht abgeschnitten haben«, vollendete Hausser den Satz. »Ich halte das für ein sehr schönes Bild, alles geht in die Brüche, weil wir achtlos sind. Achtlos und gedankenlos.«

Hausser ließ die Worte nachwirken. Als ich ihn betrachtete, fiel mir auf, dass der verbitterte, hasserfüllte Mann verschwunden war. Vor mir saß ein Mensch, den das Leben nicht nur körperlich zum Krüppel geschlagen hatte.

»Ich glaube, es war Malebranche«, fuhr Hausser fort, »der meinte, dass nur Narren nicht an Gott glauben, denn wenn es ihn nicht gibt, gewinnt man nichts, …«

»… sollte es Gott geben, verliert man alles. Die Überlegung kenne ich. Aber Nietzsche sagte, dass es keine Götter geben kann, denn wie sollte er es aushalten, keiner von ihnen zu sein. Außerdem glaube ich, dass Gott ein aufrechter und ehrlicher Atheist lieber ist als jemand, der aus Berechnung glaubt.«

Hausser lächelte melancholisch.

»Du weißt auch, was Homer in der Ilias zu diesem Thema zu sagen hatte?«

»θεὸς δὲ τὸ μὲν δώσει, τὸ δ’ ἐάσει, ὅττι κεν ᾧ θυμῷ ἐθέλῃ· δύναται γὰρ ἅπαντα«, protzte ich mit meinem Griechisch.

»Gott gibt uns dieses, und jenes versagt er, wie es seinem Herzen gefällt, denn er herrschet mit Allmacht«, übersetzte Hausser nickend. »Respekt, Burli, das weiß nicht jeder.«

»Es weiß anscheinend auch nicht jeder, dass das Zitat aus der Odyssee stammt«, merkte ich kleinlich an.

»Das ist doch egal.«

»Nein, weil es Eumaios ist, der Schweinehirt, der das zu Odysseus sagt.«

»Willst du damit sagen, dass ich ein Schweinehirt bin?«, fragte Hausser nicht unfreundlich.

»Nein, aber dass das glückliche Zeiten waren, in denen Schweinehirten so viel Weisheit besaßen.«

»Da ist was dran. Heute sitzen die Schweinehirten in der Regierung, doch man kann nichts von dem zitieren, was sie sagen.«

»Ja, der letzte zitierfähige Politiker war Vranitzky, der hoffte, dass die Mafia nicht beleidigt ist, wenn sie mit unseren Parteien verglichen wird.«

»Danach Schweigen.«

Das machten wir dann auch und hörten wieder ein bisschen der »Empress of Blues« zu. Bessie starb nach einem Autounfall, als das nächstgelegene Krankenhaus sie nicht aufnehmen wollte, da sie eine Schwarze war. Doch auch sieben Jahrzehnte nach ihrem Tod drangen ihre Stimme und ihre Emotion klar durch den Vorhang der Zeit und das Rauschen der Platten.

»Sie wollen mir doch nicht allen Ernstes einreden«, nahm ich das Gespräch wieder auf, »dass Sie glauben, dass man seine Seele durch die Unterschrift auf einem Blatt Papier verkaufen kann?«

»Burli, i glaub an gar nix mehr, außer an Schnaps und Pornoheftln.«

Der gebildete Mann mit der sanften Intonation war wieder verschwunden, geblieben war der Hausser, der die Worte aussprach, als wolle er sie blutig schlagen. Mehr war dann auch an diesem Tag nicht aus ihm rauszuholen. Als ich die Tür hinter mir schloss, verabschiedete Bessie mich mit den Worten: »I've got the devil in my soul and I'm full of bad, bad booze.«

IX

In der Straßenbahn stank es nach Schweiß und Döner, mit einem Oberton von billigem Parfüm. Wobei gesagt werden muss, dass unter diesen Umständen jedes Parfüm seine Klasse verliert. Mein Hemd klebte am Holz der Sitzbank, und alles fühlte sich eklig und schmuddelig an. Was ich brauchte, war eine Dusche, ein Bett und ordentlich Schlaf. Doch nichts davon war in Reichweite. Ich holte mein Handy raus und schaute nach, ob jemand angerufen hatte. Es hatte.

»Servus, Reichi. Schon gierig auf den Seelen-Vertrag?«

Als Vollblutwinkeladvokat musste so ein Text für Reichi eine Synthese aus Schnipo, Erstkommunion und Gruppensex darstellen.

»Ach wo …«

Ich war baff, gelinde ausgedrückt. Mit so einer Reaktion hatte ich nicht gerechnet.

»Wer spricht dort und was haben Sie mit Reichi angestellt?«

»Schon gut, Arno. Mit mir ist alles bestens. Ich war bloß so neugierig, dass ich von alleine angefangen habe, ein bisschen zu recherchieren.«

»Du warst doch nicht schon etwa dort und hast unterschrieben?«

Reichi würde seine Seele bedenkenlos für 500 Euro verkaufen, nicht auszudenken, was er zu tun imstande wäre, um so einen Vertrag in Händen zu halten. Wahrscheinlich wäre nicht einmal die Seele seines Erstgeborenen in Sicherheit. In seiner Sammlung juristischer Kuriosa nähme so ein Text einen Ehrenplatz ein, zwischen niedersächsischen Regularien betreffs der Aufstellung von DWBM's und der alt-kakanischen Stempelkissenverordnung 2412/5. Bei DWBM's handelt es sich übrigens um Dienstweihnachtsbäume. Um die herum unter Anleitung eines erfahrenen Beamten auch Weihnachtslieder abgesungen werden dürfen. Zwanglos nach Dienstgraden geordnet, versteht sich.

»Nein. Ich dachte, lass das mal Arno machen. Morgen ist früh genug.«

»Was dann?«

Ich hörte Reichi durchs Telefon grinsen. Er spannte mich auf die Folter. Das konnte ich auch.

»Na, wahrscheinlich eh nicht so wichtig. Morgen ist früh genug.«

Da sprudelte es am anderen Ende der Leitung los.

»Ich dachte mir, dass so ein Vertrag doch irgendwem aufgefallen sein muss. Auf dem Juridicum wimmelt es doch nur so von Freaks. Und da jeder Mensch alle anderen Menschen über sechs andere kennt, dachte ich, …«

»… dass irgendjemand ja diesen Text verfasst haben

muss. Und dieser Jemand muss juristisch gebildet sein, und Juristen kennen sich untereinander.«

»Itam est. Stell dir vor, da würde ein Wiener Philologe ein antikes Papyrus entdecken, von dem die Welt nichts weiß, das würden doch sofort alle wissen …«

»Reichi, lass die Späße.«

»Schon gut.«

»Also hast du die Rechtsdatenbanken, die Kommentare und die Foren durchsucht.«

»Genau. Und weißt du was?«

»Was?«

»Ich hab nichts gefunden.«

»Und deswegen machst du so ein Trara? Weil du nichts gefunden hast.«

»Ich mach so ein Trara, weil ich schlauer bin als du.«

»Wie, exakt, äußert sich das bei dir?«

»Indem ich auch die Prüfungstexte der letzten Jahre durchforstet habe, und die Übungen, Privatissima und so. Der Seelenvertrag war Gegenstand einer Klausur im Juli 2007. Durchfallquote überraschend niedrig, nur etwa 63%. Nicht so wie bei euch Geiwis, wo jeder durchkommt.«

»Genau, ihr seid die Härtesten der Harten.«

»Jawohl. Wir pressen auch noch den Kleinkindern das Weiße aus den Augen.«

Man darf die Juristen nicht verachten, lehrt doch der große Thomas die analogia entis: In jedem Samenkorn spiegelt sich das Universum. Der Aasgeier, der Schakal und die Hyäne sind wertvolle Bestandteile der großen Kette des Lebens. Dieselbe Rolle erfüllen die Juristen in der menschlichen Gesellschaft.

»Also, wir wissen jetzt, welcher Professor den Text

gegeben hat. Ausgezeichnet. Hast du, oh Schatzkammer der Weisheit, Licht des Universums, in deiner unendlichen Weisheit auch daran gedacht, mit dem Herrn zu sprechen?«

»Selbstredend.«

»Dann rede selbst, und lass dir nicht alles aus der Nase ziehen.«

»Also, der Herr Professor, mit dem ich übrigens recht gut bin, kennt den Korkarian. Der kam zu ihm und wollte Rat. Den Professor hat das so amüsiert, dass er selbst den Text verfasst hat. Das heißt, der Text ist hieb- und stichfest. Der Mann ist eine Koryphäe.«

»Name und Anschrift, ich muss mit dem Typen reden.«

»Unmöglich. Erstens würde er mich verklagen, weil ich ihm Stillschweigen versprechen musste. Und zweitens wäre das Vertrauen hinüber. Ein Prozess würde mich zwar reizen, aber ich hab noch ein paar Prüfungen vor mir.«

»Komm schon, Reichi, das wäre echt wichtig.«

»Roma locuta, ...«

»... causa finita. Du bist zwar nicht der Papst, aber ich akzeptiere. Kannst du nicht wenigstens herauskitzeln, woher der Armenier den Professor kennt?«

»Hab ich doch schon. Sie spielen gemeinsam Schach.«

»Bei der Hakoah?«

»Nein, beim KSV. Wieso kommst du auf die Hakoah?«

»Weil der Korkarian vermutlich Jude ist. Darum.«

»Hat er auch eine schöne Tochter?«

»Ja.«

»Arno, wach auf, du bist im Kaufmann von Venedig!«

So etwas in der Art war mir auch schon durch den Kopf gegangen. Wir alberten noch ein wenig herum, bis mich meine Sitznachbarn endgültig für übergeschnappt hielten und Reichi schließlich auflegen musste, da irgendein obskures Sommerseminar zum Thema Inquisition aus kirchenrechtlicher Sicht auf ihn wartete. Reichi so ein Seminar besuchen zu lassen, war vergleichbar damit, einem Jaguar auch noch ein Maschinengewehr in die Hand zu drücken. Wir werden uns alle noch mal wünschen, dass das nicht passiert wäre.

Meine Stimmung war ein bisschen besser als vorher. Wenigstens hatte ich jetzt einen Ansatzpunkt, etwas, das mir zuvor vollständig gefehlt hatte. Andererseits hätte ich auf die Idee mit dem Juristenkonnex auch selbst kommen können. A posteriori ist alle Einsicht leicht, aber das beruhigte mein verletztes Ego auch nicht wirklich. Schließlich kam die 43er Tram auch noch am Landesgericht vorbei, und das rief mir in Erinnerung, wer dort arbeitete. Seit dem kalten März konnte ich an dem Gebäude nicht mehr vorbeigehen, ohne an sie zu denken. Wir waren einander bei der Jagd nach einem antiken Papyrus begegnet. Leider stellte sich heraus, dass sie nicht nur für die Gegenseite, sondern auch noch auf eigene Rechnung arbeitete. Als wäre Liebe nicht so schon kompliziert genug. Schließlich hatte sie mich reingelegt und ich sie. Der Papyrus war uns dann beiden durch die Lappen gegangen. Wer zu viel will, steht zum Schluss mit leeren Händen da und einem gebrochenen Herzen.

Mir fehlten nicht nur eine Wohnung, eine Dusche und ein Bett, nein, mir fehlte Laura.

2. KAPITEL

I

Mit einem wehmütigen Sehnen in der Brust kam ich in meinem Büro an, setzte Wasser für einen Tee auf und bereitete mich darauf vor, meinen Luxuskörper auf der Institutstoilette zu waschen. Alle romantischen Empfindungen waren verflogen, als ich nackt vor dem Waschbecken stand, das etwa die Größe einer Briefmarke aufwies, und versuchte, meine Füße zu waschen. Einen Fuß im Waschbecken, stand ich nackt da, als mir plötzlich die Möglichkeit in den Kopf schoss, dass irgendjemand den Raum betreten könnte. Ich hatte nicht abgeschlossen. Zwar war ich allein am Institut, aber gib dem Schicksal eine Chance und es nützt sie. Nackt auf der Toilette erwischt. Meine Karriere wäre beendet, bevor sie noch begonnen hatte. Ich drehte mich um, der schon gewaschene und darob nasse rechte Fuß glitt aus, und um ein Haar hätte ich mir den Kopf an den Fliesen aufgeschlagen. Ab morgen, so beschloss ich, auf dem Rücken liegend, würde ich mir ein Tröpferlbad suchen.

Ein paar Minuten später stand ich, noch nass von meiner Katzenwäsche, in meinem Büro. Ich hielt eine Tasse Tee in der Hand, es handelte sich um die dritte, und war glücklich. Nichts spült einen heißen Tag so aus dem Organismus wie grüner Tee. Doch dann war mein Glück vorbei, denn es läutete das Telefon.

»Grüß Gott.«

»Servus, Erich.«

»Ich wollte nachfragen, ob bei deinen Erkundigungen schon was rausgeschaut hat. Die hohen Herren sind neugierig. Wir könnten uns irgendwo treffen. Mutter Kirche hat die Spendierhosen an.«

Eine Armenspeisung wäre jetzt zwar genau im Sinne meines Magens gelegen, aber ich war fix und fertig.

»Nein, Erich, ich bin total erledigt. Ich geh heute nicht mehr aus dem Haus.«

»Am Telefon will ich das alles nicht besprechen.«

»Komm doch vorbei.«

»Bis Rudolfsheim Fünfhaus ist es mir zu weit.«

»Nein, ich bin auf der Uni. Im Büro.«

»Warum …«

»Erzähl ich dir, wenn du da bist.«

»Gut, bis in einer halben Stunde.«

»Klopfe und dir soll aufgetan werden, denn mein ist der Schlüssel.«

»Lass die Lästereien.«

»Gut. Kannst du mir noch einen Gefallen tun? Bring ein Bild des vorigen Pontifex mit, so mit Autogramm, wenn möglich.«

»Arno, wir haben dich engagiert, nicht du uns.«

»Ist mir schon klar, wäre wirklich ein Freundschaftsdienst.«

»Soll sein.«

Wir legten auf. Dann zog ich mir eine Boxershorts an, schnappte mir meinen uralten iPod und ging in die Bibliothek. Ich kam mir vor wie ein Kind, das über Nacht in einem Süßigkeitenladen eingesperrt wurde. Nur ich und 15.000 Bücher. Was für eine Nacht, nur schade, dass Erich kommen würde. Meine nackten Füße klackten auf dem staubigen dunkelgrünen Linoleumboden. Neben mir Stellagen mit Büchern, die bis an die Decke reichten. Alte Bände in Leder, noch mit handgeschriebenen Signaturen, moderne mit fantasievoller Covergestaltung auf billigem Papier. Über allem der Geruch von Büchern. Pfeffer, Moder und Leim. Ich schaltete den iPod ein und hörte ein bisschen Mozart. Das 20. Klavierkonzert in d-Moll, in der Aufnahme von Keith Jarrett. In dieser Musik schwingt für mich eine ernste Sehnsucht mit, die von naiver Freude kontrastiert wird. Ganz genau meine momentane Stimmung. Leider sind die Augenblicke im Elysium kurz und flüchtig. Nachdem ich ein paar Bände herausgezogen, ein paar Zeilen gelesen und der Musik gelauscht hatte, war es so weit daran zu denken, Erich hereinzulassen.

Er stand schon vor der geschlossenen Tür. Schwer schnaufend, also konnte er noch nicht lange dastehen. Als er mich so in Boxershorts sah, mit einem schweren Lederband unter dem Arm, machte er große Augen. In der Linken hielt er einen schwarzen Lederkoffer, in der Rechten einen Plastiksack, fest an die Brust gedrückt. Da war sicher das Abendessen drin.

»Hast du das Bild von Johannes Paul?«

»Sicher, aber was willst ausgerechnet du mit dem Bild anfangen? Da steckt sich wieder eine von deinen Verbrechen dahinter, ich komm nur nicht dahinter, was für eine.« Erich kamen die Worte stoßweise über die Lippen, er schnaufte ganz schön.

»Überhaupt nicht. Das ist für meine polnische Hausbesorgerin. Wenn ich eine Leidensmiene aufsetze, dann wäscht sie mir die Sachen. Ich muss es nicht selbst machen und gratis ist es auch noch.«

»Das heißt, du willst mit dem Bild des Stellvertreters Gottes auf Erden, der im Prozess der Heiligsprechung steht, eine arme, alte Frau bestechen.«

»Genau.«

»Schäm dich!«

»Sicher nicht.«

»Du wirst das Bild von mir nicht kriegen.«

»Komm, Erich, so schlimm ist das nicht. Außerdem kriegt sie von mir ab und zu ein bisschen Schokolade und eine Flasche polnischen Wodka. Ist für beide Seiten in Ordnung so.«

»Warum polnischen?«

»Weil russischer aufgrund der gemeinsamen Geschichte beider Völker nicht geht. Sogar die Kakerlaken heißen bei den Polen Russen. Baltisches Spezialitäten-Geschäft kenn' ich keins in unserem Grätzel, also kauf ich ihr den Wodka in der polnischen Videothek ums Eck.«

Er sah mich immer noch skeptisch an.

»Videothek?«

»Ja, klingt seltsam, aber die haben auch Lebensmittel und ein Beisl ist es auch.«

Mittlerweile waren wir im Büro angelangt und begannen, den Schreibtisch abzuräumen.

»A propos Hausbesorgerin, warum bist du nicht dort?«

»Wasserschaden und daraus resultierender Umbau. Für Minimum 14 Tage.«

»Du wohnst jetzt im Büro. Was sagt Glanicic-Werffel dazu?«

»Gar nichts.«

»Weil sie es nicht weiß.«

»Genau.«

»Das würde ihr sicher nicht passen.«

»Der Professorin passt gar nichts von dem, was ich mache, außer meine Aufsätze, die unter ihrem Namen erscheinen. Bin ich also schon gewohnt.«

Der Tisch war abgeräumt, Erich stellte das Plastiksackerl hin und holte verschiedene, in Alufolie eingeschlagene Gegenstände heraus, plus eine Flasche Rotwein und Besteck, Erich würde niemals mit den Händen essen. Er schlug die Alufolie zurück und der Duft von frischem Backhendl erfüllte das Büro. Für mich war auch noch eine Schale Salat dabei, Erich war nicht so der Beilagenesser. Er schlang sich eine Serviette um den Hals, faltete kurz die Hände und setzte sich zu seinem Huhn. Er hatte zwei gekauft, sicherlich würden die Reste meines Tiers auch noch in seinem Magen landen. Verschwendung war für ihn Sünde. Den Wein hatte er neben sich stehen, ich würde Tee trinken.

»Ich hab da einen Welt-Hendlbrater aufgetan«, Biss, »der Mann kommt aus dem Libanon«, Biss, »hat sonst nur so orientalisches Zeug«, Biss, »aber eine Panier kriegt der bei den Hendln hin«, Biss, »Wahnsinn.«

»Ja, sind wirklich gut.«

Dann verstummten wir beide und aßen. Das weiße Fleisch war saftig, die dunkle Panier knusprig und die gelbe, leicht fettig ölige Haut gab dem Ganzen das Runde, Volle, das mehr befriedigt als reine Sättigung.

20 Minuten später waren die Hendln Geschichte, der Wein bis auf ein Glas leer und Erich strahlte wie ein glücklicher Säugling. Er schmatzte noch ein wenig mit den Lippen. Seine Backen glänzten rot.

»Du könntest bei uns schlafen. Im Kloster haben wir schon noch ein paar freie Zellen.«

»Das Angebot ist lieb, Erich, aber ich steh nicht so auf Homoerotik. Außerdem komm und geh ich zu ungünstigen Zeiten. Und was, wenn die Arbeit es verlangt, eine Frau mit heimzubringen? Das würde euch sicherlich nicht gefallen, wenn euer Te Deum durch das Gebet der Fleischeslust gestört würde.« Der Gedanke an die Klosterbibliothek mit all den Handschriften reizte mich allerdings schon. Nur war da nichts zu machen.

»Jaja, hast recht. Also, was ist mit dem Seelenhändler, hast du schon was?« Erich war sichtlich pikiert und wechselte das Thema.

»Noch nicht viel.«

»Für deine Unterwelthansln geht das immer glatt vonstatten. Wenn es einmal was Wichtiges ist, das mehr betrifft als nur dich selbst, dann ...«

»Tu mir nicht unrecht. Ich hab keinen großen Apparat hinter mir, Erich, das macht alles schwer.«

»Aber du kennst doch die ganzen Strizzi, warum fragst du nicht einfach nach? Du hast doch selbst mal für einen aus der Kreditbranche«, Erich räusperte sich, »hmm, gearbeitet.«

»Sicher. Wenn ich dort wen frage, denkt sich der: Was will der Linder? Dann werden sie neugierig und wittern Geld. Normalerweise wär mir das egal, aber es geht um Mutter Kirche. Ich soll diskret vorgehen und diese Leute sind alles andere als diskret.«

»Die würden zum Kardinal gehn? Mit Schlägern?«

»Möglich. Ich hätte an eurer Stelle mehr Angst davor, dass jemand der Presse was steckt.«

»Das wär gar nicht gut. Haben die keinen Respekt vor der Religion?« Erich kennt jede Silbe von »de veritate« beim Vornamen, aber in der realen Welt hapert es ab und zu ein bisschen.

»Manche schon, doch die sind dann orthodox oder muslimisch orientiert. Den anderen, und die sind die meisten, ist es einfach scheißegal. Außerdem, und das ist auch wichtig, je weniger Leute von der Sache wissen, umso mehr kann ich herausbekommen. Wenn jeder seine Finger drin hat, wirds enorm schwierig.«

»Ja, ja, ich verstehe. Per noctem ad lucem.« Er grinste mich mit Verschwörermiene an und nahm einen Schluck Wein. »Du musst auch mich verstehen, die hohen Herren werden nervös. Die sind gar nicht begeistert davon, dass ich dich engagiert habe. Die meisten wollen direkt zur Polizei und an die Öffentlichkeit gehen.«

»Das wär gar nicht gut. Man würde euch auslachen.«

»Wem sagst du das. Noch hat der Kardinal alle im Griff. Aber es gibt da Spinner, sage ich dir ...« Erich verstummte und murmelte eine kleine Buße.

»Ich kanns mir denken. Also hör zu.«

Ich erzählte Erich alles haargenau so, wie es sich abgespielt hatte. Nur die Fakten, keine Eindrücke und Schlussfolgerungen. Erich machte sich Notizen in seinen schwarzen Moleskine-Kalender. Erich schrieb mit blauer Tinte, gestochen scharf, beherrscht und klein, immer in Fall und Linie korrekt. Als ich fertig war, hatte ich nur zwei Dinge ausgelassen. Buehlins Bastelei mit der Hohlwelttheorie und die Journalistin aus Abessinien mit dem Waldviertler Namen. Wieder klingelte etwas, aber ich kam einfach nicht drauf. Ich beschloss meine Darstellung mit einem Rat:

»Erich, wenn es nicht unbedingt sein muss, dann lass die Namen der Personen raus.«

»Warum?«

»Weil wir sonst anderen die Möglichkeit zum Handeln geben, die werden das auch tun, und wir beide müssen darunter leiden. So kontrollieren wir den Informationsfluss. Wissen ist Macht.«

Erich rümpfte die Nase. Was ich sagte, erschien ihm einleuchtend, allerdings ist er kein Freund von Bacon. Viel zu sehr Alchimist gewesen, der gute Lord. Nachdem ich geendigt hatte, nahm Erich einen Schluck Wein und begann seine Gedanken auszubreiten.

»Du hast also deine Seele eingesetzt. Das gefällt mir nicht, und das wird den hohen Herren auch nicht recht sein«, begann Erich nach einer kleinen Nachdenkpause.

»Ging nicht anders. Sieh es einfach als Zeichen meiner Hingabe an Fall und Auftraggeber.«

»Du gehst da sehr leichtfertig und, wenn ich so sagen darf, achtlos mit deinem Geschenk um.« Ich winkte ab.

»Außerdem«, fuhr Erich fort, »hast du ein bisschen geschwindelt.« Er legte die Stirn in Falten, was sich bei seinem Billardkugelkopf doch ein wenig wunderlich ausnahm. »Dass du die Adresse von Buehlin vom Computerbildschirm gelesen haben willst, nehme ich dir nicht ab. So wie du Korkarian beschrieben hast, passt das nicht zusammen.« Erich hatte seine Logik an Aristoteles geschärft. Somit war ihm mit kleinen Schwindeleien nicht beizukommen. Nur gut, dass der alte Peripatetiker nicht von Gangstern und Polizisten gelesen wird.

Ohne auch nur einen Blick in sein Notizbuch zu werfen, redete er weiter.

»Auch das mit Buehlin ist ein bisschen schief. Da hast du die Wahrheit gesagt, aber nicht alles. Ich kann förmlich spüren, dass noch was fehlt. Der Mann scheint mir seine Seele nicht nur an Korkarian verkauft zu haben, der treibt noch was anderes.« Erich nahm noch einen kleinen Schluck vom Wein und wartete. Als ich keine Anstalten machte, etwas zu erwidern, nickte Erich, was die Doppelkinne in Aufruhr versetzte, und fuhr fort.

»Wenn du's mir nicht sagen willst, gut. Meine Herren werden das wahrscheinlich nicht bemerken. Viel zu aufgeregt. Und ich werde dich nicht fragen. Noch nicht. Zwei Dinge allerdings bereiten mir Sorgen. Dass Korkarian Jude ist, zum einen.«

»Vielleicht, vielleicht auch nicht. In den nächsten Tagen werden wir mehr wissen. Morgen ist der Vereinsabend des KSV, da werd ich Mäuschen spielen, wenn die Leute vor und nach dem Schach herumsitzen und plaudern.«

»Meinst du nicht, dass das auffällt?«

»Ach wo, das ist ein normales Wettcafé, da sitzen jede Menge Leute rum. Ich werde ein gutes Buch lesen und lauschen.«

»Was aber, wenn Korkarian Wind kriegt und dich erkennt?«

»Macht auch nicht viel. So oder so wird da was rauszufinden sein, wenn nicht von ihm, dann von seinen Freunden. Wenn der Armenier überhaupt anwesend ist. Es kommt nicht immer jeder zum Vereinsabend. Vielleicht kann ich in seiner Abwesenheit sogar einen Freund von ihm ausquetschen.«

»Gut. Was mir am meisten Sorge bereitet, ist die Tatsache, dass Buehlin nichts passiert ist. Kein Besuch von einem Inkassokommando oder dergleichen. Und der Mann war bewaffnet, die Wohnungstür schwer gesichert. Seltsam.«

»Das hab ich mir auch gedacht, den werd ich schon noch im Auge behalten. Knarre und Wohnungstür sind harmlos, ich denke, er ist einfach leicht paranoid und hat eine nette kleine Sozialphobie.«

»Warum hat er dich dann reingelassen?« Ich konnte Erich jetzt nicht sagen, dass Buehlin einfach jemandem seine Maschine zeigen wollte, darum zuckte ich nur mit den Achseln.

»Glück gehabt.«

»Siehst du, deswegen glaube ich dir da nicht ganz.«

Wieder war ich dankbar, dass Theologen keine Ermittlungen leiten.

»Ich glaube auch, dass Wohnungstür und Revolver harmlos sind. Was mich beunruhigt, ist die fehlende Reaktion von Korkarian über den geplatzten Kredit.«

»Wieso, das zeigt doch nur, dass Korkarian wider Erwarten ehrlich spielt.«

»Genau das macht mir Sorgen.«

»Versteh ich jetzt nicht.«

»Wenn Korkarian ein Inkassokommando vorbeigeschickt hätte oder Buehlin drohen würde, wäre er einfach unehrlich. So aber besteht die Möglichkeit, rein hypothetisch, dass sich unsere Befürchtungen bestätigen.«

Ich musste wohl sehr dumm ausgesehen haben, denn Erich erklärte mir in seiner besten ›Lieber Onkel‹-Stimme: »Du hast doch selbst gesagt, wie war das noch? Ah ja, ›Pferdefüße und Bockshörner etwa, und ein bisschen Schwefel‹. So hast du es gestern genannt.« Ich war baff.

»Das war doch nur ein Schmäh.«

»Für uns nicht. Du vergisst, das Böse ist eine Realität, sagt die katholische Lehre. Benedikt hat es erst kürzlich wieder bestätigt.«

»Du meinst, wenn Korkarian hinter Seelen her ist, könnte er eine Verbindung haben, um daraus Gewinn zu schlagen.«

»Genau. Oder es ist so, wie du sagst. Er setzt auf Gier und Aberglauben, indem er minimale Verluste einfach in seine Rechnung mit einbezieht und in Kauf nimmt. Ich betonte vorher, dass es möglich sei.«

»Ich hab schon zugehört, ja.«

»Was habt ihr vor, wenn sich eure Befürchtung bestätigt?«

»Beten. Alles Weitere wird dann Rom entscheiden.«

»Du meinst, es marschiert eine Division Exorzisten an und macht dem Spuk den Garaus?«

»Ein bisschen mehr Ehrfurcht und Ernst darf ich mir schon ausbitten. Lass die Alfanzen. Divisionen gibt es, soweit ich informiert bin, im Heerwesen. Die heilige Mutter Kirche kennt so etwas nicht. Außerdem ist ein Exorzismus eine Austreibung minderer Geister, im schlimmsten Fall reicht das dann gar nicht.«

»So oder so. Es werden euch alle auslachen.«

Erich zog eine bekümmerte Miene und trank den letzten Schluck Wein. Dann holte er aus einer Tasche seiner Kutte ein schönes, gefaltetes gelbseidenes Taschentuch hervor und tupfte sich Lippen und Stirn ab. Schließlich steckte er es wieder weg.

»Arno, du bist meine letzte Verteidigungslinie. Solange du nicht überzeugt bist, dass an der Sache was faul ist, werde ich gegen die Hysteriker bei uns kämpfen. Sogar um den Preis, dafür meine Tage beim Monstranzenputzen in Gramatneusiedl beschließen zu müssen.«

»Erich, ich glaube nicht an den ganzen Humbug.«

»Gerade deswegen, wenn«, Erich machte ein Auslassungszeichen, »er dahintersteckt, wirst auch du glauben. Außerdem: Audiatur et altera pars.«

»Erich, sag: ›Teufel‹«, neckte ich. »Komm schon, ist leicht. ›Teufel‹. Siehst du, ich kanns.«

Erich schüttelte nur den Kopf und begann seine Sachen einzupacken. Das Bild von Johannes Paul legte er mir auf den Tisch.

»Komm, lass mich raus. Heute ist noch viel zu tun. Ora et labora.«

»Sicherlich.« Auf dem Weg zur Institutstür stellte ich eine letzte Frage.

»Erich, du verheimlichst mir doch auch was.«

»Wie kommst du darauf.« Erich war urplötzlich ganz christlich-sanft geworden. Wenn er jetzt gestorben wäre, hätte sein Leichnam sicher geduftet, so strengte er sich an, den Heiligen zu mimen.

»Irgendwoher habt ihr von der Sache Wind bekommen. Du wolltest mir das letzte Mal nichts sagen, wie stehts mit heute?« Ich hatte inzwischen die Türe geöffnet, Erich war hinausgetreten, er blickte noch mal zu mir zurück. Ganz sacht legte er den Finger über die Lippen. Schweigen. Dann wandte er sich um und verschwand im Dunkel der Philosophenstiege.

II

Die erste Nacht im Büro war nicht so angenehm. Es war heiß, das offene Fenster in den Lichthof hinaus kühlte auch nicht, und außerdem zeichnete das bisschen Mondlicht den Schatten der toten Topfpflanzen unheimlich auf den Boden. Irgendwo in den Untiefen des Instituts surrte eine elektrische Maschine, ansonsten war es furchtbar still.

Gegen den ersten Winter in Wien war es allerdings gemütlich. Damals, noch grün hinter den Ohren, hatte ich mir eine Wohnung im zweiten Bezirk am Donaukanal gemietet. Die Wohnung war auch da gewesen, was fehlte waren Fenster, Gas und Strom. Im Oktober zog ich ein, Strom und Gas kamen vor Weihnachten, die Fenster wurden erst im neuen Jahr eingesetzt. Den Donaukanal pfeift immer ein kalter Wind hinunter, egal mit wie viel Plastik ich die Wandöffnungen verschloss, manchmal blies mir ein Windstoß die Kerze aus. Was für mein Wohlbefinden schlecht war, half mir beim Studium. Denn schnell hatte ich herausgefunden, wann in Wien die erste Bibliothek öffnet und wann die letzte schließt. Von da an saß ich nur noch über Büchern, denn dort war es warm. Unter der Woche war die letzte offene Bibliothek die der Katholischen Theologie am Ring. Manchmal musste mich die Bibliothekarin an den Ohren hinausschleifen. Bis ich ihr meine Geschichte erzählte. Dann erwachten mütterliche Gefühle in ihr, und die Mittvierzigerin sorgte dafür, dass es mich nicht mehr fror. Was dann zu anderen Gefühlen führte. Kochen konnte sie übrigens auch.

Ihr Lebensgefährte, den sie mit Leichtigkeit und all der Selbstverständlichkeit betrog, als wäre sie sich als Frau ihres natürlichen Prärogativs so gewiss und bewusst wie ein Herrscher, der den zweifellos Schuldigen begnadigt und das Parlament des Friedensschlusses wegen auflöst. Von Gott eingesetzt und bestätigt, ins Sein getretener Wille des Allerhöchsten. Ihr Freund war übrigens Drucker, außerdem Kommunist mit einem schweren Faible für Hegel und die Wiener Unterwelt. Er kannte Bender, und das führte zu meinem ersten Job. Bender betrieb ein paar illegale Kasinos und hatte seine Finger überall drin, wo verboten draufstand. Zuerst arbeitete ich nur als Barmann, dann als Croupier und schließlich erledigte ich eines Tages einen kleinen Auftrag für Bender, fast legal. Das ›fast legal‹ wurde bald zu illegal und es machte mir jede Menge Spaß. Eines Tages gab es dann einen Toten und ich hörte auf, bis vor einem halben Jahr ein betrunkenes Mädchen in einen Mercedes stieg und der Papierkrieg begann. Irgendwann verlor ich mich in den Erinnerungen und schlief ein.

Der nächste Morgen war kalt, und wieder krabbelte mir die Fliege über die Wange. Tod allem, das kleiner ist als ein Apfel und in meinem Büro wohnt, schwor ich mir. Doch das mit den Schwüren ist so eine Sache. Ausgesprochen sind sie schnell, die Erfüllung steht jedoch auf einem anderen Blatt.

Ich war also gerade dabei, meine Hand Zentimeter um Zentimeter der Fliege zu nähern, als das Telefon läutete. Nicht mal morgens hat man seine Ruhe. Es war der kleine Stalin, der meine Wohnung umgrub. Zuerst war ich ein wenig perplex, bis mir einfiel, dass ich ihm meine Nummer gegeben hatte.

»Hallo, Professor.«

»Wie gehts mit der Renovierung voran?« Mir schwante

Schreckliches, eingemauerte Leichen oder Ähnliches, das meine Wohnung auf absehbare Zeit unbewohnbar machen würde.

»Gut. Da will Sie wer sprechen.«

Ich hörte ein Krachen und eine andere, ebenfalls männliche Stimme war am Telefon.

»Moratti, Kripo Wien. Wo halten Sie sich derzeit auf?« Seine Stimme war dunkel und rau. Im Hintergrund konnte man Berge mit schneebedeckten Gipfeln hören.

»In meinem Büro, Hauptuni, Lueger-Ring im Ersten. Warum?«

»Die Fragen stellen wir. Rühren Sie sich nicht vom Fleck, in 20 Minuten sind wir da.«

Und schon hatte er aufgelegt.

Ich beschloss, auf den Befehl zu pfeifen und mir zuerst einmal einen Kaffee zu holen. Zuerst morgens immer ein Kaffee, danach vielleicht noch einen, dann erst Polizei.

Unten bei der Station Universität hatte das Stehcafé schon geöffnet. Ein paar übriggebliebene Nachtschwärmer, die sich an ihren Bierflaschen festhielten, um nicht umzufallen, ein paar Zeugen Jehovas mit ihren Wachttürmen, und sonst noch ein paar Passanten waren ebenfalls da. Ein schwer betrunkener Mann mittleren Alters mit dem zerstörten Gesicht des Berufstrinkers war gerade dabei, die letzten Fragen der Apokalypse mit den Wachtturmverkäufern zu klären. Alles endet in der Eschatologie, hatte mein Lehrer immer gesagt, er wusste nicht, wie recht er hatte. Der Säufer hatte schon drei Wachttürme erstanden.

In meinen karierten Shorts, mit einem fleckigen T-Shirt und barfuß fiel ich gar nicht so auf wie befürchtet. Ich organisierte mir zwei doppelte Espressi und war schon wieder auf dem Weg in die Uni. Der schmutzige Steinboden war eiskalt, überhaupt fror ich am ganzen Körper. Die Hitze des Tages würde erst noch kommen.

Oben im Institut, ich hatte mir beim Türaufsperren einen halben Becher Espresso über meine Shorts geleert, ließ ich mir Wasser über den Kopf rinnen, setzte Teewasser auf und versuchte krampfhaft, wach zu werden. Als es an der Institutstür klopfte, zog ich mir schnell was an und ließ die Exekutive ein.

Moratti war ganz der harte Cop. Schwarze Lederjacke, dünnes T-Shirt, Sonnenbrille, schlank und muskulös. Er hatte nicht die aufgeblasenen Muskeln eines Bodybuilders, sondern die langen, geschmeidigen Muskeln eines Mannes, der Kampfsport betreibt. Er war vielleicht nicht ganz so hart, wie er dachte, aber hart genug, für mich jedenfalls. Seine schwarzen Haare waren leicht zerzaust, die Stirn gefaltet. Mit Adlernase und vollen Lippen. Der Dreitagebart konnte die scharfen Falten um den Mund nicht verdecken. Er war ein Bild von einem Mann. So in etwa würde ich mir Leonidas vorstellen. Oder Hagen von Tronje. Er war um die 40, und die Finger seiner rechten Hand, mit der er die Marke hochhielt, leuchteten förmlich nikotingelb.

Der zweite Kiberer war eine Sie. Wesentlich jünger, Mitte 30 schätzte ich, mit eng sitzenden Jeans und einem Top, das einen kleinen Streifen Fleisch zeigte. Das dunkelblonde Haar hatte sie zu einem Pferdeschwanz zusammengefasst, wobei ihr eine vorwitzige Strähne ins Gesicht fiel. Honigblond, das war das Wort. Kein Zweifel, dass sie der Boss war. Ein Blick in ihre meergrauen Augen hatte mir das deutlich gemacht. Die abgeschmackte Assoziation mit einer Stahlklinge drängte sich mir auf. Sie trug ihre Schönheit so nachlässig, dass es fast wehtat.

»Tee?«, fragte ich, als wir im Büro saßen.

Moratti schüttelte den Kopf. Wahrscheinlich putzte er sich die Zähne mit Wodka. Sie nickte. Ich schenkte ihr eine Schale ein. Sie nahm einen Schluck, das war nicht das, was sie unter Tee verstand, und stellte die Tasse auf den Tisch. Ich schluckte eine volle und schenkte mir nach. Oh Sencha, möge es dein Wille sein, dass wir leben werden und nicht sterben. Oh Lob liebender Herr der Pflanzen du, zitierte ich die Rigveda. Die alten Inder hatten zwar von Soma gesungen, doch das war mir jetzt egal, ich brauchte Hilfe, woher auch immer sie kommen mochte, und Soma hatte ich keins zur Hand.

»Kennen Sie eine Marianne Schauberger?«, fragte mich Moratti barsch.

»Ja.«

»Wann haben Sie sie zuletzt gesehen?«

»Vorgestern Abend, wir haben gemeinsam gegessen.« Ich antwortete beide Male ohne zu zögern, die beiden waren gut und kannten die Antworten sicher schon. Das Ganze ist ein Spiel, bei dem der Verhörte nur gewinnen kann, wenn er blitzschnell erkennt, wann die Polizisten eine Frage stellen, deren Antwort sie nicht kennen. Diesen Zeitpunkt zu erkennen und dann eine gute Lüge parat zu haben, das ist die ganze Kunst. Wenn möglich, sollte man die Lüge schon ein paar Antworten zuvor angedeutet haben, das wirkt glaubwürdiger.

»Wo?«

»Oben in Ottakring, in einer Pizzeria.«

»Wer hat gezahlt?«

»Marianne.«

»Sie haben sich nicht an unsere Anweisungen gehalten«, meinte die Stahlklinge und deutete auf den Becher. Die Frau hatte was drauf, bei der ersten unerwarteten Antwort lenkte sie ab, um Zeit zu gewinnen, über die Sache nachzudenken.

»Ohne Kaffee bin ich nicht verhörtauglich.«

»Sie haben sich unseren Anweisungen widersetzt. Das könnte man als Fluchtversuch auffassen.«

»Aber ich sitze doch wieder hier.«

»Nur weil der Flüchtling wieder zurückkommt, heißt das nicht, dass er nicht geflohen ist.« Einen Moment unterbrach sie ihre Rede. Gerade für einen Lidschlag, um sie dann fortzusetzen. Sie sprach knapp, fließend, präzise, so musste Cäsar gedacht haben.

»Es bedeutet nur, dass er vom Erfolg nicht überzeugt war. Das ist kein Pluspunkt für Sie.«

»Wie auch immer«, fuhr Moratti fort, »wie lange kennen Sie Frau Schauberger schon?«

»So etwa eineinhalb Jahre.« Ich pokerte. Was Erich und ich nun gar nicht gebrauchen konnten, war Polizei, die hinter Korkarian herschnüffelte.

Ein leichtes Zucken in seinen Augen, Moratti hatte inzwischen die Brille abgenommen, verriet mir, dass er glaubte, mich zu haben.

»Warum kennt Sie ihr Lebensgefährte nicht? Und wieso gibt es sonst keine Hinweise auf Sie?« Das ›sonst‹ meißelte ich mir ins Hirn und kreiste es rot ein. Der erste Fehler.

»Weil Frauen Geheimnisse haben.«

»Verschonen Sie uns bitte mit Ihrem Sexismus«, antwortete Moratti, »warum soll er nichts von Ihnen gewusst haben?«

»Weil Marianne und ich eine Beziehung hatten.«

»Warum hat sie ihren Freund nicht verlassen?«

»Weil das nicht nötig war. Uns beide verband nur ein ganz spezielles Interesse. Darum auch keine Hinweise auf mich.«

»Was für ein Interesse?«

»Sex.«

»Den konnte sie auch mit ihrem Freund haben.«

»So was nicht.« Ich war ganz im Marquis-de-Sade-Feeling und knapp davor, ein paar wüste Details, die ich von meiner pubertären Lektüre noch behalten hatte, zum Besten zu geben. Stattdessen war ich klug und leerte mir Sencha in den Hals.

»Warum haben Sie beide sich dann vorgestern getroffen, wenn es nur um Sex ging?«

»Ganz genau das war ja der Grund, warum wir uns getroffen hatten.«

Diesmal zuckte es in beiden Augenpaaren.

»Aber Sie hatten keinen. Sie waren essen und wir wissen, was Frau Schauberger danach machte. Da war gar keine Zeit dafür.«

»Sie übersehen das Wesentliche.«

»Was?«

»Das Essen.«

»Blödsinn, da waren Dutzende Leute anwesend, das wäre jemandem aufgefallen.«

»Die Leute meinen auch, dass man ihnen die Brieftasche nicht aus dem Sakko klauen kann, ohne dass sie es merken. So lange, bis sie weg ist. Danach glauben sie es.«

Frechheit siegt. Oder, wie die Weisheit des preußischen Generalstabs es formuliert hatte: Immer feste druff. Dem Gegner nur keine Chance geben, sich zu sammeln.

»Also«, ich riss die Initiative an mich, »sagen Sie mir dann auch irgendwann einmal, was es mit Marianne auf sich hat?«

»Frau Schauberger ist heute in den frühen Morgenstunden zu Tode gekommen.«

»Todesursache?«, fragte ich, bemüht, betroffen zu klingen. Außerdem sollte meine Stimme belegt klingen, doch das gelang nicht so gut.

»Die Ermittlungen sind noch im Gange.«

Ich schenkte mir Tee nach, drehte mich im Stuhl um und schaute zum Fenster hinaus. Es sollte der Eindruck trauernden Sinnens entstehen, obwohl ich innerlich fieberhaft nachdachte. Wenn sie das Notizbuch der äthiopischen Prinzessin hatten, würde sich alles verkomplizieren. Wenn dem nicht so war, und das Verhalten der Polizisten schien mir dafür Indiz genug zu sein, war alles gut.

»Ich dachte, es wäre nur um Sex gegangen?«, fragte mich die Stahlklinge provozierend. Moratti schaute sie vorwurfsvoll an.

»Überlassen Sie es ruhig mir, um wen ich trauere, ja?« Momentan war das Schaubergers Notizbuch. Aber das ging die beiden Kiberer rein gar nichts an.

»Wo waren Sie heute Morgen, zwischen vier und fünf Uhr?«

»Hier im Büro.«

»So lange gearbeitet?«

»Nein, geschlafen, Sie haben ja selbst gesehen, dass meine Wohnung momentan nicht zu benützen ist.«

»Warum gehen Sie nicht einfach ins Hotel?«

»Haben Sie hier irgendwo einen Geldscheißer herumstehen sehen? Wenn ja, sagen Sie mir bitte, wo er ist. Könnte ich momentan nämlich echt dringend brauchen.«

»Gibt es irgendwelche Zeugen?«

»Außer Panini niemanden.«

»Wer ist das, der Hausmeister?«

»Nein, Sanskrit-Grammatiker, seit zweieinhalb Jahrtausenden tot.« Ich klopfte auf den dicken Lederband der Übersetzung von Otto Böhtlingk, der mir des Nachts als Nackenstütze gedient hatte und nun auf dem Schreibtisch lag.

»Sie lesen solche Sachen? Beruflich oder aus Interesse?« Stahlklinge war beeindruckend. Mit ein paar persönlichen Fragen versuchte sie, Vertrauen aufzubauen, mich zum Reden zu bringen, um dann zum rechten Zeitpunkt wieder auf das Hauptthema umzuschwenken. Sie sollte mich nicht unvorbereitet treffen.

»In diesem Fall aus reinem Interesse. Manche Menschen lesen Liebesromane, ich hingegen Grammatiken.«

Es entstand eine kleine Pause. Die beiden waren gut eingespielt.

»Sanskrit ist doch das indische Latein, oder?«, fragte Moratti nun, auf Panini zurückkommend.

»Ohne Ihnen zu nahe treten zu wollen, doch was bringt es, Grammatiker einer ausgestorbenen Sprache zu lesen? Mir erschließt sich schon der Sinn des Ganzen bei einer lebenden Sprache nicht ganz.«

»Zum einen kommt man so den Gesetzen, nach denen sich Sprachen im Lauf der Zeit verändern, auf die Spur. Man kann Verwandtschaftsbeziehungen zwischen

Sprachen erkennen. Politische, ökonomische und soziale Konstellationen wirken sich genauso auf Sprachen aus. Viel von dem, was weder archäologisch noch historisch zugänglich ist, hat sich in der Sprache erhalten. Diese Arbeit ist ein kleines, aber sehr wichtiges Puzzleteil im großen Bild der menschlichen Kultur. Zugegeben, Atombomben und Pornos lassen sich damit nicht herstellen. Jedoch im Fall von Panini eben«, ich klopfte auf das Buch, »kommt er einer universalen Grammatik sehr nahe. Sehen Sie, jede Computersprache beruht auf den von Panini in seinem Buch aufgestellten Forderungen.« Ach, mir fehlten meine Studierenden, nicht weil sie so großartige Menschen waren, sondern weil man so gut dozieren konnte. Das war das Harte an den Sommermonaten, man konnte niemandem Vorträge halten. »Dass Sie Fahndungsfotos und Fingerabdrücke elektronisch speichern und verarbeiten können, wäre ohne diese Grammatik unmöglich.«

»Interessant. So hab ich das noch nie gesehen. Zurück zum Thema. Über was haben Sie mit Frau Schauberger in letzter Zeit so gesprochen? Hat sie irgendwas erwähnt, was sie beunruhigt oder beschäftigt hat? Gab es irgendwelche Konflikte?«

»Wir haben nie über substanzielle Dinge gesprochen, immer nur ein bisschen Schmäh und ein bisschen anzüglich. Für Ernstes bin ich sicherlich der falsche Ansprechpartner. Das ist schwer, vielleicht fällt mir noch was ein, momentan bin ich ein wenig stumpf.«

»Ich verstehe. Wie haben Sie Frau Schauberger kennengelernt?«

»Sie ist mir aufgefallen und ich habe sie angesprochen.

War ein unwahrscheinliches Glück für mich. Das ist sehr persönlich. Wenn es nicht unbedingt nötig ist, möchte ich dazu nicht mehr sagen.«

Die beiden nickten verständnisvoll. Oder taten so, jedenfalls. Außerdem hatten sie mir noch gar nichts erzählt. Kein Ort, keine Motive, keine Tatwaffe, gar nichts. Nada. Ich wusste nicht einmal, woher sie meinen Namen hatten. Das musste sich ändern, denn wenn das mit der Korkarian-Sache zu tun hatte, war das wichtig für Erich. Und nicht zuletzt auch für mich.

»Ich sehe ein, dass Sie, während die Ermittlungen im Gange sind, mir nicht viel sagen werden. Ich möchte mich gerne von Marianne verabschieden, und das Begräbnis kommt da nicht in Frage. Wo ist es denn passiert?«

»Bei ihr zu Hause.«

Ich blickte wieder nachdenklich zum Fenster hinaus. Diesmal um die volle Wahrheit zu sagen. Es fühlte sich ein wenig ungewohnt an.

»Wissen Sie, dass ich gar nicht gewusst habe, wo sie wohnt?«, bemerkte ich abwesend.

»In der Rosentalgasse, das ist hinter der Baumgartner Höhe«, antwortete Moratti. Stahlklinge warf ihrem Partner einen bösen Blick zu, der seine Eier auf Erbsengröße schrumpfen ließ. Seltsam, es sind immer die Männer, die sentimental werden.

Ich tat so, als hätte ich gar nichts gehört, und blickte noch ein wenig zum Fenster raus. Da ertönte draußen auf dem Gang das vertraute Klacken von Bleistiftabsätzen. Der Rhythmus war mir bekannt, der Sound stammte von René Caovilla, dem Maestro aus der Via Paradisi. Das war Professor Glanicic-Werffel, meine Chefin. Wer sie kennt, nennt sie ›Die sieben Furien‹. Natürlich nur hinter ihrem Rücken.

Ich hatte mich noch kaum gewappnet, da ging auch schon die Tür auf. In ihrem Institut klopft Frau Professor Glanicic-Werffel nicht. Die Antike hatte dafür einen Namen: Cäsarenwahn.

»Linder, was machen Sie auf der Uni, wohnen Sie etwa hier?«, wollte sie schon loskeifen, als sie im letzten Moment bemerkte, dass wir nicht alleine waren. Die Würde der Institution, die auch ihre eigene war, schätzte sie höher, schimpfen konnte sie später immer noch. So wurde daraus ein: »Herr Lektor, stellen Sie mich nicht vor?«

»Das sind Herr Moratti und seine Kollegin von der Kripo Wien, Sektion West – …«, ich blickte Stahlklinge fragend an und endlich gab sie ihren Namen preis, sie hieß im bürgerlichen Leben Susanne Molnar, »… – Frau Ordinarius Glanicic-Werffel.«

Frau Professor lieben es, mit der männlichen Form ihres Titels angesprochen zu werden. Wenn es geht, so altertümlich wie möglich. Die beiden Polizisten gaben sich höflich, was sicherlich auch an der Erscheinung meiner Chefin lag. Das klassisch geschnittene Gesicht mit den eisgrauen Locken und die schlanke Gestalt, in Mailänder Couture gehüllt, beeindruckten sie sichtlich. Nach ein paar nichtssagenden Floskeln war sie wieder draußen, zurück blieb nur ein Hauch von Chanel. Aber nicht Nummer fünf. Zum Abschied hatte sie mir noch einen Blick zugeworfen, der besagen sollte: Warten Sie nur, bis wir wieder alleine sind.

»Wir haben's mit unseren Chefitäten alle nicht leicht«, meinte die Stahlklinge anschließend. Moratti und ich nickten.

Es blieb uns allerdings nicht viel Zeit, in der gemeinsamen Erfahrung zu baden, denn dann gingen wir meine Antworten nochmals durch. Alles wurde wiederholt, wiederholt, wiederholt. Endlich sprang Moratti, den bösen Cop spielend, auf, schlug die flachen Hände auf den Tisch und brüllte:

»Verarschen Sie uns nicht, Linder! Wenn Sie mich fragen, dann hat die Schauberger mit Ihnen Schluss gemacht, und das haben Sie mit Ihrem kümmerlichen Ego nicht verkraftet.«

»Schließen Sie immer so unbefangen von sich auf andere?«

Moratti hatte die Beleidigung augenblicklich verstanden und war schon im Begriff, so zu tun, als ob er mich verprügeln wollte, als ihn Molnar zurückpfiff.

»Hört doch auf mit eurem Machoblödsinn, es geht hier nicht darum, wer den größten hat. Eine Frau ist tot, und Ihre Antworten, Linder, helfen uns überhaupt nicht weiter. Sogar wenn ich Ihnen diese aberwitzige Sexstory glauben tät, …« Sie ließ den Rest des Satzes im Raum stehen. Die Krimineser hatten alles durchprobiert, es war nichts dabei herausgekommen, nun mussten sie weitersuchen, um mit neuen Ergebnissen ein paar Tage später wieder ihr Glück bei mir zu versuchen. Bis dahin hatte ich wenigstens ein wenig Zeit gewonnen.

»Nur weil meine Akte so dick ist, heißt das noch lange nicht, dass ich jedes Mal der Schuldige bin.«

»Was soll das heißen: ›Ihre Akte‹? Wir haben Sie nicht auf Papier. Wo haben Sie denn den Unfug her?« Das saß. Wieder einmal hatte mir mein großes Mundwerk alles verdorben.

»Mit den neuen Gesetzen haben Sie doch alle im Karteischrank. Das Zeitalter des gläsernen Bürgers ist angebrochen«, versuchte ich mich schwach herauszureden.

»Das ist doch alles hysterischer Blödsinn. Woher haben Sie die Idee mit der Akte nun wirklich, und was sollte da Ihrer Meinung nach drinstehen?«

»Nur eine Ausgeburt meiner linken, staatsfeindlichen Paranoia.«

»Ich hab schon Autonome gesehen, die schauen anders aus. Sie werden wieder von uns hören!«

»Sehr gern, vielleicht ist mir bis dahin was eingefallen. Übrigens, Frau Inspektor, darf man Sie Szusza nennen?«

»Nur wenn Sie wollen, dass ich Ihnen die Zunge abbeiße.«

Die beiden standen auf und wollten schon gehen, als ich noch zwischen Tür und Angel eine Frage stellte.

»Sagen Sie, woher haben Sie eigentlich meinen Namen und meine Adresse? Marianne hatte mich nicht im Handy, und auch sonst war sie sehr vorsichtig.«

»Im Auto fand sich ein Zettel mit Ihren Daten.«

Und fort waren die beiden.

III

Tee hilft immer. Es waren noch zwei oder drei Tassen Tee in meiner Kanne, und ich beschloss, alles zu trinken, während ich versuchte, vor mir selbst Klarheit zu gewinnen.

Ich stöpselte den iPod ein und hörte ein bisschen Musik. Musik, die ich gut kannte und bei der meine Seele baumeln konnte. Die Erfahrung hat mich gelehrt, dass es wichtig ist, zuerst einmal das Adrenalin abzubauen, an nichts zu denken. Sobald das geschehen ist, kommen die guten Ideen von selbst. Wie immer waren es die Stones, die mir dabei halfen. Keith zupfte sanft, Mick stieg ein, und als er die erste Zeile beendet hatte, verspielte sich Keith beim Akkordwechsel von A auf G. Der alte Herr entschuldigte sich und begann von neuem. »Love in vain« ist so ein Song, der Klarheit herstellt. Natürlich erreicht er die bodenlosen Abgründe der Emotionalität nicht, die Robert Johnson ihm gibt, aber für ein paar weiße Jungs gar nicht schlecht. Slide-Gitarre und Harmonika dominieren den Mittelteil bis zum Schluss hin, bei dem ich in Gedanken immer am Ol' Man River sitze, einen Strohhalm im Mund und die nackten Füße in den braunen Fluten. Irgendwo hinten fährt ein Zug in eine Station ein, ich schultere meinen Sack, renne los und fahre mit. Als Mick dann mit den Worten »all my love's in vain« schloss, war ich so weit, dass ich handeln konnte.

Zuerst einmal musste ich das Notizbuch der Schauberger finden. Das hatten wahrscheinlich ihre Mörder, oder ihr Mörder, wenn es nur einer gewesen sein sollte. So gut, so schwer. Dazu musste ich noch schneller sein, als die Polizei es mir erlauben würde, da ich ja Erichs Interessen zu wahren hatte. Irgendwie gefiel mir dabei auch die Idee, für Erich, den Kardinal, den Papst selbst mittelbar im Interesse Gottes und seiner allein selig machenden Kirche zu arbeiten. Ich war also im wahrsten Sinne des Wortes ein Dominikaner, ein Spürhund Gottes. Arno Linder, im Auftrag der höchsten Autorität, die sich denken lässt. Wen scherte es da, wenn ich ein paar Gesetze brach?

Dass ich in meiner Blödigkeit die Exekutive selbst auf meine Spur gesetzt hatte, war nun nicht mehr zu ändern. Sehr ärgerlich, denn die beiden würden sicher herumfragen, und es konnte nicht lange dauern, bis es dann doch eine Akte gäbe. Danach wäre es mit meiner Ruhe vorbei, denn die Polizei kann enorm hartnäckig sein. Hybris hin, Stolz her, gut war zu wissen, dass Schauberger mich nicht aus den Polizeiakten kannte, sondern aus anderer Quelle geschöpft hatte. Von woher, blieb zwar eine Frage, doch ohne Frage keine Antwort.

Ich spülte schnell die Kanne aus, packte meine Siebensachen in die Ledertasche und sperrte ab. Um einen Besuch bei Glanicic-Werffel kam ich nicht herum. Warten würde sie nur böser machen. Ich klopfte an und trat ein. Das Büro ist groß, liegt auf die Universitätsstraße hinaus, so dass man über den Roosevelt-Platz hinüber die neugotische Fassade der Votivkirche sieht. Das Parkett ist hell, die Blumen leben und die Bücher, in Stellagen und auf dem Schreibtisch, wirken gelesen. Eine nette Atmosphäre von Wissenschaft und Ästhetik herrscht uneingeschränkt vor. An den Wänden hängen ein paar moderne Bilder, nicht zu modern, aber doch aufregend.

Als mein Lehrer noch auf ihrem Platz saß, türmten sich die Folianten deckenhoch, Notizen, Prüfungszettel und Exzerpte lagen umher, die meisten als Fidibusse verwendet und deswegen angesengt. Durch den Tabaknebel im Zimmer hätte man auch dann nichts von der Aussicht gehabt, wenn die Bücher nicht die Fenster verstellt hätten. Alles war bedeckt von einer millimeterdicken Schicht aus

Asche und Teer. An der Decke, über seinem Platz, war ein gelber Nikotinfleck zu sehen gewesen. Den hatte Glanicic-Werffel als Erstes übermalen lassen. Sic transit gloria mundi.

Meine Chefin saß hinter ihrem Schreibtisch und blätterte in ein paar Büchern herum. Als ich eintrat, hob sie den Kopf. Mit einem Nicken ihres Hauptes zwang sie mich in den Stuhl.

»Ich bin hergekommen, weil ich ein paar Bücher aus der Bibliothek entlehnen will. Das Erste, was ich höre, ist, dass im Institut spätnachts das Licht noch gebrannt hat.« Ich wollte antworten, aber sie unterbrach mich. »Nein, nein, ich will nichts hören, Linder. Das Nächste ist, dass Sie morgens um halb neun schon wieder da sind«, dabei zog sie eine ihrer makellos gezupften Augenbrauen indigniert hoch, »und außerdem schon wieder von der Polizei verhört werden.« Beiden ›wieder‹ im Satz gab sie alle Betonung, die sie gerade noch vertragen konnten. Dann ließ sie ihren Blick über meinen Aufzug schweifen.

»Ihre Aufmachung ist das Letzte. Sie sehen aus wie ein Obdachloser, sind unrasiert und stinken vermutlich.« Damit tat sie mir unrecht. Das Hemd war nur ganz leicht verknittert, das Sakko sauber und außerdem war ich frisch gewaschen. Gut, rasiert war ich nicht, da hatte sie recht. Eine Dame ihres Kalibers stellt Ansprüche, die nicht leicht zu erfüllen sind. Vermutlich ist jedes Sakko von der Stange für sie zerknittert, einfach weil es nicht maßgeschneidert ist.

»Raus mit Ihnen, Linder, sonst treffe ich im Zorn noch eine Entscheidung, die uns beiden noch leidtun wird. Vor allem aber Ihnen.« Wieder nickte sie, und ich fand mich draußen vor der Türe wieder.

Irgendetwas stimmte da nicht. Normalerweise ließ sie keine Gelegenheit aus, um auf mir rumzuhacken, zerpflückte genüsslich meine Ausreden und stellte mir die Rute ins Fenster. Außerdem hatte sie ihre Anwesenheit gerechtfertigt, vor mir, dem Externen Lektor. Und warum wollte sie am Institut ausleihen, die Familienbibliothek umfasste laut Fama ein halbes Stockwerk des Stadtpalais und war Generationen alt. Außerdem hatte sie einen schwerreichen Industriellen zum Mann, der ihr jeden Wunsch von den Augen ablas. Was machte sie in aller Herrgottsfrüh in ihrem Büro? Irgendetwas stimmte da nicht. Ganz und gar nicht.

Aber ›first things first‹, wie der Angeber sagt, und so machte ich mich auf in die Rosentalgasse, irgendwo hinter der Baumgartner Höhe, weit im Westen Wiens. Nach einer gefühlten Ewigkeit, es ging nun schon auf den Mittag zu, stieg ich aus dem 48A. Die Sonne brannte unerbittlich und unter mir dampfte die große Stadt. Neben der Bushaltestelle, im Schatten unter ein paar alten Bäumen, steht eine Wirtschaft, deren Rückwand die Mauer bildet, die das Sanatorium umschließt. Trinker und Lungenkranke werden dort geheilt. Im Sanatorium, nicht im Gasthaus. Obwohl dort auch ein paar von beiden saßen, um in Anstaltskitteln kühles Bier und scharfe Schnäpse zu schlürfen. Wahrscheinlich war der eine oder andere Arzt auch dabei. Doch so genau sah ich nicht hin.

Ich folgte der Straße, die an der Mauer entlangführt, nach Westen. Zur Linken unter mir die Stadt, zu meiner Rechten Bäume und Mauer. Es roch nach Staub und Sommer, ein paar Vögel piepsten, und das Gras an der Mauer war lang und grün. Ab und zu kam ein schnaufender Fahrradfahrer oder eine schwitzende Läuferin vorbei, deren Windhauch ganz angenehm kühlte. Immer weiter ging ich an der Mauer entlang, einen steilen Hügel hinauf, in ein kleines, schattiges Waldstück voller junger Eichen. Die Ziegelsteine der Mauer waren von Moos überwachsen, der Boden neben der Straße weich und feucht. Schließlich ging es den Hügel wieder hinunter in ein kleines Tal. Neben einer schmalen Straße standen ein paar Einfamilienhäuser, alte wie neue, ringsum Bäume und Grün. Im Hintergrund stiegen die Hügel des Wienerwaldes auf.

Ich ging die schmale Wohnstraße entlang, ein schwarzes Teerband, viel geflickt, kaum breiter als ein Auto. Kinderlachen ertönte, als plötzlich vier kleine, halb nackte Indianer aus einer Hecke herausschossen, mit Wasserpistolen bewaffnet und kriegsbemalt. Offensichtlich hatte einer der kleinen Halunken Wasserfarben zu Hause. Einen Hund, riesig, grau und mit Adlerfeder geschmückt, hatten sie auch dabei. Ich grübelte gerade darüber, ob man heute ›amerikanische Ureinwohner spielen‹ sagen müsste oder nicht, als die vier und der Hund mich schon umringt hatten.

»Wir mögen keine Fremden in unserer Stadt, Fremder!«, sagte ein blonder Bub, vielleicht acht Jahre alt, der zu viele Spaghettiwestern gesehen hatte. Mir blieb gar nichts zu sagen übrig, denn sie ließen sofort ihre Colts sprechen. Das Wasser war kalt und angenehm. Heulend verschwanden sie durch die nächste Hecke. Der Hund hinterdrein. Ich nahm meine Ledertasche, die ich abgestellt hatte, wieder auf und suchte das Haus von Schauberger. Dabei wischte ich mir das Wasser aus den Augen. Auf den Postkästen, die an den Gartenzäunen an der Straße standen, waren überall Namensschilder angebracht, und das Dutzend Häuser hätte ich bald durch. Doch schon beim dritten Haus von links konnte ich aufhören zu suchen. Das Postkastl hatte zwar kein Namensschild, dafür der schwarze Wagen, der in der Einfahrt parkte, einen Hirsch auf dem Kühler. So viele 73er Wolgas fahren nicht in Wien herum.

Das Haus stammte aus den frühen Sechzigern, mit hölzernem Obergeschoss und Granitdach. Es war ein bisschen verwahrlost und sah ein wenig nach Hexenhäuschen aus. Was sicher daran lag, dass es halb von Büschen und Bäumen verdeckt wurde und das blühende Gras kniehoch wuchs. Ein paar schöne Falter tanzten im Sonnenlicht ihren Reigen zu den unbestimmten Klängen von Musik, die von der Hinterseite kam.

Die Klingel an der Gartentür funktionierte nicht, und so öffnete ich einfach und trat ein. Ich folgte den Steinplatten des Gehwegs zur Tür, doch auf mein Klingeln hin öffnete auch keiner. Ich ließ es mich nicht verdrießen und ging zuerst nach links zur Garage. Dort stand der Wolga davor und drinnen, das Garagentor war offen, irgendein Muscle-Car. Ebenfalls aus den Siebzigern. In der Garage war niemand, dafür jede Menge Werkzeug. Sogar einen Servicegraben konnte ich unter dem Wagen ausmachen, nachdem ich ein paar Schritte auf die Garage zu getan hatte. Bei dem Muscle-Car handelte es sich übrigens um einen Ford Mustang.

Danach ging ich zurück zur Eingangstüre, an ihr vorbei und zwischen Büschen nach hinten. Von dort kam auch die Musik. Fließende Akustikgitarren, Hammondorgel und ein sanftes Schlagzeug drangen zu mir. Schwermütiger Sound mit tiefem Südstaatenfeeling. Als ich durch die

Büsche trat, begann der Gesang, gut abgemischt, nicht zu aufdringlich, schön intoniert. Der Refrain lautete: ›My angels, my devils, thorn in my pride‹, schön schwingend mit gutem Groove.

Auf einer Holzbank neben der Kellertür saß ein junger Mann im Schatten der alten Obstbäume. Er hatte schwarzes, halblanges Haar, eine kleine Bierflasche in der Hand und rauchte eine Zigarette. Sein ärmelloses Leibchen zeigte Ölflecken ebenso wie muskulöse Arme. Die Jeans waren blau und seine nackten Füße spürten das Gras zwischen den Zehen. Er bemerkte mich erst, als ich ihn ansprach, wandte dann den Kopf sehr langsam zu mir herüber, wobei ihm sein Haar ins Gesicht schwang, und nahm einen Zug.

»Polizei?« Er blies aus. »Sonst verschwind' einfach.« Er wandte wieder den Kopf und blickte zum Ende des Grundstückes, dorthin, wo der Wald begann. Hier im Schatten roch die kühle Luft nach Feuchtigkeit, Moder und Obst.

»Kann ich mich nicht dazusetzen und wir reden einfach ein bisschen?«

Seine Antwort bestand aus einem Blick. Ich war froh, dass Glanicic-Werffel den nicht draufhatte, er war zu unangenehm, um ihm jeden Tag ausgesetzt zu sein.

»Wir können auch schweigen.«

»Mir können di a ins Krankenhaus bringen. Wannst wüst.« Er runzelte die Brauen und dämpfte die Zigarette in einem Marmeladenglas aus, das halb voll mit Asche, Streichhölzern und Stummeln war.

»Ich hab Marianne gekannt.«

»Na und. Aber ich dich nicht. Reiß o'.« Er war nun

knapp davor aufzustehen, um auf mich loszugehen. Schlägerei wollte ich keine.

»Marianne hat mir sehr geholfen. Ich kann nicht so einfach gehen.« Er stellte die Bierflasche ab und stand auf.

»Wer hat gsagt, dass es einfach wird? Und gehn kannst nachher sicher nimma.«

All seine Wut auf Gott, die Welt und sonst was war nun auf mich fokussiert. Er hatte den Kopf gesenkt, kam direkt auf mich zu. An einem Finger seiner linken Faust trug er einen Ring. Irgendeine Art silberner Totenschädel. So was kann einem die Hirnschale knacken. Ich ließ die Tasche fallen und ging auf ihn zu. Fred hatte immer gesagt, aus der Distanz oder in die Distanz gehen. Das sind die beiden Möglichkeiten, die man hat. Und austeilen oder einstecken. Heute war ich in Nehmerlaune.

Zuerst mit rechts einen kurzen Haken in den Bauch. Dann einen mit links. Alles, was es bei mir an Muskeln gab, hatte ich angespannt. Höllisch weh tat es trotzdem. Übel wurde mir auch. Ich hatte meine Arme um ihn geschlungen, blickte ihm tief in die Augen und drückte zu, hielt ihn fest. Er schlug mich noch zwei-, dreimal in die Rippen. Aus der kurzen Distanz muss man das schon richtig gut können, um einem wehzutun. Er konnte es nicht, aber auch so würde ich morgen ein paar blaue Flecken haben. Die ganze Zeit starrte ich ihm in die Augen, bis er mich wahrnahm. Dann ließen auch die Schläge nach. Danach heulte er.

Als die Sache vorbei war, saßen wir beide auf der Bank, ich ein bisschen ramponiert, und hatten ein Bier in der Hand. Die Musik spielte immer noch, sie kam von drinnen, aus einem offenen Fenster hinter uns. Der Song nun war ein bisschen rockiger, stampfender, hatte fast was von den Stones. Textlich drehte es sich um ein ›Hotel Illness‹, auch das schien gut zu passen.

Er saß neben mir auf der Bank, hatte sich mit einem Streichholz eine neue Zigarette angeraucht und saß so da wie zuvor. Ich hatte Zeit. Nach einer kleinen Ewigkeit, zumindest schien es mir so, können auch nur fünf Minuten gewesen sein, brach er sein Schweigen.

»Du hast sie kennt?«

»Sag ich doch.«

»Was willst du?«

»Sie hat mir sehr geholfen, das kann ich nicht einfach auf sich beruhen lassen.«

»Wie?«

Ich erzählte ihm, wie die Schauberger beim Italiener das Notizbuch hatte liegen lassen, so dass ich Buehlin finden konnte. Er lächelte sparsam, doch effektiv. Mit so einem Lächeln muss man vorsichtig umgehen. Das kann Herzen brechen.

»So war Ria. Immer so, dass man sich bei ihr nicht bedanken konnte.« Er trank sein kleines Ottakringer aus und hielt die Flasche hoch.

»Noch eins?« Ich nickte. Er griff hinunter, in die kleine Stiege, die zum Keller hinabführte, und hatte zwei weitere nass-kühle Flaschen herausgeholt. Seine leere Flasche warf er einfach über den Heckenzaun hinüber zu den Nachbarn.

»Ham di die klan Gfraster nassgmacht?«

Ich nickte.

»Ma muss froh sein, dass sie heutzutage überhaupt noch so was spielen. Net nur Handy und Computer.«

Wieder nickte ich.

»Hätt i in dem Alter a gmacht.«

»Ich auch. Aber ich hätte zwischen die Beine gezielt, nicht auf den Kopf.«

Wir grinsten beide.

»Und was willst? Die Marianne ist tot.«

Er wandte sich zu mir um. Erst jetzt bemerkte ich, dass sein graues T-Shirt das 'Stainless Banner' klein über dem Herzen zeigte. Normalerweise wirkt so etwas immer ein wenig lächerlich, wenn man nicht gerade aus dem ›Cotton Belt‹ kommt, aber bei ihm nicht. Es braucht einen ganz speziellen Typen, der, während er um seine schwarze Freundin trauert, die Fahne der Konföderation trägt. Er hatte meinen Blick bemerkt.

»Meine Eltern waren lange drüben. Ich auch. Ria hat das nie gestört.«

Er zündete sich eine neue Zigarette an.

»Also, was willst?«

»Wissen, warum das passiert ist.«

»Des is net passiert. Des hat aner draht.«

»Und wer?«

Achselzucken.

»Is doch wurscht. Tot ist tot.«

»Ich tu mir leichter, wenn ich weiß, wieso.«

Dann holte ich tief Luft und tauchte in den Abgrund hinunter. Einmal kann man das, wie Schiller zeigt, beim zweiten Mal kommt man nicht mehr aus dem Schlund zurück.

»Es hat einen guten Freund von mir erwischt. Vor etwa drei Monaten. Manchmal, wenn die Tür aufgeht, denke ich, dass es er ist. Oder wenn das Telefon läutet. Ich hab ihn auch schon drei Mal in der U-Bahn gesehen. So kann ich damit umgehen, weil ich weiß, wieso. Sonst könnte ich damit nicht leben.«

»Ich werd eh aus Wien weggehen.«

»Dann siehst du sie halt in Atlanta im Bus. Glaub mir, du wirst im Augenwinkel eine Bewegung wahrnehmen, dein Herz macht einen Freudensprung, bis dein Hirn ›tot‹ sagt und dann wirst du merken, dass es eine andere war. Wenn du dann nicht weißt, wieso, wie und wer, dann läufst du dein Leben lang nur Gespenstern nach.«

»Und wie kommst du überhaupt drauf, dass du was rausfinden kannst? Mehr als die Kiberer?«

»Weil ich enorm Glück habe. In solchen Dingen zumindest, in anderen weniger.«

»Glück reicht?«

»Ein bisschen Erfahrung auch.«

»Aber nicht viel?«

»Genau.«

Er lächelte wieder auf diese sparsame Art.

»Außerdem reden die Leute mit mir mehr als mit den Kriminesern. Weil keiner Angst hat, dass ich ihn einbuchten könnte, vielleicht.«

»Ja, mich hast du zum Reden gebracht.« Seine Zigarette war heruntergeraucht und er dämpfte sie wieder in dem alten Einweckglas aus.

»Warum ist keine Polizei da, oder ist es woanders passiert?«

»Sind schon alle wieder weg. Waren enorm fix. Bis auf den eigentlichen Tatort darf ich auch überall hin. Nur Rias Arbeitszimmer oben«, er deutete hinauf, wo ein kleines Dachfenster über uns in den Wald hinausschaute, »ist noch abgesperrt.«

»Wo warst du?«

»Mit ein paar Freunden zusammen. Gegen zwölf war ich zu Hause, bin ins Bett. Wenn Ria in ihrem Arbeitszimmer war, wollte sie nicht gestört werden. Sonst ist sie ausgezuckt, komplett. Das war ihr Zimmer, ihr Bereich. Für mich war das tabu. Irgend so eine Frauensache halt.«

»Dann?«

»Ich bin irgendwann aufgewacht, vier oder so, und sie suchen gegangen. Es brannte Licht, doch sie hat nicht geantwortet. Da bin ich rein.«

Ob sein Alibi stimmte, konnte mir egal sein, das würden schon die beiden Cops erledigen. Besser als ich das könnte.

»Weißt du, ob sie Besuch hatte, oder hat sie was gesagt?«

»Nein. Keine Ahnung.«

»Die Tür ist in Ordnung, kein Einbruch irgendwo?«

Er schüttelte den Kopf und schaute in seine Bierflasche.

Klassische Standardschlussfolgerung: Opfer kennt Mörder, öffnet und so weiter. Hundertmal im Fernsehen gesehen. Gar nicht gut für mich. Je mehr Standard, umso weniger Anhaltspunkte. Meiner Meinung nach der Grund, warum Sherlock Holmes immer die komplizierten Fälle wollte, weil die simplen einfach nicht zu lösen sind.

»Marianne hatte ein Notizbuch, grauer Einband, unliniert, jede Menge Einträge in blauer Schrift. Es waren auch Rechnungen, lose Blätter, Fotografien und solche Sachen drin. Das hat die Polizei nicht gefunden. Weißt du, wo es ist?«

»Immer in ihrer Handtasche, sonst auf ihrem Schreibtisch.«

»Also ist es weg.«

»Wahrscheinlich.«

»Ihr Handy haben die Kiberer auch. Weißt du, wer ihre letzten drei Anrufer waren?«

Er schüttelte den Kopf.

»Gegen zehn hab ich mal angerufen, aber sie hat nicht abgenommen. Hat sie meistens nicht, wenn sie gearbeitet hat.«

»Und wie?«

»Messer.«

Er fuhr sich mit dem Zeigefinger quer über die Kehle, das hatte mir noch gefehlt. Ein Wahnsinniger mit einem Messer. Welcher Schwachkopf kam bloß auf eine solche Idee? Ab und zu stirbt wer bei einem Gerangel, weil die Rettung zu lange braucht, aber einen echten Mord mit einem Messer konnte ich mir nicht wirklich vorstellen. Da ist eine ziemliche Brutalität vonnöten. Oder Hass. Und jede Menge Geschicklichkeit.

Wenn nicht das Notizbuch verschwunden gewesen wäre, hätte ich in diesem Moment alles auf ihren Liebhaber gesetzt, inklusive Platongesamtausgabe und Erstpressung von ›Kind of Blue‹. Und meine Arare-Kanne obendrauf. Ohne Notizbuch war ich mir nicht ganz so sicher, meine Teekanne wär es mir nicht wert gewesen. Platon und Miles schon.

Als ich mir die Sachen so durch den Kopf schwirren ließ, war unterdessen die Platte an ihr Ende gekommen. Der letzte Song musste irgendein Bonustrack sein, der bei den Sessions übriggeblieben war, das verrieten mir der Sound und die Fehler. »25 lbs of pure cane sugar, in each and every kiss«, das blieb mir von ihm im Gedächtnis haften. Der Mann musste schon mal Laura geküsst haben. Bei dem Gedanken wurde ich richtig eifersüchtig und brauchte ein wenig, bis ich mich wieder beruhigt hatte. Die Sehnsucht aber blieb.

»Von wem kam denn der Sound?«

»Black Crowes.«

»Nett. Nicht rasend originell, klingt ehrlich.«

Er murmelte eine Zustimmung und wir hingen beide noch ein wenig unseren eigenen Gedanken nach.

»Keine Idee, wer das war?«

»Nein.«

Aus dem Mann war nicht mehr viel herauszuholen. Ich trank noch mein Bier aus und verabschiedete mich dann. Auf der Straße überlegte ich noch kurz, ob ich mich nicht noch bei den Nachbarn umhören sollte. Ließ es jedoch bleiben. Davon hätte nur die Polizei Wind gekriegt, was ich gar nicht wollte, und außerdem konnte ich mir nicht vorstellen, dass es mir etwas genutzt hätte. Wenn irgendjemand was gesehen hatte, wüssten das die Kiberer schon längst und ich würde dabei ohnehin nur zweiter Sieger bleiben.

Also ging ich zurück zur Mauer des Sanatoriums und folgte der Straße, die einen steilen Hügel hinaufführte. Ich strolchte dann noch ein wenig im Wald herum, in dem das Sonnenlicht kleine, helle Punkte auf den Klee unter den Eichen malte. Schließlich stand ich vor dem Gartenzaun von Schaubergers Haus. Da war auch eine kleine Tür, die sich öffnen ließ. Ich ließ mich nicht bemerken, sah mich um und verschwand wieder. Der Mörder war ganz sicher hier hereingekommen. Leider fanden sich keine exotischen Zigarettenstummel oder Ähnliches.

Ich spazierte gemütlich zur Bushaltestelle zurück, wo die Patienten schon gut in Stimmung waren, und wartete im Schatten auf den Bus. Die Zeit verkürzte ich mir durch ein bisschen Lektüre. Ist immer gut, wenn man seinen Sophokles dabei hat. Vor allem den in der zweisprachigen Tuskulum Ausgabe. Da kann man so herrlich an den Übersetzungen herumkritteln.

Als der Gelenkbus kam, wendete und alle draußen waren, stieg ich ein, und kurz darauf ging es los. Richtung Stadt, wo sich die Hitze zwischen den Betonblocks staute.

IV

Ich fuhr noch ein wenig mit den Öffis herum, das hilft beim Nachdenken, wenn die Gegend so an einem vorüberzieht. Der Ausflug ins Grüne hatte gedauert, und so war ohnedies nicht mehr viel Zeit totzuschlagen, bis sich die Leute vom KSV in der Johnstraße treffen würden. Am Meiselmarkt war viel los, es roch nach Gemüse, und ich schlenderte an den Ständen entlang. Danach überquerte ich die Hütteldorferstraße und betrat das Tivoli. Ein Vertreter der neuen Generation Kaffeehäuser, die langsam die Stelle der Alten einnehmen. Die Sitze sind nicht durchgesessen, es stehen Spielautomaten herum, und es fehlt entschieden an Tradition. In manchen sind die Ober sogar freundlich.

An einem Tisch neben der Eingangstür nahm ich Platz, bestellte einen großen Mokka und musste feststellen, dass es keine Zeitungen gab. Na ja, ein paar schon, aber nur Schund. Dass die Zeiten, in denen noch Le Figaro, der Osservatore Romano oder die New York Times auflagen, lang passé sind, war mir bewusst. Aber ohne FAZ, Süddeutsche oder Standard konnte man ja schon fast zu Hause bleiben. Also verschanzte ich mich hinter einer Krone, was allein schon vom Format her ungünstig war, und hoffte, dass niemand, der mich kennt, eintreten würde. Außerdem wirkt es seltsam, wenn man in solch einer Zeitung stundenlang liest. So viele Buchstaben finden sich dort nicht.

An der anderen Seite der Tür saßen schon ein paar Herren mittleren Alters und plauderten bei Kaffee und Himbeersoda über Herzinfarkte. Das mussten die Knaben vom KSV sein. Ich spitzte die Ohren.

»Also«, ließ sich ein Herr mit Glatze und Vollbart vernehmen, »der Hans hat sein Infarkt in anara Partie ghabt.«

»In Gewinnstellung« fielen die anderen am Tisch ein. Offensichtlich kannten sie die Story schon.

»Genau. Klappt einfach zamm, Rettung kummt und transportiert ihn ab. Schwerer Infarkt, anahalb Minuten klinisch tot und dann drei Tage künstlicher Tiefschlaf. Erster Satz vom Hans nachm Aufwochn: ›Ist die Partie gwertet worden?‹«

Alles am Tisch lacht.

»Dann sog ma eam, dass er verlurn hat. Darauf der Hans: ›Aber er hot sei Dam eigstellt.‹«

»Klare Gewinnstellung«, echoten daraufhin die anderen Herren. Alles lachte. Als sie sich noch die Lachtränen aus den Augenwinkeln wischten, trat ein älterer Herr mit gutmütiger Miene ein.

»Ah, da Willi.«

»Servas, hock die her da zu uns.«

»Hast den Samstag schon verdaut?«

Herr Willi nickte.

»Da hot'n da Bosniak vo Donaustadt ordentlich aufprackt. Gö, Willi.«

Herr Willi nickte abermals. Diesmal schon im Sitzen.

»Was brauch ma die Tschuschn, dass uns unseren Willi einihaun? Des kenn ma sölber a!«

Wieder gutmütiges Lachen.

Daraufhin wurde ernsthaft über verschiedene Probleme schachlicher Natur diskutiert, es standen Mittelspielstrategeme zur Diskussion, bis ein hagerer Herr, ebenfalls mittleren Alters, eintrat. Leicht vorgebeugt, mit Tränensäcken und tiefen Falten.

»Servas, ihr Oarschlächer«, begrüßte er die Clubkameraden, eine Zigarette anrauchend.

»Ah, da Stoß«, rief alles und freute sich.

Der Angesprochene wandte sich sofort einem Herrn zu, der bis dahin schweigend geraucht hatte.

»Servas, Puppi, heit panier i di.« Dann, zu allen gewandt. »Gegen den Wappler spü i schon seit dreißg Jahr, no nia gwunna. Aber heut, da panier i eam. Gö, Puppi.«

Der bis dahin Schweigende streifte provozierend gelassen seine Asche ab und antwortete trocken: »Wenn'st ma a Melange zahlst, Stoß, dann lass i di gwinna.«

Mit der Zeit trudelten immer mehr ein, auch Korkarian kam. Er wurde mit geziemendem Schmäh empfangen und setzte sich zu den anderen. Korkarian bestellte einen Mokka, rauchte Zigaretten aus einem silbernen Etui und warf an passenden Stellen Witzworte ein. Bei schachlichen Themen hatte er das letzte Wort, seine Analysen blieben unwidersprochen. Von Schwefeldampf und Pferdefüßen keine Spur. Aber Erichs Stimme, die ich in meinem Kopf hörte, erinnerte mich daran, dass der Teufel die Verkleidung liebt. Nachdem ein zweiter Mokka bestellt war und ich zu einer noch unaussprechlicheren Tageszeitung, als es die Krone ist, gewechselt hatte, spitzte ich wieder die Ohren.

»Und wies so kummt, spült da Korkarian uman Turniersieg mit. Braucht nur noch an halben Punkt, a Remis.«

Zigaretten wurden angezündet, es wurde am Kaffee genippt, alles bereitete sich auf eine neue Geschichte des Herrn mit Glatze und Vollbart vor. Der Erzähler saß da, auf einen ebenholzschwarzen Spazierstock mit silbernem Griff gestützt. Zwischen seinen breit gespreizten Beinen ruhte der gewaltige Bauch auf der Bank. Die Weste war halb aufgeknöpft.

»Sei Gegner ist der Hans, abgeschlagen Letzter.«

»Isser um 400 Elo schwächer wie i«, bemerkte Korkarian, in seinem russisch angehauchten Idiom.

»Wiss ma eh alle, dass er a Klass schwächer is wia du.«

»Was heißt hier eine? Zwei!« Korkarian hielt zwei Finger in die Luft. Er grinste schelmisch und sog dann an seinem Tschik.

»Da Hans hat eigentlich ka Lust mehr auf des Turnier, eh kloa, nua valurn bis dato, und bietet Remis.«

»Noch vor die Partie«, fügte Korkarian hinzu.

»Aber unsa Vardan nimmt net an.«

»Remis isse halbe Niederlage. I spiele immer für Sieg.«

»Darauf der Hans: Na wart, di hob i ma aufgschriebn. Sie setzen si ans Brettl, im Sechsten opfert der Hans a ganze Figur für Angriff, …«

»Die Königsläufer!«, erläuterte der Armenier.

»… und wia i so danebn steh und zuschau, kummt da alte Hrdy, kennts ihn eh?«

Alles nickte unter beifälligem Gemurmel wie »fast 90«, »netter Mensch«, »starker Spieler«.

»… und da alte Hrdy sagt: ›Na bummsti.‹ Und wenn der so was sagt, dann stimmt's.«

Der Erzähler nahm einen genießerischen Schluck von seinem Kaffee, stellte ab und fuhr fort.

»Na was soll i sagn. Der Hans betoniert n Vardan a so, dass der im Dreißigsten aufgibt.«

»29.!«

»Und alles, was er braucht hätt, wär a Remis gwesen.«

»Remis isse halbe Niederlage. I spiele immer für Sieg.«

Nachdem alles gelacht hatte, Korkarian am lautesten, bemerkte ein Herr mit Blick auf die Uhr: »Meine Herren, es ist halb. Fang ma an.«

Man erhob sich und ging ins Hinterzimmer, wo die Bretter standen. An der Tür ließ sich Stoß noch einmal hören: »Heit panier i di, Puppi.« Der Angesprochene reagierte gar nicht. Von drinnen hört ich noch: »Schwarz drückt die Uhr«, dann fiel die Tür ins Schloss und sperrte mich aus.

Bis jetzt hatte noch nicht viel an Information herausgeschaut, deswegen blieb ich da. Sollte sich das bis zum Ende des Abends nicht ändern, würde ich einfach Korkarian im Dunkeln folgen. Dann hätte ich wenigstens seine Wohnung, was wieder ein paar Möglichkeiten eröffnen würde. Die im Dunkeln kann man zwar doch sehen, aber eben nicht so gut wie untertags. Es blieb nur zu hoffen, dass Korkarian nicht mit dem Wagen da war. Während ich mir verschiedene Pläne zurechtlegte, kamen immer wieder ein paar der Schacherer aus dem Hinterzimmer, heizten eine Zigarette, unterhielten sich kurz und gingen wieder zurück.

Unterdessen war ich zu meinem Sophokles zurückgekehrt. Die Stunden, die Seiten und zwei weitere Mokka zogen an mir vorüber. Endlich waren so ziemlich alle Partien beendet, das Schachvolk saß redend bei Alkohol und Nikotin. Die Partie von Korkarian war noch im Gange, so wie eine zweite, von der alle sprachen. Stoß hatte seinen Gegner komplett überspielt, war einen Läufer und drei Freibauern im Vorteil. Doch der schweigsame Herr hatte sich geschickt und mit viel Glück in eine Pattsituation gerettet. Alles materielle Übergewicht nutzte Stoß genau gar nichts. Er saß noch am Brett und rechnete hoffend, doch vergebens. Einige Minuten später flog die Tür auf und Stoß kam hereingeplatzt.

»So a Schaß! Herst, so a schene Partie spiel i selten. Und dann des. Puppi, du bist a Hundling. I sauf mi zua!« Ein Mann, ein Wort.

Hinter ihm kam der immer als »Puppi« angeredete Gegner herein, ein breites Grinsen und eine Zigarette auf den Lippen. Es wurde durcheinander geredet, von Heldentaten und Missgeschicken berichtet. Von Zeit zu Zeit stand einer auf und ging kiebitzen, wie es denn in der Korkarianpartie stünde. Auch diese endete Remis, und die beiden Spieler setzten sich wieder zu den anderen an den Tisch. Ich saß jetzt fast fünf Stunden an meinem Platz, und es war noch nichts herausgekommen. So wie es aussah, würde auch von nichts anderem mehr als Schach gesprochen werden. Ich rang mich gerade zur Entscheidung durch, das Lokal zu verlassen, um draußen im Dunkeln hinter einem Auto auf Korkarian zu warten, als dieser aufstand und direkt auf mich zukam.

Ich blickte von meinem Sophokles und dem Notizbuch, in das ich ab und zu etwas hineinkritzelte, auf. So unschuldig wie möglich, was nicht viel heißen will.

»Kenn Sie doch. Waren bei mir wegen Kredit. Setz mich.«

Ich machte eine einladende Bewegung. »Gerne.«

Er setzte sich neben mich und mir fiel auf, dass er den linken Arm etwas steif bewegte. Entweder eine Entzündung im Schultergelenk oder eine Knarre im Halfter. Beides unerfreulich.

»Was wollen Sie hier? Seh ich doch, Sie hören.«

»Mit Ihnen reden.«

»Wegen Kredit morgen früh, sonst nix.« Er starrte mir hart in die Augen.

»Es geht nicht um einen Kredit …«

»Der Rest scheißt mi nix!«, zischte er mir wütend ins Ohr.

»Doch, es gibt einen Toten.«

Sofort spürte ich den Wechsel in seiner Stimmung. Er zog eine Brieftasche aus der rechten Innentasche seines dunklen Sakkos und gab mir eine Karte. Vardan Korkarian. Hagengasse 23, Tür 16. Das war mitten im Nibelungenviertel. Keine 200 Meter von seinem Büro entfernt. Ich hätte doch einfach mal probieren sollen, ihm zu folgen. Andererseits war es so vielleicht besser, denn nun stand fest, dass er eine Knarre trug. Ansonsten hätte er seine Brieftasche links getragen, wie jeder unbescholtene Bürger das auch macht.

»Jetzt gehen Sie, warten draußen. Ich trink noch was, schnell, und komm dann nach. Keiner soll Sie sehen.«

Er stand auf und ging zu den Schachspielern zurück. Ich winkte der Bedienung und zahlte, packte meine Sachen zusammen und ging hinaus in die laue Nacht. Die Johnstraße hinunter befanden sich ein paar Bäume, gepflanzt, um die parkenden Autos zu beschatten. Zwischen einem Motorrad und einem Kleinbus wartete ich genau in der Mitte zwischen zwei Laternen, im Schatten zweier Bäume. Ein paar Leute kamen vorbei, doch keiner bemerkte mich.

Nach etwa 20 Minuten, so gegen elf Uhr, kam Korkarian allein aus dem Café. Er blickte sich kurz um, wenn man nicht wüsste, dass er etwas suchte, hätte man es nicht bemerkt, und kam augenblicklich auf mich zu. Bei mir angekommen, trat er zu mir in den Schatten. Die rechte Hand in seinem Sakko.

»Weiß ich doch, wie Schnüffler aussieht. Lernt man in der Sojus schnell. Wer ist tot?«

»Schauberger.«

»Kenn ich nicht.«

»Sie war bei Ihnen, wegen eines Kredits.«

»Gebe viele Kredite.«

»Auch die mit den Seelen?«

Einen winzigen Moment war er unschlüssig, zögerte. Ein normaler Mensch hätte nervös gewirkt.

»Nein«, sagte er schließlich. Ein Pärchen ging an uns vorbei, bemerkte nichts.

»Zu viele Leit. Also: Sie gehen zur U-Bahn und warten vor meiner Wohnung. Ich geh zu Fuß, mach ich immer so. Keiner soll Sie sehen.«

Er machte einen Schritt zurück aufs Trottoir, ohne mir den Rücken zuzuwenden, und erst als ich ging, drehte er sich um. Netter Kerl, mit einem gewinnenden Wesen.

Ich ging zur U-Bahn und fuhr eine Station. Dann stieg ich aus und machte mich auf ins Nibelungenviertel hinter der Stadthalle. Die Gegend heißt so, weil die Gassen nach Figuren des Nibelungenliedes benannt sind. Es fahren dort wenige Autos, es ist still, und Sommerlinden verkleben mit ihren Blüten die dunklen Gehsteige. Meine Sohlen waren voll von dem Zeug, es fühlte sich an, als ginge ich durch eine Honiglache, so dicht bedeckten sie den Asphalt.

Vor der Tür zu Korkarians Haus wartete ich. Da ich langsam gewesen war, handelte es sich nur um ein paar Minuten, die ich herumstand. Dann sah ich den kleinen Armenier die Gasse herunterkommen. Er läutete zweimal kurz und schloss dann wortlos die Türe auf. Wir stiegen schweigend die Treppen hinauf, es war dunkel im Stiegenhaus und die Bleiglasfenster mit eingeätzten Jugendstilbildern wirkten bedrohlich. Aus einer der Wohnungen drangen leise orientalische Geigenklänge. Eine Solokomposition, gekonnt gespielt, die dem Instrument, dem Musiker und dem Zuhörer alles abverlangte. Irgendwo hämmerte etwas gegen ein Leitungsrohr und eine weitere

Tür schloss sich klickend, als wir uns näherten. Ein Haus der Geheimnisse.

Schließlich standen wir vor Korkarians Wohnungstür, er klopfte zweimal kurz und schloss dann auf. Er trat zuerst ein, ich folgte ihm erst auf seine einladende Geste hin. In der Wohnung selbst befanden wir uns in einem kurzen Gang. Auch hier war es dunkel, angenehm kühl, und ein Hauch von Sandel war präsent. Das einzige Licht drang durch einen Türspalt am Ende des Ganges. Korkarian deutete dorthin und sagte leise: »Drinnen nehmen Sie Platz, bin gleich da.«

Ich trat auf die Tür zu, öffnete und trat ein. Korkarian klopfte an eine der anderen Türen hinter mir und begann, mit jemandem zu sprechen. Eine dunkle Stimme antwortete, leicht kehlig und resonant, wie ein Cello in einem abgedunkelten Konzertsaal. Für so eine Frau müsste man eine Violoncello-Suite schreiben, aber da gabs ja schon die von Bach, also konnte ich mir das abschminken. Seine Tochter war also auch zu Hause.

Während draußen vor der Tür die Unterredung weiterging, blickte ich mich im Zimmer um. Es maß etwa sieben mal sieben Meter, mit einer Fensterfront samt kleinem Erker. Die Fenster waren etwa wandhoch, was bei einer Raumhöhe von gut drei Metern ordentlich Glaserkosten verursachen kann. Ein schönes dunkles Parkett, das die Spuren von gut hundert Jahren Benutzung nur noch schöner hatte werden lassen, diente als Unterlage für drei prächtige orientalische Teppiche. Naturfarben, beste Wolle und doppelte Knoten. Es waren Perser. Ein kleines Tischchen mit geschwungenen Beinen, einem Kanapee und drei Stühlen stand an der rechten Wand neben einem Kamin.

Links befand sich ein langes Bücherregal, dessen Mittelteil mit Glasfenstern versehen war. Die Bücher dahinter waren alt und wertvoll. Ansonsten standen auch jede Menge sehr gelesen aussehende, moderne Bücher auf dem Regal. An der Fensterfront fand sich noch ein Sekretär in eben demselben Stil wie das Tischchen und die Stühle. Das Tischchen war mit Papieren bedeckt. Computer entdeckte ich keinen. Neben der Sitzgarnitur stand eine Lampe mit Pergamentschirm, die angenehmes, weiches Licht gab. Speziell die Bilder an der Wand profitierten vom Licht, denn überragend gut waren sie nicht. Hauptsächlich Landschaften mit Hügeln, grünem Gras und grauem Stein. Dazwischen ein paar rauschende Bäche. Wahrscheinlich Armenien. Die glänzenden Holzflächen, das warme Licht und die Schönheit der Teppiche erzeugten eine angenehm heimelige Atmosphäre. Ich ließ mich in einen der Stühle sinken und wartete. Neben dem Bücherregal fand sich eine Tür, halb angelehnt. Im Raum dahinter war es dunkel.

Ich saß noch nicht lange da, als sie eintrat. Mit fließenden Bewegungen voller Grazie kam sie aus dem dunklen Zimmer. Geräuschlos wie die Zeit selbst setzte sie ihre Schritte, sicher und elegant. Ihre klaren Augen leuchteten, und auf dem dunklen Haar glänzte das matte Licht. Ohne mich auch nur eines Blickes zu würdigen, den Kopf stolz erhoben, spazierte sie an mir vorbei, wie es die Göttin Ishtar mit einem liebeskranken Käfer gemacht haben würde, so weit stand sie über mir.

»… aber sprich nur ein Wort und so wird meine Seele gesund«, schoss es mir durch den Kopf, doch sie würde nie mit mir sprechen. Als ich noch dasaß und um meine Fassung rang, war sie am Kanapee angekommen, sprang mit einem herrlichen Satz auf die Sitzfläche und rollte sich auf einem goldenen Kissen ein. Sie bedeckte das Näschen mit dem buschigen Schwanz und war sofort eingeschlafen, oder tat zumindest so.

Der Kontrast zwischen ihrem anthrazitfarbenen Fell und dem dunklen Gold des Kissens war atemberaubend. So eine Perserkatze hatte ich noch nie gesehen. Da blitzte es hinter dem buschigen Schwanz kurz bernsteinfarben auf, ganz egal war ich ihr doch nicht. Doch das Auge war sofort wieder verschwunden, sodass ich mich fragte, ob ich nicht einer Halluzination erlegen war.

In dem Moment trat Korkarian ein. Seine Füße steckten in bequemen Hausschuhen aus weichem Leder, ansonsten trug er die gleiche Kleidung wie beim Schach. Einen dunklen Anzug, ein elfenbeinfarbenes Hemd und eine schmale, gemusterte Krawatte. Er setzte sich zu mir, etwa eineinhalb meiner Armlängen entfernt. Dabei blieb er aufrecht und behielt beide Beine auf dem Teppich, hellwach war das Treffendste, was sich über ihn sagen ließ. Die Katze auf dem Sofa ignorierte uns beide, so wie es eine römische Patrizierin mit ihren Sklaven gehalten haben würde.

»Also, wer ist tot?«

»Schauberger ist ihr Name gewesen.«

»Sagte ich doch schon, kenn ich nicht.«

»Sie war bei Ihnen wegen eines Seelenkredits.«

»Nein.«

»Vielleicht …«

»Nein.«

»… lassen Sie mich ausreden. Die Dame war knapp 30, exotische Schönheit halb-afrikanischer Abstammung.«

»Ausgeschlossen. War keine Negerin da.«

Es hätte nun überhaupt keinen Sinn gemacht zu fragen, ob er sich ganz sicher wäre. So einem wie Korkarian passieren keine leichten Fehler, und wenn er gelogen hatte, dann würde er auch dabei bleiben. So einfach war das. Also musste ich etwas riskieren.

»Ich hab mit ihr gesprochen, kurz vor ihrem Tod. Sie war Journalistin und hinter einer Story über Sie her.«

»Sehen Sie, einer solchen Person hätte ich nie gegeben Kredit. Keine Presse, schlecht fürs Geschäft. Und ich erkenne diese Leute an ihrer Nasenspitze.«

»Aber mir haben Sie auch einen gegeben.«

»Ich wusste schon. Doch der ewige Gott, in seiner Weisheit und Güte, hat mich mit einer Tochter gesegnet.«

Mittlerweile war die Schönheit auf dem Kanapee aufgewacht, oder hatte zumindest beschlossen, nicht mehr zu markieren, und war über den Tisch, dessen Platte sich in gleicher Höhe wie Korkarians Schoß befand, auf eben denselben geklettert. Nun drückte sie ihren kleinen Kopf in seinen Bauch. Er kraulte sie mit der Linken hinter den Ohren, was die Katze entzückte. Sofort begann sie zu schnurren und ihre Krallen auf seinen Oberschenkeln ein- und auszufahren. Ihm war das egal, er verzog dabei keine Miene.

»Muss ma in Kauf nehmen, wenn ma Katze hat, kaputte Hosen. Ist mit Katzen wie mit Töchtern.« Abrupt wechselte er das Thema. »Was geht mich also Tote an?«

»Sie hat über Sie recherchiert …«

»Sagt sie!«

»… sagt sie, aber jetzt ist sie tot. Außerdem hatte sie ein Notizbuch, ich konnte einen kleinen Blick hineinwerfen.

Da waren Seiten über Seiten mit Informationen, und überall dazwischen Ihr Name.« Kleine Notlüge, außer Korkarians Namen, der Adresse von Buehlin und ein paar Füllworten hatte ich in der Eile so gut wie nichts lesen können.

»Na und?«

»Die Kripo ermittelt, die werden das Notizbuch finden. Dann kommen Sie zu Ihnen.«

»Habe nichts zu verbergen.«

»Ich habe einmal für jemanden gearbeitet, der hatte seine Finger auch in Ihrer Branche drin.«

»Wer?«

»Bender.«

»Der sitzt jetzt auf Ibiza.«

»Menorca, doch das ist egal. Ich habe damals gelernt, dass all diese kleinen Kreditsachen irgendwo einen schwindligen Hintergrund haben.«

»Das kann Ihnen getrost egal sein.«

»Mir schon, aber den Kriminesern nicht. Auch wenn es nicht zur Anklage reicht, fürs Geschäft ist so was überhaupt nicht gut.«

»Dann haben Sie also Notizbuch. Wollen mir verkaufen.«

»Nein, ich hab es nicht. Das kann sich noch ändern.«

»Können ja dann wieder einmal vorbeikommen. Vielleicht interessiert es mich.« Die Katze hatte genug, stand auf, sprang zu Boden und kehrte in das dunkle Zimmer zurück. Ihr Schwanz war voller Selbstvertrauen aufgerichtet, wie eine Fahne. Mich hatte sie überhaupt nicht zur Kenntnis genommen.

»Dann. Jetzt ist es mir egal.« Korkarian strich sich zurückgebliebene Katzenhaare von der Hose.

»Wenn Sie mir sagen, was es mit den Seelenkrediten auf sich hat, kommen wir ins Geschäft.«

»Zuerst Notizbuch, dann wir sehen weiter.«

Er stand auf, hielt Abstand und wies zur Türe. Als ich an ihm vorbei war, folgte er mir. Immer mit Abstand. Draußen im Gang war es dunkel und still. Schließlich schloss sich die Wohnungstür hinter mir und ich stand im Stiegenhaus. Von seiner Tochter hatte ich nichts zu Gesicht bekommen. Wollte er nicht, dass sie von meinem Besuch wusste? Wer hatte nun eigentlich gelogen, die Schauberger oder Korkarian, war sie bei ihm gewesen oder nicht? Und wenn sie nicht dort gewesen war, wie hatte sie mich dann gefunden, woher von Buehlin gewusst? Wenn Korkarian nicht bluffte, dann wollte er das Notizbuch, gut. Das gab mir wenigstens etwas in die Hand, entweder Informationen für Erich oder Geld für mich. Nur finden musste ich es.

Mit diesen Gedanken und jeder Menge anderer Grübeleien war ich das Stiegenhaus hinuntergegangen, beim Haus hinaus und dann zur U-Bahn. Ich erwischte noch gerade die letzte um halb eins und fuhr zurück zur Uni. Ich hirnte wie ein Verrückter, drehte alle Fakten um, fügte sie zusammen, wieder und wieder, aber es wollte nichts dabei herauskommen. Aus meiner Denkerei fand ich erst wieder in die Wirklichkeit zurück, als ich vor der Tür zum Institut stand und den Schlüssel in der Hand hielt.

V

Ich schloss gerade die Tür hinter mir, als plötzlich eine Stimme ertönte. Vom Ende des Ganges her, dort, wo sich das Büro meiner Chefin befindet: »Linder, was machen denn Sie um diese Uhrzeit hier?« Ich fuhr zusammen wie ein Schulbub, den man beim Nasenbohren erwischt hat. In der hell erleuchteten Tür stand der Schattenriss von Glanicic-Werffel.

In alter Übung hatte ich sofort eine Ausrede parat: »Ich hab den Panini vergessen und bin noch mal zurück, um ihn zu holen.«

»Verschonen Sie mich bitte für einmal mit Ihrer Lügerei. Ich hab momentan echt nicht den Nerv dazu. Wir beide wissen, dass der Panini nicht ausgeliehen werden darf. Dazu bräuchten Sie meine schriftliche Genehmigung, die Sie nicht haben. Also, warum sind Sie hier?«

Ich stand noch immer wie angefroren an der Eingangstür, den noch nicht gedrehten Schlüssel im Schloss, sie bei ihrem Büro. Gut zehn Meter entfernt.

»Wasserrohrbruch, meine Wohnung ist derzeit nicht benützbar.«

»Warum gehen Sie dann nicht in ein Hotel?«

»Das ist finanziell unmöglich.«

»Sperren Sie ab und kommen Sie dann zu mir. Ich hab keine Lust, weiter so zu schreien.«

Ich tat wie geheißen und saß kurz darauf im Büro meiner Chefin. Die Fenster waren weit geöffnet, kühle Nachtluft strömte herein und unten fuhr alle paar Minuten ein Auto vorbei.

»Für den Moment angenommen, Sie schwindeln nicht

schon wieder. Warum lassen Sie sich nicht von Ihren Eltern helfen, Ihre Familie ist doch wohlsituiert. Da werden ein paar Hundert Euro kein Problem darstellen.«

Der Gedanke, dass auch armer Leute Kinder studieren könnten, war ihr anscheinend noch nicht gekommen.

»Schwierige familiäre Verhältnisse. Eine lange Geschichte.«

»Sehen Sie, Linder, das glaube ich Ihnen. Wie man mit Ihnen kein schwieriges Verhältnis haben kann, ist mir unbegreiflich. Ihre Eltern müssen einiges mit Ihnen durchgemacht haben.«

»Was auch reziprok gilt.«

»Verschonen Sie mich mit Ihrer Klugscheißerei, lassen Sie uns für einmal ehrlich sein. Mir steht der Sinn wirklich nicht nach einem weiteren Wortgefecht.«

Sie blickte einen Moment zum Fenster hinaus, dann strich sie sich eine der eisgrauen Locken aus dem Gesicht. Täuschte ich mich, oder hatte sie gerötete Augen? Nein, Furien weinen nicht. Dann fiel mir ein zerknülltes Papiertaschentuch in einem zugeklappten Buch auf. Doch, auch Furien weinen.

»Sie haben noch gar nicht gefragt, warum ich hier bin.«

Daran dachte ich schon die ganze Zeit, doch es gibt Dinge, die will man gar nicht wissen. Nur die wenigsten Augenzeugen überleben den Augenblick der Schwäche eines Tyrannen. Auch wenn er wunderschön, klug und weiblich ist.

»Sie werden mit irgendwelchen Verwaltungsangelegenheiten beschäftigt sein, von denen ...«

»Nein. Ich kam heute Morgen aus Italien zurück. Einen Tag früher als geplant. Ich wollte meinen Mann überraschen.« Am liebsten hätte ich mir die Finger in die Ohren gesteckt und laut gesungen. Doch Glanicic-Werffel kannte kein Erbarmen und machte weiter.

»Na, überrascht hab ich ihn auch. Mit seiner Sekretärin.«

»Alle Männer sind Schweine, sogar die Besten von uns sind nicht mehr als Affen im Anzug.« Besseres fiel mir nicht ein. Wenigstens hatte ich nicht darauf hingewiesen, dass es immer klüger war, zu spät als zu früh heimzukehren, der unliebsamen Überraschungen wegen. So eine Weisheit hätte sie sicherlich zum Kochen gebracht. Normalerweise hätte ich der Versuchung nachgegeben. Aber diesmal nicht. Vor mir saß eine wunderschöne Frau, der langsam bewusst wurde, dass sie kein junges Mädchen mehr war. Zum ersten Mal bemerkte ich Risse in ihrem diamantharten Panzer aus Selbstvertrauen, Intellekt und Versace. Die Krähenfältchen um die Augen, sonst immer sexy Zeichen einer reifen Frau, ließen sie diesmal müde und verletzlich wirken. Fast wie ein kleines Mädchen.Ich wollte sie irgendwie aufheitern.

»Für eine Diva wie Sie sollte so ein Vorkommnis doch kein Problem sein. Nehmen Sie sich einen Liebhaber, ziehen Sie Ihrem Mann bei der Scheidung die Hosen aus. Die Welt gehört Ihnen. Toyboys, Champagner und Philologenkongresse.«

»Aber ich liebe ihn doch. Ich habe ihn immer geliebt. Wissen Sie, Linder, Sie sind ein Mann, Sie können das nicht verstehen.«

»Warum sprechen Sie dann nicht mit einer Freundin darüber, bei ein paar Flaschen Prosecco?«

»Weil ich Prosecco hasse und keine Freundinnen habe.«

So, jetzt war es heraußen, sie atmete tief durch. »Alle meine Bekannten sind hohlköpfige Schachteln, deren Horizont über Kleider, Friseur und Sean Connery nicht hinausgeht. Und wissen Sie, wieso das so ist?«

Nein, das wusste ich nicht. Wollte es auch gar nicht, doch Frau Ordinarius war in Fahrt.

»Weil ich mein Leben lang immer der Anerkennung von Männern nachgelaufen bin. Zuerst der von meinem Vater. Als mir dann klar wurde, dass das nie funktionieren würde, der von meinem Lehrer, aber egal, was ich auch immer machte, es war zu wenig. Ich habe mein ganzes Leben nach Anerkennung von Männern gestrebt. Nicht Anerkennung für ein schönes Kleid oder Ähnliches, nein, für Wissen und Kompetenz. Das funktioniert nicht. Mein Vater war stolz auf mich, weil ich schön war und weil ich eine gute Partie gemacht habe. Matura mit Auszeichnung, Promotion sub auspiciis, das war ihm egal. Meinem Doktorvater war mein Französisch wichtiger als mein Griechisch und, Ironie des Schicksals, bei meinem Mann ist es genau umgekehrt.«

Ich verstand nicht.

»Die Sekretärin Ihres Mannes beherrscht Altgriechisch und Französisch?«

»Schwachsinn, Linder, er hat sie in den Arsch gefickt, die kleine Schickse.«

Wenn ein Tonband mitgelaufen wäre, hätte ich den letzten Satz verkaufen können, für Millionen. Niemand würde geglaubt haben, dass Glanicic-Werffel sich jemals so ausdrücken könnte. Ich war völlig verdattert, nicht fähig, einen konstruktiven Gesprächsbeitrag zu leisten, deshalb fuhr sie fort.

»Wie schon gesagt, Linder, Sie als Mann können sich das gar nicht vorstellen. Für euch läuft immer alles glatt. Beruf, Anerkennung und eine Spur gebrochener Herzen hinter euch.«

»Ganz so sehe ich das nicht.« Eigentlich hatte ich es bis jetzt immer umgekehrt gesehen, was sie von den Männern sagte, hatte ich bis jetzt immer von den Frauen gedacht.

»Ach nein. Sie sind doch ein gutes Beispiel. Ein ausgezeichneter Philologe, alles rennt zu Ihnen um Rat, die Kollegen bewundern Sie, an jedem Finger fünf Mädchen, und sogar Ihre widerlichen Gesetzeswidrigkeiten schaden weder Ihrer Karriere noch Ihrer Gesundheit. Weil Sie der Einzige am Institut mit Grips sind. In zehn Jahren sitzen Sie auf meinem Stuhl wie ein Gott. Ich dagegen muss jeden Tag perfekt sein, darf mir keine Schwäche erlauben, weder fachlich noch amourös, aber es nützt nichts. Jetzt hat mich auch noch der eigene Mann betrogen. Das wird Ihnen nie geschehen. Und wenn, dann lachen Sie drüber und fliegen zur nächsten Blüte.«

Dann erzählte ich ihr meine Sicht der Dinge. Ich erzählte davon, wie es ist, wenn man keine fixe Anstellung bekommt, weil man ein Mann ist, da die Forschungsmittel immer zuerst an Frauen und Frauenprojekte vergeben werden, wie es ist, wenn man bettelarm ist und die einzigen beiden Frauen, die man je geliebt hat, einen verlassen haben. Die eine wegen eines Millionärs, die andere wegen eines Papyrus, den sie dann erst recht nicht erwischen konnte.

Glanicic-Werffel hörte aufmerksam zu, bis zu dem Moment, an dem ich von meiner Chefin zu sprechen begann, vor der ich in konstanter Angst lebte, für die ich

Aufsätze schreiben musste und die mit einem Nicken meiner Existenz ein Ende setzen könnte. Da unterbrach sie mich.

»Wenn Sie auf meinem Stuhl sitzen, dann werden Sie auch nicht mehr alles selbst schreiben müssen. Sie insubordinieren jeden Tag, ich muss alles aufbieten, um Ihnen Paroli bieten zu können, um noch wenigstens einen letzten Rest von Achtung mit nach Hause zu nehmen.«

Ich sagte ihr, dass es mir gleich ginge. Danach schwiegen wir beide.

»Sie haben mir da viel zum Nachdenken gegeben, Linder.« Sie stützte ihren Kopf in ihre Hände, die Ellbogen auf dem Tisch. Ein bronzener Armreif rutschte langsam zum Ellenbogen hinab und sie lächelte. Müde, aber die Fältchen wirkten wieder sexy und kein bisschen mutlos. Um ein Haar hätte ich sie geküsst. Sie bemerkte es, fuhr mir ganz leicht über meine Rechte, die auf dem Tisch lag, und stand dann auf.

»Ich denke, es ist besser, wenn Sie jetzt gehen.«

»Sie wollen doch nicht hier schlafen?«

»Wo sonst? Nach Hause gehe ich sicher nicht.«

»Es gibt Hotels.«

»Ich hab ein Zimmer reserviert, im Marriott. Mein Gepäck ist schon dort. Ich bin eine Dame, ich werde sicher nicht allein um halb zwei Uhr morgens in einem Hotel ankommen.« Einen Hinweis darauf, dass sich ja auch schon am Nachmittag dafür Zeit gefunden hätte, unterließ ich.

»Soll ich Sie hinbegleiten?« Ich war ebenfalls aufgestanden.

Einen Moment zögerte sie, war sich nicht sicher. Dann hatte sie sich wieder unter Kontrolle.

»Das wär ja noch schöner. Sicher nicht. Gehen Sie jetzt, ich bin kein Porzellanpüppchen, eine Nacht kann ich auch im Sessel schlafen.«

»Aber morgen werden Sie ins Hotel ziehen?«

»Wollen Sie mich loswerden, Linder? Das hier ist mein Institut.« Mit diesen Worten schob sie mich bei der Türe hinaus in den dunklen Gang. Dort stand ich noch ein Weilchen, unfähig zu verstehen, was da eben passiert war.

3. KAPITEL

I

Der nächste Morgen war ein Wahnsinn. Kühle Luft drang durch das geöffnete Lichtfenster, meine Fliege saß auf meiner Wange und es duftete nach Regen. Draußen hingen die Wolken tief und grau, keine Spur von Sonne. Ich kuschelte mich noch ein wenig in meine Decke, erneuerte den Schwur gegen den Quälgeist und stand dann auf. Ich kramte zwei Boxen aus der untersten Schublade, schloss meinen iPod an und ließ die Brandenburger Konzerte erklingen. Das war Musik für weiße Batistservietten, Silberkelche und Champagner, nebst Perücken, Spitzenmanschetten und geistreicher Konversation. Hatte ich zwar alles nicht, aber das ließ mich kalt. Ich schnappte mir den Wasserkocher und ging ihn füllen. Wenigstens guter Tee war vorhanden. Ende April hatte mich jemand mit einer Portion Formosa Fancy Oolong erfolgreich bestochen. Davon gabs noch ein paar Gramm. Superior Quality. Damit macht das Leben Spaß.

Ich kam gerade von der Toilette zurück, der Wasserkocher war gefüllt und ich gewaschen, als in meinem Hinterkopf etwas zu dämmern begann. Ich kam nicht drauf, was. Erst als sich die Institutstüre öffnete und ich in Shorts vor meiner Chefin stand, kam mir die gestrige Nacht wieder zu Bewusstsein. Zu spät. Wie immer.

»Linder, ziehen Sie sich Hosen an, wir frühstücken gemeinsam. Und bringen Sie die Boxen mit, ich liebe Bach, auch wenn Ihre Aufnahme eine Katastrophe ist.« Ich zog mich noch schnell an, machte den Tee und kam mit meinen Sachen in ihr Büro. Der Ehrlichkeit halber sei gesagt, dass der Bach zu ihren Räumlichkeiten entschieden besser passte als zu meinen. Jedoch hatte ich in den Shorts herrlich gefröstelt, im Juli ist das was Wundervolles.

Vor mir standen ein doppelter Espresso, zwei mürbe Kipferln und ein Glas Orangensaft. Dazu noch der Bach und der Oolong, es war gar nicht schlecht. Das wollte ich mir nicht anmerken lassen. Nach der zweiten Tasse vom Oolong hatte ich die Erinnerungen an gestern Nacht verdaut und bemerkte: »Sie hätten nicht so knausrig zu sein brauchen, wir hätten auch im Palais Coburg frühstücken können. Da soll es sogar ›free flow‹ Champagner geben.«

»Mit Ihnen lass ich mich dort nicht blicken. Ihr Tee riecht gut, würden Sie mir einschenken?« Gefragt, getan. »Hmmm. Der ist nicht schlecht. Das ist kein Grüntee, oder?«

»Nein, das ist Oolong. Der liegt in der Oxidationszeit zwischen Grün und Schwarz, aber …«

»Ja, ja, Vorlesung brauch ich keine. Sehr schön im Geschmack, leicht seidig. Auch die Farbe ist wunderbar.«

»Hm«, Glanicic-Werffel hatte schon die zweite Tasse in der Hand. Das war mir gar nicht recht. »Leuchtend goldig.«

»Davon werden nur ein paar Hundert Kilo im Jahr hergestellt.«

»Wie kommen Sie dann dazu?«

»War eine Art Bestechung.«

»Ich hoffe, es hat sich rentiert?«

»Hauptsächlich Lebensgefahr und ein gebrochenes Herz, aber der Tee wiegt das wieder auf.«

»Lassen wir die Blödeleien. Ich brauche einen Kontakt von Ihnen.«

»Ah ja.«

»Ja. Sie kennen doch Leute in gewissen Kreisen.«

»Ein paar.«

»Gibt es Auftragskiller wirklich und wenn ja, was kosten sie?«

Der schöne Morgen war dahin. Nicht einmal der Tee schmeckte mehr. Was für eine Schande.

»Geben tut's die schon, aber ich rate ab. Solche Sachen gehen immer schief und schlussendlich …«

»Ich will den Kontakt und keinen guten Rat.« Glanicic-Werffel schenkte sich nach. »Also diesen Tee ziehe ich jedem Champagner vor.«

»Freut mich, dass er Ihnen schmeckt. Ich glaube trotzdem …«

»Den Kontakt. Können Sie's oder nicht?«

Ich wand mich auf dem Stuhl, während sie mich mit ihrem Blick festnagelte. Wenigstens wusste ich jetzt, wo die Griechen die Idee mit den Medusenhäuptern herhatten.

»Jetzt zieren Sie sich nicht. Ich habe gar nicht vor, einen Experten auf meinen Mann anzusetzen. Es geht mir mehr um die seelische Beruhigung. Dass ich weiß, dass ich es jederzeit kann, wenn ich will.«

Sie schob mir einen Stift und ein exakt ausgeschnittenes Stück Papier hin. Ich schrieb eine Nummer drauf. Irgendeine. Sie meinte nur: »Na also, war doch nicht so schwer.«

Zwei Minuten später saß ich wieder in meinem Büro, der Oolong war leer und der Reiz der Brandenburger Konzerte verflogen. Ich hatte zum ersten Mal mit einer Frau gefrühstückt, mit der ich nicht zuvor geschlafen hatte. Außer mit meiner Mutter natürlich. Aber der Vergleich machte mich gar nicht froh.

II

Nachdem Glanicic-Werffel das Institut Richtung Marriott verlassen hatte, atmete ich tief durch. Endlich wieder alleine. Ich beschloss, heute alles ruhen zu lassen. Mir konnte die ganze Welt gestohlen bleiben, nur ich, Tee und der Panini. Vielleicht auch noch ein bisschen Blues, doch der erst später. Wie immer, hielt auch an diesem Tag das Leben nichts von meinen Plänen, denn mein Handy surrte, kaum dass ich mich über das Buch gesetzt hatte. Es war Erich.

»Hast du was?«

»Ja. Keine Ahnung.«

»Ich muss nachher zum Kardinal. Er hat heute Morgen schlechte Laune. Also ein bisschen mehr Ernst bitte.«

Mit ein wenig mehr Ernst, aber nicht mehr als unbedingt nötig, schilderte ich ihm den gestrigen Abend in allen Details. Natürlich ohne die Unterredung mit meiner Chefin. Und ein paar andere Sachen ließ ich auch noch aus.

»Also bis jetzt habe ich überhaupt gar nichts gefunden,

das in irgendeiner Hinsicht auf den großen Versucher hindeutet.«

»Die theologische Beurteilung überlasse getrost den Spezialisten, von dir will ich nur die Fakten hören. Wir werden sehen, was der Kardinal sagt.«

Mit einem kurzen Gruß legte er auf. Ich legte das Handy beiseite, rückte den Stuhl zurecht und vertiefte mich wieder in das Buch. Keine vier Worte später die nächste Störung.

»Hi, Shahin.«

»Stell dir vor, ich hab was gefunden.«

»Bin ganz Ohr.«

»Komm zu mir, erzähl ich dir dann. Das ist gemütlicher.«

»Für gewöhnlich sagen das die Leute, die dann tot sind, wenn man bei ihnen eintrifft. Dir ist klar, dass du aus narrativtheoretischer Sicht soeben Selbstmord begangen hast?«

»Guter Aspekt. Man könnte auch sagen: ›Er richtete sich selbst‹. Find ich super. Bis nachher.«

Wieder aufgelegt.

Ich hatte mich noch kaum auf den Weg zu Shahin gemacht, als das Handy schon wieder vibrierte.

»Servus, Reichi.«

»Alles safe? Kann ich auch?« Es dauerte einen Moment, bis mir klar wurde, was er meinte.

»Ich würde mit dem Seelenverkaufen noch warten. Mir scheint, da spielt sich was im Hintergrund ab.«

»Buhu, du jagst mir keine Angst ein. Ich wollte Luzi schon immer mal kennen lernen.«

»Wirst du schon noch, keine Sorge. Doch darum geht's

mir im Moment gar nicht. Es ist einfach keine gute Gelegenheit. Korkarian ist nervös, irgendwas geht da vor. Sobald sich der Rauch verzogen hat, gebe ich dir Bescheid.«

»Na gut.«

»Du bist 29 Jahre mit deiner Seele ausgekommen, jetzt wirst du's die nächsten zwei Wochen auch noch schaffen.«

Enttäuscht legte Reichi auf.

Mittlerweile saß ich in der U4, es ging den schönen, grünen Donaukanal entlang nach Norden. Ein Fenster stand offen und kühle Luft drang in den U-Bahn-Wagen. Bis auf zwei adoleszente Migrationshintergründe, die mit ihren Handys Musik hörten, war ich im Abteil allein. Beide hatten ihre chromglänzenden Dinger aufgeklappt und ließen es dröhnen. Natürlich hörten sie unterschiedliche Songs, und da sie dabei auch noch miteinander reden wollten, brüllten sie wie Jungstiere auf der Weide. Es ist ein gar absonderliches Ding mit dem Menschen. Er entdeckt den Strom, Halbleiter, entwickelt Aktiengesellschaften, schießt Satelliten in die Umlaufbahn und baut Handys. Diesen ganzen irrwitzigen Aufwand benützt er dann, um sich lächerlich zu machen. Wobei ich mich selbst von dieser Feststellung gar nicht ausnahm. Mitten im Gedanken klingelte es wieder. Unbekannte Nummer. Auch das noch. Wahrscheinlich irgendein Kundenbetreuer von einem meiner abgelaufenen Studentenabos.

»Ich bin kein Callcenter«, meldete ich mich sauer.

»Ich auch nicht.« Nicht einmal die miserable Verbindung in den Wiener Linien, das Rattern der Räder auf dem Schienenstrang und der Plastiksound meines Handys konnten diese Stimme verfälschen. Es war der leicht sonor-rauchige Klang eines Cello, das durch einen weiblichen Mund sprach.

»Frau Korkarian nehme ich an.«

»Genau.«

»Tut mir leid wegen vorhin, das war nun schon der vierte Anruf in direkter Folge.«

»Es ist Ihnen schon klar, dass ich da am allerwenigsten dafür kann?«

Da hatte sie recht, und das sagte ich ihr auch. Was ich ihr nicht sagte, war, dass es mich wunderte, wie sie an meine Nummer gekommen war. Die hatte ich bei der Vertragsunterzeichnung gar nicht angegeben.

»Ich war gerade bei Ihnen.«

»Das hab ich gar nicht bemerkt.«

»Kein Wunder, Sie waren nicht anwesend.«

»Im Büro?«

»Nein, in Ihrer Wohnung. Aber man hat mir Ihre Nummer gegeben.« So, so.

»Was kann ich für Sie tun?« Die U-Bahn fuhr gerade in die Station Friedensbrücke ein. Auch egal, Shahin konnte warten, das hier war wichtiger. Ich blieb also sitzen.

»Ich hätte Sie gerne gesprochen.«

»Tun wir ja gerade.«

»In realiter.« Na, wenn das nicht wieder auf einen narrativtheoretischen Suizid hinauslief.

»Wo sollen wir uns treffen?«

»Am liebsten im Viertel, ich muss nachher noch was erledigen.«

»Soll mir recht sein. Vielleicht im Café März, neben der polnischen Videothek?«

»Nein, auf keinen Fall im März, da tarockieren die

Freunde meines Vaters ständig. Ich will niemandem über den Weg laufen.«

»Wie wärs dann mit dem Weidinger? Der Innenhof ist um diese Zeit herrlich schattig und kühl.«

»Das Weidinger hat einen Innenhof?«

»Sicher.«

»Na gut. Wie lange brauchen Sie?«

»Etwa 15 Minuten.«

»Bis dann.«

Sie legte auf. Nur noch einen Anruf, dann wäre das erledigt. Nach zwei Signaltönen meldete sich Shahin.

»Hi. Du, mir ist was dazwischengekommen, das wahnsinnig wichtig ist. Eilt deine Entdeckung oder können wir morgen darüber reden?«

»Morgen ist schon ok, da bin ich halt bei meinem durchgeknallten Wirtschaftsprüfer. Wenig Zeit.« Shahin klang enttäuscht.

»Gut, dann meld ich mich morgen bei dir und wir sehen weiter. Bin schon gespannt.«

Shahin legte auf. Ich tat es ihm nach, nahm mein Handy vom Ohr und atmete durch. Dann drückte ich verbissen die rote Taste. So lange, bis das kleine Ding winselte, vibrierte, noch einmal kurz aufleuchtete und dann verstummte. Es war vollbracht. Es war tot. Mausetot. Bis auf Weiteres. Ich steckte die leblosen 156 Gramm Plastik ein und entspannte mich, während ich dankbar meiner Jugend gedachte, in der es noch keine Handys gegeben hatte. Die beiden Migrationshintergründe hatten nicht so viel Glück gehabt wie ich und tanzten noch immer den wirren Reigen der Elektronik. Als ich in Spittelau ausstieg und die U-Bahn davonfuhr, blickte ich ihnen nach, bis die Waggons im Schacht verschwanden. Hätte Dante seine Commedia heute verfasst, wäre da sicherlich ein Kreis der Hölle, in dem die Leute auf ewig mit der U-Bahn im Kreis fahren würden, mit den Handys Musik hörten und sich im ohrenbetäubenden Krach nicht verständigen könnten. Taubheit im Krach.

III

Das Café Weidinger, neben der Hauptbibliothek und der Lugner City gelegen, ist eine Zierschnalle am Gürtel Wiens. Das braune Eckhaus ist heruntergekommen, die hinweisende Schrift verblichen, die Fenster blind. Drinnen sind die Wände und Decken eierschalenfarbig gestrichen oder sind es zumindest gewesen, bis sie nachdunkelten und sich vom Tabakrauch verfärbten. Die Einrichtung ist durchgesessen, selbst Sitzriesen blicken kaum über die Tischplatte. Alles wirkt ein wenig trostlos und verblasst. Doch hinten klicken die Carambolkugeln, ein Spielerpaar sitzt über ein Schachbrett gebeugt und Karten werden auf den grünen Filz der Spieltische gedroschen, während vorne über Kaffee und Zeitung ein wenig geplaudert wird. Auf dem Zeitungstisch liegen die FAZ, der Standard und die Presse. Und niemals wird ein Ober auf die Idee kommen, auf eine neue Order zu drängen, nur weil die Kaffeeschale schon zwei Stunden leer ist. Eher bringt er ungefragt ein neues Glas Wasser.

Heute war noch nicht viel los, vorne saßen bloß eine Pensionistin über einem roten Viertel und ein gut gekleideter Mann um die 50 mit einer Melange. Beide hielten eine Zeitung in der Hand, sprachen jedoch über ihre Enkel. Der Ober stand daneben und hatte ebenfalls eine Meinung zu dem Thema. Die Spieltische waren unbesetzt und nur an einem der Carambols übte ein junges Mädchen, wieder und wieder die gleiche Stellung. Sie spielte sie jedes Mal perfekt an, schön tempiert, mit viel Sicherheit und perfektem Resultat. Doch das hielt sie nicht davon ab, nach dem Stoß wieder aufzubauen. Ich ließ sie weiterüben und ging hinaus in den Hof.

Der Hof misst etwa sechs mal vier Meter, ist von himmelhohen Wänden eingeschlossen und mit einer großen Kastanie bestückt. Auf dem freien Platz stehen fünf Tische. Zwei sind größer und rechteckig, mit vier Stühlen. Zwei sind klein und rund mit zwei Stühlen. Die runden besitzen Platten aus Kunstmarmor, die größeren sind einfach nur rostige Gartengarnituren. Die Wurzeln der Kastanie haben im Lauf der Zeit die Steinplatten verschoben und aufgebrochen, von den Mauern bröckelt der Putz, und doch ist der Hof ein Ort des himmlischen Friedens. Der Verkehrslärm vom Gürtel dringt nicht herein, ebenso wenig das Sonnenlicht. Die hohen Hauswände ringsum und die wundervolle Kastanie halten es ab. Man sitzt kühl und schattig unter den Fenstern, aus denen manchmal Stimmen, Haushaltsgeräusche oder leise Musik dringen. Die Lautstärke ist meistens perfekt, so dass man nur hört, wenn man will.

Eins der runden Tischchen stand am anderen Ende des Hofs, und dorthin setzte ich mich. Bald klapperten Stöckelschuhe über den Boden, ich blickte auf und sah Frau Korkarian. Sie kam auf mich zu, ich stand auf, wir begrüßten uns und setzten uns dann wieder.

Der Ober war ihr gefolgt, kein Wunder, so ein Anblick bot sich dem guten Mann nicht oft, und wir bestellten.

»Ein Johannisbeer gespritzt«, bestellte die Korkarian.

»Ah, gnä Frau, besser Sie bestölln a Kirschsoda, des is gleich guat, aber nur halb so teua. Ans zwanzg.«

»Warum denn das?«

»Weil die Preise macht da Chef, net I.«

»Gut, dann ein Kirschsoda.«

»A Kirschsoda und an großn Mokka. Sehr wohl.« Damit ging er ab.

Die Korkarian trug ein leichtes Sommerkleid in Dunkelblau, wahrscheinlich Leinen. Vorne war es aufgeknöpft und eine reinweiße Bluse schaute hervor. Kleine schwarze Steine lagen um ihren Hals, und zwei davon trug sie auch in den Ohrläppchen. Der Jett harmonierte wunderbar mit ihrem Haar.

»Sagen wir Du. Ich bin die Elena.«

»Ich bin Arno.« Aber das sagte ich nur so, ohne es zu meinen. Mir schwoll der Brustkorb vor Stolz. Ich hatte es immer schon gewusst. Der trojanische Krieg war nicht wegen einer Blondine geführt worden. Vor mir saß der Beweis.

»Es ist wirklich schön kühl hier.«

»Hab ich ja gesagt. Worum geht es?«

»Naja, ich wollte …«

»Sicher nicht nur dein schönes Kleid herzeigen. Also, was willst du?«

»Geradeheraus?«

»Sicher.«

»Na gut, woher hast du gewusst, dass mein Vater Seelen belehnt?«

»Wie man so etwas halt weiß.« Sollte sie nur geradeheraus reden, ich würde das sicher nicht tun. Der Grad zwischen Ehrlichkeit und Dummheit ist ein dünner. Manche sagen auch, es gäbe ihn gar nicht. Ehrlichkeit ist Dummheit.

»Wie?«, insistierte sie.

»Von einem Freund.«

»Der auch so einen Kredit aufgenommen hat?«

»Vielleicht. Ich verrate Freunde grundsätzlich nicht. Außer es lohnt sich.«

»Du hast also nur Geld gebraucht.«

»Ja. Beruf Hungerleider, Steuerklasse Kirchenmaus. Für Leute wie mich sind 500 Euro viel Geld.«

»Ich glaube dir nicht ganz.«

»Das ist vernünftig, aber mir auch egal.« Inzwischen war der Kaffee gekommen, ich hatte gezuckert und nahm einen kleinen Schluck.

»Wir verschwenden so nur unsere Zeit, wenn du mir nichts sagst.«

»Mit dir Kaffee zu trinken, ist keine Zeitverschwendung.«

»Mit dir schon.« Das Kirschsoda färbte ihre Lippen ein wenig dunkler, oder täuschte ich mich da?

»Sicher, ich bin ja keine schöne Frau.«

Sie lächelte. »Nein, das bist du nicht.« In ihrer wunderbaren Stimme spielte ein Lachen mit. Wie das Glucksen eines kleinen Waldbaches, den man durch die Bäume nicht sieht, aber schon hört. In Verbindung mit den verschwommenen Verschlusslauten ein zauberhafter Effekt. Wahrscheinlich wohl beabsichtigt, machte ich mir klar. »Darum gebe ich dir noch eine Chance. Hör gut zu. Vor einer Woche etwa kam schon einmal jemand wegen eines Seelenkredits zu uns. Derjenige ist jetzt tot.«

»Woher weißt du das?«

»Ich lese Zeitung.«

»Da steht so was drinnen?«

»Sicher.«

»Sollte ich auch mal probieren.«

»Schaden kanns nicht.«

Ich versteckte ein Lächeln hinter der Kaffeeschale, als ich wieder einen Schluck nahm.

»Und jetzt gehst du mit allen Kreditnehmern Kaffee trinken, um die Leute zu warnen, dass jemand rumläuft, der Menschen umbringt, die ihre Seele verpfändet haben. Ist einsichtig.«

»Nein. Nur mit denen, die irgendwie mit drinhängen.«

»Du meinst, ich bin der Serienkiller.«

»Eins ist noch keine Serie.«

»Könnte jedoch der Anfang sein. Auch eine Reise über tausend Li beginnt mit dem ersten Schritt.«

»Was soll das jetzt heißen?«

»Mao hat das gesagt, der hat anscheinend über 40 Millionen Menschen auf dem Gewissen.«

»Blödsinn, das Zitat kenn ich schon, dass kommt von Lao Tse.«

»Mao, Lao, die Chineser sind doch eh alles Japaner.«

»Das ist jetzt Qualtinger.«

»Stimmt. Du bist ziemlich sattelfest.«

»Spar dir deine Anzüglichkeiten.« Das hohe Glas mit dem roten Saft stand ihr gut zu Gesicht.

»Schmähohne jetzt. Dass ein Spezialkreditnehmer von euch unter der Erde liegt, gibt dir zu denken.«

»Dir nicht?«

»Ich sehe da nicht sonderlich viel Signifikanz. Bei jemandem, der seine Seele zu verpfänden bereit ist, scheint mir Mord gar nicht so abwegig. Ich wäre eher erstaunt, wenn so jemand beim Bingo einen Herzinfarkt hätte.«

»Woher weißt du, dass es Mord war? Davon hab ich nichts gesagt.«

»Überführt. Ich war's. Wo hast du die Handschellen?«

»So leicht fessle ich dich nicht.«

»Leicht, immerhin hab ich wen dafür umgebracht.«

Sie winkte ab.

»Wie kommst du drauf, dass die Person ermordet wurde?«

»Wenn's ein Insulinschock gewesen wäre, dann hätte es eine solche Nachricht nicht in die Zeitung geschafft, und wenn doch, würdest du deswegen nicht mit mir Kaffee trinken.« Außerdem hatte es mir die Polizei gesagt. Wenn es sich denn um die gleiche Person handelte.

»Wen hat es denn erwischt?«

»Eine junge Frau afrikanischer Abstammung. In meinem Alter.« Elena blickte nachdenklich den Stamm der Kastanie hinauf.

»Sie hatte einen Kredit bei euch?«

»Ja.«

»Kannst du mir eine Liste von den Leuten geben, die einen solchen Kredit haben?«

»Das ist nicht möglich.«

»Warum nicht? Hat dein Computer keine Printfunktion?«

»Doch.«

»Also, druck sie aus und gib sie mir.«

»Das geht nicht.«

»Hast du schon gesagt.«

»Datenschutzgründe. Wir dürfen nichts an Dritte weitergeben.«

»Merkt doch keiner.«

»Doch, mein Vater.«

»Man muss sich von den Eltern emanzipieren. Sonst rutscht man in ungesunde Verhältnisse.«

»Bei meinem Vater ist das genau umgekehrt.«

»Weißt du, was ›umgekehrt‹ auf Latein heißt?«

»Du wirsts mir sicher gleich sagen.«

»Pervers.«

Sie verzog das Gesicht zur Karikatur eines Lächelns.

Es hatte nicht zu mehr gereicht als einem Patt. Sie würde aus mir nichts rausholen und ich nicht aus ihr. Deswegen blickte ich auf meine Uhr, trank schnell den Mokka aus und sprang auf.

»Wir sehen uns sicher wieder, aber ich muss jetzt. War wunderschön.« Damit ging ich ins Weidinger hinein.

Obwohl schon nach zwölf, war drinnen noch immer kaum was los. Leises Stimmenmurmeln, Papierrascheln und Billardklicken. Ich zahlte beim Ober die beiden Getränke und ging hinaus. Am Gürtel rasten die Autos an mir vorbei, produzierten Lärm und Gestank, die Sonne war nun vollends durchgekommen und heizte herunter. Im prallen, schattenlosen Sonnenlicht schlug mir der Lärm wie eine Gerade ins Gesicht. Obwohl ich Nehmerqualitäten habe, wäre ich beinahe in die Knie gegangen. Nach dem angenehm kühlen Halbdunkel im Weidinger verständlich. Ich schleppte mich zur U-Bahn und fuhr zurück zur Uni.

IV

Die Hitze drang mühelos durch die geschlossenen Fenster in mein Büro, die frische Luft blieb allerdings draußen. Also war es nicht nur heiß, sondern auch stickig. Die Jalousien hatte ich heruntergelassen und einen Spalt so eingerichtet, dass sich über meiner Lektüre ein kleiner Lichtpunkt bildete. Ab und zu nippte ich an meiner Schale Tee und wischte mir dann den Schweiß von der Stirn. Lesen war Schwerstarbeit. Meine Gedanken verliefen sich ständig im Labyrinth von Paninis Sätzen und fanden nicht mehr heraus. Im Herz des Irrgartens wartete dann ständig eine dunkelhaarige Schönheit. Schweigend und rätselhaft wie die Sphinx, viel gefährlicher als der Minotaurus.

Ich kam nicht so ganz dahinter, was da im Weidinger vor sich gegangen war, und das ließ mir keine Ruhe. Schließlich klappte ich das Buch zu und beschloss, nur mehr zu grübeln. Lesen konnte ich später immer noch. Über dem Grübeln verging die Zeit, der Tee wurde kälter, dann weniger, dann gab es neuen, und als der Neue sich auch wieder zu leeren begann, hatten sich ein paar Vermutungen festgesetzt. Ich schnappte mir meine Hemden, Unterhosen und Socken, steckte das Porträt von Johannes Paul ein und machte mich auf den Weg nach Hause.

Eine halbe Stunde später stellte ich den Wäschesack vor der Tür der Hausmeisterin ab und klopfte. Es dauerte keine zehn Sekunden und mir wurde aufgetan. Die nette alte Dame bemerkte meinen Sack und nickte. Ich lächelte und nickte ebenfalls, dankbar. Schließlich holte ich das signierte Porträt heraus und reichte es ihr. Sie hielt es sich vors Gesicht, um dann mit einer Hand den Mund zu bedecken. Eine Geste des Erstaunens. Dann ging alles blitzschnell. Irgendwie verschwand der Wäschesack, ich wurde am Arm gepackt und landete in ihrem kleinen Wohnzimmer. Ich auf der Bank. Vor mir Butterbrot mit Salz und eine Flasche polnischen Wodka. Das Butterbrot war in kleine Bissen aufgeschnitten, und vor der Wodkaflasche stand ein dunkelgrünes, dickwandiges Schnapsglas. Das andere hielt die Hausmeisterin in der Hand. Da sie nicht Deutsch und ich nicht Polnisch spreche, war die Unterhaltung holprig. Es gelang trotzdem jedem von uns, zwei Schnäpse zu trinken und das Brot aufzuessen. Dann wurde ich auf die Stirn geküsst und wieder zur Tür hinausgeschoben. Morgen würde die Wäsche sauber, tadellos gebügelt und zusammengelegt auf mich warten. Leider aber auch gestärkt, was mir immer den Eindruck vermittelte, in Karton gekleidet durch Wien zu laufen.

Ich stieg die ausgetretenen Stiegen hinauf in das Mezzanin. Meine Wohnungstür stand ausgehängt neben dem Rahmen, und aus der Wohnung heraus dröhnten Hammerschläge. Kalkweißer Staub hing schwer in der Luft. Ich ging auf die Tür zu und klopfte. Der Gewinner des Stalin-Lookalike-Bewerbs hörte mich, beendete eine Messung und kam auf mich zu.

»Servas Dokta.«

»Guten Tag, Meister.«

»Hamma missma Tir aushänga, fir Werkzeug.«

»Kein Problem, solang sie nacher wieder drin ist.«

»Besser nicht reinschaun, ist Baustelle«, er breitete die Hände aus und versuchte, mir den Weg zu versperren, als ich an ihm vorbeizulinsen suchte. Was sich einigermaßen seltsam ausnahm, da er mindestens einen Kopf kleiner war als ich. Dafür war sein Schnauzer umso größer. Und sein Ego erst recht.

»Schon gut. Ich bin nur gekommen, weil ich wissen wollte, ob eine Dame hier war und nach mir gefragt hat.«

Bei dem Wort Dame verebbte der Baulärm und im niedersinkenden Staub erschienen plötzlich die anderen Handwerker. Einer steckte bis zum Hals in meiner Badezimmerwand, auf die ich von der Türe eigentlich gar keinen Blick habe, weil die Küchenwand dazwischen liegt. Liegen sollte, verbesserte ich mich. Gelegen hatte. Der kleine Stalin bemerkte meinen entsetzten Blick und schob mich zur Türe hinaus. Seinen Arbeitern schnippte er nur mit den Fingern, und der gnädige Staub verdeckte wieder den Blick auf die Baustelle.

»Da war keine Frau da. Heite ganze Tag nicht.«

»Gestern?«

»Schon, aber …«

»Wollte sie zu mir, hat sie nach meiner Nummer gefragt?«

»Nein. Nicht so. War Frauen von oben, von Cheffe. Und erst nach Feierabend.«

Ich lächelte. Nun war mir klar, wieso Mike mitten in der Nacht Handwerker zur Verfügung gehabt hatte. Mit Honig fängt man Fliegen.

»Kein Problem deswegen. Nach mir hat außer der Polizei niemand gefragt?«

»Nein, niemand. Nur Kiberer waren da.«

»Sehr gut. Und wie lange brauchen Sie noch für meine Wohnung?«

»Schwer zum Sagen. Zehn Tage, zwei Wochen?« Er machte eine unsichere Bewegung mit der Rechten.

»Na gut, werd ich schon überleben.«

»Sichalich.«

»Wiederschauen und viel Glück.«

»Glick hat damit nix zum Tun. Mir samma Handwerker.«

Ein paar Minuten später stand ich im Nibelungenviertel vor Korkarians Tür und klingelte, während ich mir die Blüten der Sommerlinden von den Sohlen kratzte. Der ganze Gehsteig war gelbgrün eingesaut. Schließlich krachte und rauschte es in der Gegensprechanlage. Die Blüten befanden sich immer noch an meinen Sohlen.

»Arno«, sprach ich hinein.

Keine Antwort. Dann brach das Krachen ab. Oben hatte man, entweder Vater oder Tochter, die Verbindung unterbrochen. Dann dauerte es. Als ich es schon für nicht mehr möglich hielt, summte der Türöffner und ich trat ein. Bei Tageslicht besehen war das Stiegenhaus nicht ganz so romantisch wie in der Nacht, aber dafür kam das schöne dunkle Holz des Handlaufs am schmiedeeisernen Treppengeländer viel besser zur Geltung, ebenso die Fliesen, die schwarz, weiß, braun den Boden der Stockwerke bedeckten. Die Stufen bestanden aus grauem Stein.

Im zweiten Stock schloss gerade ein älterer, sehr schlanker Mann mit dem Aussehen eines französischen Aristokraten des 18. Jahrhunderts die Tür hinter sich ab. Er trug ein kleines, in Packpapier gewickeltes Päckchen unter dem Arm und blickte mich nervös an. Dann war ich schon an ihm vorbei und er die Treppe hinunter verschwunden.

Oben bei den Korkarians wurde in dem Moment die Wohnungstüre geöffnet. Egal ob Vater oder Tochter, nur nicht beide, dachte ich bei mir. Obwohl, lieber natürlich die Tochter. Ich kam zur Tür, schon ein wenig schneller atmend, und da stand sie auch. Wortlos ließ sie mich ein. Kaum war die Tür zu, fragte sie schnell:

»Woher weißt du, wo wir wohnen?«

»Hab im Büro vorbeigeschaut, dein Vater hat's mir verraten.«

»Nein, woher?«

»Aus meinen Unterlagen.«

Einen Moment blitzte Unsicherheit in ihren Augen auf. Dann fing sie sich wieder.

»Hast du keine.«

»Willst du mich nicht hereinbitten? Außerdem, bei dem Wetter bietet man einem Gast eine Erfrischung an.«

»Komm mit.« Sie drehte sich im Gehen um. »Aber zieh die Schuhe aus.« An der Tür am Ende des Ganges blieb sie stehen und wies mich ins Wohnzimmer.

»Kannst dich da hinsetzen. Was willst du zu trinken?«

»Tee oder Wasser.«

»Gut.«

Ich ging an ihr vorbei ins Wohnzimmer und setzte mich auf den Stuhl, auf dem ich auch das letzte Mal gesessen hatte. Die Katze lag auf der Couch und blinzelte mir träge zu. Ich lockte sie mit ein paar Zungenlauten und kratzte ein bisschen auf dem Stoff des Sitzpolsters. Das interessierte sie zwar nicht sonderlich, aber immerhin hatte sie nun beide Augen weit geöffnet und der buschige Schwanz bewegte sich. Schließlich reckte und streckte sie sich, ließ sich zu Boden gleiten und setzte sich mir vor die Füße, wobei sie ihren Schwanz elegant um sich selbst legte, wie eine große Dame es mit ihrer Federboa tut. Ich streckte ihr meinen Finger hin und sie roch interessiert. Die Ohren waren gespitzt und ganz nach vorne gedreht. Schließlich rieb sie ihre Lefzen an meinem Finger und sprang mit einem leisen Maunzen auf meinen Schoß. Dort richtete sie es sich bequem ein, stupste mir den Kopf in den Bauch und begann zu schnurren, als ich sie kraulte. Die bernsteinfarbenen Augen hielt sie vor Wohlbehagen geschlossen.

»Bild dir deswegen bloß nichts ein. Sie mag alle Männer, vor allem, wenn es heiß ist. Sie ist ganz verrückt nach dem Geruch.« Elena trat mit einem Tablett ein, auf dem sich zwei hohe Gläser und eine Karaffe mit Wasser befanden. Als sie das Tablett abstellte, klirrten die Eiswürfel in der Karaffe. Im Wasser schwammen ein paar Zitronenstücke ohne Schale. Elena schenkte uns beiden ein.

»Du hast Glück, vor 20 Minuten war ich noch im Büro, bin gerade erst heimgekommen.« Sie nahm einen Schluck. Ich auch. Wasser ist nicht so mein Ding, vor allem nicht ohne Teeblätter drin. Zitronenstücke sind da gar kein Ersatz. Ich war höflich und trank. Dazu brauchte ich eine Hand, was der persischen Schönheit auf meinem Schoß gar nicht passte. Sie öffnete ein Auge und blickte mich strafend an. Maunzte sogar ganz leise. Erst als ich sie wieder am Ohransatz kraulte, war sie zufrieden.

»Ich konnte nicht aufhören, über unser Gespräch im Weidinger nachzudenken.«

»Jetzt macht dir die Tote doch zu schaffen?«

»Nein, die Lebende.« Ich hielt kurz inne und dachte

nach. »Das trifft's auch nicht. Sagen wir so, beide gemeinsam gehen mir nicht mehr aus dem Kopf.«

»So? Warum?«

»Da bin ich mir selbst nicht so im Klaren darüber.«

Elena hatte sich mir gegenüber auf die Bank gesetzt. Das Möbel stand ihr extrem gut. Fast noch besser als der Katze.

»Woher hast du meine Nummer gehabt?«

»Von den Leuten bei dir zu Hause.«

»Welchen?«

»Na, von der Hausbesorgerin.«

»So.«

»Ja, die hatte einen Block, mit all so Zeug drauf.«

»Und über was habt ihr euch so unterhalten?«

»Dies und das.«

»Beeindruckend.«

»Warum?«

»Sie spricht nur Polnisch. Warum hast du nicht einfach die Handwerker in meiner Wohnung gefragt?«

Elena sah mich böse an.

»Weil du gar nicht dort warst. Siehst du, darum geht es mir nicht aus dem Kopf. Wie bist du zu meiner Nummer gekommen?«

»Machen wir einen Deal.«

»Lass hören.«

»Du sagst mir, wie du meine Adresse herausgekriegt hast, und ich sag dir, wie ich zu deiner Nummer gekommen bin.«

Ich beschäftigte mich ein wenig mit der Katze auf meinem Schoß. Sie schnurrte leise und drückte mir das harte Köpfchen in den Bauch. Dann schüttelte ich den Kopf.

»Dabei gewinne ich nichts.«

»Doch, ...«

»Ja, ja, ich weiß dann, wie du an meine Nummer gekommen bist. Das weiß ich ohnedies, oder vermute es zumindest. Was mich eigentlich interessiert, ist ganz was anderes.«

»Was denn?«

»Warum habt ihr euch überhaupt für mich interessiert? Da finde ich momentan einfach keine Antwort.«

Sie nahm einen Schluck von ihrem Glas. Ich lag offenbar gar nicht so falsch.

»Wie meinst du? Versteh ich jetzt nicht ganz.«

»Also gut. Du hast meine Nummer von der Toten.«

»Wie das?«

»Weil sie deine Freundin war. Ganz sicher habt ihr euch gekannt.«

»Wie kommst du darauf?«

»Weil sich so der Kreis schließt. Du hast mich angerufen. Woher hattest du die Nummer? Sie kam bei mir vorbei, woher wusste sie überhaupt von mir? Du hast ihr erzählt, dass jemand bei euch einen Seelenkredit aufgenommen hatte, deswegen kam sie damals bei mir vorbei. Sie wollte über die Kredite was wissen. Sie meinte, sie hätte es bei deinem Vater versucht, wäre aber abgeblitzt. Stimmt nicht, hat sie gar nicht. Sie wusste über dich von der Sache und wollte eine Story draus machen.«

»So in etwa, ja.«

»Was ich nicht verstehe, ist also nur das: Warum habt ihr euch für mich interessiert?«

Elena schaute ernst drein, nahm einen Schluck, doch sagen wollte sie nichts.

»Also muss ich mich weiter zum Trottel machen, indem ich rate?«

»Bitte, nur zu.«

»Da du ihre Freundin bist, brauchte sie nicht wirklich Kunden, um Informationen über die Seelensache zu erhalten. Also warum der Aufwand. Die einzige Antwort, die mir einfällt, ist eine seltsame.«

»Ja, nur raus damit.«

»Es muss irgendetwas ungewöhnlich, sehr ungewöhnlich gewesen sein an meiner Vertragsunterzeichnung. Das ist die einzige Möglichkeit. Da bei der Unterzeichnung überhaupt nichts Auffälliges dran war, kann es sich nicht um das ›Was‹, sondern nur um das ›Dass‹ handeln.«

»Bitte?«

»Was auffällig war, war, dass ich unterschrieben habe, dass ich davon gewusst habe, dass ich gekommen bin. Nicht irgendein Detail an meinem Kommen, an der Unterschrift oder sonst was. Nein, schlicht und einfach die Tatsache, dass ich überhaupt gekommen bin, hat euch stutzig gemacht.«

»Kann sein.«

»Wie viele Kontrakte dieser Art gibt es?«

»Weiß ich nicht, hält mein Vater unter Verschluss.«

»Von wie vielen weißt du, warst dabei oder irgendwie involviert?«

»In zwei.«

»Buehlin und mich.«

»Genau. Was nicht viel heißen muss, da ich während der Studienzeit nur selten im Büro bin.«

»Egal, wichtig ist nur, dass ich seit eineinhalb Jahren der Erste bin, der wegen des Kredits gekommen ist. Sonst weiß einfach gar niemand, dass es das gibt. Oder?«

»Wahrscheinlich.«

»Woher wusstet ihr von der Sache?«

»Aria kannte Buehlin gut. Als sie ihn fragte, woher er das Geld hatte und der Name Korkarian gefallen ist, kam sie zu mir.«

»Aber dann war Sendepause, bis ich auftauchte.«

»Ja.«

»Warum fragst du nicht einfach deinen Vater?«

»Du hast ihn im Büro gesehen?«

»Ja.«

»Den fragt man nicht einfach so nach solchen Sachen.«

»Du warst aber bei Buehlin schon dabei?«

»Sicher.«

»Gut.«

Die Katze hatte genug Liebe bekommen, sie setzte sich auf, schüttelte sich und sprang zu Boden. Dort strich sie mir noch ein wenig um die Füße, bis sie sich dann lautlos in das andere Zimmer aufmachte. Die Tür stand einen Spalt offen und sie verschwand. Zum Abschied winkte sie mir noch einen Gruß mit der Schwanzspitze nach.

»Wie kommt es eigentlich, dass du Elena heißt?«

»Wie meinst du das jetzt?«, fragte sie ehrlich verdutzt.

»Das ist kein jüdischer Name.«

»Ach so.« Ein Lachen erhellte ihre Stimme. »Wir sind keine Juden. Papa erzeugt nur gern bei anderen den Eindruck und bestärkt die Leute dann in ihrem Vorurteil. Er meint, das wäre gut fürs Geschäft.«

Irgendeinen Vorteil muss man ja aus dem Antisemitismus der Leute ziehen, und wenn es nur ein pekuniärer ist.

»Hast du irgendeine Ahnung, wie dein Vater draufgekommen ist, diese Seelensache überhaupt durchzuziehen?«

»Nein, das hat sich Ria auch immer gefragt.«

»Hat dein Vater auch Akten und Unterlagen hier oder nur im Büro?«

»Sowohl als auch. Die wirklich wichtigen Sachen bringt er aber immer abends mit heim.«

»Kannst du mich einen Blick drauf werfen lassen? Nur ganz schnell?«

»Unmöglich. Papa hat einen Safe.«

»Safes kann man knacken. Wie lange haben wir Zeit, bis er wiederkommt?«

»Er kommt sicher erst gegen 11 heim. Schlag dir das aus dem Kopf.«

»Warum?«

»Erstens kauft Papa keinen Safe, den du so leicht knacken kannst. Zweitens, wenn du ihn knackst, merkt er das, und ich bin dran. Drittens mach ich so was einfach nicht.«

»Schade.«

»Hättest du den Safe aufgekriegt?«

»Vielleicht.« Ich sicher nicht, aber ich kannte da wen, der hätte.

Nun blieb mir nur noch eine Chance. Wenn auch die nächste Frage zu nichts führte, würde nichts mehr rauskommen.

»Wie kam Schauberger zu Buehlin?«

»So genau weiß ich das nicht, doch sie arbeitete als freie Journalistin, vor allem in Wirtschaftssachen, und irgendwann vor drei Monaten stand sie vor der Tür. Wir hatten uns schon länger nicht mehr gesehen. Ich half ihr natürlich.«

»Was hat sie zuletzt gemacht?«

»Dich getroffen. Darum wollte ich ja sehen, ob du es etwa warst.«

»Hm. Meinst du, es könnte dein Vater gewesen sein? Ich glaub nicht, dass er gerne von kleinen Mädchen ausgeschnüffelt wird. Außerdem hat er immer eine Knarre dabei.«

Elena spielte mit den winzigen Silberglöckchen, die sie um die Fesseln trug. Ihr Gesicht verriet großen Ernst. Offenbar hatte sie auch schon an solch eine Möglichkeit gedacht.

»Sonst hatte sie nichts?«

»Nicht wirklich, sie hat nicht allzu viel rausgefunden gehabt.«

»Wie hat die Schauberger Buehlin kennen gelernt? Der ist nicht gerade der kontaktfreudige Typ.«

»Weiß nicht. Keine Ahnung.«

»Was war denn das Letzte, an dem sie gearbeitet hat? Bevor sie mit dem Seelenhandel angefangen hat.«

»Das war eine Artikelserie über einen, der das AMS ausgetrickst hat, mit Schuldverschreibungsscheinen der Republik.«

Das sagte nun mir wieder nur Bahnhof. So würden wir nicht weiterkommen.

»Sie hatte auch ein Notizbuch, die Polizei hat es nicht gefunden. Weißt du, wo es sein könnte?«

»Sie hatte es immer bei sich. Wenn es nicht bei ihr zu Hause gefunden wurde, dann ist es weg.«

»Oder der Mörder hat es.«

Wieder zwei Sackgassen. Manchmal führt jede Spur an einen toten Punkt. Dann kann man noch ein bisschen den Helden markieren, der nie aufgibt, doch die Sache ist dann für gewöhnlich vorbei. Ich trank noch mein Glas aus und verabschiedete mich, mit dem Versprechen, mich wieder zu melden, sobald es etwas Neues gäbe.

Draußen begann der Abend sein mediterranes Flair zu entfalten. Ich ging über den klebrigen Gehsteig, in einem Park bei der Stadthalle spielten Kinder und in einem Schanigarten lärmten ein paar Gäste alkoholfroh. Am Gürtel tobte die Rush Hour. Autos, Laster, Busse und dazwischen Fahrradfahrer, die sich todesmutig in Linien durch den zäh fließenden Verkehr schlängelten. In all dem Trubel und in der Hektik kam ich mir einsam und verlassen vor. Es war an der Zeit, sich die Niederlage einzugestehen.

Ich holte mein Handy raus, schaltete ein, gab die PIN ein und rief Erich an.

»Ja, Arno, gibts was Neues?«

»Doch, einiges. Ich bin auch hungrig.«

»Gut, wo sollen wir essen?«

»Was hältst du von der Meinl Bar?«

»Wir sind die Kirche, keine Investmentbanker.«

»Erstens seh ich zwischen diesen beiden sozialen Phänomenen keinen rasend großen Unterschied, und zweitens entgeht mir die Relation zur Meinl Bar.«

»Also für Dumme: So viel Geld haben wir nicht.«

»Genau, ihr habt viel mehr.«

»Ja, Ausgaben. Allein der Steffl verschlingt im Jahr mehr an Unterhalt als die Ex von Donald Trump.«

»Dafür stehst du noch ordentlich im Futter, muss ich sagen. Also, wohin lädst du mich ein?«

»Ich bin gerade Maria am Gestade, wie wär's mit dem Stopfer?«

»Hm, gut. Wenn's sein muss. Wie lange brauchst du?«

»Ich riech schon das Bratfett.«

»Gut, dann wart ein bisschen. So eine halbe Stunde brauch ich schon noch.«

»Soll sein.«

Die Gastwirtschaft zum braunen Hirschen, vulgo Stopfer, liegt an der östlichen Längsseite des Rudolfsplatzes. An der westlichen befindet sich das k.u.k.-Hotel und rundum erstreckt sich das Textilviertel. Das Herz des Platzes bildet ein kleiner Park. Obwohl mitten im ersten Bezirk gelegen, sind die Gassen kaum von Autos befahren. Der Park kühlt und wirkt ein bisschen waldig. So sitzt man recht angenehm und ruhig im Schanigarten. Weder Essen, Service noch Atmosphäre sind berühmt, aber alles ist tadellos, die Portionen groß und billig.

Als ich vom Kai her kommend um die Ecke bog, sah ich Erich schon von Weitem an einem Zweiertisch sitzen. Ich schlängelte mich durch den vollgestellten Schanigarten und setzte mich. Erich hatte schon ein Glas Wein vor sich stehen, irgendwas Weißes, Gespritztes. Eine dampfende Suppenschale verriet, dass er schon angefangen hatte.

»Der dicke Mann ist am hungrigsten«, meinte er entschuldigend.

»Sicher. So ein Supperl zählt doch eh nicht.«

»Na, ich weiß nicht. Heiß und fein muss es sein, dass es einem den Schweiß auf die Stirn treibt, in der Sommerhitze.«

»Es hat doch eh schön abgekühlt, untertags da war's heiß. Jetzt ist es angenehm.«

»Das ist der Vorteil von Renaissance-Steinmauern: die sind sommers wie winters eiskalt.« Er nahm einen Löffel voll Frittatensuppe. »Gut für Pergament und Mönche.«

Erich kümmerte sich um seine mit Safran verfeinerte Suppe und ich nahm mir derweil die Speisenkarte vor. Tiger und Mönche soll man nicht beim Essen stören, sagt ein altes indisches Sprichwort. Wenn man nun in Betracht zieht, dass Viagra auf Sanskrit Tiger heißt, ergeben sich doch etliche nette Assoziationen. So weit kam ich jedoch nicht, da mich der Kellner schon ins Auge gefasst hatte. Mit frechem Blick, spitzem Gesicht und einem schönen Schnauzer gab er ganz das Bild eines Wiener Strizzis ab. So wie sie früher die Ränge der Deutschmeister gefüllt hatten.

Ich bestellte einen Zwiebelrostbraten und nach längerem Überlegen ein Bier. In solchen Restaurants gibt es keinen guten Tee.

Rings um uns waren die Tische gut besetzt, so dass vom grünen Plastikrasen kaum mehr etwas zu sehen war. Zwischen den Beinen von Stühlen, Tischen und Menschen hüpfte ein kleiner Spatz herum. Mit tollkühnem Mut suchte er nach heruntergefallenen Brotstückchen und ähnlichen Leckerbissen. Um die Menschen kümmerte er sich genauso wenig wie sie sich um ihn. Einen Augenblick sahen wir uns beide in die Augen, dann brach er den Blickkontakt ab und hüpfte weiter.

»Sie säen nicht und doch ernten sie«, meinte Erich salbungsvoll, den Mund voller Hirn mit Ei. Inzwischen war serviert worden. Er schluckte, nahm einen tüchtigen Schluck von seinem Sommerspritzer und fuhr fort: »Erinnern mich irgendwie an dich.«

»Du säst auch nicht.«

»Bin ja auch im Zölibat.« Er zwinkerte mir zu. »Also, was ist mit unserem Malefikanten?«

»Überstürz ja nichts, noch ist er bloß verdächtig, bis zum Missetäter ist es noch ein schönes Stück.«

»Na gut, also wie steht's mit ihm?«

Ich erzählte ihm, was ich für klug hielt. Wie immer hielt ich ein bisschen zurück und wie immer fiel ihm das auf, allerdings kümmerte er sich diesmal nicht darum. Mit einer kurzen Schilderung von Korkarians Wohnung beschloss ich meine Ausführungen.

»Damit kommen unsere Ermittlungen langsam zu einem Ende.«

»Warum?«

»Weil ich nicht mehr weiterkomme. Es gibt nur zwei Kreditnehmer, einer sitzt vor dir, der andere ist ausgelutscht. Da ist nichts mehr zu finden. Ich hab mich um Korkarians persönliches Umfeld gekümmert, Schach und Tochter. Beides recht genau angeschaut, aber ohne Befund. Ich war sowohl bei ihm zu Hause als auch im Büro. Nirgends gab's einen weiterführenden Hinweis. Es gibt nur zwei Kreditnehmer, deswegen muss sich Mutter Kirche keine Sorgen um die Seelen ihrer Schäfchen machen und vom Ritter mit dem Pferdefuß war auch überhaupt nichts zu merken. Darum: Ich habe fertig.«

»Ich will offen sein, so ganz zufrieden bin ich nicht, da hätte ich mir schon ein wenig mehr erwartet.«

»Ich auch.«

»Du könntest noch einen Anlauf nehmen. Vielleicht hast du was übersehen.«

»Man übersieht immer etwas. Die Frage ist nur, ob noch irgendwas rausschauen kann, und ich glaube nicht.«

»Zwei Fragen sollten geklärt werden. Wie Korkarian seine Geschäfte betreibt und ob sich irgendetwas …«, Erich zögerte einen Moment, »findet. Beide sind noch offen. Du warst zwar sowohl bei ihm im Büro als auch in seiner Wohnung, mit und ohne ihn. Daraus hättest du ruhig mehr rausholen können.«

»Du meinst, ein bisschen in den Regalen seines Kastens rumschnüffeln, ob seine Unterhosen auch schön sauber sind?«

»Eher, ob in seinem Safe alles sauber ist. Ich denke, dass diese Unterlagen durchaus interessant sein könnten.«

»Du weißt schon, dass das ungesetzlich ist?«

»Darum haben wir ja dich ausgesucht, normalerweise hast du da keine Hemmungen.«

»Aber diesmal geht's ja auch gegen beide Gesetze, sowohl das positive als auch das natürliche.«

»Das göttliche, nicht das natürliche.«

»Läuft doch auf das Gleiche hinaus. Oder ist die Natur nicht göttlich?«

»Sie ist nur geschaffen, man soll Ursache und Wirkung nicht verwechseln. Außerdem ist der Pantheismus der erste Schritt in den Atheismus.«

»Du meiner Seel', da wär ich ja fast in was reingerutscht! Wenn du mich nicht gerettet hättest.« Erich fand meinen Sarkasmus gar nicht witzig. Da er nicht darauf einstieg, machte ich weiter.

»Gut, also das göttliche Gesetz. Auf jeden Fall kannst du nicht gutheißen, dass ich das breche.«

»Ich hätte gedacht, dass es dich reizen würde, mit Dispens von höchster Stelle ein bisschen zu sündigen.«

»Diesmal kann ich mir einfach nicht vorstellen, dass

etwas dabei herausschaut. Das wird alles kein Ergebnis liefern.«

»Mir hat deine Anleihe bei der medizinischen Terminologie besser gefallen. Ohne Befund. Das heißt nicht, dass nichts da ist, sondern nur, dass noch nichts gefunden wurde.«

»Wo nichts ist, da kann man auch nichts finden.«

»Wie meinen?«

»Du erinnerst mich ein wenig an die Art von Philosophen, die meint, dass Einhörner existieren, weil man eben noch nie eines gesehen hat.«

»Da tust du mir ein wenig unrecht.«

»Ja, aber nicht viel. Wie auch immer, Nicht-Existenz ist gar nicht so leicht zu beweisen. Ich habe nirgendwo einen Hinweis darauf gefunden, dass eine Spur Schwefel involviert sein könnte.«

»Kann schon sein, aber versteh doch, wir müssen sehr genau sein.«

»Du willst also unbedingt, dass ich bei Korkarian einbreche.«

Er breitete die Hände in einer beredten Geste aus, sagte jedoch nichts.

»Natürlich bin ich grundsätzlich für so eine Blödheit zu haben. Aber was wollen wir in seinem Safe finden? Den Vertrag mit Luzi wird er dort nicht aufbewahren. Bestenfalls finden wir irgendetwas Inkriminierendes, so dass wir ihn vielleicht zwingen könnten, sein Geschäft aufzugeben. Das wäre schon das Höchste der Gefühle. Jedoch bei nur zwei Kreditnehmern, sag selbst, ist da der Einsatz nicht viel zu hoch?«

»Es geht doch nicht nur darum, was wir konkret finden

und notfalls gegen ihn verwenden können. Es geht darum, dass der Kardinal den Radikalen damit den Wind aus den Segeln nimmt, indem er alles getan hat, was möglich war. Weil, wenn sich nirgendwo auch nur der kleinste Hauch eines Verdachts bestätigen lässt, beruhigen sich die hitzigen Geister bei uns und wir ersparen uns eine Blamage.«

»Seh' ich ein. Dann sag halt einfach, ich hätte schon eingebrochen und das hätte auch nichts gebracht.«

»So geht das schon gar nicht.«

»Ein Bruch ist ok, lügen nicht?«

»Beides ist verwerflich. Aber sub specie aeternitatis …« Erich lies den Satz unvollendet im Raum stehen.

»Meinst du nicht, dass es anmaßend ist, so zu sprechen?«

»Warum?«

»Na, schließlich hast du gerade so getan, als wüsstest du, was Gott denkt.«

»Das war ex cathedra, sozusagen.«

»Jetzt bist du nicht nur Gott, sondern auch noch der Nachfolger Petri. Mangelnden Ehrgeiz kann man dir auf keinen Fall nachsagen. Ich darf schon noch Erich sagen, oder soll ich deinen Ring küssen?«

»Schon in Ordnung, für meine Freunde bleibe ich immer der Alte.« Erich grinste übers ganze Gesicht. Wenn sich die runde Perfektion einer Kugel steigern ließe, dann wäre das in diesem Augenblick geschehen. Nach ein paar Momenten Pause trieb ich die Sache weiter.

»Du hast keine Hemmungen, mich in so was reinzuschicken.«

»Du willst für so wenig Ertrag nicht in den Knast. Verstehe ich. Vielleicht können wir den monetären Anreiz ein wenig erhöhen.«

Da musste ich schmunzeln, er wollte den Teufel mit dem Beelzebub austreiben.

»Ist nicht Mammon einer der Hauptdiener Luzifers, von dem Milton sagt, kein anderer Teufel bringe seinem Herrn so viele Seelen wie er? Du scheinst mir im Auftrag der Doppelmoral unterwegs zu sein.«

Erich winkte ab.

»Das ist anglikanische Theologie. Bei uns gibts das nicht. Wir zahlen.« Ein breites Grinsen zeigte sich auf seinem runden Gesicht. Er wischte sich die Schweißperlen von der Stirn. »Also, was würde dich so in Versuchung führen?«

»Vergiss es, Erich. Die Tatsache, dass ich keine Vorstrafe habe, ist mir so viel wert, das kannst du nicht zahlen.«

»Jetzt hör schon auf, dich so zu zieren. Du kommst mir schon fast vor wie die sprichwörtliche Jungfrau am Ehebett.«

»Woher weißt denn du in solchen Sachen Bescheid?«

»Die demütigen Diener Gottes müssen in allem Bescheid wissen. Unwissenheit ist Sünde. Lenk nicht dauernd ab. Mit deiner Weigerung willst du doch bloß den Preis in die Höhe treiben. Oder hast du Angst vor dem Knast?«

»Ach, der Bau ist sicher nicht angenehm, aber das schreckt mich nicht so sehr. Solange ich keine Waffe dabeihabe, kein Werkzeug mitgebracht habe, sondern nur Vorgefundenes verwende, komme ich bedingt durch.«

»Woher willst du das wissen?«

»Ich habe ein Rechtsanwaltsbüro hinter mir.«

»Du siehst mich erstaunt. Kannst du dir so was leisten?«

»Ist ein guter Freund, macht gerade das Studium fertig. Kennt sich aus.«

»Wenn es nicht das Gefängnis ist, warum wehrst du dich dann mit Händen und Füßen?«

»All die kleinen Nebengeschäfte, die ich so treibe, könnte ich nicht machen, wenn ich eine Vorstrafe hätte. Mit einer Vorstrafe bist du immer im Zentrum der Aufmerksamkeit. Sobald ich irgendwo im Zusammenhang mit Ermittlungen auftauche, bin ich dann verdächtig. Solange man in den Akten nicht aufscheint, kann man unbemerkt bleiben. Sobald der Name drinsteht, ist es vorbei.«

»Du meinst, so ähnlich wie bei den Flughafenkontrollen. Wenn man einmal herausgefischt wurde, scheint die Passnummer auf und die Wahrscheinlichkeit steigt dann von Kontrolle zu Kontrolle?«

»Ungefähr.«

»Quod non est in actis, non est in mundo.«

»So kann man es auch ausdrücken.«

»Ich würde vorschlagen, schlaf noch einmal drüber, überleg es dir genau, dann reden wir noch einmal über die Sache. Ich kenn schon Leute, die so was machen würden. Du musst dir halt auch im Klaren darüber sein, dass du hoch pokerst.«

Erich nickte.

»Damit kann ich leben.« Erich umgibt immer eine Aura von Leichtigkeit und Lebensfrohsinn, die war nun verschwunden, schließlich würde er sich für den Rest seines Lebens in einem abgelegenen Kloster zu verstecken haben, wenn das aufflog. Ich war richtig froh, ihm die Idee mit dem Einbruch ausgeredet zu haben. Wenigstens für den Moment. Anschließend spielten wir noch ein bisschen mit den uns bekannten Fakten herum, bis alles wenigstens ein klein wenig Sinn machte. Während der geistigen Arbeit führte Erich seinem Metabolismus zwei Marillenmarmeladepalatschinken zu, fingerdick mit Staubzucker bestreut. Beim Stopfer sind die Palatschinken wirklich einzigartig, was unter anderem daran liegt, dass Safran verwendet wird.

Als er mit den letzten Bissen auch noch den kleinsten Rest Marmelade erwischt hatte, beendete Erich das Gespräch, indem er die weitere Vorgangsweise festlegte.

»Also, du wirst morgen, um Punkt acht Uhr dreißig hier läuten.« Er reichte mir eine Karte. Auf dem reinweißen, leicht gerippten Karton stand eine Adresse in feiner Schrift. So dünn, dass das Schwarz wie Grau wirkte. Kein Name, keine Anschrift, keine Kontaktdaten, nichts. Nur eine Gasse und eine Hausnummer.

»Das ist doch nicht das Erzbischöfliche Palais.«

»Nein, dort kommst du nicht hinein. Außerdem ist es das des Kardinals. Und zieh dich ordentlich an. So kannst du nicht vorsprechen, du siehst ja aus, als hättest du in deinen Sachen geschlafen. Und benimm dich!«

»Hinter den Ohren und am Hals werd ich mich auch waschen.«

»Davon geh ich aus.« Erich sagte das ohne den geringsten Anflug von Humor. Ein habemus papam wäre ihm nicht ernster über die Lippen gekommen.

Mittlerweile hatte er bezahlt, ausgetrunken und war bereit zu gehen. Ich hatte noch einen Schluck Bier im Glas und überhaupt keine Eile. Noch wollte ich ein wenig sitzen bleiben, um zu grübeln. In mein staubiges Büro würde ich noch früh genug kommen. Wenn es sich gar nicht vermeiden ließe, könnte ich mir sogar noch etwas zum Trinken bestellen. Fluch über die Gasthäuser Wiens, in denen Tee nur in Beuteln zu haben ist.

Als Erich aufgestanden war, seine Sachen in Ordnung gebracht hatte, die schweinslederne Mappe unter die Achsel geklemmt war und er den ersten Schritt vom Tisch weg gemacht hatte, meinte ich noch nebenher:

»Ach ja, was Positives gibt es auch noch.«

»Ja?«

»Korkarian ist kein Jude.«

Erich fielen Zentner von der Seele. Morgen würden die Zeitungen von einem Beben der Stärke 3 schreiben, mit Epizentrum Wien 1, Rudolfsplatz. An der Copa Kagrana würden sie morgen beim Baden aufpassen müssen, des Tsunami wegen.

Erich schnaufte tief durch, »Gott zum Gruß«, sagte er noch, dann ging er auf eines der wartenden Taxis zu.

Während des Gesprächs war mein Zwiebelrostbraten Biss für Biss verschwunden. Die knusprig-braunen Zwiebeln verliehen dem saftigen Rindfleisch genau den Reiz, der einen zwei Bissen mehr essen lässt, als gesund ist. Eine kräftige Sauce und Röstkartoffeln taten das Ihre. Nun war mir hochoffiziell schlecht. Also ließ ich das Grübeln sein und machte mich auf den Weg zur Uni. Schließlich soll man sich ja nach dem Essen ein bisschen bewegen. Und auf der Uni gab es Tee, so viel ich wollte, grün, schwarz und oolong.

V

Schon wieder die Fliege. Es war nicht auszuhalten. Sobald die ersten Sonnenstrahlen durch den Lichthof an mein Fenster klopften, erwachte die hässliche, schwarze Nervensäge zum Leben. Dann gab es für sie nur mehr einen Ort auf dieser Welt. Meine Wange. Untertags musste sie sich irgendwo verkriechen, denn sie war nicht zu bemerken. Aus den Augen, aus dem Sinn. Ich wiederholte meinen Mordschwur gegen den kleinen Störenfried und schenkte mir, noch im Bett liegend, eine erste Schale Tee ein. Nachdem ich die zweite ausgetrunken hatte, öffnete ich meine Augen. Der bittere Assam hinterließ ein pelziges Gefühl auf meiner Zunge und ein Brennen im Zahnfleisch. Ich goss mir noch einen ein, leider nur mehr einen kleinen, denn die Kanne war leer, und lehnte mich auf meinem Kissen zurück. Panini mochte der größte Grammatiker aller Zeiten sein, aber als Kopfkissen taugte er nicht viel. Auch dann nicht, wenn ihn ein Aktenordner des Kongresses zu Freiburg von 1975 unterstützte. Ich quälte mich hoch und sah auf meine Uhr. Viertel vor acht. Höchste Zeit, der Kardinal wartete schon.

Im Gassengewirr rund um die Franziskanerkirche war es gar nicht so leicht, die winzige Ballgasse zu finden, von der die Blumenstockgasse abzweigt, an deren Nummer 5 ich zu klopfen hatte. Die Häuserzeilen standen einander dicht gegenüber, so dass der Himmel über mir kaum mehr zu sehen war. Oben hätte man sicher seine Nachbarin von Fenster zu Fenster küssen können, wäre die Atmosphäre nicht gar so ernst und verstockt gewesen. Passanten gab es keine, die Stadt schien ausgesperrt. Außerdem bog sich die Gasse derart, dass keine zehn Schritte weit zu sehen war. Schließlich stand ich vor einer rotbraunen Holztür, die über und über mit abgegriffenen Schnitzereien verziert war. Ein Löwenkopf in Augenhöhe fiel mir besonders auf, nebst einem Stier, einem Adler und einem Menschen. Die Symbole der vier Evangelisten. Unter sarkastischen Theologen gibt es seit alters her die Frage, warum Matthäus durch einen Menschen und nicht auch durch ein Tier symbolisiert werde. Die Antwort ist einfach: wird er doch. Sein Symbol ist der Esel, allerdings der auf zwei Beinen.

Ich klopfte an die Tür, aber das Holz war massiv, da drang nichts durch. Bis auf einen Panzer vielleicht. Ich blickte mich um, doch ein Klopfer war nicht zu sehen. Ein Blick auf die Uhr verriet mir, dass halb neun schon gekommen war. Die Zeit verrinnt unerbittlich, egal was man auch tut. Also klopfte ich nochmals, aber bis auf wunde Fingerknöchel der rechten Hand brachte das gar nichts ein. Ich blickte mich um. Überall sah ich nur grauweiße Mauern, und hoch oben ein paar Fenster. Mit Kieselsteinen kann man vielleicht ans Fenster der Geliebten klopfen, doch nicht an das des Kardinals. Also wartete ich. Schließlich vibrierte mein Handy.

»Wo bleibst du?«

»Ich steh vor der Tür.«

»Dann komm doch rein.«

»Wie?«

»Tür auf, Arno rein, Tür zu.«

»So einfach?«

»Sicher.«

Ich legte auf und tat wie geheißen. Drinnen war es dunkel. Die Steinmuster auf dem Boden glänzten dort, wo von oben ein wenig Licht hereinfiel. Insgesamt maß das Treppenhaus keine fünf mal fünf Meter, und eine Wendeltreppe wand sich hinauf, von wo auch der Lichtstrahl herkam. Ich folgte der Treppe. Meine Sohlen klackten auf dem nackten Stein und der Widerhall wurde von den Wänden zurückgeworfen. Ansonsten blieb es still. Ohne Absatz führte die Treppe hinauf, keine Gänge und keine Türen zweigten ab. Bis sie oben, unter einer kleinen Glaskuppel, an einer weiteren Türe endete. Das war die Endstation. Die Tür schien ein Zwilling von der unten zu sein. Diesmal klopfte ich nicht, sondern versuchte einfach zu öffnen. Doch die Tür war versperrt. Nach einem schnellen Seitenblick fiel mir ein Klingelzug ins Auge, an dem ich dann auch zog. Die Türe öffnete sich.

Vor mir stand eine junge Frau im Habit, fast noch ein Mädchen. Weiche Backen und große Augen, die Haare unter dem Stoff versteckt. Sie blickte mich ernst an und trat dann wortlos zur Seite. Also durfte ich rein. Erich kam schon mit großen Schritten auf mich zu. Nachdem er mich am Arm genommen hatte, flüsterte er mir hektisch zu.

»Komm schon, du bist spät dran. Sei höflich. Sprich nur, wenn du gefragt wirst. Keine Scherze.« Mit diesen Worten hatte er mich einen Gang entlanggeschoben, der mit einem roten Läufer belegt war. Im Abstand von jeweils ein paar Schritten standen Topfpflanzen an der Wand, über denen die Porträts gewichtiger geistlicher Würdenträger hingen. Viele waren im Laufe der Jahrhunderte nachgedunkelt, und die Ältesten waren so ungeschickt angefertigt, dass der beabsichtigte gütige Ausdruck der Patriarchen zu einer toten Maske zynischer Kälte erstarrt war.

Wieder standen wir vor einer Tür, Erich klopfte und wir traten ein.

Braunes Holz, ein dicker Teppich und ein schwerer Schreibtisch. Vor dem Schreibtisch, mitten im Raum, ein einsamer Stuhl. Darauf nahm ich Platz. Der Kardinal saß hinter dem Schreibtisch. Erich stand neben ihm an der Wand. Sonst war niemand da. Durch den Vorhang fiel ein langer Sonnenfinger tief in den Raum, der ansonsten dunkel blieb.

»Halt dich gerade!«, hatte mir Erich noch zugeflüstert, als er mich in den Stuhl gedrückt hatte. Nur den Zusatz »mein Sohn« hatte er gerade noch weggelassen.

Der Kardinal saß mit gefalteten Händen und strengem Ausdruck hinter dem Schreibtisch.

»Sie sind Herr Linder.«

»Ja.«

»Gut. Schildern Sie mir Herrn Korkarian.«

Das tat ich dann auch.

»Man hat mir mitgeteilt, dass Sie nicht bereit sind, die Untersuchungen zu dem Abschluss zu bringen, den wir für sie vorgesehen haben. Erklären Sie sich bitte.« Der Kardinal sprach in der glatten Weise, die noch eine Ahnung vom Sudetenland bewahrt hatte, obwohl eine Jugend in Vorarlberg das Ihre dazu beigetragen hatte, allzu deutliche Spuren davon auszumerzen. Die Freundlichkeit, die sonst seinen Ton in der Öffentlichkeit dominierte, war überhaupt nicht bemerkbar.

Ich erklärte mich in den Worten, in denen ich mich auch Erich gegenüber ausgedrückt hatte, ein wenig besser formuliert vielleicht.

Gutbrunn nickte, aber nicht freundlich.

»Man hat Sie mir empfohlen. Ihre Weigerung fällt daher nicht nur auf Sie selbst zurück, sondern auch auf denjenigen, der Ihren Namen ins Spiel gebracht hat.« Pause. Ich schwieg.

»Außerdem sollte Ihnen klar vor Augen stehen, dass es hier nicht nur um Ihre Partikularinteressen geht. Wir alle stehen vor einer schwierigen Aufgabe.« Der Kardinal ließ wieder eine Pause entstehen. Ich schwieg eisern. Schließlich hatte Erich mir aufgetragen, nur zu sprechen, wenn ich direkt gefragt wurde.

»Außerdem vergisst die heilige Mutter Kirche nicht. Im Guten wie im Bösen. Ein kleiner Lektor kann das bis zum Ende seines Lebens bleiben oder Karriere machen. Unser Arm ist lang. Bis dahin interessiert es Sie vielleicht zu wissen, dass ich in meiner Eigenschaft als Ordinarius für den byzantinischen Ritus darüber nachdenke, Editionen und Übersetzungen der klassischen Texte besorgen zu lassen. Die Kirchenväter in Konstantinopel waren große Schriftsteller. Ein Gelehrter kann viele Jahre von solcher Arbeit leben, wenn man gar nicht an den Ruhm denken will, der auf ewig mit einem solchen Projekt verbunden ist. Schließlich sind viele dieser Texte bis heute unübersetzt geblieben.«

Wieder verstummte er. Das war ein großartiges Angebot und ein Beispiel dafür, wie leicht sich manche Dinge doch durch Protektion erledigen lassen. Kleine Hürden, wie die Tatsache, dass ich gar kein Byzantinist war, spielten plötzlich keine Rolle mehr. Ich gewann eine Vorstellung davon, wie jemand mit Hauptschulabschluss zum Generaldirektor der Pensionsversicherungsanstalt werden kann. Aber der Kardinal unterbrach meinen Gedankenfluss.

»An manche dieser Texte hat noch niemand seit dem Fall von Byzanz Hand angelegt.« Wieder eine Pause.

»Wir wollen, dass Sie in sich gehen und darüber nachdenken, was nicht nur für Sie selbst, sondern auch für Ihre Mitmenschen Gutes entstehen kann, wenn Sie Ihrer Verantwortung der Kirche gegenüber gerecht werden. Seien Sie sich auch sicher, dass viel Böses entsteht, wenn Sie säumig bleiben. Sie können jetzt gehen.« Er nickte Erich zu und vertiefte sich in die Papiere auf seinem Schreibtisch.

Erich nahm mich wieder an der Schulter und wir verließen den Raum.

Erich legte einen Finger auf die Lippen. So gingen wir schweigend den Gang entlang. Die junge Nonne ließ uns hinaus, und erst, als die Tür ins Schloss gefallen war, konnten wir sprechen.

»War das eben eine Drohung, oder hab ich mich da getäuscht?«

Erich schüttelte den Kopf.

»Warum nehmt Ihr euch nicht einfach einen anderen. Einbrecher gibt es viele.«

»Auch ein kleiner Stein zieht mächtig weite Kreise. Jeder Mitwisser ist einer zu viel. Du hast bis Samstag Bedenkzeit.« Mit diesen Worten stand ich wieder allein in der Ballgasse. Die Audienz war beendet. Die Tür hatte sich hinter mir geschlossen, doch nun ließ sie sich nicht mehr öffnen.

VI

Nun auf zu Shahin und seinen durchgeknallten Verschwörungstheoretikern. Irgendwie hatte ich überhaupt keine Lust. Während die Straßenzüge Wiens am Busfenster vorbeihuschten, ging mir das Gespräch mit dem Kardinal nicht mehr aus dem Kopf. Viel Feind, viel Ehr, heißt es für gewöhnlich. – Nicht dass ich das unterschreiben könnte. Feinde wie Sand am Meer und Blätter im Frühling, aber Ehre? Nun war ich auf jeden Fall dabei, es mir mit der Kirche zu verscherzen. In einem Land wie Österreich, in dem es tausend wichtige Menschen gibt, von denen 985 in Wien leben und 982 bei der allein selig machenden Kirche Mitglied sind, keine guten Aussichten.

Einbrechen. Mir graute es schon vor dem Wort. Mit Müh und Not konnte ich ein Fahrrad knacken, in meiner Jugend vielleicht auch mal einen Kaugummiautomaten. Später dann den mit den anderen Gummis. Wenn's hart auf hart gekommen war, dann hatte ich auch meine Wohnungstüren immer ohne Schlüsseldienst geöffnet. Aber den Safe von Korkarian? Der Armenier schien mir nicht der Typ zu sein, der sich aus einem Rundbogen Karton so ein Ding selber basteln würde. Ganz sicher hatte er auch nicht bei Obi das Sonderangebot im Mai ausgenützt. Der hatte sicher einen guten. Und gute Safes sind wie die Streichquartette von Bartok, für Laien unzugänglich.

Mittlerweile war der 42B in Dornbach angekommen. Die Czartoryskigasse schlängelte sich durch liebliche Weingärten, in denen die Früchte in der prallen Sonne reiften. Kleine und größere Villen standen dazwischen und blickten auf die Friedhöfe von Dornbach und Hernals.

Weinreben und Grabsteine, eine schöne Nachbarschaft. Eine der Villen befand sich zu der Zeit im Eigentum von Dr. Massu, dem Chef von Shahin. Das schmiedeeiserne Tor war geschlossen, aber für mich gab es den Hintereingang. Eine verrostete Tür, halb verdeckt von dunkelgrünen Thujen, quietschte, als ich sie öffnete. An einem verwahrlosten Werkzeughäuschen vorbei, ging ich unter Obstbäumen zum Pool. Die Betonwanne war leer, vermoderte Blätter und ein Plastiksack bedeckten den Boden. Hier war schon jahrelang keiner mehr geschwommen. Die Fenster waren blind oder mit Gardinen verhängt, so dass das gesamte Gebäude abweisend und leer stehend wirkte. Eine verrottete Hollywoodschaukel stand neben der Tür zu Shahins Büro. Ich klopfte. Mir wurde aufgetan.

»Hi, komm rein.«

Büro ist eine Untertreibung, Shahins Arbeitsstätte hat die Ausmaße eines kleinen Fußballfeldes. In der Mitte des weißen Raumes steht ein weißer Schreibtisch, auf dem sich ein weißer Computer mit weißem Bildschirm befindet. Daneben steht ein weißer Drucker und ein weißes Telefon. Vor dem Schreibtisch stehen zwei weiße Stühle und an der Wand eine Couch. Allerdings ist sie mit einem weißen Tuch abgedeckt und wird nicht benutzt. Da sie vom Schreibtisch so weit entfernt steht, dass sie kaum mehr als einen Punkt am Horizont ausmacht, stört das nicht. Neben dem Schreibtisch befindet sich ein Stapel weißes Papier. Der einzige Farbtupfer im Raum ist das Applelogo auf den Geräten.

»Machen wir uns was zu trinken, dann setzen wir uns raus in den Garten. Was ich dir zu erzählen habe, ist den Aufwand wert.«

Ich folgte Shahin durch mehrere Räume, alle weiß, alle leer, nur hier und da ein paar abgedeckte Möbel. Irgendwo hing an einer Wand ein Gemälde. Ich hätte nicht meine rechte Hand darauf verwettet, doch es sah aus wie ein Caravaggio und es zeigte Judith, die Holofernes enthauptete. Das konnte nicht das Original sein, das hing sicher in den Uffizien oder sonst wo.

Irgendwann, nach einer endlosen Anzahl kahler Räume, standen wir in der Küche. Weiß in Weiß in Weiß. So wie der Rum, den Shahin in hohe Gläser goss, die mit Eiswürfeln gefüllt waren. Dazu kam irgendwas Flüssiges, Grünes.

»Mojito. Rum mit Pfefferminze, bei der Hitze der Hammer. Hab ich aus Kuba, als ich mit Massu dort war.«

»Was habt ihr dort gemacht?«

»Fidel brauchte ein paar Kleinigkeiten.«

»Die schießen oder fliegen?«

»Beides.«

»Hmmm. Das ist wirklich gut.« Der Mojito war nicht zu stark, die Pfefferminze frisch, und alles eiskalt. Zwar kein Tee, aber auf seine Art auch nicht schlecht.

»Sicher, den Rest füllen wir uns in eine Thermoskanne und nehmen's mit raus.« Gesagt, getan. Zehn Minuten später saßen wir auf der hinteren Terrasse der Villa im Schatten auf der verrosteten Hollywoodschaukel. Vor uns lag der Pool, hinter dem Pool ein paar Obstbäume, hinter den Obstbäumen Weingärten und dahinter die Friedhöfe. Hinter den Friedhöfen lag die Stadt. Bei uns im Schatten war es angenehm, da sich sogar eine kleine Brise regte. Draußen in der Sonne flirrte die Luft über dem Pool, die Farben glitzerten und die Blätter der Weinreben strahlten in millionenfachen Abstufungen von Grün. Irgendwo wurde gemäht und es hing der Duft nach trocknendem Gras in der Luft.

»Ich will mich nur noch schnell ankicken, dann erzähl ich's dir.«

»Kick mich auch an, sei so gut, ja?«

»Sicherlich. Ist mir eh aufgefallen. Warum wolltest du das letzte Mal nichts?«

»Sabbatical.«

»Wassndas?«

»Versuch der Selbstreinigung. Tut gut.«

»Dann solltest du lieber den Tee lassen. Das wär besser für dich. Das bisschen Kiffen hat noch niemandem geschadet.«

»Tee ist harmlos.«

»Quatsch mit Soße, der bringt dich noch mal in die Klapse.« Shahin hatte die Zunge zwischen den Zähnen, als er fertig rollte. Dann gab er sich Feuer und heizte an. Nach einem ersten Zug blies er langsam aus.

»Musst du nicht arbeiten?«

»Ach, momentan ist das nicht so wichtig. Sommerloch. Kann ich auch noch morgen machen.« Nach einem weiteren Zug reichte er mir den Joint und begann.

»Also, interessierst du dich noch für die Hohlwelttheorie?«

»Na ja, es geht.«

Das Strahlen verschwand aus Shahins Augen und er fiel ein wenig in sich zusammen.

»Schade.«

»Sicher interessiere ich mich noch dafür, bloß ist es so, dass mir momentan alles andere um die Ohren fliegt. Ich brauch ein Notizbuch, hab jedoch keine Ahnung, wo es steckt. Ich soll einen Safe knacken, weiß aber nicht, wie man das macht. Und noch ein paar andere Kleinigkeiten.«

Dazwischen hatte ich auch einen Zug genommen, aber vorsichtig. Wenn Shahin ankickt, dann fallen die meisten schon aus dem Sattel. Mir kribbelte es schon ein wenig unter der Hirnschale, und ich gab den Joint zurück. Shahin füllte die Gläser erneut. Thermoskannen sind kolossal praktisch. Sie halten Tee heiß, Drinks kalt, und ich kannte mal wen, der schmuggelte Koks in der Zwischenwand.

»Komm, erzähl mir schon von der Hohlweltsache.«

»Also, pass auf. Ist schon ewig her, dass ich mich damit beschäftigt habe. Damals gabs noch kein Internet. Als du das letzte Mal weg warst, hab ich ein bisschen recherchiert. Weißt du was?«

»Nein.« Shahin zog die Hand mit der Tüte wieder ein.

»Nein.«

»Hä?«

»Gib mir den Joint, dazu ›Ja‹, aber ›Nein‹ zu ›Weißt du was‹.«

»Ach so.« Den Joint behielt er und zog.

»Also, da gibt's ein Forum.«

»Für alles gibt's ein Forum.«

»Ja, aber das heißt ›hohle Welt‹, und da diskutieren sie nur über solche Sachen. Ich dachte immer, das ist tot. Nein, es gibt tatsächlich Leute, die daran glauben. Die Uni Innsbruck hat erst dieses Semester Messungen auf der Europabrücke durchgeführt, unter Prof. Gerhard Österle, um einen Spinner aus dem Forum zu widerlegen! Im Jahr 2010 tauchen solche Sachen immer noch am Rande der wissenschaftlichen Welt auf! Der Blödsinn ist offensichtlich nicht totzukriegen, vermehrt sich im Internet wie Bakterien. Ich find' das super!«

»Wild.«

»Guter Stoff?«

»Sowohl als auch.« Der Joint zog mächtig rein, aber die Neuigkeiten waren ein wenig harmlos. Momentan hatte ich ganz andere Probleme als ein paar Internetfuzzis. »Weißt du, Shahin, die Leute glauben den größten Blödsinn, man muss ihn nur laut aussprechen.«

»Hat schon der Führer gesagt.«

»Was??«

»Die Leute glauben eher eine große Lüge als eine kleine Wahrheit. Das ist noch nicht alles. Ich hab mich da gleich angemeldet und mitdiskutiert. Da geht es nicht nur um die Hohlwelttheorie, die ganze Sache mit der Antarktis wird auch behandelt. Außerdem …«, Shahin nahm noch einen Zug, »geht's da um Alchemie.«

»Alchemie?«

»Ja, genau.«

»Du meinst, da gibt es Leute, die Blei in Gold verwandeln wollen?«

»Metaphorisch schon.«

»Die Welt ist voller Spinner.«

»Nein, nicht ganz. Wien ist voller Spinner.«

»Ich weiß: Du bist schon zehn Jahre hier und schüttelst noch immer täglich den Kopf.«

»So hab ich das gar nicht gemeint.« Shahin schenkte nach und machte sich daran, einen zweiten zu bauen. Mir kribbelte es schon in den Füßen, die Farben draußen in der Sonne hatten noch mal eine Stufe an Intensität gewonnen und das Blut rauschte in meinen Ohren. Gegessen hatte ich auch noch nichts. Vernünftig sein kann jeder, dachte ich mir, und nahm noch einen Schluck Mojito.

»Wir sollten nachfüllen. Im Kühlschrank hab ich noch mehr vom Pfefferminzsaft.«

»Tu das.« Shahin stand auf und ging hinein. Ich räkelte mich auf der Schaukel und stöpselte meinen iPod ein. Bis Shahin zurückkam, ginge sich sicher ein Song aus. Jetzt konnte mir nur eine helfen. Big Mama.

Gemeinsam mit Lightnin'Johnson hatte sie in den 60ern das Album Mighty Crazy aufgenommen. Leider bis auf den heutigen Tag nur in steinernem Mono erhältlich, doch das tut dem Songmaterial überhaupt keinen Abbruch. Alle Songs sind voll überwältigendem Blues, aber ich hatte maximal für einen Zeit. Meine Wahl fiel auf Big Mamas Hymne Ball'n Chain. Der Song beginnt mit einem ausufernden Solo von Lightnin', das alles beinhaltet, was den Blues ausmacht. Zarte, kleine Töne ebenso wie das enthemmte Röhren der Verzweiflung, getragen von einem schleppenden Beat, dem die Kanonenkugel anzumerken ist, die er an eiserner Kette hinter sich herzieht. »Sittin by my window, looking out at the rain«, sang Big Mama und schon war ich bei ihr in Texas, in irgendeinem kleinen Knast. Das Chili auf der Pritsche war kalt und scharf und der Marschall hinter seinem Schreibtisch voll wie eine Strandhaubitze. Draußen schlugen schwere Regentropfen auf die staubige Dorfstraße und verwandelten den betonharten Lehm in knietiefen Matsch. Drinnen hatten Big Mama und ich schweren Liebeskummer, aber der Blues half. Der Blues hilft immer.

Stunden später, als Mama »Thank you« ins Mikro hauchte, kam Shahin aus der Küche zurück, die Thermoskanne frisch gefüllt. Er ließ sich neben mir auf der Hollywoodschaukel nieder, schenkte uns beiden nach. Danach zündete er sich die Tüte an.

»Wo waren wir?«, fragte Shahin nach dem ersten Zug.

»Wien ist voller Spinner.«

»Ach ja, bin seit zehn Jahren hier und immer noch schüttele ich täglich den Kopf.«

»Spezifischer wolltest du mir was von Alchimisten erzählen.«

»Ach ja. Das ist so: Ich hab im Internet recherchiert und das Forum gefunden. Da hab ich mich gleich angemeldet. Was die alles posten, das glaubst du nicht. Da gibt's Threads über diese Nazi-Maschinen, von denen ich dir erzählt habe, mit dem Implosionsantrieb. Diese Typen sitzen zu Hause rum, meistens wohnen sie noch bei Mutti, und schrauben wie verrückt. Dann posten sie das im Internet. Immer so, dass keiner genau weiß, was sie machen, weil sie alle paranoid sind. Alle haben irrsinnige Angst davor, dass ein anderer die Maschine zuerst zum Laufen bringt. Ist das nicht völlig abgefahren?«

»Schon. Wie die alten Alchimisten.«

»Genau.«

»Und weißt du was?«

»Nein.«

»Sind alles Wiener. Fast jedenfalls. Ihr Ösis spinnt alle. Ich sag nur: Schwarzenegger, Mozart und Hitler.«

»Du hast Fritzl vergessen.«

»Ja, der muss auch auf die Liste.«

Wir saßen ein wenig da und starrten in die Mittagssonne hinaus.

»Wie kommst du drauf, dass das alles Wiener sind?«

»Wer?«

»Na, die Alchimisten.«

Shahin schaute mich verdattert an.

»Welche Alchimisten denn?«

»Na, die im Forum.«

»Ach so. Weil ich einen von denen kenne. Der hatte so 'ne Signatur unter seinen Postings, die mir bekannt vorkam. Da hab ich ihm eine PM geschickt, und es stellte sich heraus, dass wir uns realiter kennen.«

»Von wo?«

»Von den Feldgrau-Foren.«

»Wehrmacht?«

»Hmm. Haben paarmal gemeinsam ein Bier getrunken. Völlig kirre, der Typ. Er sagte, dass fast alles Wiener sind.«

»Also gibt's in Wien eine Alchimistenszene. Lauter kleine graue Männer, paranoid wie Newton, basteln sie an ihren Maschinen, während Mutti im Nebenzimmer häkelt.«

»Genau. Da gibt's noch mehr. Ich hab meinen Bekannten getroffen und der hat mir was gesteckt. Er bastelt selber nicht, liest nur so mit. Vor einiger Zeit, da kam eine richtige Aufbruchsstimmung in die Szene, weil ein Investor auftauchte.«

»Ein Investor? Der letzte Investor in der Alchimistenszene war Kaiser Rudolph in Prag, der einen von den

Typen zum Finanzminister gemacht hat. Vor knapp 400 Jahren.«

»Das war noch ein Politiker mit Visionen.«

»Wenn's funktioniert hätte …«

»Jaja.«

»Also, du willst mir erzählen, dass da wer versuchte, in die Bastler zu investieren.«

»Genau. Die haben ja alle kein Geld und manchmal steht alles für ein Jahr still, weil sich einer 500 Meter Kupferdraht oder solche Kleinigkeiten nicht leisten kann. Mit einem Mal hatten alle Kohle, ein bisschen jedenfalls. Die Szene hat Riesensprünge gemacht.«

»Aber als das nichts wurde, die Ergebnisse auf sich warten ließen, gab der Typ auf, und jetzt sind wieder alle pleite.«

»Genau.«

»Weißt du, wie der Investor heißt?«

»Nein, hab meinen Freund auch gefragt, der kann sich jede Panzerschraube merken, aber Namen? Keine Chance.«

»Kann ich den mal treffen?«

»Wenn ich mitgeh, vielleicht. Glaub nur nicht, dass das viel bringt.«

»Nicht so schlimm. Werd ich mich einfach mal unter den Alchimisten umhören. Da wird sich schon noch einer erinnern können.«

»Wenn man sein Leben neben Töpfen verbringt, die mit kochendem Quecksilber gefüllt sind, ist das zweifelhaft.«

»Das war früher. Ich bin mir sicher, das ist mit den Alchimisten dasselbe wie mit den Hexen. Heutzutage ersetzen die veganen Hexen Froschlaich für die Flugsalbe auch durch Quinoa.«

»Woher hast du das?«

»Hagezussa TV.«

»Wassn das?«

»Die Hexensendung im freien Fernsehen. Kommt nach Mehmet Keser Show und vor New Ordner.«

»Hast du Fernsehen?«

»Nein, aber ich bin trotzdem up to date.«

Wir schütteten den Rest, der in der Thermoskanne verblieben war, noch in unsere Mägen, dann machte ich mich auf den Weg. Zwar mit schon ziemlich getrübtem Bewusstsein, aber glücklich.

Endlich eine weiterführende Spur. Mein nächstes Ziel war Buehlin, der würde todsicher noch wissen, wer da investiert hatte. Er war zwar auch durchgeknallt, jedoch schon noch von dieser Welt. Die Fahrt dauerte, und da ich in meiner Hochstimmung nicht länger warten wollte, holte ich mein Handy raus und wählte eine Nummer.

Eugen war damals aus Wien weggezogen, weil ihn der Ruf einer Anwaltskanzlei aus dem fernen Liechtenstein erreicht hatte. Gesucht wurde ein verlässlicher Mann als Aktenvernichter. An denen herrscht im kleinen Fürstentum stets Bedarf, aber nach der großen Finanzkrise versuchen noch mehr als sonst, ihre Spuren zu verwischen. Und da die EU auch langsam Druck auf das Bankgeheimnis macht, laufen die Shredder 7-24.

Eugens Job bestand darin, mit ID Card das Gebäude am Hauptplatz von Vaduz zu betreten, nach Gesichtskontrolle hinauf in den dritten Stock zu fahren und sich dort den Wagen zu schnappen. Das dritte Stockwerk ist ganz aus Glas und bietet einen herrlichen Blick auf das Fürstenschloss und die Südwest-Schulter der Drei Schwestern. Mit dem Wagen geht Eugen dann zum Tresor, öffnet dort mit einem Code, der täglich geändert wird, das Schloss. Er hat dann 8,75 Sekunden Zeit, um den Tresorraum zu betreten und die Tür hinter sich zu schließen. Sonst wird ein Alarm ausgelöst. Der ganze Tresorraum besteht aus glänzendem Edelstahl. Dann hat er 42,31 Sekunden Zeit, um aus den vorherbestimmten Fächern die Akten auf seinen Wagen zu schlichten und die Tür wieder zu öffnen. Sonst wird ein Alarm ausgelöst. Anschließend hat er wieder 8,75 Sekunden Zeit, um die Tür zu öffnen und zu schließen. Widrigenfalls wird Alarm gegeben. Dann schiebt er seinen Wagen in den Schredderraum und lässt die Maschinen ihre Arbeit tun. Auch hier gibt es ein Zeitlimit. Etwa 20 Minuten. Dann beginnt die Prozedur von Neuem.

»Stör ich?«

»Kaviar, du?«

»Hast du ein paar Minuten Zeit für mich, oder gibt's dann Probleme?«

»Passt schon, die Maschine läuft gerade. Hab noch« – ich hörte ihn auf die Uhr blicken – »17,23 Minuten Zeit.«

»Gut. Ich hab ein seltsames Anliegen, extra seltsam.«

»Lass hören.«

»Unter den Wirtschaftstreibenden in Österreich, gibt's da wen, den du für fähig halten würdest, in Alchemie zu investieren?«

»Arno, bist du stoned?«

»Ja, schon. Wieso?«

»Dann ist eh alles in Ordnung. Wenn's nicht der Fall

gewesen wäre, hätte ich mir Sorgen gemacht. Da gibt's ein Problem, ich unterliege der Schweigepflicht.«

»Hab' ich mir schon gedacht. Aber ich will ja auch gar nichts über eure Klienten wissen. So ein Spinner wird bei euch sicher nicht genommen.«

»Meinst auch nur du. Was da für Typen auftauchen, ist einfach unfassbar. Ich frag' mich nur immer, wie die zu ihrem Geld gekommen sind. Können ja nicht alle alles geerbt haben.«

»Wahrscheinlich nicht. Also, kannst du mir den Gefallen tun?«

»Wenn's nicht unter Verschwiegenheit fällt, dann schon.«

»Hättest du ad hoc einen Verdächtigen?«

»Hmm. Alchemie.« Er dachte kurz nach. »Was meinst du mit Alchemie? Blei in Gold verwandeln?«

»Nein, nicht wirklich. Es geht da eher um irgendwelche durchgeknallten Nazimaschinen, die alternative Energiequellen abgeben sollen.«

»Sonnenlicht und so? Ökoquatsch?«

»Nein, irgendwelche esoterischen Sachen, blicke da selbst nicht so ganz durch.«

»Du suchst verhaltensauffällige, leicht kriminelle Unternehmer, die hinter dem schnellen Geld her sind.«

»Genau.«

»Weißt du was, ich werd ein bisschen nachdenken und ein paar Leute in der Kanzlei fragen. Ich mail dir dann eine Liste.«

»Nein, das geht nicht. Hab momentan keinen Internetzugang.«

»Pleite?«

»Nein. Doch, schon. Jedoch nicht deswegen. Meine Wohnung wird repariert.«

»Dann halt auf der Uni.«

»Da hat alles zu und in meinem Büro hab ich nicht mal einen PC.«

»Dann geh halt zu der Informatikverwaltung. Die ist im NIG. Die Leute da sind echt freundlich. Du, ich muss aufhören, die Maschine ist in 11,19 Minuten so weit, und ich muss noch unbedingt eine heizen.«

»Gut, Eugen, aber beeil dich mit der Liste.«

»Sicher. Wenn ich was finde, kann's aber nicht versprechen.«

Als Eugen auflegte, war noch das Rascheln eines Chesterfield-Päckchens und das Klicken eines billigen Plastikfeuerzeugs zu hören gewesen.

VII

Es ging langsam auf den Mittag zu, im Bus wurde es immer heißer und draußen im Sonnenlicht glühten die Farbtupfer in den staubigen Straßen. Häuser, kleine Parks, noch mehr Häuser und viele Mädchen in kurzen Röcken zogen am Fenster vorbei. Im Ohr hatte ich die ›Sketches of Spain‹, von Miles Davis und Gil Evans. Eigentlich keine meiner Lieblingsaufnahmen, aber heute hatte es mir »Solea« angetan. Wieder, wieder und immer wieder drückte ich Repeat. Das pompöse, orchestrale Intro, der durchgehende lebhafte, punktierte Rhythmus und die spanisch-stolze Trompete von Miles passten genau in meine Stimmung. Irgendwann stieg ich um, wartete ein bisschen, stieg wieder um und ging dann zu Fuß. Schließlich stand ich in der Servitengasse, vor der Haustür 17. Einen Moment musste ich mich besinnen, um wieder draufzukommen, warum ich eigentlich hier war. Ach ja, Buehlin. Ich stoppte Miles und läutete. Sofort summte der Türöffner. Ich wurde misstrauisch. Das letzte Mal hatte Buehlin dafür eine gefühlte Viertelstunde gebraucht. Ich war schon so weit, meinen Verdacht abzuschütteln, als ich im Augenwinkel zwei parkende Autos vor der Haustür wahrnahm. Sie waren dunkelblau-silbern. Mit einem roten Streifen. Und auf den Türen stand geschrieben: Polizei. Mein Herz tat einen Sprung, das Adrenalin verdrängte schlagartig Alkohol und THC. Die Haustür war schon hinter mir ins Schloss gefallen, also konnte ich nicht mehr umkehren. So ging ich also betont ruhig auf Buehlins Wohnung zu. Als ich um die Ecke kam, sah ich schon das gelbe Absperrband. Dahinter einen Uniformierten, der Schmiere stand. Ich ging lässig an ihm vorbei zum Stiegenabsatz. Sobald ich außerhalb seines Sichtbereiches gelangt war, blieb ich stehen und lauschte. In Buehlins Wohnung schien eine Kompanie zugange zu sein. Viele Stimmen, alle sprachen durcheinander. Es war nichts zu verstehen.

Ich stieg ganz hinauf unters Dach, stellte mich in einen dunklen Winkel und wartete. Es wunderte mich, dass nicht das ganze Haus auf den Füßen war, um der Polizei zuzusehen. Vielleicht waren alle im Urlaub. So stand ich also im Dunkeln und wartete, bis ich wieder unverdächtig an Buehlins Wohnungstür vorbei konnte. Nur nicht auffallen.

Da läutete mein Handy. Mit einem Reflex, der Spiderman alle Ehre gemacht hätte, riss ich das Handy aus der Innentasche meines Jacketts und drückte den grünen Knopf.

»Ja.«

»Hier Moratti, Kripo Wien Zentrum.«

»Was kann ich für Sie tun?«

»Wo halten Sie sich momentan auf?«

»Im neunten.«

»Warum sind Sie nicht in Ihrem Büro?«

»Das geht Sie gar nichts an.«

»Hören Sie gut zu, Linder. Mein Sinn für Humor ist begrenzt. Normalerweise lache ich ausschließlich, wenn wir Uni-Lektoren verhaften.«

»Gut, dann haben wir denselben Sinn für Humor. Da lach ich nämlich auch.«

Moratti brüllte irgendwas, das die Boxen meines Handys überforderte. Dann raschelte es ein wenig und seine Chefin meldete sich.

»Wie lange brauchen Sie zum Kort?«

»Viertelstunde.«

»Ich gebe Ihnen 20 Minuten. Akademisches Viertel ist keines drin. Dann schreibe ich Sie zur Fahndung aus.« Und aufgelegt.

Ich beruhigte mich kurz und schlich dann die Treppe hinunter. An dem Uniformierten vorbei, der den friedlichen Ausdruck einer Mumie im Gesicht trug, zur Tür. Mir fiel auf, dass es diesmal zwar immer noch nach Kohlsuppe stank, aber nicht mehr nach dem beißend scharfen Laborgeruch aus Buehlins Wohnung. Draußen auf der Straße machte ich mich so klein als möglich, ging an ein paar Polizisten in weißen Mänteln vorbei und überquerte die Straße Richtung Kanal. Im Fadenkreuz von Kirche und Polizei, dabei stoned und völlig ahnungslos. Das sah überhaupt nicht gut aus. Ich hatte schon mal bessere Karten gehabt und doch verloren.

4. KAPITEL

I

Eine Viertelstunde später hetzte ich den U-Bahn-Schacht am Schottenring hinauf, zur Krimineserzentrale. Irgendwie war es sich ausgegangen. Kein U-Bahn-Fahrer war eingeschlafen, kein Obdachloser hatte auf dem Schienenstrang sein Leben beendet und auch sonst hatte es keine unliebsamen Verspätungen gegeben. Das ausgeschüttete Adrenalin hatte Alkohol und THC so weit unter Kontrolle. Vorläufig jedenfalls.

Unten beim Eingang fragte ich nach und wurde nach oben geschickt. Von der ganzen Umgebung blieb mir nichts im Gedächtnis, bis auf einen vagen Eindruck von unpersönlicher Abneigung. Den sowohl der Lift, die Gänge als auch die Menschen, denen ich begegnete, ausstrahlten. Was nicht nur für die Polizisten unter ihnen galt.

Irgendwann half mir jemand und ich fand den Raum, den ich suchte. Wenn Molnar ihre Drohung ernst gemeint hatte, so war ich schon seit zwei Minuten zur Fahndung ausgeschrieben, das sagte mir ein schneller Blick auf meine Armbanduhr. Ich atmete noch einmal tief durch und wagte dann zu klopfen. Nach einem undeutlichen »Ja« trat ich ein.

Das Büro maß etwa sechs mal fünf Meter. Die Atmosphäre war nicht ganz so staubig-trostlos, wie ich erwartet hätte. Eine weibliche Hand schien durch Blumen und ein paar bunte Gegenstände etwas Lebensbejahendes in den Raum gebracht zu haben. Vielleicht täuschte ich mich auch und Moratti zeichnete dafür verantwortlich. Heutzutage ist alles möglich.

»Setzen Sie sich.« Moratti wies auf einen Stuhl vor dem U-förmigen Schreibtisch der beiden. Ich leistete brav Folge. Während Moratti ein paar Floskeln bemühte, telefonierte Molnar. So ganz verstand ich nicht, was sie sagte, doch es schien, als bliese sie die Fahndung nach mir ab. Ich verstand so viel wie: »Ja, ja, ist soeben eingetroffen, genau, nicht mehr notwendig, danke.« Sie hatte es also ernst gemeint. Das war mit Sicherheit kein gutes Vorzeichen für das bevorstehende Gespräch. Verhör, verbesserte ich mich.

»Was sagt Ihnen der Name Buehlin?«

»Ist ein Bekannter von mir, den ich ab und zu besuche.« Immer mit ein paar Halbwahrheiten beginnen. Das hält einem die Richtung offen. Egal, ob man eher Richtung Wahrheit oder Trug gehen will.

»Wann haben Sie ihn das letzte Mal gesehen?«

»Vor ein paar Tagen. Warum? Ist was passiert?«

»Wie kommen Sie darauf, dass etwas passiert sein könnte?«

»Weil es sonst, wenn er weder verschwunden noch tot wäre, egal wäre, wann wir uns das letzte Mal gesehen haben. Deshalb.«

»Also, wann?«

»Also, warum?« Kampflos war ich nicht bereit aufzugeben.

»Weil wir eine Visitenkarte von Ihnen bei dem Toten gefunden haben und Ihre Fingerabdrücke überall in seiner Wohnung zu finden sind.«

»Also ist Buehlin tot.«

»Genau.«

»Wann ist er gestorben?«

»Wir stellen hier die Fragen. Wann haben Sie ihn das letzte Mal gesehen?«

»Vorvorgestern. Was für ein Tag war das?«

»Dienstag.«

»Dienstagvormittag.« Es schien seitdem ein halbes Jahr vergangen zu sein.

»Danach nicht mehr?«

»Nein. Wie gesagt, wir haben uns nur alle paar Monate einmal gesehen.«

»Ging es bei diesen Treffen auch nur um schnellen, anonymen Sex wie bei der Schauberger, oder haben Sie bei ihm Gefühle investiert?«

»Er war ein einsamer, alter Mann. Ich habe ihn ab und zu besucht und ihm zugehört. Wenn für Sie ein anregender Austausch immer eine Gürtelnutte und 50 Euro beinhalten muss, ist das überhaupt nicht mein Problem.«

»Sie kleiner Schwanzlutscher.« Moratti war aufgesprungen und wollte mir an die Gurgel. Polizeigewalt war mir bis jetzt nur in Form von kleinen Gehässigkeiten untergekommen. Das hätte sich jetzt geändert, wenn ihn Molnar nicht zurückgerufen hätte. Ihr Blick war eiskalt und strafend. Offenbar doch ein bisschen mehr als nur die Routine einer eingeübten »good cop-bad cop« Show. Als sie den Blick von ihrem schwarzledernen Dobermann abwandte und zu mir herübersah, meinte sie beiläufig: »Auf der Tatwaffe waren Ihre Fingerabdrücke. Massenhaft. Dafür haben Sie sicher eine gute Erklärung parat.« Danach sah sie wieder unverwandt auf Moratti.

»Sicher. Als ich bei ihm war, fiel mir auf, dass er in der Tasche seines Laborkittels einen Revolver trug.«

»Wie denn das?«

»Wer Augen hat zu sehen … ich hab so was schon ein paar Mal gesehen. Das merkt man sich.«

»Soso.«

»Genau, soso. Auf jeden Fall wollte ich ihm das Ding abnehmen, dabei hab ich's in die Hand bekommen. Daher meine Spuren.«

»Warum wollten Sie es ihm abnehmen?«

»Buehlin war ein einsamer Spinner. Sozialphobie, fixe Vorstellungen. So jemand sollte keine Knarre in der Manteltasche mit sich herumtragen …«

»Aber genau solche Leute kommen immer an die Waffen.«

»… sonst hätte er irgendwann gemeint, dass die Aliens im Wohnzimmer sind, und hätte deswegen vielleicht die Kinder auf dem Spielplatz erschossen.«

»Hmm. Klingt logisch.«

»Wo waren Sie also gestern um drei?«

»Auf Besuch bei einer alten Freundin.«

»Name?«

»Muss das sein?«

»Alibiüberprüfung.«

»Korkarian Elena.« Ich gab den beiden auch gleich ihre Adresse und Handynummer. Zum Ersten wirkte das wirklich so, als ob ich sie schon länger kennen würde, zweitens war ich auch sicher, dass sie nicht sofort dem alten Korkarian über den Weg liefen. Trotzdem musste ich nachher sofort Elena anrufen und mehr Halbwahrheiten nachlegen.

»Wie haben Sie Buehlin kennengelernt?«

»Das war vor ein paar Jahren, kurz nach seiner Pensionierung. Da war noch ein bisschen mehr los mit ihm. Auf so ’ner Bastlerkonvention.«

»Was hatten Sie dort verloren?«

»Ich habe weit gestreute Interessen.«

»An was hat denn Buehlin so herumgebastelt? Wir haben die Werkstatt gesehen. Ausgerüstet war er ja sehr gut, aber wir haben überhaupt nichts gefunden, an dem er herumgewerkelt haben könnte.«

»Zum Schluss hat sich das bei ihm sehr erschöpft. Die eigene Obsession ist ihm im Weg gestanden. Vor lauter Perfektionismus brauchte er einen Tag, um eine Schraube reinzudrehen.«

»Was war das Letzte, an dem er so herumgebastelt hat?«

»Kann ich schwer sagen. Ich glaube, ein Rasenmäher vielleicht. Bin mir nicht sicher.«

»Wissen Sie, von was er gelebt hat?«

»Pension, nehm ich an.«

»Wissen tun Sie es nicht?«

»Genau. Darüber haben wir uns nie unterhalten.«

»Sicher nicht?«

»Nein. Wir waren beide ziemlich pleite, es hätte keinen Sinn gehabt, sich gegenseitig anzupumpen.«

»Na gut. Dann wars das für diesmal, ich denke, Sie können gehen.« Moratti warf Molnar einen Blick zu, sie nickte bloß. Dreieinhalb Minuten später war ich wieder draußen. Am Ring unter den Bäumen, im Schatten. Autos dröhnten vorbei, ein paar Passanten waren unterwegs, aber das war mir alles recht egal. In mir starb der Schnaps, und das war kein Spaß. Mein Mund fühlte sich taub an, das Zahnfleisch brannte und die alkoholinduzierte Euphorie war einer bleiernen Depression gewichen. Jetzt, wo das Adrenalin, das durch den Polizeitermin ausgeschüttet worden war, zurückging, fiel ich in mich zusammen wie ein Soufflé bei geöffnetem Backrohr. Ich brauchte Tee. Schnell, viel und stark.

Korkarian würde ich später anrufen. Sicher nicht vor den Bullen, sie sollte nicht meinen, dass ich Angst hätte, und vor allem, wenn ich verdächtig war, dann hatten die Kiberer sicher einen Abhörschein gelöst. Das ging heutzutage ohne Probleme im Rechtsstaat Österreich, sogar ohne richterlichen Beschluss, rein exekutivintern. In diesem Fall würde es auch so ein besseres Bild abgeben, wenn ich erst nach der Polizei anrufen würde. Sähe nicht ganz so schuldig aus.

Aber meine Gedanken kehrten schnell zurück zum Tee. Dazu brauchte ich Wasser, eine Kanne und Strom. Das gabs alles in meinem Büro, keine 200 Meter Luftlinie entfernt. Mir schien es wie eine Ewigkeit.

II

Der kupferrote Assam hatte meine Schale schon zweimal gefüllt, nun war sie wieder leer und wartete darauf, zum dritten Mal gefüllt zu werden. Das weiße Porzellan der Innenseite hatte sich im Lauf der Jahre verfärbt. Ablagerungen von Teein, Kalk und sonstigen Inhaltsstoffen hatten ihre Spuren hinterlassen und manifestierten sich in braunen Trinkringen. Ich beschloss, dass es heute der Tag sei, sie endlich sauber zu machen. Aus einer der unteren Schubladen holte ich ein Päckchen Taschentücher hervor und putzte mit einem davon die Tasse aus, bis sie wieder in frischem Weiß erstrahlte. Dann füllte ich nach und gönnte mir die dritte Tasse. Es war noch nicht genug Zeit vergangen, um anzurufen. Also hing ich noch ein wenig meinen Gedanken nach, obwohl das schwer zu sagen war. Vielleicht hingen sie auch mir nach. Irgendwie war ich immer noch ziemlich stoned. Als ich mich zum fünften Mal fragte, ob nicht ein bisschen Musik angemessen sei, beschloss ich, Korkarian anzurufen. War ich überhaupt schon bei den Kriminesern gewesen? Doch. Sicher. Ziemlich. Vielleicht. Doch. Ich schüttelte meinen Kopf und schenkte Assam nach. Ruhig Blut. Ich war schon dort gewesen. Jetzt musste ich anrufen, bei Elena. Genau, das war der Schritt, der notwendig war. Oder vorher doch noch ein wenig Musik hören? Mein Gott, durchfuhr es mich, die Kiberer! Ich hatte den Termin vergessen! Sicher hatte mich Molnar schon zur Fahndung ausgeschrieben. Ich war schon aufgesprungen, der Stuhl dabei umgefallen, als mir einfiel, dass ich ja schon dort gewesen war. Mit klopfendem Herzen setzte ich mich wieder. Die Herzschläge dröhnten in den Ohren wie Paukenschläge. Ebenso mein Aufprall. Denn da war kein Stuhl mehr. Mühsam stand ich auf, stellte den Stuhl hin und setzte mich. Zutiefst erschöpft, schloss ich die Augen und war auch schon eingeschlafen. Mit Persern kiffen ist wie mit Iren saufen, war mein letzter Gedanke. Ich mag Iren.

Aus den tiefschwarzen Abgründen meiner Betäubung

riss mich die Vibracall Funktion meines Handys, irgendwer stresste da wie blöd. Umständlich fischte ich das Handy raus. Elena. Gut. Ich nahm ab.

»Arno, was soll das? Buehlin ist hinüber?«

»Deswegen ruf ich ja an …«

»Ich ruf dich an! Schon seit zwei Stunden alle drei Minuten. Aber du nimmst nicht ab!«

»Ach so. Ja.«

»Bist du stoned?«

»Bisschen.«

»Uns bricht der Boden unter den Füßen weg und du knallst dich zu!«

»Uns?«

»Ja. Genau. Reiß dich zusammen, und dann müssen wir uns treffen.«

»Das war notwendig. Im Zuge der Ermittlungen …«

»Verschon mich mit dem Blödsinn. Wo?«

»Was?«

»Treffen!«

»Hm. Keine Ahnung.«

»Du bist heute nicht zu viel zu gebrauchen.« Ich hörte sie ins Telefon seufzen.

»Der Schein trügt. Bei dir?«

»Das würde dir so passen.«

»Siehst du. Dafür reicht's noch.«

»Schwachsinn. Bin gerade im Dritten. Was kennst du da?«

In der Löwengasse, am Kolonowitzplatz, kannte ich das All-In, mit seiner braunen Kunstholztheke und dem uralten Stambulia Schild in Staubgelb. Das war nicht der Ort für Elena, Frauen gabs da nur über 40 und mit

3 Promille. Die Reaktionen der männlichen Gäste auf eine Frau wie Elena hätten sicherlich ein paar ins Krankenhaus gebracht. Was gab's noch? Im Schwarzen Café war Sommeraktion. Großes Bier und doppelter Wodka für 1,50. Auch nicht der Ort für Elena, obwohl Frauen unter 40 anwesend waren, aber sicher alle über drei Promille.

»Treffen wir uns im Prückl.«

»Das gibt's noch? War ich schon ewig nicht mehr.«

»Gut.«

»Halbe Stunde, und sei bitte bei klarem Bewusstsein.«

»I've got no consciousness to keep clear«, zitierte ich den Black Rebel Motorcycle Club und legte auf. Anschließend schnaufte ich durch und schenkte nach. Der Tee war alle. Irgendwer musste ihn ausgetrunken haben, als ich schlief. Um ein Haar hätte ich einen neuen aufgestellt. Aber so weit hatte ich mich noch im Griff. Ich ging auf die Institutstoilette, wusch mir Gesicht und Hände. Dann zog ich mir das verschwitzte Hemd aus und ließ mir kaltes Wasser über den Nacken laufen. Im Winter ist das Wasser aus der Leitung eiskalt und im Sommer lauwarm. So hat immer niemand was davon. Gott muss Österreicher gewesen sein, als er die Natur einrichtete.

Anschließend machte ich mich auf den Weg. Genug Zeit, um einfach durch den Ersten Bezirk zu marschieren. Über die Freyung, über den Graben, dann über den Stephansplatz und schließlich die Wollzeile hinunter. Imperiale Pracht, Touristen und glänzende Auslagen. Davor Bettler. Die Auslagen ohne Preisschilder, die Bettler ohne Beine. Jeder zeigt, was er hat.

Am Lueger Platz, der dem großen Wiener Bürgermeister gewidmet ist, der Adolf Hitler den Antisemitismus lehrte, befindet sich das Prückl am Eck zum Ring hinaus. In einem weißen Gebäude mit verzierter Gründerzeitfassade. Drinnen stehen die Stühle dicht an dicht, ein goldener Kronleuchter hängt tief von der Decke, das Kristall funkelt. Die Einrichtung in Cremeweiß ist abgewohnt und altmodisch. Es sieht so aus, wie sich die Fünfziger den Futurismus der Sechziger vorgestellt haben mochten. Da wir aber mittlerweile die Nuller schrieben, war der Anachronismus schon wieder revolutionär. In Wien kann sogar Biedermeier progressiv sein. Das Prückl war wie immer gut besucht, doch im Herzen fand sich im Eck noch ein Platz für zwei. Ich bestellte einen großen Mokka mit einem großen Glas Wasser. Der Ober brauchte keine zehn Minuten und das Gewünschte stand vor mir. Schale und Glas auf dem silberglänzenden Tablett, über das Glas der Löffel gelegt, wie es die Tradition verlangt. Ohne zu zuckern, stillte ich meine Gier nach Koffein. Als drei Minuten später Elena neben mir saß und sich eine Melange bestellte, orderte ich noch einen Mokka. Diesmal leistete ich Verzicht. Auf das große Glas Wasser.

Weniger ist mehr. Diese alte Wahrheit traf auch auf Elena zu. Mehr als die approximierten 4 Quadratzentimeter Stoff, die sie momentan am Körper trug, wären definitiv weniger gewesen. So war es gar nicht so leicht, meine Augen auf eine Stelle zu richten, die nicht nur nacktes Fleisch zu bieten hatte. Sie schien meine Verlegenheit durchaus zu bemerken und genoss sie sichtlich.

»Also, Elena. Woher kommt der plötzliche Gemeinsinn? Was ist das für eine Anwandlung?«

»Wie meinen?«

»Na, das Wir. Was soll das?«

»Ich hab ein wenig Angst.«

»Du? Mich halten die Krimineser für den Mörder von Buehlin. Nicht dich.«

Sie sah mich überrascht an. Na ja, für eine halbe Millisekunde vielleicht hatte ihre Pupille gezuckt. Wenn man schön paniert ist, fallen einem Kleinigkeiten auf, die man sonst übersieht. Außerdem kann eine Millisekunde dann eine Ewigkeit sein. Kaum hatte Elena ihre Pupille wieder im Griff, nahm sie einen Schluck von ihrer Melange.

»Soso. Du bist überrascht.«

»Bin ich gar nicht.« Schöner Kleinmädchentonfall.

»Doch. Die haben mich gar nicht im Tatverdacht. Die gehen von Selbstmord aus. Hab ich recht?«

Wieder zuckte die Pupille ein wenig. Diesmal noch kürzer, doch ich hatte darauf geachtet. Stoned bin ich ein Bombendetektiv.

»Ich hab recht.« Sprach ich und probierte meinen zweiten Mokka.

»Sei nicht so selbstgefällig. Das steht dir nicht.«

»Wie kommen die auf Selbstmord? Tür von innen versperrt und Knarre in der Hand?«

»So in etwa. Wie kommst du da drauf?«

»Weil meine Abdrücke auf der Waffe sind. Das heißt im Kibererdeutsch, ich wars. Das Einzige, was das verdrängen kann, ist eine von innen verschlossene Tür. Und der richtige Einschusswinkel an der Schläfe. Mein Alibi mit dir hätte da nie gereicht.«

»Hm. Kann sein.«

»Seh ich auch so. Also, warum hast du Angst?«

»Ich war nicht ganz ehrlich. Ria und ich wollten in der

Sache auch ein wenig was verdienen. Es war so seltsam, dass Papa diesen Kredit vergeben hat. Ria meinte auch, dass es da um was Großes gehen müsste. Aber jetzt gibt es zwei Tote …«

»Einer davon war Selbstmord.«

»Blödsinn.«

»Warum?«

»Zu viel Zufall.« Genau das dachte ich auch. Schön, dass wir das gleich sahen. »Und außerdem hat vorhin jemand angerufen, noch vor der Polizei.«

»Wer?«

»Namen hat er keinen genannt. Er will sich jedoch mit mir treffen. Begleite mich. Allein geh ich da nicht hin.«

»Wo will er sich treffen?«

»Oben auf der Jubiläumswarte. Sobald's dunkel ist.«

Die Jubiläumswarte ist ein abgelegenes Stückchen Land an der nordöstlichen Stadtgrenze. Tagsüber ist der Hügel ein beliebtes Ausflugsziel, nachts ist es dunkel und einsam.

»Lieber einmal feig als ein Leben lang tot.«

»So schlimm wird's schon nicht werden.«

»Außerdem kann ich dir ohnehin nicht helfen.«

»Sollst du ja auch gar nicht. Mir geht's mehr um die moralische Unterstützung.«

Das ist der große Nachteil an den XY-Chromosomen. Man kann zwar seinen Namen in den Schnee pinkeln, solange es die Klimaerwärmung noch zulässt, ansonsten ist man den XX-Chromosomeninhaberinnen hilflos ausgeliefert. Vor allem, wenn sie lieb lächeln.

»Na gut.« Viel schlimmer als das mit den XXern ist die eigene Neugier. »Worum geht's wirklich?«

»Keine Ahnung.«

»Blödsinn. Ihr seid da irgendwem auf die Füße gestiegen, der mit deinem Vater Geschäfte macht. Irgendwas Großes. Fällt dir nichts ein?«

»Hmm. Weiß nicht. Die ganze Seelensache ist so seltsam.«

»Ach was. Darum geht's doch überhaupt nicht.«

»Du interessierst dich doch auch dafür!«

»Eigentlich nicht. Ich tu nur einem Freund und seinen nervösen Vorgesetzten einen Gefallen, indem ich nachweise, dass dein Vater weder der Teufel ist noch einer seiner Gehilfen.«

»Die Kirche glaubt, dass ...« Jetzt blickte Elena wirklich verdutzt drein.

»Genau.«

»Gott sei dank bin ich armenisch-apostolisch. Die Katholen sind echt nicht auszuhalten.«

»Wem sagst du das, aber sie zahlen gut. Also abgesehen von der Seelengeschichte, um was könnte es gehen?«

»Mein Vater hat so viele Geschäfte am Laufen und alle sind irgendwie seltsam.«

»Seltsam?«

»Er hat beispielsweise einen Kredit auf ein serbisches Goldminenprojekt am Laufen.«

»Serbische Goldminen?«

»Ja, genau.«

»Serbische Goldminen. So was gibt's doch gar nicht.«

»Seelen doch auch nicht. Was ihn nicht daran hindert, damit Geschäfte zu machen.«

»Also gut. Wann sollen wir uns mit dem Kerl treffen?«

»Halb zehn.«

Ein kurzer Blick auf die Armbanduhr sagte mir, dass es auf neun Uhr zuging.

»Wie kommen wir da hinauf?«

»Ich hab ein Auto. Steht zu Hause. Wenn wir jetzt losgehen, geht's sich noch aus.«

Also zahlte ich und wir gingen. Langjährige Beobachtungen erhärten den Verdacht, dass immer der zahlt, der weniger Geld hat. Ob das allerdings Ursache oder Wirkung der Armut ist, lässt sich noch nicht sagen. Vielleicht klärt sich mir der Sachverhalt ja noch in Zukunft.

III

Vor Elenas Haus waren wir in ihren kleinen Wagen gestiegen. Der mitternachtsblaue Fiat hatte sich im Laufe der Sonnenstunden aufgeheizt, so dass zu einem Saunaerlebnis nur noch Handtücher, Schmerbäuche und ein Aufguss fehlten. Meine Leinenhose klebte schweißnass am Beifahrersitz und alle 30 Sekunden musste ich mir einen Tropfen von der Nasenspitze wischen. Die geöffneten Fenster und der Fahrtwind halfen auch nichts. Aber mit einer verkauften Seele im Sündenregister konnte ich mich nicht früh genug an die Höllenhitze gewöhnen.

Der kleine Fiat kämpfte sich die Johann-Staud-Straße hinauf ins Grüne. Der Asphalt war vielfach geflickt, an ein paar Stellen ausgewaschen, und so rumpelte das kleine Auto ordentlich. Auf den freien Flächen neben der Straße wurde eifrig gegrillt. In der einsetzenden Dämmerung ließ sich zwar nicht mehr allzu viel ausmachen, aber Kebabs riecht man auch im Dunkeln. Immer wieder musste Elena stehen bleiben, um Kinder über die Straße zu lassen, manche mit Fahrrädern, manche mit Fußbällen, und alle prächtig gelaunt.

Oben im Wald war es dann still. Wir stiegen aus und gingen zu dem vereinbarten Treffpunkt. Unter ein paar Eichen setzten wir uns auf einen gefällten Baum und warteten. Hier an der Westseite des Hügels ging ein wenig Abendluft, und wenn es auch nicht wirklich kühl war, so doch angenehmer als in der kleinen Höllenkiste.

Wir saßen da und starrten wortlos in die zunehmende Dunkelheit hinaus. Es war zwar schon halb zehn vorbei, doch es rührte sich nichts, bis auf die Zeiger meiner Uhr und die Baumblätter über uns in der Brise. Das Warten machte die Sache auch nicht besser. Wohl an die hundert Mal wollte ich aufstehen und zum Auto zurückgehen. Doch irgendwie blieb ich sitzen. Neugier vielleicht, Dummheit sicherlich. Es fühlte sich an wie im Wartezimmer beim Zahnarzt. Man sitzt dort und wartet, hofft jeden Moment auf die Sprechstundenhilfe, die einem sagt, dass man den Termin verschieben müsse. Tief drinnen weiß man doch, dass es kein Entkommen gibt.

Endlich hörten wir Motorenlärm, langsam näher kommend. Dann das Knirschen von Gummireifen auf Kieselsteinen. Schließlich Türengeräusche. Satt und volltönend, Klangerlebnis Luxusschlitten. Wäre ich Sherlock Holmes gewesen, hätte ich am Klang die Marke erkannt, vielleicht sogar die Nummerntafel. Ich bin kein Holmes, Watson ist ein Idiot und außerdem ist mir Koks zuwider.

Es waren mehrere Personen, die da auf uns zukamen, gar nicht gut. Es hielt uns nicht mehr auf dem Baumstamm und wir standen auf. Drei Schatten bewegten sich durch die Dunkelheit unter den Bäumen. Ein Mensch und zwei Bären. Die Bären einen Schritt hinter dem Typen. Als sie uns ausmachten, blieben die Schläger stehen und der Typ machte noch ein paar Schritte. Dann hielt auch er. Die Versicherungsagentur »Brute Force Assured« im Hintergrund hatte jeweils die rechte Hand unter ihre Jacke geschoben. Der Raum zwischen dem Mann und uns maß etwa zwei Meter. Zu den Versicherungsagenten vielleicht fünf. Oder auch nur viereinhalb. Egal. Mir war schwummerig. So fühlt man sich also auf dem Präsentierteller.

Der Mann vor uns maß etwa einsachtzig, war ziemlich fleischig und sicher nicht älter als Mitte 30. Sein Anzug schien ein dunkles Lavendel, Ton in Ton mit Krawatte und Hemd. Ich hasse solche Typen. Vor allem dann, wenn sie mehr Trümpfe in der Hand halten als ich. Was momentan einfach war, denn mein Blatt war leer. Seine linke Hand hatte er lässig im Hosensack versenkt, das Gesicht im Schatten einer Eiche. Schwer zu sagen, wie er aussah. Morgen im hellen Tageslicht würde ich an ihm vorübergehen, ohne ihn wiederzuerkennen.

»Gut, dass Sie da sind.« Arroganz, Bauernschläue und nicht wenig Gier. Die Stimme wenigstens konnte ich mir merken.

»Ich habe nicht wenig Zeit und auch ein bisschen Geld in die Sache investiert, Frau Korkarian. Ich denke, es ist verständlich, dass ich ein wenig energisch bin, wenn es um die Wahrung meiner Interessen geht.«

»Sicherlich. Das sehe ich ein.«

»Das freut mich. Wären Sie von Anfang an so vernünftig gewesen wie jetzt, dann hätten wir uns einiges erspart. Sie und ich.« Eine kleine Pause. »Ich hoffe, Sie sind mir nicht böse.«

»Wir haben beide gespielt und Sie gewonnen. Gern verliere ich nicht.«

»Ich denke, das lässt sich einrenken. Was sagen Sie zu einer Wiedergutmachung?«

»Welcher Art?« Elena flirtete, was das Zeug hielt.

»Ein nettes Essen und dann sehen wir weiter?«

»Da sage ich nicht nein.«

Der Lavendeltonträger nickte, und schneller, als ich schauen konnte, hielt mir der eine seiner Bodyguards seine Knarre unter die Nase und der andere fixierte mir die Hände auf dem Rücken. Elena und der Kerl gingen Arm in Arm zum Wagen. Dort ließ der Fahrer den Motor an und ab gings ins Partyleben.

Zurück blieb ich mit den beiden Bären und der Gewissheit, wieder einmal von einer Frau reingelegt worden zu sein. Wenigstens hatte ich so einmal ein Menschenopfer miterlebt. Auch nicht schlecht.

Die beiden Kerle schleppten mich, nachdem wir ein wenig gewartet hatten, auch zur Straße. Zuvor hatte der eine sein Handy rausgeholt und ein paar Knöpfe gedrückt. Als wir vorne an der Straße angekommen waren, kam auch schon ein unauffälliger Lieferwagen, weiß mit Firmenaufschrift, und die beiden stiegen mit mir ein. Hinten in den Laderaum. Wohin die Fahrt ging, wusste ich noch nicht. Ganz sicher nicht ins Vergnügen.

IV

Wir saßen zu dritt im Laderaum. Die beiden Kerle auf den Radkästen, ich an die Tür gelehnt. Beide hatten gangstermäßig ihre Knarren gezogen und schauten grimmig drein. Viel schienen sie nicht auf dem Kasten zu haben. Abgesehen von zu vielen Anabolikamuskeln vielleicht. Weder hatten sie mir die Hände gebunden, mir meine Sachen abgenommen noch die Tür verriegelt. Und die einzige Auswirkung der gezogenen Schusswaffen auf die Situation war, dass sie so nur eine Hand frei hatten, um sich festzuhalten. Was in einem fahrenden Auto immer wichtig ist. Meine Situation hatte sich also ein wenig gebessert. Außerdem kannte ich das Türschloss hinter mir. Die Inzersdorfer Schlachthöfe kriegen ihre Folien und sonstigen Kleinkram auch mit VW Bussen angeliefert. Über Jahre hinweg hatte ich diese Türen von außen wie von innen sicher tausendmal geöffnet. Die Schnalle befand sich genau an meinem Hinterkopf. Alles, was ich also zu tun hatte, war zu hoffen, dass unser Fahrer eine der Kurven den Berg hinab ein wenig zu schwungvoll anging. Oder härter bremsen würde. Wenn dann alles schnell ginge, wäre ich draußen und in Sicherheit. Mit ein paar blauen Flecken bestenfalls. Das Einzige, was mir wirklich Kopfzerbrechen bereitete, war die Tatsache, dass drei von zehn VW-Bustüren klemmen. 66 Prozent Erfolgswahrscheinlichkeit also. Im Backgammon eine Bank, im echten Leben eine Katastrophe.

Ich machte also ein bekümmertes Gesicht und wartete. Die beiden Typen grinsten mich an. Ich grinste innerlich zurück. Äußerlich war ich zerknirscht und mutlos. Die harten Kurven den Berg hinab brachten nicht das gewünschte Ergebnis. Obwohl der Fahrer raste wie ein Henker, warf die Revolvermänner nichts aus dem Gleichgewicht. Sobald wir in der Stadt wären, konnte ich nur mehr auf rote Ampeln hoffen. Ich blieb trotzdem wachsam und gespannt. Man konnte auch eine nur kleine Chance nützen.

Kaum hatte ich das gedacht, war sie schon da. Wir setzten über ein paar Straßenflicken und danach mussten die rechten Reifen auf ein Stück Straße gekommen sein, wo der Asphalt abgebrochen war. Jedenfalls genug. Der Fahrer bremste und der Bus schwankte. Ich riss die Arme hoch, klappte den Schnapphebel um, drehte mich um und sprang hinaus. Die beiden rutschten halb von den Reifenkästen, versuchten sich festzuhalten und konnten nicht mal daran denken, mich an der Flucht zu hindern. Die gesicherten Knarren waren ihnen auch keine große Hilfe. Das alles sah ich aus dem Augenwinkel, kurz bevor ich auf dem Asphalt aufschlug.

Zuerst Erleichterung, dann Schmerz, dann mehr Schmerz, noch ein bisschen Erleichterung, und dann noch mehr Schmerz. Schwer zu entscheiden, welcher Körperteil am meisten abgekriegt hatte. Jedem das Seine, mir das meiste, schienen sie verlangt zu haben, und für einmal waren diese Wünsche auch erfüllt worden.

Obwohl sich mir alles drehte, gelangte ich irgendwie auf die Beine. Der VW-Bus kam keine 20 Meter entfernt zum Stehen. Die Anabolikagebirge sprangen heraus. Ich nahm Reißaus. Über einen Gartenzaun, durch den dahinterliegenden Garten hindurch, an einem kleinen Gewächshaus vorbei, dann wieder über einen Zaun in den nächsten Garten. Dort dann den Hügel hinunter, durch eine Thujenhecke, und durch noch mehr Gärten. In einem davon saß ein Pärchen bei einer Flasche Wein. Sie auf seinem Schoß. Ich glaube, die merkten nicht mal, dass ich vorbeihetzte. Schließlich kam ich auf die Straße. Vom Bus war nichts zu sehen, allerdings hörte ich ihn schon. Also ab über die Straße, an der Südseite des Ottakringer Bads vorbei – Gott segne die Fahrradwege mit den Stahlstipfeln, Autos können dort nicht fahren – und hinter einer Familienkutsche kauerte ich mich in wieder eine Thujenhecke.

Ich atmete tief, bis ich Schritte hörte. Dann hielt ich die Luft an, so gut es ging. Als die Schritte vorübergezogen waren, wagte ich immer noch nicht zu atmen. An Land ersticken wollte ich dann auch nicht, und so holte ich schließlich doch Luft. Nun, als das Adrenalin nachzulassen begann, kamen die Schmerzen zurück. Obwohl, so richtig weg gewesen waren sie nie. Meine rechte Schulter brannte weißglühend. Mein Hüftgelenk stand dem kaum nach, auch an der rechten Seite. Ansonsten brannte es etwas an Knien und Ellenbogen. Das schienen Abschürfungen zu sein, davon hatte ich überhaupt ein paar. Am rechten Backenknochen und sonst auch noch.

Geduld ist eine Tugend. Also wartete ich, bis mir ein Blick auf meine Uhr sagte, dass sie den Sprung nicht überstanden hatte. Da waren nur noch Glasbrösel, und die Zeiger regten sich auch nicht mehr. Die Omega Seamaster hatte ich von meinem geliebten Urgroßvater geerbt. Schwarzes Ziffernblatt, weiße Zeiger, keine Zahlen. Für eine Herrenuhr war sie überhaupt recht klein. Nicht so ein protziges Ding, wie man sie heute hat. Ich hatte immer mit der Uhr gespielt, als ich als kleiner Bub auf seinem Schoß saß, Geschichten vorgelesen bekam und eingelegte Kirschen aß. Die Kirschen kamen vom eigenen Baum, dem Stolz der Familie. Einmal im Jahr, bei der Ernte, musste mein Vater in den uralten Riesen steigen, während Uropa von unten Anweisungen gab. Obwohl er seit Jahrzehnten nicht mehr im Baum gewesen war, kannte nur er alle morschen Stellen. »Immer die Kerne ausspucken«, hörte ich die Urgroßmutter, »sonst bleiben sie im Blinddarm stecken, und dann muss man ihn herausschneiden.« Das hatte sie immer gesagt. Für mich war es Teil des Rituals gewesen, genauso wie die Frage, warum Uropa nur mehr ein Bein hatte.

Seit seinem Tod hatte mich die Uhr begleitet. Durch die wilden Jugendjahre, das Studium, ein paar Reisen. Bei allen meinen ersten Malen hatte ich sie am Handgelenk getragen. Beim ersten Bier, dem ersten Joint, dem ersten Konzert, dem ersten Kuss, bei der Matura genauso wie beim Rigorosum. Die erste Nacht in der eigenen Wohnung und die erste Nacht im Gefängnis. Immer war sie dabei gewesen. Und nun war sie kaputt. Den Tag, an dem ich vernünftig würde, hatte sie nicht mehr erlebt. Ich nahm das mitternachtsblaue Lederarmband ab, steckte sie ein und stand auf.

Nun kam zu den schon genannten Schmerzen körperlicher und seelischer Art noch einer hinzu. Meinem Rücken hatte die Asphaltmassage gar nicht gutgetan. Hinten klackte es seltsam, und dann fuhr mir ein Blitz durch den Brustkorb, der mir den Atem abschnürte. Stocksteif und flach atmend stelzte ich dahin. Durch ein paar Gärten mehr und einige kleine Gässchen kam ich schließlich in die Thaliastraße. Dort brannten schon die Straßenlaternen und ich hielt mich im Schatten. Weißen VW Bus sah ich allerdings keinen. Als dann der 46er hielt, stieg ich ein und steckte den Kopf zwischen die Schultern. Bis zum Ring, von dort dann mit der Straßenbahn zum Marriott.

In der Lobby machte ich einen seltsamen Eindruck, und da es schon auf halb zwölf zuging, wollten die Spießer Glanicic-Werffel nicht aus dem Bett läuten. Ich war nicht wirklich geduldig, und so bewegte sich die Situation darauf zu, dass schlussendlich die Hotelsecurity gerufen würde und vielleicht auch noch die Polizei. Darauf wollte ich es ankommen lassen, schließlich fiel mir sonst kein guter Platz zum Schlafen ein, und ich wollte nicht irgendwo unter eine Brücke. Nicht ohne alles probiert zu haben.

Das ›alles‹ schien schon recht aufgebraucht zu sein, als sich von hinten jemand einmischte.

»Linder, was machen Sie denn hier?« Seltsamerweise klang das überhaupt nicht nach einer Frage, sondern schien eine Feststellung zu sein. Eine recht ungehaltene noch dazu. Trotzdem: Glück, dein Vorname ist Arno.

»Frau Professor sind gar nicht auf Ihrem Zimmer?« Der Nachtportier schien überrascht. »Sie hätten den Zimmerschlüssel abgeben müssen.«

Glanicic-Werffel warf dem pickligen Jüngling einen bitterbösen Blick zu, der augenblicklich die Verhältnisse klarstellte. Sie nahm mich an der Schulter und wir gingen zum Lift, oben dann in ihr Zimmer.

Kaum hatten wir die Zimmertür hinter uns geschlossen, ging's schon los.

»Ist Ihnen überhaupt klar, in was für eine Situation Sie mich hier bringen? Tauchen mitten in der Nacht auf, sehen noch mehr nach Penner aus als sonst, wenn das überhaupt noch möglich ist – also Antwort!« Doch dazu ließ sie es gar nicht kommen. »Was ist eigentlich mit Ihrem Gesicht passiert? Aus einem Auto gefallen?«

»Nein, VW-Bus.«

»Welcher Idiot fällt aus einem VW-Bus? Blöde Frage, Sie natürlich. Wenn Sie glauben, dass ich Sie jetzt verarzten werde, haben Sie sich geschnitten.« Sie drehte mir die kalte Schulter zu und ging zur Bar. Dort schenkte sie sich aus einer geschliffenen Karaffe eine bernsteinfarbene Flüssigkeit ein, nahm einen Schluck und kam zurück zu mir. Mir bot sie keinen an.

»Ich krieg nix?«

»Das müssen Sie sich noch verdienen.« Sie stellte den Drink auf einem niedrigen Glastischchen ab, warf den leichten Mantel über eine Sessellehne und setzte sich. Dabei schlug sie die Beine übereinander, denn auch Damen haben die. In ihrem Fall sogar wunderschöne.

»Also, ich warte.«

Da klingelte mein Handy. Besser gesagt, es brummte. Ich fischte es aus meiner Innentasche und sah, dass es Eugen war. Er hatte in den letzten Stunden schon zweimal angerufen, mir war das gar nicht aufgefallen. Gott sei Dank nicht in dem Moment, in dem die Bären an meinem Versteck vorbeigetapst waren.

»Augenblick«, sagte ich zu Glanicic-Werffel. Wer so weit geht, kann auch noch weiter gehen, also machte ich einen Schritt auf den Tisch zu und kippte mir den Cognac in den Schlund. Er brannte. Mein Magen rebellierte. Schließlich breitete sich eine Wärme aus und alles um mich herum begann ein wenig zu strahlen. Dann nahm ich ab. Ihr Wutschnauben ignorierte ich geflissentlich. Oder tat wenigstens so.

»Was gibt's?«

»Du hetzt mich auf, was rauszufinden, ich tu's, dann schick ich dir das ganze Zeug und du meldest dich nicht.«

»Sorry, war wahnsinnig viel zu tun. Außerdem war ich noch nicht im Netz.«

»Ich mach mir die ganze Arbeit und du kümmerst dich nicht mal drum.« Eugen spricht nicht oft von Arbeit, aber wenn er es tut, bedeutet es gar nichts Gutes.

»Noch mal sorry. Also, was hast du herausgekriegt?«

»Es gibt 'nen Haufen Typen, die auf deine Beschreibung passen. Schau dir die Liste an. Einer sticht heraus.«

»Wer?«

»Kana.«

»Keiner?«

»Nein, nicht niemand. Sondern Kana. A Kana. Ich glaub, er heißt Andreas.«

»Und was macht der Herr Kana so?«

»Unglaubliches Zeug. Also hör zu …«

»Linder, sind Sie völlig übergeschnappt?«, mischte sich Glanicic-Werffel ein.

»Sicher«, antwortete ich ihr.

Ins Telefon: »Also, Eugen, schieß los.« Frau Ordinarius kochte. Vollgas.

»Als in den Neunzigern die Regierung begonnen hat, die Arbeitslosen in Schulungen vom AMS und so zu verstecken, da machte Kana, der Sohn von einem hohen Schwarzen, einen cleveren Schachzug. Er kaufte auf Pump das Genua-Institut auf.«

»Wassndas?« Während ich fragte, warf ich meiner Chefin einen schnellen Seitenblick zu. Sie saß mit verschränkten Armen da und wippte mit den Füßen.

»War so ein kleines Volksbildungsdings. Kana bekam dann die ganzen Kurse vom AMS zugeschanzt, na ja, so ziemlich alle.«

»Klingt nach normalen Insidergeschäften. Eugen, wir sind in Österreich!«

»Kana verdiente ordentlich. Die schickten Zehn- wenn nicht sogar Hunderttausende zu ihm. Seine Kapazitäten waren völlig ausgeschöpft. Das läuft so: Das AMS schickt die Leute zu ihm, er steckt sie in irgendwelche Schwachsinnskurse, und wenn der Kurs abgeschlossen ist, dann kriegt er die Kohle von der Republik. Da aber so viele Kurse gemacht wurden, konnte er das nicht mehr vorfinanzieren. Räumlichkeiten, Unterlagen, Angestellte und all das Zeug. Also stellte ihm die Republik Schuldverschreibungen aus. Mit Adler, Stempel und allem.«

»Warum haben die nicht im Voraus bezahlt?«

»Da musst du Reichi fragen, aber ich glaub, das geht rechtlich nicht.«

»Ok.«

»Gar nix ok. Arno, schalt deinen Brain an. Schuldverschreibungen der Republik für noch zu erbringende Leistungen. So einem Typen. Wahnsinn!«

»Ich bin ein bisschen langsam heute. Erklärs mir.«

»Bist du auf den Kopf gefallen?«

»Na ja, eigentlich nicht, doch irgendwie schon.«

»Wie denn.«

»Ausm Bus gefallen.«

Ich hörte Eugen grinsen.

»So was machst auch nur du. Knarren?«

»Sicher.«

»Hardcore-geil. Weißt du was? Ich bau mir einen und du erzählst mir die Story.«

»Geht nicht, hab einfach keine Zeit, heikle Situation. Mach weiter.«

»Also, diese Schuldverschreibungen kann jeder einlösen. Jeder. Das ist so gut wie gedrucktes Geld. Es dauert nicht lange und Kana beginnt, noch gieriger zu werden. Er zieht mit den Papieren ein Ding durch.«

»Wie? Damit kann man doch nicht spekulieren, das wäre ja bloß das Gleiche wie mit Währungen, und da ist der sicher nicht groß genug.«

»Richtig. Er kann damit nicht wirklich handeln und er kann auch nicht mehr einstreichen, als er Kurse hält, weil dann ja irgendwann auffällt, dass er persönlich so viel einlöst. Ich glaube, da braucht man einen Ausweis dafür.«

»Gut. Also kassiert er für Kurse, die er gar nie durchführt, und verkauft die Schuldverschreibungen dann mit einem kleinen Malus weiter. So casht er doppelt ab.«

»Genau. Null Leistung und fett Kohle. Die perfekte Geldwäsche.«

»Coole Sache. Aber warum soll der Typ für mich in Frage kommen?«

»Weißt du, was er mit dem Geld gemacht hat, das so reingekommen ist?«

»Nein.«

»Er hat in serbische Goldminen investiert.«

»Serbische Goldminen?«

»Idiotie. So was gibt's doch überhaupt nicht.« Wieder Glanicic-Werffel aus dem Hintergrund. »Linder, beenden Sie sofort das Telefonat, und dann setzen Sie mich ins

Bild. Sonst fliegen Sie raus!« Hier waren wahrscheinlich sowohl Marriott als auch Uni gemeint.

»Gleich. Noch einen Augenblick«, versuchte ich zu beschwichtigen.

Zu Eugen. »Weiter.«

»Wer ist denn das im Hintergrund?«

»Meine Chefin.«

»Du bumst Glanicic-Werffel?«

»Nein. Bin nur bei ihr untergetaucht.«

»Schwanz voran?«

»Lass das. Ist gar nicht witzig.«

»Find ich schon. Weiter im Text. Kana hat also in serbische Goldminen investiert. Wenn es einen gibt, der auf deine Beschreibung passt, dann wohl der. Er hat dabei natürlich einen Partner gehabt. Wer, ist nicht bekannt. Wahrscheinlich irgendeine kleine Nummer, mit guten Kontakten in den Osten. Dort fließt so viel österreichisches Kapital hin, da fällt das weiter gar nicht auf, wenn die richtigen Leute zwei oder drei von den Scheinen mehr einwechseln als sonst.«

»Ist nicht so wie im Kleinen Walsertal.«

»Genau.« Wir lachten beide. Dort hatten ein paar Leute versucht, fünf Zehn-Millionen-Dollarscheine bei der örtlichen Raiffeisenbank zu wechseln. In einem Ort mit schätzungsweise 800 Einwohnern. So viel Dummheit ist verehrungswürdig.

»Woher weißt du das?«

»Kana hatte einen anderen Geschäftspartner, der hat einen Hedgefonds gemanagt, und als dann die Krise ausbrach, hat er sich abgesetzt. Mit ein paar Koffern voller Geld. Ist einfach davongesegelt, mit seiner Jacht ›No

Remorse‹. Die Kanzlei hat den vertreten. Ich hab persönlich die Akten von dem Kerl vernichtet. Mann, hat der ein Konto auf den Caymans, kann aber nicht ran, weil wenn er abhebt, dann schnappt die Falle zu.«

»Was ist mit Kana?«

»Der ist pleite, glaub ich.«

»Serbische Goldminen sind ziemlich tief.«

»Genau, da versackt jede Menge Kohle. Außerdem glaub ich, dass da schon Ermittlungen im Gange sind.«

»Eugen, danke. Werd mir den Rest der Liste anschauen, dann hörst du von mir.« Ich legte auf. Was bei einem Handy ja gar nicht geht, das hat nur einen roten Knopf. Den drückte ich.

Ich setzte mich meiner Chefin gegenüber. Dabei verlor ich den letzten Rest an Würde, der mir noch geblieben war. Steif wie ein Besenstiel, Schmerzen wie ein arthritischer Greis, ein tiefer Polstersessel ist da echt eine Herausforderung. Schließlich saß ich dann doch. Ein wenig verkrümmt zwar, aber immerhin. Nur aufstehen konnte ich ohne Hilfe nicht mehr. Zu Hause hätte ich Sound gemacht, Tee getrunken und mich mit einer schönen Dolde ins Nirvana katapultiert. Im Hotelzimmer meiner Chefin war das nicht möglich. Es gab hier schlichtweg weder Tee, Dope noch Sound. So trist ist das Luxusleben.

»Wer den Verfolgten bei sich aufnimmt, nicht hinauswirft und ihn sättigt, dessen ist das Himmelreich, sagt das Evangelium.«

»Welches?«

»Ein apokryphes.«

»Sehr apokryph, das nach Linder?«

»Genau, sehr gutes Buch, sollten Sie mal lesen.«

»Ich hab das jeden Tag vor Augen, das muss ich nicht mehr lesen.«

»Kann ich gut verstehen, geht mir genauso.«

»Warum sind Sie nicht am Institut?«

»Weil ich dort nicht hin kann.«

»Wasserschaden?«

»Nein, Schwermetallverseuchungsgefahr.«

»Warum kommen Sie dann zu mir?« Das war eine gute Frage. »Haben Sie keine Freunde?«

»Schon, aber irgendwie auch nicht, und vor allem will ich dort nicht hin.«

»Weil Sie die nicht in Gefahr bringen wollen, mich jedoch schon.«

»Nein, niemand kommt je auf die Idee, dass ich bei Ihnen sein könnte, und wenn jemand so clever sein sollte, dann besucht er sicher zuerst Ihren Mann. Das wäre sicher keine schöne Erfahrung für ihn.«

Frau Ordinarius strahlte.

»Linder, das haben Sie gut gemacht. Könnten wir den Leuten nicht einen Tipp geben?«

»Nein, das wäre zu gewöhnlich.«

»Da haben Sie leider recht. Wäre wunderschön.« Sie nahm ihr Glas, ging zur Bar und kam mit zwei vollen Gläsern zurück. Das eine stellte sie vor mich hin. Das andere behielt sie in der Hand. Der Schwenker mit dem Cognac stand ihr ausgezeichnet.

»Wollen Sie ein Schmerzmittel?«

Ich schüttelte den Kopf.

»Dann leiden Sie halt. Ich will kein Jammern und kein Ächzen hören.«

»Gut.«

»Erzählen Sie.«

Und ich erzählte.

Irgendwann später war dann das Licht gedimmt, die Karaffe stand vor uns auf dem Tisch und mir ging es prächtig. Der Rest der psychoaktiven Substanzen vom Vortag, ein leerer Magen, Schmerzen und die Aufregung, die sich nun langsam legte, spielten gut zusammen. Ich war so ungeheuer nüchtern, wie man sich nur dann fühlt, wenn mehr Schnaps im Magen ist als in der Flasche. Ich glaubte, mich dunkel daran erinnern zu können, dass wir einmal den Zimmerservice bemüht hatten. Aber Essen war auf dem Tablett keines gewesen. Na gut, feste Nahrung wird für gewöhnlich überbewertet.

Meine Chefin hatte die Beine untergeschlagen und spielte mit einem goldenen Feuerzeug. Außerdem rauchte sie an diesem Abend lange, dünne, weiße Zigaretten. Der blaue Rauch kräuselte sich empor zum Plafond. Es roch nach Tabak, Chanel und Cognac. Ein perfekter Augenblick. Völlige Harmonie. Weit unten im tiefen, schwarzen Wasser tobten Schmerzen, aber irgendwie passte auch das gut dazu.

»Sie rauchen? Ist mir noch nie aufgefallen«, bemerkte ich eine Ewigkeit später.

»Nur wenn ich trinke.« Da Frau Ordinarius den Schnaps nicht in die Schuhe schüttete, war ihre Zunge ziemlich schwer, aber auf eine charmante Art.

»Also, da gibt es den jüdischen Kredithai, der eigentlich Armenier und apostolisch ist und mit Seelen handelt. Seine Tochter versucht ihn auszutricksen, zusammen mit ihrer Freundin. Nur eine schafft es. Die wiederum opfert

Sie einem Unbekannten, der möglicherweise der Leiter einer Volksbildungsanstalt ist und in serbische Goldminen investiert hat. Irgendwie stirbt auch noch ein soziophober Bastler und Sie arbeiten im Auftrag der Kirche an der ganzen Sache.«

»So ungefähr. Aber …«

»Belästigen Sie mich nicht mit Kleinigkeiten, Linder. Ich kombiniere.«

Also blieb ich still, mit all den Murmeln im Mund gar nicht so schwer. Meine Chefin dämpfte ihre Zigarette im Aschenbecher aus. Nahm den Schwenker in beide Hände und roch genießerisch. Dann nahm sie einen Schluck und stellte das Glas ab. Es war leer.

»Ich sehe das so. Kana und Partner brachten mit Korkarian die Schuldverschreibungen unters Volk. Schön verstreut, dass es nicht auffiel. Korkarian hat die dazu notwendigen Kontakte in den Osten. Als dann die Sache mit den Goldminen schiefging und die Börse platzte, setzte sich der Partner mit dem Rest des Geldes ab. Solange er nicht versucht, sein Geld abzuheben, ist alles paletti. Mit dem Segler ist er unauffindbar. Warum ist Kana nicht geflohen? Das kann nur einen Grund haben, weil er nicht kann. Denn Korkarian hat Beweise in seinem Safe, die, wenn die Polizei sie bekäme, dazu führen würden, dass Kana sofort verhaftet würde. Dann könnte er auch nicht mehr an das Konto seines Freundes ran, und um dieses Konto dreht sich alles zwischen den beiden.«

Sie lehnte sich vor und schenkte nach. Dann zündete sie eine weitere Zigarette an. Den Schwenker in der Linken, die Zigarette in der Rechten, saß sie da wie ein Orakel. Bemerkenswerterweise schien sie auch mehr Arme zu haben als sonst. Kaliartig irgendwie. Das schob ich auf den Schnaps.

»Das geht nicht ganz«, fuhr sie fort. »Aber so: Korkarian hat bestimmte Dokumente, die den Zugang zum Geld auf den Caymans gestatten. Sofern man sie hat.«

»Warum schnappt sich dann Kana die Papiere nicht sofort?«

»Linder, Sie sind blöd. Natürlich hat der Jude …«

»Armenier.«

»Genau. Danke. Der Armenier hat ein Druckmittel, das Kana sofort ins Gefängnis bringen würde, sollte er einen Blödsinn anstellen oder handgreiflich werden. Als dann die beiden Mädchen hinzukamen, die eine, weil sie über die Affäre Genua recherchierte, und die andere, weil sie die Tochter des Geldhändlers ist, verlor Kana die Nerven und legte eine um. Ließ sie umlegen.« Kurze Pause. Dann nahm Glanicic-Werffel mich ins Visier. »Linder, Sie wollte er, weil er meinte, dass Sie gefährlicher als die Korkarian sind. Außerdem ist sie die Tochter des Armeniers, der das Druckmittel hat. Sie sind gar niemands Sohn. Sie saufen einfach nur ungerührt meinen Schnaps aus.«

»Gott gab jedem seiner Geschöpfe was.«

»Mir einen Mann, der Sekretärinnen vögelt.«

»Mir ist der Schnaps lieber.«

»Mir auch.« Sie schenkte uns beiden nach. Kein Tropfen ging daneben, fast jedenfalls.

»Und die Kirche, bloß Zufall?«, fragte ich weiter.

»Nein.«

»Den Seelenhumbug glauben Sie doch nicht.«

»Ach wo, sicher nicht. Die haben die Schuldverschreibungen illegal gekauft und Korkarian hat Beweise. Darum sollen Sie auch dort einbrechen. Wahrscheinlich wollen die das Gleiche wie Kana.«

»Und die ganze Nazi-Alchimisten-Verschwörungstheoriesache?«

»Denken Sie logisch, Linder. Ich weiß, dass Sie sich für solche Sachen begeistern. Aber Geld regiert die Welt, nicht Ideen. Sie müssen das so sehen: Alles über diese Hohlweltsache wissen Sie von Ihrem Freund. Wie hieß er?«

»Shahin.«

»Genau.«

»Der arbeitet für Dr. Massu.«

»Richtig.«

»Wenn das der gleiche Massu ist, der mit meinem Mann im Rotarierklub ist, und davon geh ich aus – Wien ist zwar die Welt, aber klein –, dann hängt der sicher mit drin. Also hat der Ihnen nur das erzählt, was Sie wissen sollten. Sonst nichts.« Sie legte den Kopf schief, so dass eine eisengraue Locke auf ihre Nasenspitze fiel. Sie blies sie weg, nickte und meinte dann: »Ja, so muss das gewesen sein.«

V

Nach komatösem Schlaf erwachte ich. Das graue Licht eines gnadenlosen Morgens erfüllte das Zimmer, eines gnadenlos frühen Morgens. Meinen Magen füllte ein halber Liter Cognac. Wenn möglich, war der noch gnadenloser als der Morgen. Mehr als eine Stunde konnte ich nicht geschlafen haben. Denn wenn mich meine Erinnerung nicht trog, war es schon dämmrig gewesen, als wir zu Bett gegangen waren. Ich quälte mich hoch. Kopfschmerz war noch keiner da, der Kater schläft stets länger als sein Besitzer. Alles andere war aber schon hellwach. Die Schmerzen in Thorax und Gelenken, das Brennen der Abschürfungen am ganzen Körper und eine Legion Dämonen aus der Schnapsflasche im Magen. Stolpernd und schwindlig stelzte ich ins Bad.

Weiße Fliesen, goldene Zierleisten, weißes Porzellan und mittendrin einer, der seine Seele rauskotzte. Das war ich. Wie immer Herr der Lage und voll elegantem Esprit. Halt, Seele rauskotzen, so ein Blödsinn, die hatte ich ja verscherbelt. Außerdem schien mir das Bild aus dem Matthäusevangelium passender: »Da fuhren die bösen Geister von dem Menschen aus und fuhren in die Säue; und die Herde stürmte den Abhang hinunter in den See und ersoff.« Das hatte schon Dostojewski verwendet. Wie immer mehr als hundert Jahre zu spät, der Linder.

Als ich ein paar Minuten später Gesicht, Mund und Nase mit lauwarmem Wasser wusch, war ich zu einer endgültigen Einsicht gekommen. Wenn das, was ich da rausgekotzt hatte, meine Seele war, dann war es wirklich besser, keine zu haben. Das Zeug war echt grauslich. Wahrscheinlich war es auch klüger, nicht so viel zu trinken.

Anschließend zog ich mich an und ging. Leise, leise, leise. Hinter mir ließ ich die zu Asche und kaltem Rauch zerfallenen Träume der letzten Nacht zurück, nebst einer sanft schlafenden Frau, die mir Obhut, Geborgenheit und Interesse geschenkt hatte. Klar, dass Gott den Mann zuerst erschaffen hatte, schließlich brauchte er für sein Meisterstück ein wenig Übung.

Ohne Aufsehen zu erregen, kam ich durch die Lobby hinaus auf den Ring, wo es zwar schon taghell, aber noch nachtkühl war. Außerdem schien es geregnet zu haben. Die Straßen waren nass und glänzten. Die Passanten spiegelten sich ebenso wie die Autos. Alles wirkte klar und sauber. Die Luft roch nach Chlorophyll und Leben. Das Rauschen der Autos auf der nassen Fahrbahn fing sich in den alten Bäumen der Ringstraße, irgendwo hinten klingelte hell eine Tram.

Ich stieg ein und fuhr zur Uni. Neue Kleidung schien mir wichtig. Je näher ich der Uni kam, umso mehr schlug die Paranoia durch. Überall meinte ich Anabolikagebirge zu sehen, die hinter mir her waren. Die Leute, die dafür zu klein und zu schmächtig waren, hielt ich einfach nur für gut getarnt. Nachdem ich ausgestiegen war, beim Rathaus und nicht bei der Uni, ging ich von hinten hinein. Jede Menge Treppen Umweg, immer langsam und vorsichtig. Erstens Paranoia und zweitens Blessuren. Vor jeder Ecke blieb ich stehen und horchte. Als ob ich Gangster am Atemgeräusch von friedlichen Bürgern unterscheiden könnte. Ich horchte trotzdem.

Endlich stand ich in meinem Büro. Weder am Schloss des Instituts noch an dem meines Büros oder eines anderen, fanden sich irgendwelche Spuren. Entweder waren sie gar nicht da gewesen oder sie waren so gut, dass sie keine Spuren hinterlassen hatten. Warum hätten sie gar nicht da gewesen sein sollen? Waren sie wirklich so dumm, wie sie gewirkt hatten? Unsicherheit machte sich breit. Ich drängte meine Befürchtungen zurück und zog mich um.

Die alten Sachen stopfte ich in einen Plastiksack. Das Zeug stank nach Angstschweiß und kaltem Rauch. Eine Katzenwäsche später war ich frisch gekleidet, besser fühlte ich mich deswegen nicht. Dann machte ich mich wieder auf den Weg. Nachdem ich vorsichtig aus der Uni rausgekommen war, ging ich zum Rathauspark. Zwischen den Bäumen wurde man nicht so gut gesehen, und außerdem machten die Autos auf den nassen Straßen Lärm. Den konnte ich nicht gebrauchen, denn ich wollte telefonieren.

Zwischen den Bäumen ließ ich mich auf einer Bank nieder und wählte Mikes Nummer.

»Hi.«

»Servas.«

»Wie schauts mit meiner Wohnung aus?«

»Dauert sicher noch 14 Tag, drei Wochen.«

»Miete zahl ich dir bis dahin keine. Red mit deiner Hausverwaltung.«

»Ich zahl schon die ganze Reparatur von mein' Geld. Des geht net.«

»Du bist der Vermieter und Eigentümer. Du hast zugelassen, dass ich in einer Wohnung ohne Schuko gelebt habe.«

»Wie meinen?«

»Ein anderer hätt dich dafür verklagt.«

»Na gut.«

»Fein.«

»Und sonst?«

»Hast du die Nummer vom Kurt?«

»Za wos?«

»Drei mal darfst du raten.«

»Aha. Genauer geht's net?«

»Willst in Häfn?«

»Na, net wirklich.«

»Dann besser nichts mehr. Also, hast du seine Nummer?«

»Kurti hat ka Nummer, was ich waß.«

»Wo kann ich ihn treffen? So schnell wie möglich, am besten gleich.«

»Hm, im Café wahrscheinlich.«

»Gott sei Dank gibt's da nur eins in Wien.«

»In dera Winden in der Schweglerstraßen, neben dem Schnitzelhaus und dem Computerladen. Dort, wo die Videothek is.«

»Hm.«

»Waßt wöches i man?«

»Sicher, bloß dort war ich noch nie. Bist du sicher, dass er dort ist?«

»Von um acht bis uma zwölfe, ganz sicher.«

»Danke Mike.«

»Schon guat.«

Ich stand auf und ging zu einem der Büsche und würgte. Lange kam nichts, dann Galle. Kein Hochgenuss. Außerdem ist Würgen mit einer verstauchten Wirbelsäule, die bei jedem Atemzug schmerzt, eine echte Qual. Bis jetzt hatte ich nicht geglaubt, dass man von Schmerzen ohnmächtig werden kann. Aber langsam konnte ich mir das echt vorstellen. Und wünschen tät ichs mir auch. Ich wischte mir die Galle aus den Mundwinkeln, spuckte ein wenig und machte mich dann auf den Weg.

In der Josefstädterstraße fand ich einen Blumenladen. Der war zwar noch nicht offen, doch drinnen wurde schon geputzt und dekoriert. Ich klopfte so lange penetrant an die Tür, bis mir geöffnet wurde. Bemerkenswert. Die Frau, die mir ins Gesicht schaute, war gar nicht gut gelaunt. Ich lächelte sie trotzdem an, als ob sie ein Christbaum wäre und ich ein zehnjähriges Kind. Außerdem versuchte ich, ihr meinen Atem nicht direkt ins Gesicht zu blasen.

»Was ist denn los? Sehen Sie nicht, dass wir noch geschlossen haben?«

»Es tut mir leid. Ein Notfall sozusagen.«

»Wir sind eine Schnittblumenhandlung und kein Krankenhaus.«

»So war das nicht gemeint, es geht um eine Frau.«

»Liebe erst um neun, wenn Sie lesen können.« Sie wies auf das Schild mit den gut sichtbaren Öffnungszeiten.

»Ich muss mich unbedingt bei ihr bedanken, je früher, desto besser.«

Mittlerweile waren noch zwei Angestellte hinter die Frau getreten. Beide deutlich jünger. Eine vermutlich Lehrling.

Alle drei schauten mich an. Die Chefin streng, die beiden anderen neugierig.

»Kaufen Sie Ihrer Dulcinea die Blumen doch an einer U-Bahn-Haltestelle. Billiger sins dort auch.«

»Ich brauche wirklich einen schönen Strauß. Mit allem Drum und Dran.«

»Viele Frauen bevorzugen Geldgeschenke.«

»Nein, diese Dame nicht. Außerdem hat sie mir sehr geholfen und ich will mich bedanken.«

Die Ältere der beiden Angestellten, Mitte 40 etwa, stieß ihrer Chefin heimlich in die Rippen.

»Na gut. Kommans herein. Aber schnell. Die Leut müssn S net sehng. Sonst wolln des alle!« Nicht auszudenken, sie würde dann vielleicht sogar ein gutes Geschäft machen. Katastrophe.

Hinter mir wurde die Tür geschlossen. Drinnen roch es nach Wasser und Blumen.

»Was solls denn sein?« Die drei Frauen umringten mich.

»Die Dame ist Ende 40, sehr elegant und geschmackvoll.«

»Die Mutter Ihrer Freundin? Schwiegermama?«

»Nein, meine Chefin.«

Die zwei Jüngeren pfiffen unisono durch die Zähne, was der Chefin sehr missfiel.

»Werden wir schon was finden für die gnädige Frau.« Die Chefin verschwand durch eine Tür nach hinten. Die Ältere der beiden Angestellten begann, irgendwelche Blumen, Blätter und Ähnliches aus den Vasen zu nehmen. Sie tat es sehr exakt und mit Sorgfalt, obwohl ich kein System erkennen konnte. Sie schien genau zu wissen, was sie tat.

»Die Chefin tut nur so, eigentlich is sie ganz a Nette. Seit der Fischer bei uns einkauft …«, der Lehrling hielt die Nase hoch in die Luft. »Sind Sie verliebt in Ihre Chefin?« Sie wurde bei der Frage sogar ein bisschen rot. An den Rändern der Ohren zumindest. Die Blumenpflückerin hinten hatte ihre Ohren verdreht wie ein Luchs.

»Hm.« Schlagartig wurde mir bewusst, dass die Kleine gar nicht so weit daneben lag.

»Nein, ich will mich nur bei ihr bedanken«, wiederholte ich stur.

Die beiden Frauen warfen sich einen Blick zu. Der sprach wirklich tausend Worte.

Schließlich kam die Chefin zurück, mit irgendeinem

Katalog und zeigte der anderen was. Dann flüsterten beide, und zwei Minuten später stand ein wunderschöner Strauß in Blau, Weiß, Silber und Grün vor mir. Fast mehr ein Garten als ein Strauß.

»Sollen wir vielleicht noch eine Rote dazustecken? Für alle Fälle?«

Sogar ich weiß, dass rote Rosen eindeutig sind.

»Nein danke, so ists sehr schön.«

»Wolln Sie noch eine Karte dazuschreiben?«

»Nein, ich denke, die Blumen sagen das Nötige.«

Alles nickte.

Mir wurde eine Rechnung ausgestellt, sie belief sich auf etwa 75 Euro. Als ich zahlte, fragte ich naiv: »Inklusive Zustellung?«

»Zustellservice könnten wir leider keinen anbieten. Das müssen Sie leider selber erledigen.«

»Das ist schlecht.« Erstens hatte ich keine Lust, mit dem Gewächshaus durch Wien zu laufen, und zweitens wollte ich unbedingt zu Kurt.

»Kann man da gar nichts machen?«

Die drei sahen sich an. Dann sprach die Jüngste: »Gebns den Strauß her. Ich bin mit dem Fahrrad da, wohin soll ich ihn bringen?«

Ich nannte Hotel, Adresse, Namen und Zimmernummer. Dann gab ich ihr die restlichen 25 Euro vom Hunderter. Ich war ihr wirklich dankbar. Mit einem Blumenstrauß anklopfen. Wenn mich Glanicic-Werffel gesehen hätte. Ich wäre gestorben. Einfach so.

Das lag also hinter mir und ich machte mich auf, Kurti zu treffen.

VI

»Ein Glas lauwarmes Wasser bitte.«

»Herst, Burli, hams dir ins Hirn gschissen?«

Ich saß seit 30 Sekunden neben Kurti am Tresen des Café Kotanko in der Märzstraße, Wien XV. Das Kotanko misst etwa 5x6 Meter, die Straßenfront wird von einem Fenster und der Tür eingenommen. Über der Tür hängt ein gelbes Schild mit der schwarzen Aufschrift ›Hornig Kaffee‹. Die Fensterscheiben sind so mit Zigarettenrauchrückständen verklebt, dass kaum Licht hereindringt. Vom Tresen aus kann man die drei Tische kaum erkennen.

Außer Kurti und mir waren noch die Serviererin anwesend und zwei Männer Mitte 50. Der Besitzer und ein weiterer Gast. Alle saßen auf hohen Barhockern und tranken schwarzen Kaffee aus kleinen Mokkatassen. Der eine oder andere hatte nicht nur Kaffee vor sich stehen, das verrieten winzige Schwenker, in denen sich einmal Weinbrand befunden haben mochte. Außerdem stand ein wohlgefüllter Aschenbecher vor jedem der Gäste. Auch die Bedienung rauchte.

Der Chef las Zeitung, während ihm der eine Gast, südländischer Typus mit Schnauzbart und Goldring, dabei zusah. Nun war aller Aufmerksamkeit auf mich gerichtet. Dass hier drinnen jemand Wasser bestellte, war sicher nicht mehr vorgekommen, seit das letzte Mal die Oma von Methusalem den Boden gewischt hatte.

»Ich würd auch gern was anderes trinken, aber das wird nicht unten bleiben.« In dem Café wollte ich unter keinen Umständen aufs Klo müssen, und um einfach unter den Tresen zu kotzen, war es noch zu früh am Tag. Irgendwann in der Nacht schien das herinnen durchaus möglich zu sein.

»Haben Sie Magenverstimmung?«, fragte mich die Bedienung hinter dem Tresen mit weichem, böhmischem Tonfall.

»Ach was, gsoffen hat er wie net gescheit, der Burli«, gab Kurti seine fachmännische Meinung ab. »Schaut aus wia a gespiebenes Äpfelkoch.«

»Soll man nicht so viel trinken, seh' ich jeden Tag hier drin«, meinte sie hinter dem Tresen, während sie ein Glas Wasser einschenkte, Zigarette im Mundwinkel.

»Wahnsinn. I pocks net«, unterbrach der Chef die Unterhaltung. Er faltete die großformatige Tageszeitung, die er las, und zeigte uns allen die Seite 2 mit der Innenpolitik.

»Die Narrischen wulln den Nichtraucherschutz ausweiten! Dann drah i die Windn zua. Wer gehtn ins Café, wenn er nimma tschikken darf?«

»Schreiben sie in Zeitung, dass dann mehr Familien mit Kindern Kaffeehaus gehn«, meinte der Mann mit Goldring. Einen Moment herrschte Stille, alles schaute sich an und dann wurde höhnisch gelacht.

Nachdem alle fertig gelacht und sich die Tränen aus den Augenwinkeln gewischt hatten, zog der Chef die Nase hoch und räusperte sich. Grauenhaftes Geräusch.

»Die Grünen san dafür. A so ana Batzer. Zerst gegens Autofahrn, dann gegens Rauchen, morgen wuillns uns des Schnackseln a no verbieten.«

»Gegen Glickspiel sans a«, warf der Goldringträger ein. »Weg mit die Automaten.«

»Lauter Spinner. Wohin ma a schaut. Ma hat den Eindruck, es wird immer schlimmer.« Wieder zog er die Nase hoch. Wieder dieses Geräusch. Es klang so, wie wenn man einer verwesenden Wasserleiche versehentlich in den Bauch tritt und dann den Schuh aus dem Schleim zurückzieht, oder so ähnlich. Es würgte mich jedenfalls wieder, doch anscheinend war nichts mehr im Magen.

Nachdem der Chef zur Lektüre seiner Zeitung zurückgekehrt war, schien Ruhe eingekehrt zu sein, bis sich von hinten ein Mann einmischte, der mir bisher entgangen war. Er saß vor einem großen Glas Bier, neben dem ein kleines Wasserglas stand. Das Wasserglas war leer, aber Wasser war da sicher keins drin gewesen. Der Typ hatte fettiges blondes Haar, halblang bis auf die Schultern. Er war entsetzlich dünn, die braun-grauen Klamotten schlotterten ihm um den Leib und seinen Augen wohnte ein fiebriger Glanz inne. Er wirkte wie einer, der in den Siebzigern das Studieren zu Gunsten des Saufens aufgegeben hatte.

»Des kummt vo die Weiba. Deswegen geht die Welt vor die Hund. Seit die Suffragetten wird's immer schlimmer. Je mehr Emanzipation, desto mehr Katastrophen. Zuerst der Erste Weltkrieg, dann der Zweite. Holocaust, Atombomben, Umweltverschmutzung, Klimaerwärmung. Je mehr die Frauen das Sagen ham, umso schlimmer wird's.«

»Ah, so eine Bledsinn«, meinte der mit dem Goldring. Vom hinteren Tisch kam keine Antwort mehr. Der Säufer hatte sich wieder in seine eigene Welt zurückgezogen. Vielleicht auch besser so, ich wollte gar nicht so genau wissen, wem die anderen hier drinnen die Schuld für das Unglück der Welt gaben.

»Also, was willst denn von mir?«, fragte mich Kurti ein bisschen später.

»Sollen wir nicht woanders hingehen?«

»Ist kein Problem. Kannst ruhig offen reden.«

»Es geht um deine Hilfe.«

»Denk ich mir. Des wird nix werdn. Bin in Pension.«

Kurti ist der Einbrecherkönig von Wien. 20.000 Brüche, 15 Verurteilungen. Seit ein paar Jahren ist er im Ruhestand, schließlich ist er 69. Nebenbei berät er die Wiener Polizei, wenn die mal auf eine Tür stößt, die sie nicht aufkriegt. Außerdem gibt er eine Sicherheitsbroschüre heraus, die sich mit Einbruchsverhinderung auseinandersetzt. Die Sache läuft ziemlich gut, weil jeder Einbrecher sich da die Tipps vom Chef persönlich holen kann. Von irgendwas muss Kurti schließlich auch leben, weil mit Rente ist nix los bei ihm. Wenigstens hat ihm ein Sozialarbeiter der Stadt Wien eine Wohnung besorgt, wo er mit seiner Mutter und dem Familienkanarienvogel wohnt. Der Kanari heißt übrigens tatsächlich Hansi-Burli, aber das nur nebenbei.

Kurti ist etwa einssiebzig groß, mit Bauchansatz und weißem Haar. Trotz seines Alters strahlt sein Gesicht etwas kindlich Unbekümmertes aus. Wenn man nicht genau hinschaut, meint man, einen neunjährigen Lausbuben mit Latzhose vor sich zu haben. Einen von der Art, dem nie jemand böse sein kann, auch dann nicht, wenn er für den Glasermeister die Fensterscheiben der Umgebung einwirft.

Kennengelernt haben wir uns, als ich noch für Bender arbeitete und Kurti zur Hand gehen sollte. Sehr geschickt hatte ich mich dabei zwar nicht angestellt, doch wir hatten gekriegt, was Bender wollte, und nebenher ziemlich viel Spaß gehabt. Später hatte er mir die alte, lederne Arzttasche geschenkt, in der ich seitdem meine Siebensachen der Wissenschaft transportiere.

»Es geht gar nicht um einen möglichen Verdienst, streng genommen bleibst du also im Ruhestand. Das Ganze ist mehr ein humanitärer Hilfseinsatz.«

Ich erzählte Kurti die ganze Story, natürlich mit Betonung auf den Tod von der Schauberger und die Trauer ihres Freundes. Nebenher würzte ich sie noch ein bisschen mit Religion und Kirche, Kurti als Arbeiterkind war streng antiklerikal eingestellt, und er saß mir am Haken.

»Aber des werma bis murgn net hinkriegn. Den miaßma zerst observieren.«

»Wir haben keine Wochen Zeit. Das Ganze sollte spätestens bis morgen Mitternacht über die Bühne gegangen sein.«

»Des wird sie net spüln. Facharbeit braucht Zeit.«

»Du kannst dir heute noch alles anschauen und morgen den ganzen Tag. Das wird reichen müssen.«

Kurti war neugierig geworden. Er willigte ein.

»Was meinst du, hat er die brisanten Papiere eher bei sich zu Haus oder im Büro?«

»Bei sich daham. Ganz sicher. So was lassn die net im Büro liegn.«

»Dann setzen wir uns ins Auto und warten. Wenn's Haus dann leer ist …«

»Was, wenn er net weggeht?«

»Wird er schon machen.«

»Warum bist so sicher?«

»Vertrau mir.«

»Außerdem brauch ma noch an Fahrer.«

»Kann ich nicht fahren?«

»Na. Heutzutag ham die Häuser gern Schlösser, wo ma vier Händ braucht. Und dann miaß ma schnö abhauen.«

»Gut, Fahrer ist kein Problem, da stell ich schon einen auf.«

»Wo issn des Ganze?«

»Ich hab die Adresse, allerdings nur im Netz. Muss ich zuerst ausdrucken …«

»Komme mit, kannst bei mir machen«, meinte Goldring.

Also standen wir auf, zahlten und wollten gehen.

»Herst, da hots da a Wasser gmacht, bacherlwarm, und du trinksts net!«, raunzte der Chef.

Ich drehte mich um und nahm einen Schluck. Sofort wusste ich, dass das keine gute Idee gewesen war, das Wasser würde nicht lange unten bleiben.

Goldring besaß den Internetshop nebenan. Es gab auch noch Handys, Hardware und sonstigen Kleinkram zu kaufen, alles zu enorm günstigen Preisen. Vielleicht war Kurti doch noch nicht endgültig im Ruhestand.

»Maschin vier«, rief mir Milan, so hieß er, zu.

Ich setzte mich hin und hatte eine Minute später Eugens Liste ausgedruckt, zweifach. Danach löschte ich das Mail und gab eine Kopie Kurti.

»Ah, des is fein. Da war i schon amol. Is schon lang her. Da hat die Hüttn no an anderen ghert.«

»Dann kennen wir uns also schon aus. Topografisch gesehen.«

»Lass die Bam net in Himml wachsen. Damals bin i eingsessen.« Wunderbar, ein gutes Omen ist schon was wert.

»Wenn die Generalprobe schiefgeht, bedeutet des für die Premiere nur das Beste.«

»Ah, so a Bledsinn. Es gibt so Häusln, de wos immer schiafgengan. Bein Hofrat Ardocker bin i seinerzeit viermal eingstiegn, jedes Mal habens mi kriagt.«

»Dann hast du aufgehört bei ihm einzusteigen?«

»Ah was, wia i wieda draußen war, is a scho gestorbn gewesen. Schad eigentlich. Ohne eahm hat's kan Gspaß net gmacht, dann hab is bleibn lossn.«

Ich steckte mir mein Exemplar des Ausdrucks ein. Zu zahlen hatte ich nichts, das Ganze war ein Freundschaftsdienst gewesen. Milan ging zurück ins Kotanko, ohne seinen Laden auch nur abzusperren, Kurti machte sich auf den Weg und ich kotzte einfach hinter ein Auto, als die beiden außer Sichtweite waren. Galle, gelb, bitter und widerlich, und ein bisschen Wasser.

VII

Bemerkenswerterweise hielt sich der einsetzende Kopfschmerz in Grenzen. Das ruckelnde Busfahren zur Baumgartner Höhe machte trotzdem keinen Spaß. Mein Magen revoltierte, und immer wieder würgte ich trocken. Dazu kam, dass ich entsetzlichen Durst hatte und, so seltsam das klingen mag, auch ziemlichen Hunger. Wenn ichs recht überlegte, hatte mein letztes Essen aus einem mürben Kipferl bestanden, damals beim Frühstück mit Glanicic-Werffel. Ich nahm mir vor, demnächst ein bisschen mehr auf meine Ernährung zu achten. Sobald ich wieder etwas unten behalten konnte.

Oben auf der Baumgartner Höhe stieg ich aus und stakste um das Sanatorium herum. Im Wirtshaus an der Bushaltestelle saßen schon wieder die verzweifelten Zecher. Ich nahm denselben Weg wie das letzte Mal, um zur Rosentalgasse zu kommen. Der Unterschied bestand darin, dass damals die Sonne geschienen hatte und nun die Wolken tief hingen. Die nette Gegend im Sonnenschein hatte sich verwandelt und wirkte nun ein wenig unheimlich und bedrohlich. Kleine Indianer überfielen mich diesmal auch nicht, und so machte der ganze Weg deutlich weniger Spaß als zuletzt.

Vor dem Hexenhäuschen der verstorbenen Schauberger hielt ich kurz an. Die Gartentürklingel war noch immer defekt, und so ging ich zur Vordertür. Dort war abgeschlossen. Ein Blick sagte mir, dass auch die Garagentür verschlossen war. Hoffentlich war er noch nicht nach Amerika umgezogen. Aber vielleicht lag es auch daran, dass normale Leute um diese Tageszeit einer Erwerbstätigkeit nachgehen. Ich machte noch eine Runde ums Haus, fand nichts und beschloss umzukehren. Alle Kfz-Werkstätten Wiens durchzugehen, hatte ich weder Zeit noch Lust. Auf dem Weg die Rosentalstraße zurück, rief mich allerdings eine Stimme aus dem Hintergrund an. Zuerst konnte ich nichts sehen, bis sich die Thujenhecke bewegte und ein altes Gesicht zum Vorschein kam. Scharfe Gesichtszüge, dünne Lippen und die pergamentartig gespannte Haut des hohen Alters.

»Sie waren schon vor ein paar Tagen da. Zu Besuch bei dem Rocker.«

»Genau.« Ich antwortete sehr höflich und korrekt. Alte Damen, die nichts zu tun haben, können sehr mächtige Verbündete sein.

»Was wollen Sie denn von ihm? Wie ein Vertreter sehen Sie nicht aus.« Sie wandte mir immer die rechte Seite ihres Gesichts zu, wenn sie eine Antwort von mir erwartete. In ihrem Ohr sah ich ein Hörgerät.

»Ich kannte seine verstorbene Frau recht gut und wollte kondolieren.«

»Und heute?«

»Ich bräuchte seine Hilfe, aber er ist nicht zu Hause.«

»Ordentliche Leute arbeiten um diese Zeit. Was ist eigentlich Ihr Beruf?«

Ich antwortete wahrheitsgemäß, ein bisschen ein Titel kann manchmal von Vorteil sein. Nur den ›Professor‹ schummelte ich dazu, klingt einfach besser als Lektor.

»Wobei bräuchten Sie nun seine Hilfe?«

Ich verzog das Gesicht und deutete mit einer Geste an, dass es sich hier um etwas Delikates handelte. Die Augen der alten Dame leuchteten.

»Was sagt er, Frieda, ich kanns nicht hören«, mischte sich eine zweite Stimme von hinter der Hecke ein. Gutmütiger und kindlicher als die erste. Das Gesicht einer zweiten Dame erschien. Ähnliches Alter, aber wohlgenährter und fast ein wenig rosig.

»Er sagt«, brüllte die Erste los, »dass er Professor ist und …« Die andere verzog das Gesicht und hielt sich angestrengt lauschend zwei Finger hinter das rechte Ohr.

»Ich hör nix, Frieda …«

»Warte, Gerda«, meinte die Erste und nahm sich das Hörgerät aus dem Ohr und gab es weiter. Als es im Ohr der zweiten Dame steckte, fuhr sie fort. »Also«, begann sie von Neuem und erklärte der zweiten Dame den Sachverhalt meiner Anwesenheit. Die andere nickte nur.

»Der Rocker arbeitet bei einer Werkstatt im fünfzehnten. Irgendwo in der Costagasse, Herr Professor«, platzte die Gutmütige heraus. Die andere hielt sich zwei Finger hinters Ohr und kniff die Augen zusammen. Ich wollte mich bedanken, als hinter der Hecke eine Türe zugeschlagen wurde und eine keifende Stimme ertönte. So durchdringend, dass sogar Frieda ohne Hörgerät verstand, um was es ging.

»Gerda, Frieda, was geht da vor? Redet ihr mit wem? Wo ist das Fernglas?«

Ein drittes Gesicht erschien durch die Hecke. Die dazu passende Dame war wohl einen ganzen Kopf kleiner als die anderen beiden, aber da, wo Friedas Gesicht ernst gewesen war, schien ihres böse mit tyrannischem Gesichtsausdruck. Mit der Frau war sicher nicht gut Kirschen essen.

»Ophelia, wir wollten doch nur …«, meinte Frieda beschwichtigend. Doch Ophelia hörte gar nicht zu. Wahrscheinlich war sie ebenso stocktaub wie die anderen beiden. Frieda gab ihr ein schweres Fernglas, das sie um den Hals gehängt hatte. Sicherlich mit Nachtsichtfunktion.

»Mit fremden Männern einfach so auf der Straße reden, ich werd euch was! Marsch, rein ins Haus.«

Gerda und Frieda verschwanden, nicht ohne dass mir Gerda noch einmal zugelächelt hatte. Ich lächelte zurück. Ophelia kniff ihr eines Auge zusammen und starrte mich für einen Augenblick wütend an. Dann verschwand auch sie in der Hecke. Die drei waren sicher Schwestern und der Schrecken der Nachbarschaft.

Ich machte mich auf den Weg zurück in die Stadt. In der Mitte der Costagasse liegt auf der Straßenseite mit den ungeraden Nummern eine Werkstatt. Durch eine alte Einfahrt betritt man einen Hof, der mit Kopfsteinpflaster ausgelegt ist und von alten Autos bestanden wird. Zwischen den Pflastersteinen sprießt Gras, grün und jung. Auf der anderen Seite des Hofes hängt eine blaue Tafel mit gelber Aufschrift: Skocek Autoreparaturen. Telefonnummer und Adresse stehen in Gelb ein wenig darunter.

Auf dem Hof war keine Menschenseele zu sehen, also ging ich hinüber zu der Tafel. Darunter befand sich ein weiteres Tor, dessen Metallschiebetür blöderweise geschlossen war. Ein paar Meter daneben machte ich allerdings eine Tür aus. Dort klopfte ich und trat ein.

Ich stand in einem Büroraum mit Holzboden und Glaswänden. Überall hingen Reifenkalender mit halb nackten Mädchen. Ein weiteres Büro mit Glaswänden schloss sich an und ein Weg führte nach hinten, wahrscheinlich in die Werkstatt. Im ersten Büro saß eine dramatisch geschminkte Frau Mitte 40 hinter einem Schreibtisch und klopfte mit langen, roten Fingernägeln auf eine uralte Tastatur. Daneben stand ein Aschenbecher, der mit den Leichen zahlloser kleiner, tapferer Zigaretten gefüllt war. Unter der wilden Schminke und den toupierten schwarzen Locken war die Frau recht hübsch. Freien Blick hatte ich auf die gut besuchte Bluse, die mindestens zwei Knöpfe zu weit offen stand. Ich wettete mit mir selbst, dass sich unter dem Schreibtisch ein Mini und Stöckelschuhe verbargen. Sie wandte den Blick vom Bildschirm zu mir und taxierte mich kalt.

»Was kann ich für Sie tun?«

»Arbeitet bei Ihnen ein Mechaniker, Österreicher, mit halblangen schwarzen Haaren?«

»Ja, was wollen Sie denn von ihm?«

»Ich hätte ihn gern gesprochen. Nur kurz, dauert vielleicht zwei Minuten.«

»Ich bring Sie nach hinten.« Sie stand auf und ich folgte ihr. Die Wette hatte ich klar gewonnen. Die Bleistiftabsätze waren mindestens 14 cm hoch.

Am Ende des Ganges öffnete sie eine Metalltür und wies nach hinten.

»Greg ist dort.«

»Danke.«

Ich ging an ihr vorbei, genau darauf achtend, mit keinem ihrer Körperteile, von denen es einige gab, in Berührung zu kommen. In der Garage standen mehrere Autos, in verschiedenen Phasen der Demontage. Nur ein nahezu fabrikneuer Mercedes stand allein. Die hintere Hälfte des Wagens war mitternachtsblau, die vordere silberfarben. Er wurde gerade umgespritzt. Mir fiel nur ein Grund für so ein Unterfangen ein, und der war nicht ganz legal. Das war jedoch nicht mein Problem.

Nachdem ich mich ein wenig orientiert hatte, fiel mir auf, dass nur unter einem Wagen gewerkelt wurde. Ansonsten war die Garage leer. Ich ging auf das betreffende Auto zu und beugte mich über die Servicegrube.

»Entschuldigung?«, fragte ich hinunter.

»Ja?«

Der Kopf von Schaubergers Freund erschien.

»Ah, Servas, wart, ich kumm rauf.«

Er stieg aus dem Graben und nahm sich ein Tuch von einem danebenstehenden Werkzeugkasten. Nachdem er sich die Hände vom Öl gesäubert hatte, fischte er sich ein Packerl Zigaretten aus einer Tasche seines blauen Overalls.

»Was is?«, fragte er, nachdem er angeraucht hatte.

»Niemand da, außer dir?«

»Nur die Sekretärin, die anderen sind unterwegs.«

»Gut. Ich brauch deine Hilfe. Du sollst morgen Abend ein Auto fahren.«

Er lächelte spöttisch und schaute dann auf die Zigarette zwischen seinen ölverschmierten Fingern.

»Is grauslich mit die schmutzigen Händ. Ich krieg immer Öl auf den Filter, schmeckt wie Schmusen mit an Diesel.« Er nahm noch einen Zug und warf schließlich die kaum angerauchte Zigarette in einen Eimer mit Putzwasser.

»Warum soll ich dich fahren, ich bin kein Chauffeur.«

»Vielleicht interessierts dich trotzdem.«

»Geld?«

»Eher nicht. Mehr Rache oder so was.«

»Ria ist tot.«

»Sicher, und zurückkommen tut sie deswegen auch nicht wieder. Ist mir schon klar. Nur dacht ich halt, dass du vielleicht gerne dabei wärst. Versteh mich nicht falsch, wenn du nicht willst, ist das überhaupt kein Problem.« So ganz stimmte das natürlich nicht. Reichi würde ich niemals dazu bringen, seine Hände schmutzig zu machen. Ohne viel Geld zumindest nicht. Mike war in der Nacht kein brauchbarer Fahrer mehr, außerdem hatte er mich schon zu oft verpfiffen. Andere Kandidaten gabs nicht, denn Fred war tot.

»Was hast denn überhaupt vor?«

»Einen Bruch.«

»Du? Muss ich dabei auch die Schlösser knacken?«

»Nein, dafür hab ich schon wen.«

»Der das auch kann?«

»Der das auch kann. Sicher.«

»Lass hören.«

»Ich ruf dich morgen an, du fährst uns wo hin, lässt uns raus, fährst ein paar Minuten herum, und dann ruf ich dich wieder an. Du kommst zur gleichen Stelle, wir steigen ein, du fährst uns wo hin, lässt uns raus und alles ist vorbei.«

»Wärs nicht gescheiter, wenn wir getrennt hinfahren würden?«

»Nicht unbedingt. Es sieht uns zwar dann vorher niemand gemeinsam, dafür wird alles unsicherer. Wenn einer zu spät kommt, weil die U ausgefallen ist oder so. Außerdem tendieren Menschen dazu, unglaublichen Blödsinn anzustellen, wenn sie nervös sind. Da ist es besser, zusammen zu sein. Das beruhigt kolossal.« Außerdem hatte das Fred auch immer so durchgezogen, und ich hatte gar nicht vor, das Rad neu zu erfinden.

»Klingt, als hättest du so was schon mal gemacht.«

»Ist durchaus möglich.«

»Du wirkst gar nicht wie ein Berufsverbrecher.«

»Dem Teufel sieht man die Pferdefüße auch nicht an.«

»Der bist du nicht.«

»Meine Schuhe werd ich jetzt sicher nicht ausziehen.«

Wir grinsten uns an.

»Ein Problem gibts noch.«

»Nur eins?«

»Ich muss morgen Vormittag arbeiten.«

»Kein Thema, das Ganze findet sicher erst ab Mittag statt.«

»Um wen geht's?«

Ich schüttelte nur den Kopf.

»Das gefällt mir nicht. Ich will wissen, wer und wo und genau, warum.«

»Entweder du machst mit oder du lässt es bleiben.« Hoch pokern kann ich gut, nur verliere ich dabei meistens. Diesmal aber nicht.

»Ok.«

»Außerdem, ich denke, es ist sicher kein Fehler, wenn du nach der Sache mit dem Auswandern konkret wirst.«

»Ok.«

»Es wär super, wenn du ein unauffälliges Auto hättest. Auf keinen Fall viele PS und möglichst leise.«

»Und wenn wir abhauen müssen?«

»Greg, wir sind nicht im Kino, auch wenn's vielleicht so wirkt. Wenn irgendwo die Sirenen angehen, bleiben wir stehen und halten brav die Hände über den Kopf. Verfolgungsjagd mit der Polizei wird es sicher keine geben.«

»Was, falls uns der Eigentümer erwischt?«

»Dann erschießt er mich, bevor ich dich anrufen kann. Das ist für dich sicher der unkomplizierteste Ausgang der Sache.«

»Alles hat so seine Vorteile.«

»Genau.«

»Willst du mir nicht wenigstens sagen, was du dort suchst?«

»Sicher nicht. Aber deine Telefonnummer wär interessant.«

Einen Augenblick später war auch das erledigt und ich hielt ihm die Hand hin. Er zögerte.

»Meine Finger sind dreckig.«

»Nur an der Oberfläche.« Er lächelte wieder auf seine ganz spezielle Art. Gott sei Dank war ich keine Frau. Dann schlug er ein.

Als ich schon im Gehen war, kam noch eine Frage.

»Wenn ich dich einfach verpfeife?«

»Du meinst, du rufst bei der Polizei an?«

»Was dann?«

»Dann müssen sie mich auf frischer Tat ertappen, sonst bringt das ihnen nichts. Außerdem tust du's nicht.«

»Woher willst du das wissen?«

»Bist nicht der Typ dafür.«

Ich drehte mich einfach um und ging. Er war ganz sicher nicht der Typ dafür. Hoffentlich.

Erstaunlicherweise fühlte ich mich danach doch um einiges besser. Vielleicht ging sich im Laufe des Tages sogar ein Glas Wasser aus. Der Durst war kaum mehr auszuhalten. Ich ging hinüber in den Reithofferpark und legte mich auf eine Bank, nachdem ich die Reste des Nachtregens, der sich im Schatten der Bäume bis jetzt gehalten hatte, abgewischt hatte. Tauben spazierten gurrend herum, ein paar Kinder spielten Fußball im Käfig und Mütter saßen auf den Bänken, Sonnenblumenkerne knabbernd. Ich lag auf dem Rücken und starrte in den grauen Himmel hinauf. Die Sonne schien zwar nicht, es war auch nicht so heiß wie die letzten Tage über, aber die Schwüle nahm zu.

Mein Jackett hatte ich mir unter den Kopf geschoben. Die Zeit war gekommen, Erich anzurufen.

»Ja.«

»Hi. Ich werd's machen.«

»Gut. Alles, was du findest, bringst du morgen mit. Ich sag dir dann, wo wir uns treffen.«

»Halt, so schnell schießen die Preußen auch wieder nicht. Das Ganze wird, wenn alles glattläuft, erst morgen Abend steigen.«

»Morgen erst.«

»Ja.«

»Gehts nicht schneller?«

»Es ist so schon viel zu schnell. Eigentlich muss man so was ein paar Tage vorbereiten.«

»Wie willst du das anstellen?«

»Ich fahr hin, steig ein und fahr heim.«

»Ernst jetzt.«

»Sicher, ist mein Ernst.«

»Du willst nicht darüber reden.«

»Genau.«

»Dann viel Glück und lass dich nicht erwischen.«

»Schon gut.«

Wir legten auf. Dass ich gar nicht bei Korkarian einsteigen wollte, hatte ich ihm nicht gesagt. Auch Erich musste nicht alles wissen. Ich starrte noch ein wenig in den Himmel hinauf, dann rollte ich mich zusammen und schlief ein.

5. KAPITEL

I

Zwei Stunden später saß ich in meinem Büro. Regentropfen schlugen hart an die Fensterscheiben und draußen war es dunkel. Herinnen brannte das Licht, der Tee zog in der Kanne und ich hatte mein letztes Hemd angezogen. Die gleichen Tropfen, die es jetzt in meinem Büro so heimelig werden ließen, hatten mich von meiner Bank vertrieben. Alles war nass gewesen, ehe ich aufgewacht war. Sommerregen kann was Wunderschönes sein, allerdings nur, wenn man Sachen zum Wechseln und ein Dach über dem Kopf hat. Vor allem das mit dem Dach ist eine wichtige Sache, die für gewöhnlich unterschätzt wird. Also war ich zurück auf die Uni gefahren. Anabolikagebirge hin oder her. Wenn schon in Unannehmlichkeiten schlittern, dann wenigstens mit Tee, und davon hatte ich noch einen schönen Vorrat im Büro.

Voller Vorfreude stand ich neben der Kanne und wartete darauf, dass ich mir eine Schale einschenken konnte. Da ging die Tür auf und jemand trat ohne Grußwort ein. Ein bisschen kleiner als ich und hager. Er trat an den Tisch, ohne mich auch nur eines Blickes zu würdigen, und schenkte sich ohne zu fragen meine Schale voll. Dann stürzte er den Inhalt hinunter.

»Hm, Illam Feng.«

Er füllte nach. Die zweite Tasse nahm er in zwei Schlucken.

»Den magich überhauptnicht.«

Wieder schenkte er nach und setzte sich dann mit der vollen Schale in der Hand auf den Studentenstuhl.

Ich brauchte ein wenig, um mich zu erinnern, wo ich den Mann schon mal gesehen hatte. Seine zusammengezogene Sprechweise half mir auf die Spur.

»Hm, hastnähnliches Loch wieich.«

Da fiel der Groschen bei mir.

»Was kann ich für Sie tun, Herr Aronofsky?«, fragte ich, mich setzend.

»Hastwasvergessen, bei mirimBriefkasten.« Schwupps, die dritte Tasse war geleert und eine vierte nachgeschenkt. »Ahh. Tee.«

Genau. Tee. Und zwar meiner. Wenn ich mich nicht beeilte, dann blieb für mich nichts mehr übrig. Also schnappte ich mir meine Bürokanne und holte mir eine Schale aus einer der Schubladen meines Schreibtisches. Dann schenkte ich ein. Zuerst mir, dann ihm. Die Kanne behielt ich in der Hand. Sicher ist sicher.

»Was soll ich denn bei Ihnen vergessen haben?«

»Euros.«

»Und darum sind Sie hier?«

»Genau.«

»Wie haben Sie mich gefunden?«

»Ich bin Detektiv. Ein echter. Nichtsoein Amateurwie du.« Er hielt mir die Schale entgegen. Zuerst ignorierte ich seinen Wunsch, doch dann knurrte er ein wenig. Das Knurren fand erst ein Ende, als die Schale randvoll war. Genießerisch schlürfte er.

»Das heißt, Sie haben seit März nach mir gesucht und mich nun gefunden?«

»Soungefähr.«

»Und jetzt wollen Sie mir das Geld zurückgeben.«

»Genau.« Er leerte seine Schale und hielt sie wieder her, für einen Refill. Während er darauf wartete, dass ich nachschenkte, holte er einen zerknautschten Schein aus einer Hosentasche und legte ihn auf den Tisch. Es war ein Fünfziger.

Soweit ich mich erinnern konnte, hatte ich ein paar Hunderter bei ihm gelassen.

»Was ist mit dem Rest?«

»Ist draufgegangen. Spesenundso. Aber ein Aronofsky bleibt nichts schuldig.« Ich streckte die Hand aus, um den Schein an mich zu nehmen.

»Nichtsoschnell.«

»Ja?«

»Ichhabwas, könnte gutundgerne einen Fünfziger wert sein.«

»Was?«

Er hielt mir die Teeschale entgegen. Ich schenkte nach.

»Ihr Teeistleer.« Er musste es ja wissen, schließlich hatte er ihn ausgetrunken. Mir war gerade eine Tasse geblieben. »Sollteneinen neuenaufsetzen.« Ich tat wie geheißen. »Aber keinen Feng. Sencha.« Also gut, Sencha.

Während ich herumwerkelte und den Wasserkocher anmachte, ging das Gespräch weiter.

»DiekleineMila, diemachtWeltreise, mit allem Drum und Dran.«

»Woher wollen Sie das wissen?«

»Ich bin Detektiv. Wir wissensoeiniges. Hatdichordentlich aufs Kreuz gelegt.« Dem war nichts hinzuzufügen.

»50 Euro ist mir das nicht wert.«

»Denkichmir. Aber die Anwältin, die Lignamente. Vonderweißichwas.«

»Was?« Mir zog sich der Magen zusammen.

Er streichelte den Geldschein. Ich nickte.

»SiehatnFreund. Ziemlicher Bonze, sonGeldscheissertyp. Würdmichbeeilen. Die wollnsschon zusammenziehen.«

»Und was soll ich dagegen tun?«

»AlsDetektivbist du Scheiße, aber sonst ganz in Ordnung. Keiner von den 99Prozent Vollidiotendadraußen. Wirddirschonwas einfallen.« Eine kleine Pause. »Obwohl bisschen knausrig mit dem Tee vielleicht.« Der war gerade fertig geworden und ich schenkte nach. Er stürzte die Tasse hinunter und griff sich den Schein. »Somussweiter. Onefortheroad?« Ich nickte. Er holte eine verbeulte Thermoskanne aus der Tasche und schraubte auf. Ich füllte ein. Nachdem seine Thermoskanne voll war, blieb mir gerade noch eine Tasse. Aber das war Aronofsky egal, denn er war schon draußen. Ich hörte seine Schritte auf dem Gang und dann die Institutstür. Wie hatte er die eigentlich aufgekriegt? Ach ja, der Mann war Detektiv.

II

Die Wolken hatten sich verzogen, die Sonne brannte hell herunter und das Regenwasser kochte förmlich auf dem schwarzen Asphalt. Die Stadt hatte etwas von einem Dampfbad. Nur nicht ganz so sauber.

Die Augen der Weltgeschichte sahen Arno Linder auf dem Weg über den Roosevelt-Platz hinüber in die Liechtensteinstraße. Dort befindet sich ein pakistanisches Restaurant, in dem man das bezahlt, was man will, keine Fleischgerichte serviert werden und das Curry feuert wie im Punjab. Obwohl es auf dem »Zahl so viel du willst«-Prinzip basiert, existiert es schon ein paar Jahre. Auch so ein Wunder im Zeitalter der ›Geiz ist Geil‹-Mentalität, hinter das ich nie so ganz gekommen bin.

Wie immer war das Lokal voll. Studenten, Alternative und Pakistani saßen an den Tischen und schnatterten beim Schmatzen. Ganz weit hinten in der Kakafonie war leiser indischer Pop zu hören. Schweißiger Gewürzduft trieb in schweren Schwaden durch den Raum, immer im Kampf mit dem Zigarettenrauch. Alle schienen beim Essen zu qualmen. Wenn möglich, war es herinnen noch heißer als draußen. Cumin und Koriander ließen mir das Wasser im Mund zusammenlaufen, während die Hitze mir den Schweiß auf die Stirn trieb. Ich schnappte mir einen Teller und schöpfte. Rotes Erdäpfelcurry, gedünstete Brokkoli, zwei warme Chapati-Fladen und eine Kelle gelben Reis mit Rosinen drin.

Neben einem Pärchen unbestimmter Herkunft, er mit Islamistenbart, sie im Mini, fand sich noch ein Plätzchen. Doch nur, weil ich mich klein machte und den Teller auf den Schoß nahm. Er war blond und sie dunkel. Beide tranken Bier, das Tischchen war schon mit leeren Flaschen bedeckt. Sie diskutierten hitzig, ich tippte auf Arabisch. Das war eben nur ein Tipp, denn auch die Sprache beherrsche ich nicht.

Jedenfalls war das Essen gut und es blieb unten. Ich

hatte meinen Magen wieder unter meinen Willen gezwungen. Ausgezeichnet.

Danach brachte ich meinen Teller zurück, den Kopf eingezogen, denn an einem Tisch saßen ein paar Leute, die ich kannte. Auf Smalltalk hatte ich jetzt gar keine Lust. Ich zahlte 12 Euro, schließlich war die Portion groß gewesen und ich hatte nichts dazu getrunken, und machte mich auf den Nachhauseweg.

Das Wort stimmte mich traurig. Zu Hause waren die Installateure, ich musste ins Institut. Weh dem, der keine Heimat hat und kein Zuhause, denn er ist ein Wanderer zwischen den Welten, immer unterwegs, nie da. Ein stetes Schreiten ohne Ankunft, ohne Ziel. Ich war schon dabei ‚melancholisch zu werden, als mir aufging, dass die Sache auch ein Positives hatte. Die Bibliothek.

Eine Kanne Tee, Bachs Cellosuiten von Anner Bylsma und ein gutes Buch. 15.000 gute Bücher, um genau zu sein. Wer braucht ein Zuhause, wenn er Bücher hat. Ich beschleunigte voller Freude meinen Schritt, doch der Teufel kann einem alles vermiesen. Am Telefon war zwar nicht Luzi persönlich, aber sein rechter Arm, die österreichische Kriminalpolizei. Ich übertreibe, die Polizei der Republik ist höchstens das letzte Glied seines kleinen Fingers, aber ganz sicher rechts.

»Linder, wir müssen Sie sprechen.«

»Bei Ihnen oder bei mir?«

»Bei Ihnen.«

»Gut. In zehn Minuten in meinem Büro. Seien Sie pünktlich, sonst schreib ich Sie zur Fahndung aus.«

Den gemütlichen Abend konnte ich mir sonst wohin schmieren, aber immerhin war ich satt.

Zwölf Minuten später saßen wir in meinem Büro, Molnar, Moratti und ich.

Moratti rauchte. Lucky Strike, die Marke der harten Jungs von früher. Der Mann kannte offensichtlich keine Selbstzweifel. Molnar tat nichts, sie saß nur da. Wir hatten uns begrüßt, aber jetzt war es still. Niemand sprach.

»Und?«, warf ich in den Raum.

»Es ist trostlos hier«, meinte Moratti, sich umblickend. »Bei uns leben wenigstens die Blumen. Bei Ihnen ist alles tot.«

»Sie werden doch nicht gekommen sein, um mit mir über Innenarchitektur zu sprechen.«

»Vielleicht doch.« Moratti schaute mir bedeutsam in die Augen. Er aschte in das Glas, das ich vor ihn auf den Tisch gestellt hatte. Als er sich vorbeugte, knisterte seine Lederjacke. »Kahle Wände, Pritschen und Milchglasscheiben mit Gittern. Wie klingt das?«

»Anheimelnd, doch ich hoffe, Sie laden mich vorher zum Essen ein. Ich gehe nicht mit jedem gleich nach Hause.«

Moratti nahms ganz cool, rauchte einfach weiter. Er spielte überhaupt nicht mehr den bösen Adrenalin-Macho-Cop. Da war was im Busch.

»Was mein Kollege meint, ist, wie Sie zu einem Gefängnisaufenthalt stehen?«

»Ich bin für alles offen. Aber, braucht man dafür nicht so ein, wie heißt das noch?« Pause. »Ach ja, Gerichtsurteil?«

»In der U-Haft vergeht die Zeit auch langsam.«

»Da kommt einem ein halbes Jahr wie eine Ewigkeit vor«, ergänzte Moratti.

»Wenn's nur darum ginge, mich einzukasteln, dann täten Sie's einfach. Also, was wollen Sie mit der Drohung erreichen?«

»Kooperation.«

»Entweder sind Sie gutherzig oder es läuft Ihnen die Zeit davon. Die dritte Alternative zu nennen, verbietet mir die gute Kinderstube.«

»Wie kommen Sie denn darauf?«

»Normalerweise wird man einfach weichgekocht, bis man antwortet.« Kooperation klingt im Polizeijargon schon fast wie Kapitulation, aber das ließ ich weg. Sie wussten, dass ich das wusste. Man kann nicht erfolgreich verhandeln, wenn man dem Gegner Salz in die Wunden streut.

»Gut. Offene Karten. Wenn Sie versuchen, uns auszutricksen, dann gnade Ihnen Gott.«

»Auch wenn's uns dann nichts mehr bringt. Sie werden einsitzen, verlassen Sie sich drauf, und dann ist Essig mit Uni und solchen Sachen.« Moratti rauchte eine neue Lucky an.

»Was wollen Sie von mir?«

»Liefern Sie uns Beweise gegen Ihren Chef und wir lassen Sie laufen.«

Da konnte was nicht stimmen. Kein Polizist ermittelt in Österreich gegen die Kirche, schon gar nicht unter einem schwarzen Innenminister. Kein Staatsanwalt würde so einen Akt bearbeiten.

»Das ist Sexismus, Glanicic-Werffel, so sagt man wenigstens, ist eine Frau. Chefin ist die passende Flexionsform.«

»Wir reden nicht von der Uni, wir sprechen von Kana.«

»Da täuschen Sie sich. Außerhalb der Uni hab ich keinen Chef.«

»Andreas Kana. Der Sohn vom alten Kana, Leiter des Genua Instituts.«

»Sie denken, ich arbeite für ihn. Wie kommen Sie da drauf?«

»Einfach«, schnaubte Moratti, der nun wieder in sein normales Rollenbild zurückfiel. »Schauberger recherchiert in einer heiklen Sache gegen Kana, Sie treten auf, Schauberger wird ermordet, es gibt einen weiteren Todesfall. Wir schauen uns Ihre Akte an, danke übrigens für den Hinweis, und alles fügt sich schön zusammen.«

»Sie denken doch nicht, dass ich Marianne umgebracht habe?«

»Sicher nicht. Das waren die Leibwächter von Kana. Einer von ihnen hat eine Vorliebe für Messer. Doch Sie haben da mitgespielt.«

»Unser Angebot: Wir halten Sie raus und Sie liefern uns die Beweise. Andernfalls schlüpft uns Kana durchs Netz, aber wir haben Sie. Man kann jeden Beweis so biegen, dass er Sie belastet.«

»Nur der Neugier halber: Warum sammeln Sie nicht selbst die Beweise und kassieren dann Kana und mich?«

»Schauberger hat zwei Jahre recherchiert, die Zeit haben wir nicht mehr. Kana ist kurz davor abzuhauen.«

»Warum nehmen Sie Kana dann nicht einfach in U-Haft, bis Sie die Beweise auf dem Tisch liegen haben?«

»Sind Sie so dumm oder tun Sie nur so? Wir sind in Österreich. Kana hat Protektion, kein Staatsanwalt verbrennt sich da die Finger, wenn wir nichts Definitives vorlegen können. Sein ganzes Geschäft beruht nur darauf, dass sein Vater Verbindungen hatte. Die haben ihm die ganze AMS-Schuldverschreibungssache erst ermöglicht. Wenn Kana hops geht, haben wir einen Skandal, der die Hälfte des ÖVP Parlamentsklubs betrifft. Wir tanzen da auf ganz dünnem Eis.«

»Aber offensichtlich sehr gut.« Ein bisschen Lob kann nicht schaden. »Weiß der Staatsanwalt überhaupt, in welche Richtung Sie beide ermitteln?«

Moratti und Molnar grinsten.

»Der glaubt, wir wären hinter ein paar Bastlern her, die Nazi-Maschinen nachbauen.«

Nun lachten wir alle drei.

»Und auch da hat er Angst, dass wir der FPÖ auf die Zehen steigen«, meinte Molnar.

»So ein Weichei«, knurrte Moratti.

»Da kann er auch nichts dafür. Seitdem die Staatsanwälte weisungsgebunden sind, bestimmt die Justizministerin, wo ermittelt wird. Da kann es sich keiner leisten, bei den Politikern anzuecken«, erläuterte Molnar.

»Also welche Art von Beweis brauchen Sie?«, fragte ich .

»Schauberger hatte ein Notizbuch, das wäre das Beste. Wir nehmen jedoch alles, was Ihnen so in die Hände fällt.«

»Warum sind Sie so sicher, dass in dem Notizbuch Verwertbares drinsteht?«

»Weil Schauberger einen Tag vor dem Mord bei uns war. Sie hat uns ein paar Sachen gezeigt. Einen Tag länger und sie hätte eine Kopie hinterlegt, für den Fall ihres Ablebens. Das ist sich leider nicht mehr ausgegangen.«

»Und was ist mit Buehlin?«

»Das war nur Zufall. Die Psychologen meinen ganz klar, dass das im Zusammenhang mit seiner Sozialpsychose steht. Tragisch, aber für den Fall irrelevant.«

Wir unterhielten uns noch ein Weilchen recht entspannt, dann brachen die beiden auf. An der Tür zum Institut verabschiedeten wir uns, Molnar ging als Erste, sodass mir Moratti ungehört zuflüstern konnte: »Wenn du Scheiße baust, erschieß ich dich auf der Flucht.«

Nachdem ich die Tür abgesperrt hatte, ging ich zurück ins Büro. Dort zog ich mir ein T-Shirt an und hängte meine Hose über eine Lehne. Mittlerweile war es dunkel geworden, ich ging in die Bibliothek, hörte Bach und las ein wenig. Hauptsächlich doch zermarterte ich mir das Hirn, bis ich klarer sah. Dann schlief ich ein, den Kopf auf einem dicken Folianten und mit einem Glücksgefühl im Bauch.

III

Ein schüchterner Finger Sonnenschein stahl sich durch die heruntergelassenen Jalousien, genau auf mein Auge. Nach einem kurzen Blinzeln drehte ich mich um und versuchte, weiterzuschlafen. Aber das konnte ich mir abschminken. Die Wirbelsäule war wieder beleidigt, zuerst aus dem Auto fallen und dann auf dem Boden schlafen, mit einem Buch als Kopfstütze. Das war ihr zu viel, sie protestierte heftig. Alles fühlte sich steif an und das Atmen wollte nicht so leicht gehen wie sonst. Ich drehte mich auf den Rücken und streckte mich aus. Überall um mich herum standen die Regale im Halbdunkel, deckenhoch und irgendwie mysteriös. Ein paar Lichtstrahlen drangen in den Raum und Staub tanzte in der erleuchteten Luft. Alles still, nicht mal eine Fliege summte. Keine Fliege, wunderbar. Lieber Rückenschmerzen als so ein Insekt auf der Wange und am Hals und auf den Augen, an der Stirn und sonst wo. Fliege. Schon das Wort gehört verboten.

Ich hatte mich ordentlich in Rage gebracht und versuchte, mich nun wieder zu beruhigen. Es war ja keine da, kein Grund also, mir selbst den schönen Morgen zu vermiesen. Obwohl, vom Morgen war nicht mehr viel übrig, es ging schon auf halb eins zu, wie mir ein Blick auf das Handy neben mir zeigte. Steif stand ich auf, es tat noch immer alles weh, und ging mich herrichten. Katzenwäsche und alte Klamotten, dann spazierte ich hinaus. Immer ein wenig vorsichtig wegen der Schläger von Kana, aber die tauchten nicht auf. Manchmal hörte ich Schritte auf dem Marmorboden, stöckelhart oder rindslederweich, aber immer hinter ein paar Ecken oder um ein paar Treppen verschoben. Ich begegnete niemandem.

Draußen hatte die Mittagssonne allen Schatten aufgefressen und es war grimmig heiß. Ich machte mich auf in die Josefstadt. Rund um Maria Treu, einer wunderschönen Barockkirche, gibt es jede Menge kleiner Cafés und Crêperien.

Bei der Ersten von ihnen ließ ich mich auf einem Stuhl nieder und streckte die Füße unter den Tisch. Der Innenraum des Lokals war winzig, so um die 20 Quadratfuß, und auf dem Gehsteig standen drei Tische an der Hauswand. Ein aufgespanntes Tuch spendete Schatten. Ein bisschen jedenfalls.

Ich bestellte mir Tee – man stelle sich vor, sie hatten einen netten Second Flush Darjeeling – und ein paar Palatschinken. Sorry, mittlerweile heißen die ja Crêpes. Nachdem ich schon alt genug war und auch sonst niemand auf mich aufpasste, frühstückte ich wie ein Zwölfjähriger. Einmal mit Vanilleeis, einmal mit dunkler Schokosauce. Vielleicht von der ernährungstechnischen Seite her nicht so klug, doch es schmeckte. Und wie.

Überall um das Café standen Kleinwagen geparkt, aber keine fuhren. Irgendwo oben drang aus einem Fenster leise Klaviermusik, etwas Etüdenhaftes, wahrscheinlich Liszt, doch mit dem modernen Zeug kenn' ich mich nicht so aus. Jedenfalls sehr schön gespielt. Im Schatten der Leinwand der Crêperie schien die Hitze mehr urlaubshaft als unsympathisch, und nach einem zweiten Kännchen Darjeeling gings mir richtig gut. Vom Rücken einmal abgesehen. Der war immer noch sauer und würde es wahrscheinlich noch einige Zeit bleiben.

Während ich so vor mich hin verdaute, Tee nippte und Liszt lauschte, setzten sich zwei Damen an den Tisch vor mir. Beide im Business-Kostüm, mit Organizer Handys und Handtaschen im Wert von Zwaziland. Riesige Sonnenbrillen saßen ihnen auf der Nase, und beide waren schrecklich dünn. Sie bestellten gemischte Salate ohne Öl, dafür weiße Spritzer. Ihr Gespräch drehte sich um irgendeine Geschäftsreise nach Fernost. Zwischen den Sätzen schluckten sie den Wein wie Fische. Als ich fünf Minuten später gezahlt hatte und weiterging, saßen sie schon vor dem zweiten Glas. Da fühlte ich mich mit meinen Schoko-Crêpes richtig vernünftig. Passiert auch nicht oft, das mit dem vernünftig Fühlen.

Ich spazierte gemächlich dahin, immer Richtung Fünfhaus, als dann doch das Telefon läutete. Nummer unterdrückt.

»Linder, ja bitte.«

»Servas, Burli.«

»Hi, Kurti. Was gibt's? Ich dachte, du hast kein Handy?«

»Eh, bin in so an Tschuschnshop, da wo ma halafonieren a kann.«

»Also.«

»Hab ma des Haus angschaut, am Nachmittag muaß i wieda hin. Tät gern drüber redn.«

»Sicher.«

»Sitz im Kotanko.«

»Gut.«

Schon wieder das Kotanko. Es blieb mir auch gar nichts erspart. Ich machte mich auf, schnappte mir eine Tram und war dann bald draußen im 15ten. Im Kotanko saßen Kurti und der Chef am Tresen. Die Bedienung stand dahinter. Alle rauchten und tranken Bier. Ich bestellte einen Mokka, der wurde mir auch gemacht, doch das Wasserglas war verdächtig klein. Ich schnüffelte. Schnaps. Alles schaute mir gebannt zu.

»Ich hätt lieber ein Glas Wasser dazu.«

»Wie wüllst'n die schwarze Suppn owawürgn ohne Schnaps?« Für den Chef schien da eine vertraute Weltordnung Risse zu kriegen.

»Ok.« Was soll man machen. Ich zuckerte meinen Kaffee ausgiebig und nippte. Er war richtig gut und ich schwer überrascht.

»Wegn an Bruch«, setzte Kurti an. »Des schaut so aus. De Hittn hat a super Anlag. Is so modern, die kenn ich gar net gescheit. De spült alle Stickln, wenn'st wüst, kannst aussuchen, ob in Dur oder Moll. A Wahnsinn.«

Er nahm einen Schluck von seinem Bier und schüttelte sich eine Zigarette heraus. Als er sich Feuer geben wollte mit seinem alten Zippo, hatte die Bedienung auch schon eine im Mundwinkel und Kurti gab ihr zuerst Feuer. Dann rauchte er selbst an.

»Leut hat der a umastehn. Drei. Zwa gehen immer mit ihm mit, ana bleibt immer zrück.« Er nahm einen Zug.

»Stellt das ein Problem dar?«

»Also, horch zua.«

In dem Moment ging die Tür auf und ein Mann im Muskelshirt, mit Halbglatze und Playboy-Anhänger in Gold um den Hals, stürzte herein. »Jon Porno«, begrüßte er die Anwesenden. Alles nickte. Ich brauchte Zeit, um den Gruß zu entschlüsseln. Endlich ging mir ein Licht auf: buon giorno, nur mit vertauschten Anfangslauten. Ich hatte gerade einen aussichtsreichen Kandidaten für die Geschmacklosigkeit des Jahres ausgemacht.

Er zeigte mit Zeigefinger und Daumen etwa eine Spanne und stellte sich an den Tresen. Sofort stand der Schnaps da und er kippte ihn hinunter. Dann war er wieder draußen. Sechs Euro lagen auf dem Tresen. Zurück blieben eine zweifelhafte Parfümnote und ein leeres Wasserglas.

»Dem seine Madln tuan mia lad«, meinte der Chef.

»Is a Oarsch«, pflichtete Kurti bei.

»Hab gehert, hat er Wickl mit die neie Girtel-Boss.

Geht ihm an Kragn«, verlieh die Bedienung ihrer Hoffnung Ausdruck.

»Scho, Wickl hat er an, aber der überlebt des.«

»Is a Oarsch.«

Damit war das Thema erledigt. Zurück zum Bruch.

»Dem seine Leit san ziemliche Wappler, was i so gsegn hob. Des i ka Problem. Leise miaß ma halt sein.«

»Sicher.«

»Die Alarmanlag is echt guat, mit Laser und solchen Zeigs. Kost 20.000 Euro, mit Einbau, circa.« Er kniff ein Auge zu, so als ob er eine Entfernung abschätzen würde. Außerdem hatte er tatsächlich ›Laser‹ gesagt, mit einem deutschen ›a‹, keinem amerikanischen. Hatte ich noch nie gehört.

»Vielleicht ah a bissl mehr.«

»Und sonst?«

»A Wahnsinnstür hat er a, mit an Superschloss.«

»Unknackbar?«

»Nix is unknackbar. I kriag alles auf, die Frage ist nur, wie schnell und wie leise. So a Tür dauert, oder is laut. Kannst dir aussuchen.«

»Andere Möglichkeiten?«

»Wie wichtig isses denn?«

»Sehr.«

»Hab i ma scho denkt, dass der an Haufen Marie daham hat.«

»Da geht's nicht um Geld.«

»Horch zua, Burli, der Papa sagt da was: Es geht immer nur ums Geld. Nur Scheine sind feine.«

»Alarmanlage ist top, Tür ist unknackbar und ein Mann im Haus. Das schaut nicht gut aus.«

»Burli, i hab scho an Kreisky auf sein Nachttisch gschissn. Glaub ma, da kumma scho eini.«

»Wie?«

»Die Tir is supa. Sicher, aber is der Rahmen a so guat? Mit an Oarsch Rahmen ist die beste Tir nix wert. An Hebel und zwanzg Sekunden später steh ma vorn Tresor.«

»Den wir erst finden müssen, mit einer Wache im Haus.«

»I kenn die Hittn, war scho amal drin. Der Tresor is oben in da Wand, damals wars des Schlafzimmer.«

»Und warum soll der noch immer dort sein?«

»Weil die Leit bequem san und geizig. Wenn a Tresor scho fixfertig in die Wand einglassen is, baut kana an neichn ein.«

»Ist der Rahmen der Tür so schlecht?«

»Waas i no net. Ohne Baufirma-Kontakt seh ma des erst, wenn ma dafurstehn.«

»Wie wollen wir überhaupt davorstehen, bei eingeschalteter Alarmanlage kommen wir nie dorthin, weil wir dann schon den Bewegungsalarm auslösen werden.«

Kurti lächelte verschmitzt und klopfte an sein leeres Glas. Es wurde nachgeschenkt. Dann ein tiefer Zug.

»A Wahnsinnshitzn hat's.«

»Is die Klimaerwärmung. Sicher.«

»Is mir wurscht, z'haß is z'haß.«

»Schauns, Herr Kurti, dafür schmeckt das Bier wenigstens.« Kurti nickte anerkennend. Dann wieder ein tiefer Zug. Das neue Glas war fast leer.

»Die Technik is a Hund. So schauts aus.«

»Wie meinst du das?«

»Der Herr Kurti meint«, antwortete die Bedienung,

»dass beste Alarmanlage noch lang keine Garantie ist. Gibt so viele Fehler. Schlechte installiert, irgendwo schlechte Kontakt oder so. Aber meistens gar nicht richtig eingschaltet.« Sie lächelte Kurti zu, er zwinkerte zurück.

»Nachdem zum dritten Mal a Blattl oder a Katzerl den Alarm ausglöst hat, drahn' s de meisten ab.« Er zündete sich eine neue Zigarette an.

»Normalerweis«, fuhr er fort, »ka ma des kalibrieren, braucht aber a gwisse Zeit, bis as richtig eingstellt ist. Die meisten Firmen wissen a gar net, dass des geht, oder tuans sich's net an. Is nämlich a Haufen Arbeit. Und je nachdem wie der Alarm eingstellt ist, rebelliert dann entweder die Polizei oder die Nachbarn.«

Da mischte sich der Zeitung lesende Chef ein: »Wie der Bsoffene am Grüst beim Kunsthistorischen« – er meinte das weltbekannte Kunsthistorische Museum am Ring, – »aufiklettert is, hat er einfach des Fenster eingschlagn ...«

»...nix da, war offen, weil so heiß war damals, ...« korrigierte die Bedienung.

»und die Saliera mitgnummen. Die Alarmanlag war abgeschaltet, weil sie jede Nacht dreimal losgangen is.«

»Genau«, nickte Kurti, »die Technik is a Hund. Bei de Geräte wird investiert, aber beim Arbeitsaufwand gspart.«

»Also, du meinst, man könnte ...«

»... in die Schatzkammer einsteign und die Kaiserkrone fladern. Sicher, ka Problem. Nua: Des Graffl is nix wert. A bissl a Goldblech und schlechte Stana. Verklopfn kannst as net, wal des niemand nimmt. Und alle san hinter dir her. Viel schlimma als die Kibera san dabei aber die Versicherungsgesellschaften. Mit de is as a ka Gspaß.«

Kurti schien da schon seine Erfahrungen gemacht zu haben, also gab ich den Traum auf. Für einen Augenblick hatte ich mich schon mit der Kaiserkrone des Heiligen Römischen Reiches deutscher Nation auf dem Kopf gesehen, wie ich in meinem Lehnstuhl saß und Musik hörte. Schade eigentlich.

»Wie gehen wir nun weiter vor?«

»Hängt alles von dir ab. Probiern kemmas, Garantie gibt's kane. Apropos, hamma scho an Fahrer?«

Ich nickte nur.

»Hängt alles davon ab, wie wichtig des is. Geht's um was, mach mas, geht's um nix, lass mas bleibn, dann is des Risiko z'groß.«

»Dann machen wirs.«

»Fein. Z Tod gfirchtet is a gsturbn.«

»Ist mir recht.«

»I triff no wen, der was mir a bissl an Zund gebn kann. Waaßt eh, Wissen ist Macht. Danach schau i ma die Hittn no a bissl an. I steh dann so umma 11 am Kreisverkehr.«

Ich nahm mein Schnapsglas und trank aus. Der Kaffee war schon den Weg alles Irdischen gegangen. Als ich meine Geldtasche herausholen wollte, klopfte der Chef auf den Tresen, ohne den Blick aus der Zeitung zu nehmen. Die Rechnung ging aufs Haus.

IV

Der Nachmittag zog in einer verschwommenen Zusammenhangslosigkeit an mir vorüber. Die heißen Straßen, meine Hausbesorgerin mit meiner Wäsche, ich in meinem Büro, auf und ab gehend. Irgendwo ein Abendessen, von dem mir gar nichts in Erinnerung blieb. Gleichermaßen schien die Zeit zu rasen und stillzustehen. Augenblicke dehnten sich ereignislos und Stunden schmolzen dahin. Wieder und wieder hämmerten mir dieselben Gedanken im Hirn herum, wie Kesselflicker im Akkord. Ich sehnte mich danach, ins Auto zu steigen und loszufahren, die Sache hinter mich zu bringen. Gleichzeitig wollte ich nichts weniger als das. Zum ersten Mal in meinem Leben beneidete ich die Spießer, die sich um gespitzte Bleistifte und Bausparverträge sorgen. Bis mir klar wurde, dass ich gerade diesen Gedanken schon ein Dutzend Mal durchgekaut hatte. Immer in ähnlichen Situationen. Originalität ist nicht so mein Ding, scheint's.

Als dann die Schatten länger wurden, ging ich hinüber in den Roosevelt-Park, setzte mich auf die Treppen der Votivkirche und schaute den Leuten auf dem Rasen zu. Das half nichts. Meine Erregung nahm zu, und um ein Haar wäre ich in die Votiv-Kirche hineingegangen und hätte aus einem Impuls heraus eine Kerze angezündet. Bei anderen Leuten finde ich diese Art von Religiosität surreal, an mir selbst hasse ich sie. Hätte mich jemand gefragt, ich hätte auf sofortige Notschlachtung des Herrn Arno Linder plädiert. Die Religion als Krückstock für den, der nicht alleine stehen kann. So oder ähnlich hatte Nietzsche einmal formuliert. Meine Selbstverachtung war grenzenlos.

Kurioserweise beruhigte mich das, und als es nach ein bisschen Grübeln gegen zehn ging, rief ich Greg an.

Beim ersten Läuten hob er ab. Offensichtlich auch schon auf 180.

»Ja.«

»Alles bereit?«

»Sicher.«

»Komm mich am Roosevelt-Platz holen.«

»Warst du beten?«

»Sicher, hab auch für dich einen Rosenkranz eingestreut.«

»Ich bin Anglikaner.«

»Betet ihr keine Rosenkränze?«

»Keine Ahnung, darüber hab ich nie nachgedacht.«

»Auch egal. Wie lange brauchst du?«

»20 Minuten.«

»Gut, aber immer sorgsam fahren.«

»Ja, ja, werd mich schon an die Straßenverkehrsordnung halten.« Eine Wagentür schlug zu und die Verbindung war getrennt.

Greg kam in einem kleinen Auto daher. Irgendwas Asiatisches, KIA oder so, hielt an einer roten Ampel und ich stieg ein. Neuwagengeruch und Tabakqualm, der Aschenbecher quoll über, aber nicht die Spur von einer Fahne. Ein Blick in Gregs Augen bestätigte mir, er war stocknüchtern. Schweigend saßen wir nebeneinander, warteten auf Grün und Greg trommelte mit den Daumen auf das Lenkrad. Die Fußgänger, die vor uns über die Straße gingen, sahen wir gar nicht. Da hätten Aliens dabei sein können, es wäre uns nicht aufgefallen.

Als dann die Ampel umschaltete, fuhr Greg an. Ganz

sachte, keine quietschenden Reifen oder so was. Ich war zufrieden, da hatte ich mir den Richtigen ausgesucht.

»Wohin geht's eigentlich?«

»Hinauf zum Exelberg.«

»Dort wohnt er? Bist du sicher, dass es der war?«

»Ziemlich.«

»Und was willst du von ihm?«

»Er hat das Notizbuch.«

»Das beweist nicht, dass er es war.«

»Sicher nicht.«

»Was soll dann das Ganze, verarscht du mich?« Er war ziemlich wütend.

»Es stehen ein paar andere Sachen in dem Buch, die werden reichen.«

»Aber …«

»Lass gut sein. Das Fell des Bären und so. Zuerst einmal ist nur wichtig, dass die Sache klappt. Nachher schauen wir weiter. Jetzt darüber nachzudenken, bringt nichts, sondern lenkt nur ab. Du fährst das Auto, oben wird einer einsteigen, dann werden wir aussteigen, du fährst hinauf in den Wald, und fünf Minuten nach meiner SMS stehst du dort, wo ich dir sage, und wir steigen ein. Alles andere ist unwichtig. Fahr das Auto, so als gäbe es sonst nichts. Überhaupt nichts.«

»Gut.«

Wir überquerten den Gürtel, fuhren die Hernalser Hauptstraße hinauf nach Dornbach und schließlich nach Neuwaldegg. Die Häuser lichteten sich, Weinreben standen auf den Hügeln und das Grün rundum nahm zu. Auf den Straßen war wenig los, und so ging alles glatt. Schließlich hatten wir die Stadt gänzlich hinter uns gelassen und oben beim Kreisverkehr, wo Amundsen-, Exelberg- und Höhenstraße zusammenkommen, begann der Wald.

An der Kreuzung gab ich Greg ein Zeichen und der wurde langsamer. Es war dunkel, kaum was zu sehen und keine anderen Autos weit und breit. Bloß Grillen zirpten zu den heruntergelassenen Fenstern herein und irgendwo über den Hügeln krächzte ein Vogel. Der KIA war richtig leise, ein brauchbares Auto. Plötzlich tauchte am Straßenrand ein schwarzer Schatten auf. Für gewöhnlich ist das der Teufel, der in der Nacht an Straßenkreuzungen wartet, so sagen zumindestens die alten Blues Sänger, in unserem Fall war es aber nur Kurti.

»Seids z'fruah. Ordentlich nervös, wie's ausschaut.« Mit diesen Worten stieg er ein. Wir kamen gar nicht dazu, etwas zu antworten, als er auch schon weitersprach.

»A klaneres Auto habts net gfunden, mei Wampen passt net gescheit aufn Rucksitz.«

»Für die paar Minuten geht's schon.«

»Bein Ruckweg sitz i vurn und du hint.«

»Sicher, kein Problem.«

Er schaute zu Greg.

»Wer is der Hippie?« Alles, was Haaren über die Ohren hatte, war für Kurti ein Hippie.

»Greg.«

»Freut mi, i bin da Kurti.« Die beiden schüttelten sich die Hände. »Schau an, der hat ja richtige Schwielen auf die Händ, und Öl unter die Nägel.«

»Bin Automechaniker.«

»War i a amal. Dann war i Schlosser und dann hab i s bleibn lassn. Hackln is nix für mi.«

Wir fuhren die Straße bergauf, in einen Laubwald

hinein, der immer wieder von kleinen Wiesen unterbrochen wurde. Zu den gewöhnlichen Gerüchen einer Sommernacht gesellte sich der würzige Duft von frisch geschnittenem Heu. Schließlich, als die Straße ernstlich anzusteigen begann, sah man die ersten Häuser. Alle rechter Hand, den Hang hinaufgebaut.

»Da kummst uns holn, wenn ma klingeln.« Kurti wies auf den tiefen Schatten unter zwei Bäumen, dort, wo die ersten Häuser begannen.

»Jetz fahrst uns rauf, bis zu die Serpentinen.«

Die kleine Siedlung zog an uns vorbei, mittlere und größere Einfamilienhäuser mit Hecken und weißen Wänden. Ein gewisser Wohlstand, der aber nicht in protzigen Reichtum überging, ließ sich feststellen. Oben an der ersten Serpentine nach der Siedlung verließen wir Wien und das Bundesland Niederösterreich nahm uns wohlwollend auf. In der zweiten Kurve wurde Greg wieder langsamer.

»Oben am Exelberg, bein Sender, suchst du dir irgendwo a Platzerl im Schatten. Aber net z'nah bein Wirtshaus. Durt wartst auf uns.«

»Viel Glück«, wünschte uns Greg.

»Lass des bleibn, davon spricht ma net«, und Kurti schloss sanft die Hintertür. Für einen Mann seines Umfangs, der sich zuvor noch über die Dimensionen des Fahrzeugs beschwert hatte, war er bemerkenswert elegant ausgestiegen. Wir gingen von der asphaltierten Straße ab, folgten einem Forstweg in den Nadelwald, und nach ein paar Hundert Metern bogen wir rechts ab, den Hang hinunter, dabei folgten wir einem kleinen Pfad. Der Boden war weich und federnd, im Vergleich zum Beton der Stadtstraßen jedenfalls. Unter den Bäumen war es recht dunkel, wir stolperten beide mehrmals und näherten uns dann der kleinen Siedlung. Nur das Zirpen der Grillen war zu hören. Sonst nichts, nicht einmal ein Käuzchen. Die Häuser unter uns wirkten still und leer.

»So, jetz rauch i amal ane.« Kurt setzte sich unter einen der hohen Bäume und gab sich Feuer. Er saß so, dass ihn der dicke Stamm nach unten hin deckte. Niemand würde von dort aus sehen können, dass heroben jemand rauchte. Jedes Mal, wenn er zog, tauchte sein Gesicht mit der runden Nase und den Tränensäcken, die sein Doppelkinn nachzuäffen schienen, im roten Lichtschein der Glut auf. Dann verschwand es wieder, um beim nächsten Zug wieder aufzutauchen. Wenn er nicht die Zigarette im Mund hatte, sah ich ihn überhaupt nicht, obwohl wir nur wenige Schritte auseinander saßen.

»Samstag is a guter Termin. Entweder sans bsoffen und schlafen oder sie san net z'Haus, weils auf Lepschi gengan.«

»Welches ist das Haus von Kana?«, fragte ich, hinunterblickend. Ganz hinten war der Lichtkegel Wiens über den Hügeln zu sehen.

Kurti ignorierte meine Frage einfach. Da war was im Busch.

»Ist dir die Sach des Risiko wert?«, fragte er, sich eine neue Zigarette herausschüttelnd. Er rauchte sie mit der letzten an. Den Stummel ließ er in der hinteren Hosentasche verschwinden.

»Sonst wären wir nicht da.«

»Guat.«

»Also, welches ist das Haus vom Kana?«

Wieder keine Antwort.

»Was willst du da drin finden?« Mit Hilfe der Glut konnte ich ihm ins Gesicht sehen.

»Geld.« Ich hatte einen Moment zu lange gezögert. Kurti glaubte mir kein Wort.

»Fahr ab. Glaub i dir net. Du bist hinter ganz was anderem her.«

»Willst du mir jetzt Druck machen, dass ich mich nicht alleine hineintrau und du auch was abkassierst?«

»Irgendwie schon. Aber eigentlich mach i mir mehr Sorgen. Du bist aner von die Gfährlichen.«

»Wie meinen?«

»A normaler Mensch is mit a paar Tausender zfrieden. Wenn i mit so an an Bruch mach, is alles leiwand.«

Er nahm einen tiefen Zug. Erst nachher sprach er weiter.

»Aber bei dir? Da kanns passieren, dass ma an Atomsprengkopf dawischen, oder die Zähnt vom ersten Kaiser von China. Verstehst mi?«

»Ungefähr.«

»Und da will i dann net dabei sein, weil des is wirklich gfährlich.«

»Sicher.«

»Hinter was bist du also her, Burli? Und net schwindeln diesmal.«

»Nur Geld.« Diesmal hatte ich meine Unschuldsmiene aufgesetzt, mit der ich meiner Lehrerin immer weisgemacht hatte, dass die Hausaufgaben dem Krokodil zum Opfer gefallen waren.

»Geld hat der Kana kans. I kenn Leit, die kennen Leit, die den Kana kennen. Der Kana ist pleite, in zwa Wochen pfändens ihm die Hittn unterm Oarsch weg. Geld is da kans. Worum geht's?«

»Der Kana hat was, das wem ghört. Für den arbeit ich.«

»Was?«

»Papiere über gemeinsame Geschäfte, die will mein Auftraggeber zurück. Die sind nicht wirklich was wert, er ist nur ein bisserl hypersensibel.«

»Was kriegst dafür?«

»Er zahlt mir die Miete bis Silvester.«

Kurti nickte.

»Gemma«, meinte er und dämpfte den Tschick aus. Nachdem er den Stummel wieder hinten in die Hosentasche gesteckt hatte, gingen wir leise den steilen Abhang hinunter, durch nette Sträucher ohne Dornen. Ich blieb immer einen Schritt zurück und war zufrieden. Man muss nur so lange die Wahrheit sagen, bis einem alle die Lügen als Wahrheit abkaufen.

V

Endlich kauerten wir im Schatten einer Thujenhecke, neben einem kleinen Gerätehäuschen. Der Rasen war frisch gemäht, es duftete nach grünem Gras und über uns schienen die Sterne. Alles war ganz still und friedlich. Eine solche Nacht sollte man mit einer schönen Frau verbringen, oder mit Bach. Es war die Zeit für Nachtigallenschlag und Zungenkuss, aber sicher nicht mit Kurti, Einbrecherkönig hin oder her.

Bis jetzt war alles gut gegangen. Die Hunde in der Nachbarschaft hatten nicht mehr gebellt, als wenn wir Eichhörnchen gewesen wären. Es waren keine Lichter und keine Sirenen angegangen, wir hatten uns nicht plötzlich im Kegel einer Halogenlampe wiedergefunden und mit der Aufforderung konfrontiert gesehen: »Bleibts stehn, dann schiaß I.«

Die Thujenhecke vor uns war die Grenze zu Kanas Reich dahinter.

Kurti atmete tief ein.

»Was ist?« Ich flüsterte.

»Gestern war die Alarmanlag ausgschaltet. Heut?« Er zuckte mit den Achseln.

Ich zuckte ebenfalls mit den Achseln und drängte mich durch die Hecke. Es kratzte ein bisschen, war gar nicht so schlimm, bis auf die Spinne, die mir übers Gesicht huschte. Gott sei Dank war es dunkel, da sah ich nicht, wie groß sie war. Als ich auf der anderen Seite herauskam, fand ich mich im Schatten eines dicken Laubbaumes wieder. Den Platz hatte Kurti gut ausgesucht. Kaum hatte ich das gedacht, war er auch schon da. Mit 69 will ich auch noch so gewandt auf allen vieren sein.

»Einbrechen hält offenbar fit«, flüsterte ich wieder.

»Und Verbrechen zahlt sich aus!«

»Wohin jetzt?«

»Wart ma amal.«

»Warum?«

»Wenn die Alarmanlag an is, dann san in zehn Minuten die Kiberer da.« Wir würden sie heraußen gut hören können und wären schnell verschwunden. Wohingegen ein Haus in einer solchen Situation eine Falle darstellt.

Das würde ich mir merken. Auch Kurtis leben nicht ewig und schlussendlich muss man solche Sachen irgendwann alleine machen können.

Also warteten wir. Endlich tippte mir der alte Mann an die Schulter und wir gingen über die Wiese auf das Haus zu. Immer so, dass uns der Schatten von Büschen und Bäumen ein bisschen deckte.

Das Haus selbst war gar nicht so groß und wirkte wie ein früher Versuch, die ausgetretenen Pfade des Einfamilienhausbaus zu verlassen. Irgendwie war aber nur etwas rausgekommen, das wie drei Betonklötze wirkte, die nicht so ganz aufeinander abgestimmt waren. Ich bin kein Architekt, aber es gibt definitiv Gesetze, die regeln, welche Dimensionen Häuser haben müssen, damit Menschen sich in ihnen wohlfühlen können. Dieses Haus schien sie nicht zu haben. In R'lyeh wäre die Kleinvilla wahrscheinlich gar nicht weiter aufgefallen, aber hier in ›Spießerville‹ wirkte sie monströs. Mittlerweile standen wir in einem der Winkel, die der kleinste und der größte Block miteinander bildeten. Ein gesundes Haus sollte keine Winkel aufweisen, bei denen sich nicht sofort sagen lässt, ob sie spitz oder stumpf sind. Hatten hier mal die Großen Alten vorbeigeschaut oder nur irgendein Lovecraft-Fan seiner Obsession hemmungslos nachgegeben?

Ich schob die Frage beiseite und beobachtete Kurti. Er ging auf den Betonplatten, die als kleiner Weg rund ums Haus liefen, in die Knie und holte Haushaltshandschuhe heraus. Ein Paar gab er mir, das andere nahm er selbst. Schließlich zog er ein dünnes rechtwinkliges Stück Metall aus seinem Hemd. Es schien scharf zu sein. Vor ihm lag ein Kellerfenster, das durch ein engmaschiges Stahlnetz geschützt wurde. Eine kreisrunde Aussparung im Netz bot einem Rohr Platz. Kurti führte seine rechtwinklige Messerklinge unter die Manschette des Rohres, die dort saß, wo dieses den Knick aufwärts machte. Viel Gefühl, ein wenig Gewalt und Kurti hatte das Rohr entzwei, ohne Lärm verursacht zu haben und ohne es beschädigt zu haben. Dann fuhr er einfach in das so entstandene Loch im Gitter und öffnete die Gitterstäbe von innen. Zuletzt erfolgte eine einladende Handbewegung und ich schlüpfte hinein. Hinter mir kam Kurti, der noch alibimäßig die Sache so zusammensetzte, dass sie von außen nicht auffiel, wenn man nicht genauer hinschaute wenigstens.

Wir befanden uns in einer Waschküche, das verrieten Berge von Wäsche, ein Trockner und eine Waschmaschine.

»De Wappler, de ham bei der thermischen Sanierung an Schaß draht und des Rohr an der Außenwand verlegt. Im ersten Winter zerreißts des.« Kurti grinste hämisch. Nahm ich wenigstens an, denn sehen konnte ich es nicht.

Wir verließen die Waschküche schweigend und gingen eine Treppe hinauf. Fein, wenn man mit Beton baut, dann knarren die Fußböden nicht. Von der Küche ging eine Tür ins Wohnzimmer ab, und da sie nur angelehnt war, hörten wir dort einen Fernseher. Irgendwer hatte Spaß mit einem Porno. Eine andere Tür führte hinaus in den Vorraum, wo sich auch die Treppe in den oberen Stock hinauf befand. Wir folgten dieser Treppe hinauf und standen vor der Tür ins Schlafzimmer. Kurti holte einen Dietrich raus, drehte zweimal sanft und schloss die Tür mit einem leisen Klacken auf. Wir waren drin.

Das Schlafzimmer selbst war recht groß, etwa

45 Quadratmeter. Die der Tür gegenüberliegende Seite nahm ein großes Panoramafenster mit Blick auf Wien ein. Vor dem Fenster draußen gab es auch noch einen Balkon. An der einen Seite des Zimmers stand das Bett, groß und mit roter Seide bezogen, die andere Seite nahm ein begehbarer Kasten ein. Die Wand an der Türseite wurde von einem langen Einbaukasten verdeckt, und es gab auch noch ein kleines Tischchen mit zwei Stühlen, über die Herrenhemden und Sakkos geworfen waren. Über dem Bett befand sich ein Spiegel, ich hätte nie gedacht, dass es so etwas in Wirklichkeit gab. Über dem Kopfende der Lustwiese hing ein Gemälde, das einen lichten Birkenwald darstellte. Ich schaute zu Kurti, der nickte nur.

»De Leit san so was von einfallslos! Alle ham den Tresor hinter an schiachen Büld versteckt.«

Wir schoben das Bild beiseite, da gab es sogar eine Vorrichtung, die das ermöglichte, und hatten den Panzerschrank freigelegt. Kurti holte ein Stethoskop aus seinem Hemd, stöpselte es in seine Ohren, legte es an und begann zu drehen.

»So ein Blödsinn, Kurti, das geht doch nicht.«

»Sicher, der Kastn is fuffzg Jahr alt.«

»Auch damals gabs schon gute Tresore.«

»Sicher, aber de Dinger ham a Spül, des nutzt si mit jeder Benutzung ab. Vor allem, wenn ma den Code neu einstellt. Nach tausend Öffnungen klickt des wia narrisch. Des kriagst sogar du hin. Wüllst?« Er hielt mir einen Stöpsel hin. Ich nahm an. Als ich eingestöpselt hatte, drehte er langsam alle Zahlen durch, bei 99 blickte er mich fragend an.

»72?«, meinte ich halb fragend.

»Genau.«

So machten wir das noch sechsmal und das Ding war offen. Auch wenn man keine Bauklötze staunen kann, ich tat es trotzdem, schließlich hatten wir den Panzerschrank geknackt. Wenn ich gewusst hätte, wie einfach das geht, hätte ich es selber schon mal gemacht. Im Tresor befand sich nicht rasend viel. Eine Schatulle, die versperrt war, sowie zwei Aktenordner, das Notizbuch von der Schauberger und eine Knarre samt Munition. In dem Moment schlug unten eine Tür und wir hörten schwere Schritte, dann eine zweite Tür und nach ein paar bangen Minuten eine Wasserspülung, danach wieder Schritte, wieder eine Tür und schließlich atmeten wir auf.

»Kannst dir net vurstelln, wia i des vermiss, in der Pension.«

Nun war es an der Zeit, eine Entscheidung zu treffen. Und das tat ich auch. Dazu schnappte ich mir Schaubergers Notizbuch, klemmte es unter die Achsel und sah mir schnell die Akten an, die der Tresor enthielt. War der Mühe kaum wert, da es sich nur um Kaufverträge, Maturazeugnisse und Kfz-Versicherungen handelte. In der Schatulle, die unverschlossen war, befanden sich ein paar Tausend Euro und ein Etui mit einem Diamantring. Der Ring selbst schien aus Platin, der Diamant war nicht klein, auch ein bisschen was wert. Ich packte das Geld und das Etui wieder in die Schatulle und stellte sie in den Tresor zurück. Kurti beobachtete mich schweigend.

»Des Klangeld, soll ma des net mitnehman? Is doch schad drum.«

»Kannst es dir ja nehmen, ich brauchs nicht.«

Kurti steckte sich das Zeug ein.

»Geld, das am Boden liegt, soll ma aufhebn.«

»Das am Boden des Tresors liegt, den man vorher geknackt hat, auch?«

»Boden bleibt Boden.«

»Sicher, und Dieb bleibt Dieb.«

»Du ja eh a.«

»Sicher.«

Ich zog das Notizbuch unter dem Arm hervor und gab es Kurti.

»Was soll der Scheiß? Wüllst dableibn?«

»Ex-akt.«

»Burli, du bist a klasse Kerl, aber du hast z'viel studiert. Des macht wach in da Birn.«

»Vielleicht bin ich wirklich blöd, aber auch stur.«

»Eh.«

»Verwahr das Buch an einem sicheren Ort, ich komm es morgen holen. Wenn ich nicht komme, schicks an die Kiberer. Lass Greg dich irgendwo absetzen, er muss nicht wissen, wo du wohnst. Auch sonst sagst ihm nichts. Außer, dass ich mich bei ihm meld.«

»Eh. Warum soll i des Büachl net dein Chef schicken?«

»Weil er mich dann nicht mehr braucht, was zu ähnlichen Resultaten führen könnte, wie wenn die Sache heute Nacht schiefgeht.«

»Eh. Du bist wirklich a Depp.« Damit wandte er sich der Schlafzimmertür zu.

»Sperr wieder ab.«

»Sicher.«

Kurti war hinausgeschlüpft und ich war allein. Ich nahm mir die Knarre aus dem Safe, kontrollierte, ob sie geladen war, und schloss dann die Panzerstahltür. Sie war schwer und es klickte sehr endgültig, als sie sich schloss. Wenn sich das Tor zur Hölle hinter einem schließt, klingt das sicher ähnlich. Schätz' ich mal, denn dort war ich noch nicht. Schlussendlich zog ich mich durch die Balkontür auf ebendiesen zurück. Die Tür zog ich nur zu, schloss sie jedoch nicht. Im linken Eck war ein Plätzchen, wo man vom Schlafzimmer aus nicht gesehen werden konnte. Dorthin zog ich die Teakholzsonnenliege und machte es mir bequem. Der Schlafzimmerblick ging genau hinunter auf die Stadt, die, hinter ein paar Hügeln versteckt, einen Lichtkegel bildete. Durch einen Einschnitt waren sogar die beiden Türme des AKH zu sehen, umgeben von einer Myriade an orangefarbenen Lichtpunkten. Die Stadt war keine zehn Kilometer entfernt und doch schien hier draußen eine andere Welt zu sein, spießig zwar, aber doch ganz nett.

Ich schätzte, dass Kurti jetzt wieder durch die Hecke gekrochen war, und schickte Greg eine SMS.

»Sind im Chelsea, schon ziemlich fett, komm uns holen.«

Dann legte ich die Füße hoch und schaute in den Sternenhimmel hinauf. Ein paar Minuten später hörte ich leise ein Auto den Exelberg herunterkommen. Etwas unter dem Haus, vielleicht 250 Meter, blieb es kurz stehen, das Türenknallen war vielleicht nur eine Einbildung meinerseits, und es fuhr weiter. Gutes Auto, kaum zu hören.

Was hätte ich jetzt nicht für eine Kanne, ach was, für eine Schale guten Tees gegeben. Ein bisschen Musik dazu oder ein gutes Buch, und es wäre richtig gemütlich geworden. Aber das ging nicht. Tee hatte ich keinen dabei und Musik verbot sich von selbst, schließlich musste ich hören können, wenn Kana heimkam. Musik ging nicht, also erfreute ich mich an der Sphärenharmonie der Gestirne. Dem Chinesen aus Königsberg flößten das Sittengesetz in uns und der gestirnte Himmel über uns immer die größte Ehrfurcht ein. Mit dem Sittengesetz hab' ichs nicht so, aber der Sternenhimmel ist wirklich cool.

Die Julinächte sind kurz, die Sonne verschwindet nie tief unter dem Horizont, daher braucht man für den Sternenhimmel wirklich eine klare Nacht, und die hatte ich. Am Nachmittag hatte es geregnet und danach war es zu schnell dunkel geworden, so dass sich noch wenig Wasserdampf in der Luft befand.

Wenn man gegen Mitternacht zum Himmel blickt, versinken die Frühlingsbilder mit Löwe und Jungfrau gerade am westlichen Horizont. Ganz tief im Osten dagegen geht mit Pegasus bereits das Erste der Herbstbilder auf, mit der schönen Andromeda im Gefolge. Doch direkt vor mir lagen hoch am Südhimmel die Sommerbilder und das breite Band der Milchstraße. In sehr klaren Nächten ist im Sommer die Milchstraße deutlich zu sehen. Sie steigt im Süden von den Sternbildern Skorpion und Schütze fast senkrecht nach oben, durch den Schlangenträger, vorbei an Leier und Schwan über Kassiopeia bis zum Sternbild Perseus im äußersten Nordosten. Der Skorpion steigt nie zur Gänze über den Horizont, aber sein Kopf, der Stachel und der riesige rote Antares sind immer zu sehen. Und das Sommerdreieck, das sogar schon in der Dämmerung sichtbar wird, das Hellste aller Bilder, mit dem Atair als Südspitze war ebenfalls deutlich auszumachen. Atair ist ein Stern im Bild des Adlers, des Vogels des Göttervaters.

Kommt in diesem Fall aus dem Arabischen, wo ›al tair‹ so viel bedeutet wie der Herabstürzende.

Ich vertrieb mir die Zeit damit, all die alten Sagen durchzugehen, die da am Sommerhimmel standen. So verging die Zeit recht schnell, vor allem, als ich mich an die Gelegenheiten erinnerte, bei denen Sternenwissen wirklich brauchbar war. Einmal hatte ich einer Schönheit an der Copa Kagrana das Kreuz des Südens gezeigt. Was sie mir daraufhin gezeigt hatte, war auch nicht von schlechten Eltern gewesen. Ich lächelte bei der Erinnerung, da hörte ich einen schweren Wagen die Exelbergstraße heraufkommen. Es war so weit.

Der Wagen kam die Auffahrt herauf, ein Mann mit kichernder Begleitung stieg aus. Danach wurde der Wagen in der Garage geparkt. Neben dem Mann im Wohnzimmer vor dem Fernseher, sicherlich noch ein weiterer und die zwei Personen. Das war ganz schön viel Betrieb für meinen Irrsinnsplan. Ich biss die Zähne aufeinander. An der Situation ließ sich nichts mehr ändern. Im schlimmsten Fall musste ich einfach still und leise die Regenrinne neben dem Balkon hinunterklettern. Was sicher auch böse ins Auge gehen könnte. So was funktioniert normalerweise nie. Andererseits hatte Kurti den Tresor mit einem Stethoskop geknackt, vielleicht war ja heute die Nacht des Unfugs, die Nacht, in der alles möglich war.

Keine zehn Minuten später ging der Rummel im Schlafzimmer los. Kana schenkte sich nichts. Das klang nach jeder Menge Koks und ein paar kleinen blauen Pillen. Außerdem schien es gar kein Ende mehr nehmen zu wollen. Schließlich, nach einem Tutti, das aus der »Phantastique« von Berlioz hätte stammen können, kehrte im Schlafzimmer Ruhe ein. Ich holte die Knarre raus und machte mich bereit für meinen großen Auftritt. Leise erhob ich mich und schlich zur Tür. Drinnen war alles mucksmäuschenstill. Nur mein Herz schlug so laut, dass es bis nach Gramatneusiedl zu hören sein musste. Zweimal wischte ich mir die Hände an den Hosenbeinen trocken, denn mit glitschigen Fingern sollte man keine geladene Waffe anfassen. Da schießt man sich ganz schnell ein paar Zehen weg, und ohne Zehen kann man nicht mal mehr davonlaufen. Bis ich merkte, dass ich ja die Plastikhandschuhe trug. Es quatschte ungemütlich da drin. Aber ausziehen war auch nicht so klug.

Vor der Tür stehend, raffte ich mein bisschen Mut zusammen, packte obendrauf eine riesige Sahnekrone Irrwitz und legte die Hand an den Knauf der Balkontür. Da begann drinnen ein leises Gespräch. Ich lauschte. Das war ein willkommener Aufschub. Vor zwei Stunden hatte mein Plan noch gut geklungen. Jetzt war ich mir da nicht mehr so sicher. Mir war jede Verzögerung recht. Das Gespräch hatte leise begonnen, Typus geflüsterte Bettzärtlichkeiten, bei denen ich kein Wort verstand. Schließlich war es ein wenig lauter geworden. Nach ein paar Sätzen begann das Mädchen, die Lautstärke raufzuschrauben. Was sich schon vorher angedeutet hatte, bewahrheitete sich: Sie hatte kräftige Lungen. Kana versuchte, ruhig und besonnen zu bleiben.

»Was haast, i kann net über die Nacht bleibn?«

»Ich muss morgen früh raus und zu Hause kannst du …«

»Scheiße. Jetzt hast dein Spaß ghabt und dann haust mi raus.«

»Meine Leute werden dich heimfahren, morgen ruf ich dich an und wir gehen schön …«

»Scheiße, nein. Sicher net.« Bei den Worten war sie aus dem Bett gesprungen. Auch Kana stand auf.

»Hör zu, Iris, es ist wirklich nur mein Fehler, bitte …«

»Greif mi net an, du Scheißer.«

Es klatschte laut. Sie hatte ihm eine geschmiert. Das Mädchen war mir echt sympathisch. Dann war ein lautes Krachen zu hören, ein Stuhl fiel um, offenbar war sie ihn angesprungen. Kana brüllte wie ein Stier. Ich linste durch das Fenster hinein, sah die beiden im Dunkeln am Boden liegen, sie auf ihm. Ihre Hände lagen auf seinem Gesicht, während er sie wegdrücken wollte. Hoffentlich hatte sie starke Nägel, solche Narben konnten ganz schön übel sein. Kana brüllte vielleicht erst zehn Sekunden, da flog schon die Tür auf und die zwei Muskelberge kamen herein. Einer schaltete das Licht an, der andere zog das Mädchen von Kana runter. Ich drückte mich wieder in den Schatten. Jetzt konnte ich wieder nur zuhören.

Es begann ein Tumult, aber die beiden Leibwächter waren zu stark, nach einer Minute beruhigte sich die Situation.

»Schauts, dass sie sich anzieht, dann fahrt's sie heim. Ich will keine Grauslichkeiten.«

»Wer bleibt da, Cheffe? Der Nevan fehlt uns jetzt«, fragte einer der Anabolikatypen. Er war Serbe.

»Der war so ein Trottel, der hätt eh nix gnützt. Für die Stund, die ihr brauchts, is des kein Problem.«

»Wenn meinen, Cheffe.«

»Aber was machen mit Gesicht? Sollen wir nicht Arzt fahren?«

»Brauchts net, i pick ma a Pflaster drauf und geh morgen.«

»Is gutt.«

Kana verließ den Raum, die anderen folgten ein paar Minuten später. Als der Wagen gestartet wurde und wegfuhr, schlich ich mich wieder ins Schlafzimmer zurück. Von dort hinaus auf den Flur. Ich warf einen Blick in das andere Zimmer. Badewanne, Alibert und Waschbecken, ein WC und ein Bidet. Dort war Kana nicht. Also die Treppe hinunter und vor die Wohnzimmertür, die aus schöner dunkler Eiche bestand, feine Tür. Sie war angelehnt und ich linste hinein. Das Wohnzimmer hatte den Grundriss eines liegenden L. Im Knick befand sich meine Tür, am Ende des langen Balkens die in die Küche. Den kurzen Balken schloss ein Fenster ab, das die ganze Wand einnahm. Der Raum maß etwa 85 Quadratmeter, schätzte ich. Können aber auch ein paar mehr gewesen sein. Die restlichen Wände waren mit Bücherregalen bestanden, ein paar Pflanzen gab es auch, sowie einen Schreibtisch. Alles wirkte bieder und gemütlich, wahrscheinlich hatte Kana es möbliert übernommen. Er selbst stand mit dem Rücken zu mir, hielt was in der Hand und schaute zum Fenster raus. Da herinnen ein wenig Licht brannte, war draußen nichts zu sehen. Kana schaute sich selbst ins Gesicht. Im Wohnzimmer musste eine altmodische Uhr hängen. Ihr Ticken war das einzige Geräusch im Haus. Ich holte die Knarre wieder raus, entsicherte und öffnete die Tür ganz. Da er mich sowieso im Fenster sehen würde, war es nicht nötig, leise zu sein.

Kana schien ziemlich in Gedanken versunken, denn er drehte sich erst um, als ich schon ein paar Schritte auf ihn zu gemacht hatte. Er trug einen bordeauxroten Morgenmantel mit dunkelblauem Muster. Das, was er in seiner Rechten hielt, war ein geschliffenes Bleikristallglas mit bernsteinfarbener Flüssigkeit. Sein fleischiges Gesicht mit der gerundeten Nase zierten zwei Pflaster, auf jeder seiner Backen saß eins. Ein leichter Kratzer auf der Stirn war unbehandelt geblieben.

»Sie? Hätte ich mir denken können.« Er wirkte enorm beherrscht und wies mir einen Platz in der Sitzecke zu. Die stand neben der Tür im Winkel, wo sich auch ein Kamin befand, über dem tatsächlich ein Gepardenschädel hing. Wäre die Monster Glock in meiner Hand eine elegante Beretta gewesen und mein zerknautschtes H&M Jackett ein Bespoke-Smoking, hätten wir zwei gut in einen Bond Film gepasst. Ich fragte mich unwillkürlich, ob Kana die Sache ähnlich sah.

»Der Hausherr setzt sich zuerst.«

Er nickte nur und ließ sich in die Kissen plumpsen. Ich zog mir einen Schemel zurecht und setzte mich ihm gegenüber. Seine eine Hand hielt nach wie vor das Glas, die andere lag ruhig auf seinem Oberschenkel, dann wanderte sie langsam zu seiner Brusttasche. Ich schüttelte den Kopf, seine Bewegung fror ein.

»Ich will nur eine rauchen. Ich trage keine Waffe. Ehrlich gesagt, besitze ich nicht mal eine.«

»Wegen einer Knarre mach ich mir auch keine Sorgen. Wir sind ja nicht in einem Western. Mehr Sorge bereitet mir die Vorstellung, dass Sie da ein Handy drin haben könnten.«

»Das Handy liegt oben, neben dem Bett.«

»Fein.«

Mensch, was bin ich für ein Trottel, schoss es mir durch den Kopf. Jeder vernünftige Mensch hätte zuerst danach gesucht. Wieder was gelernt.

»Also darf ich rauchen?«

»Sicher.«

»Gut.« Er holte ein ledernes Etui heraus. Darin befanden sich ein paar Zigarren und Balsaholz. Nach dem üblichen Ritual, Spitze schneiden, Holz anzünden, dann langsam anrauchen, blickte er wieder zu mir. Auf die Uhr, die in die Bücherwand eingelassen war, hatte ich gute Sicht. Fünf vor drei. Die beiden waren etwa zehn Minuten weg. Er spielte auf Zeit. Die Wanduhr tickte. Die Zigarre qualmte. Entweder konnte er nicht rauchen oder war nervös. Die Uhr tickte erbarmungslos weiter.

»Hätte ich mir denken können, dass Sie auftauchen. Vor allem heute Nacht. Es scheint alles schiefzugehen.«

»Gut möglich.«

»Also, was wollen Sie?«

»Dreimal dürfen Sie raten.«

»Ich hab die Papiere nicht hier. Und wenn ich sie hier hätte, dann würd ich sie Ihnen niemals geben. Vorschlag zur Güte, stecken Sie Ihre Kanone weg und machen sich auf den Weg zu Korkarian.«

»Woher wissen Sie, dass ich für ihn arbeite?«

»Hat mir Elena erzählt.«

»Ein nettes Mädchen.«

»Kein Mädchen, eine bemerkenswerte Frau.«

»Und trotzdem heute eine andere?«

»Jede Nacht Kaviar ist auch fad.«

Es muss eine seltsame Welt sein, in der ein Mensch lebt, der zu Fischeiern und Frauen dieselbe Einstellung hat. Wie so oft dachte ich mir, dass Gott entweder nicht existiert oder wenn er doch existiert, was ich nicht glaube, muss er einen sehr exaltierten Sinn für Humor haben.

»Warum teilen Sie und Korkarian eigentlich nicht das Geld? Sie müssten sich nur einigen, ist doch nicht so schwer.«

Kana lächelte abschätzig.

»Sie sind ein Idiot. Solange ich die Beweise habe, hebt er nicht ab. Sobald ich die Beweise vernichtet habe, ist das Geld auch weg, mitsamt dem alten Juden.«

Ich lachte innerlich. Das war das klassische ›Gefangenen-Dilemma‹ aus der Spieltheorie. Zwei verhaftete Einbrecher müssen nur schweigen, um je zu einem Jahr verurteilt zu werden. Da beide durch Beschuldigung des Partners hoffen freizukommen, werden beide zu zehn Jahren verurteilt. Zusammenarbeit und Vertrauen führen zum sicheren Erfolg, Misstrauen und Egoismus sind immer stärker, schließlich verlieren alle. Das ganze menschliche Leben scheint darauf aufzubauen.

»Er ist kein Jude, sondern Armenier.«

»Den Bären bindet er allen auf. Die Leute sollen glauben, dass er bloß so tut. Aber in Wirklichkeit stimmt das gar nicht.« Der Banause strich die Asche von seiner Zigarre ab und rauchte weiter. »Es scheint, Sie arbeiten noch nicht lange für ihn. Sie werden schon noch Ihr blaues Wunder erleben, der Kerl ist eine Maske, hinter der nur Masken stecken. Wenn ich Sie nicht in die Finger kriege, rat' ich Ihnen: Schnappen Sie sich das Geld, das Sie beide vereinbart haben, und dann nichts wie weg.«

»Dazu brauch ich noch was von Ihnen.«

»Das Notizbuch? Wie gesagt, es ist nicht hier, und wenn

es das wäre, würd' ich's Ihnen nicht geben.« Er trank sein Glas aus, hob es hoch und blickte mich fragend an: »Darf ich nachfüllen?«

Ich nickte.

»Für Sie auch?«

Ich schüttelte den Kopf. Allein beim Gedanken an Cognac drehte sich mir der Magen um. Er stand auf, ging zur Bar und füllte nach. Dann setzte er sich wieder brav. Neben dem Schnapsgluckern tickte nur die Uhr. Drei nach drei.

»Sie sollten langsam gehen, meine Leute werden bald wieder da sein.« Er nahm lässig einen Schluck.

»Hab schon noch genug Zeit, keine Angst.«

»Wie oft soll ich es noch sagen: Das Notizbuch ist nicht hier.«

»Ich weiß, dass es nicht hier ist.«

»Sie werden mich erschießen müssen, weil ich Sie sicher nicht in mein Büro bringen werde.«

»Gar nichts muss ich. Ich weiß auch, dass das Notizbuch nicht dort ist.«

»Warum wollen Sie das wissen?« Er grinste selbstgefällig.

»Weil ich vor dreieinhalb Stunden den Tresor oben, hinter dem Schlafzimmerbild, geknackt habe.«

»Da war nichts drin.«

»Sicher.« Der Trottel. Ich hielt ihm seit mittlerweile 20 Minuten die eigene Knarre unter die Nase und er bemerkte es nicht. Die ganze Zeit hatte ich darauf gewartet, aber es fiel ihm nicht auf. Schade.

»Der Tresor ist unknackbar. Sie wollen nur, dass ich aufstehe und nachsehen gehe, damit Sie dann bei geöffneter

Tür über mich herfallen können. Schlauer Plan, doch ich bin zu clever.« In der Tat, schlauer Plan.

»Die Kombination ist« – und ich ratterte die Zahlen herunter. Sein Gesichtsausdruck verwandelte sich. Die feiste, rosa Selbstzufriedenheit in seinem Gesicht verschwand hinter einem bleichen Grau.

»Woher?«, krächzte er.

»Geheimnis.«

Er brauchte ein bisschen, um das zu verdauen.

»Warum sind Sie dann noch hier?« Einen Moment Pause, dann: »Haben Sie das Notizbuch noch dabei? Wir könnten fifty-fifty machen?«

»Wenn ich das Notizbuch habe, brauch ich keine fifty-fifty«, äffte ich ihn nach.

»Korkarian wird Ihnen niemals so viel zahlen. Er ist Jude.«

»Schlagen Sie sich langsam die fixe Idee mit dem Armenier aus dem Kopf. Ich verfolge nur Eigeninteressen.«

»Wie sind Sie überhaupt in die Sache hineingeschlittert?«

»Wegen der Seelenkredite. Ab dann dachten alle so lange, dass ich was wüsste, bis es mich selber interessiert hat.«

»Dieser Scheißkredit. Schuld sind immer nur die kleinen Fehler, die man macht. Die großen bleiben immer unbestraft.«

»Sie haben Buehlin diesen Kredit nur gegeben, damit er nicht wusste, von wem er das Geld hatte, um weiterzumachen?«

»Genau. Ich bat Korkarian um den Gefallen, weil ich damals große Hoffnungen hegte.«

»Warum anonym bleiben? Wenn Sie als Wohltäter aufgetreten wären, …«

»Bin ich ja auch, bei den anderen. Aber nicht bei Buehlin.«

»Warum?«

»Weil ich das Gefühl hatte, der Typ hat da was am Kochen. Leider hat er es nicht mehr fertiggebracht. Letzte Woche hat er sich erschossen.«

»Ich weiß. Warum anonym bleiben?«

»Man hat mehr Handlungsspielraum. Ich hätte es sofort erfahren, wenn er erfolgreich gewesen wäre. Alle diese Spinner hätten mich angerufen. Dann hätte ich Buehlin die Maschine abgekauft, oder wenn er nicht gewollt hätte, Gewalt eingesetzt. So oder so war es mir wichtig, dass er von mir nichts wusste.«

»Wieso überhaupt investieren?«

»War doch bloß ein Hobby. So wie Lotto spielen. Ich hab 5.000 Euro ausgegeben. Wenn es funktioniert hätte, wär Bill Gates gegen mich ein Armenhäusler gewesen. Ich hab gezockt.«

»Und warum haben Sie Schauberger ermorden lassen?«

»Hab ich gar nicht. Das war Nevan, der Trottel. Sollte ihr nur ein bisschen Angst machen.« Kana schüttelte den Kopf.

»Eigentlich wollte ich ihn gleich loswerden, aber dann traten Sie auf den Plan und ich dachte, das trifft sich gut. Aber das hat er auch noch vermasselt. War sein letzter Fehler.«

»Er ist tot?«

»Genau.«

»Wo?«

»Es gibt viele Baustellen in Wien. Betonfundamente sind eine feine Sache. Da sieht niemand mehr nach, wenn mal das Haus draufsteht.« Beliebte Methode, denn momentan ist Baukrise und wenn man den richtigen Leuten einen Schmattes zahlt, schauen die nicht genau hin, was da in den Müllsäcken steckt, die verarbeitet werden. Ein halbes Jahr später steht der fertige Bau und niemand kann mehr nachschauen, auch wenn man wollte. Experten zufolge sollen in den Fundamenten des neuen Westbahnhofs schon so viele schwarze Müllsäcke stecken, dass die Statik dadurch leicht beeinträchtigt wird. In 10.000 Jahren kommen dann ein paar Archäologen, die der Meinung sein werden, dass unsere Zivilisation daran geglaubt habe, die Menschenopfer hätten den Fundamenten mehr Sicherheit gebracht.

Die Uhr tickte. Es ging auf halb zu. Ich musste mich beeilen.

»So, trinken Sie aus.«

»Wieso?«

»Ich muss Sie fesseln.«

»Warum?«

»Hopp!« Ich hielt ihm die Knarre ins Gesicht. Er zögerte einen Moment. Doch irgendwie schien er zu bemerken, dass ich ihn nicht allzu gerne hatte. Also leistete er Folge. Ganz kurz musste ich mit mir selbst kämpfen, um ihm nicht einfach so grundlos die Pistole ins Gesicht zu schlagen. Sogar ich habe Prinzipien. Auch wenn sie schon etwas eingerostet sind und meistens aus dem Secondhand-Laden in der Schandekstraße stammen.

Oben im Schlafzimmer schnürte ich ihn ein wenig

zusammen. Nicht fest, nur so, dass er sicher nicht telefonieren konnte, bis seine Leibwächter zu Hause sein würden. Ein bisschen knebelte ich ihn auch. Leise war besser. Dann öffnete ich den Tresor und legte die Knarre zurück an ihren Platz. Anschließend schloss ich die Tür und deckte ihn mit der rotseidenen Bettdecke zu. Vielleicht brachte das noch mal zehn Minuten zusätzlich, bis Kanas Leute entdecken würden, dass ihr Chef gar nicht ruhig schlummerte. Die zehn Minuten würde ich bei dem, was ich noch so vorhatte, gut brauchen können. Auch wenn ich hoffte, ihm Sand in die Augen gestreut zu haben. Es würde keinen guten Eindruck bei Korkarian hinterlassen, wenn mitten in unsere Verhandlungen über Schaubergers Notizbuch Kana mit seinen Gorillas auftauchen würde.

Schließlich verließ ich das Haus auf dem normalen Weg. Die schwere Stahltür, die mit dem unknackbaren Schloss, fiel hinter mir zu. Allerdings bemerkte ich, dass der Rahmen in der Wand ein wenig zitterte. Ich bin kein Experte, aber die Tür schien sich aushebeln zu lassen.

VI

Sobald ich draußen war und die Eingangstüre geschlossen hatte, holte ich mein Handy raus und wählte eine Nummer. Nach dreimaligem Läuten nahm Korkarian ab.

»Ja, bitte.« Er klang überhaupt nicht verschlafen. Vielmehr klang er nach einer guten Rasur, einem pergamentfarbenen Hemd, einem dunklen Zweireiher und einer dezenten Seidenkrawatte.

»Linder hier.«

»Aha, diese Linder. Und?«

»Sie hatten doch mal Interesse angemeldet, an so einem Notizbuch.«

Kurze Stille in der Leitung.

»Ja.«

»Kennen Sie den Schottenhof an der Amundsenstraße?«

»Das Gasthaus von Abu Talib?«

»Genau. Ich warte dort am Parkplatz auf Sie.«

»Warum?«

»Kein Warum. Kommen Sie mich holen. Sofort.«

»Gut.«

Er hatte aufgelegt. Ich ging von der Straße ab, rechter Hand bergab, durch einen Waldstreifen, auf eine der frisch gemähten, duftenden Wiesen. Im Osten hellte der Himmel auf, während im Westen noch ein paar Sterne auf dunkelblauem Untergrund standen. Die Wiese war sehr frisch gemäht, duftete nicht nach Heu, sondern mehr nach Klee und Honig, schwer und feucht. Ein wunderbares Parfüm.

Ich war im Laufschritt unterwegs, ein kleiner Fußweg war da ganz praktisch, bis ich zu einem Bächlein kam, das einen der Waldstreifen durchzog. Es war da keine Brücke. Aber da das Gras ohnedies nass war und deswegen meine Schuhe feucht, sprang ich einfach mit zwei großen Schritten durch.

Als der kleine Bach hinter mir lag, ging es ein wenig bergauf. Als ich ernstlich zu schnaufen begann, hatte die

Topografie Wiens ein Einsehen mit mir und ließ mich wieder bergab marschieren. Wieder kam ein kleiner Bach, wieder musste ich durch, wieder ging es danach bergauf. Zwar nicht steil, aber stetig. Es quatschte in meinen Schuhen. Der helle Himmel im Osten war eine Hilfe, in der Nacht hätte ich mich garantiert verirrt, aber so war es recht leicht, den richtigen Wegen zu folgen. Als ich dann auf die Amundsenstraße hinauskam, dämmerte es schon richtig. In der kühlen Morgenluft dampfte ich richtiggehend. Alles ringsum, die Bäume, der Gasthof, die Straße, war grau und feucht.

Auf dem Parkplatz machte ich ein Auto aus. Elenas Fiat. Nein, der ihres Vaters. Ich ging darauf zu. Korkarian sah mich kommen, beugte sich herüber und öffnete die Tür. Der Motor lief schon. Drinnen war es warm, und eine träumerische, leicht melancholische Flötenmusik lief im Hintergrund. Sicher armenisch, der Sound, dachte ich mir. Über die Straße zogen ein paar Nebelschwaden, die hatte ich im dichten Wald gar nicht bemerkt.

»Also, was wollen Sie?«

»Ich dachte, Sie wollten was.«

»Haben Sie Buch hier?« In seinen Augen glitzerte es. Gott sei Dank hatte ich es nicht bei mir. Seine Rechte war verdächtig unter sein Jackett gewandert.

»Nein.«

»Wo haben Sie es?«

»Fahren wir los.«

»Wohin?«

»Fahren wir los.« Und wir fuhren. Zuerst die Amundsenstraße hinunter, durch Laubwälder und letzte Nebelschlieren, dann ein paar Hintergassen, die steilen Hügel hinauf. Schlussendlich hielten wir an einer kleinen Kreuzung. Ringsum nur Bäume, geflickter Asphalt und die Hintermauer des Sanatoriums auf der Baumgartner Höhe. Der Motor lief leise, die Musik klang gedämpft, und es war noch immer warm im Auto.

»Gut so, der Ort?«

»Perfekt. Wir wollen doch nicht, dass Kana plötzlich auftaucht.«

»Sicher nicht.«

»Was krieg ich dafür?«

»Tausend.«

Ich musste schmunzeln und ließ mir Zeit für eine Antwort.

»Schnell. Machen Sie schon. Wir haben keine Zeit für solche Spiele.«

»Warum?«, wieder ein bisschen gedehnt.

»Weil Sie Kana beklaut haben. Der glaubt nun, dass ich dahinterstecke. Der kommt zu mir mit seine Gorillas. Meine Tochter ist allein zu Hause. Müssen schnell sein.«

»Gar nichts glaubt der.«

»Wieso?«

»Weil ich ihm das ausgeredet habe. Der denkt alles Mögliche, aber niemals, dass ich für Sie arbeite.«

»Zuerst haben Sie ihn beklaut und dann mit ihm geredet? Sie sind dort geblieben, obwohl Sie die Papiere hatten, weil Sie eine falsche Fährte legen wollten?« Genau das war mein Plan gewesen. Kana konnte ich in den Verwicklungen nicht mehr gebrauchen. Es würde auch ohne ihn schwer genug sein, die Sache so zu schaukeln, wie ich mir das vorgenommen hatte.

»Genau.«

»Frech«, meinte Korkarian. Vielleicht war sogar ein kleiner Hauch Anerkennung in seiner Stimme zu finden. Jedoch eben nur vielleicht.

»Sicherlich war es frech, aber auch unvermeidlich. Sonst wäre der sofort bei Ihnen aufgetaucht.«

»Der wird sowieso kommen.«

»Denke ich auch. Nur haben wir so ein bisschen Zeit gewonnen.«

»Kann sein.«

»Sicher haben wir das.«

»Gutt.« Hinter seiner schönen Stirn ratterten die Gedanken. Leider ließ sich nicht sagen, welche.

»Wo isstes?«

»In Sicherheit.«

»Wie das? Ich denke, Sie kommen gerade von Kana?«

»Ich war nicht allein dort. Mein Partner hat es.«

Da kicherte Korkarian in sich hinein. Es fehlte nur noch, dass er sich die Hände rieb, dann wäre er wahrhaftig als Seelenhändler durchgegangen.

»Partner? Gebe Ihnen Rat, gratis.«

»Ich höre.«

»Gibt keine Partner.«

»Aus berufenem Mund.«

Er ignorierte die Stichelei und kam sofort wieder zum Geschäft zurück.

»Also, wie viel Sie wollen?«

»Kein Geld. Ich will die Unterlagen für das Konto auf den Caymans.« Cayman Islands, das klingt schon so nach Tropensonne und Piratenschätzen. Man müsste sich »Inseln im Strom« einpacken und ein bisschen Urlaub machen, vielleicht auch zu fischen anfangen. Aber ganz eigentlich stehe ich weder auf Sonne noch auf Sand zwischen den Zehen. Andererseits könnte man auch in Wien bleiben und Privatgelehrter werden. Den ganzen Tag in Bibliotheken und Cafés verbringen und dabei riesige Berge an unnützem Wissen anhäufen. Oder aber Laura. Ein aberwitziges Happy End mit uns beiden auf einem Riesenhaufen Kohle, eine nicht enden wollende Fahrt in den Sonnenuntergang. Aber zuvor müssten Kana und Korkarian in den Knast. Sonst müsste man immer ein paar Bodyguards im Gepäck haben. Auch nicht das Wahre. Korkarian unterbrach meine Fantasien.

»Woher wissen Sie von die Konto?«

»Ich bin irgendwann darüber gestolpert.«

»Hm.« Er grübelte. »Kann ich Ihnen nicht alles geben, geht nicht. Ich zahle Sie gut, wenn Sie mir das Notizbuch bringen. Ein Drittel des Kontos.«

»Wie viel wäre das?« Das war ein Fehler.

»Sie wissen gar nicht, wie viel Geld da drauflliegt?«

»Keinen Deut. Ich weiß nur, dass es da ist und dass es üppig ist.«

Er kicherte wieder.

»Halbe Million, vielleicht auch ein bisschen mehr.«

»Für mich.«

»Für Sie.« Er fixierte mich. Genau der gleiche Blick, den auch seine Tochter draufhatte, damals im Kreditbüro. Wieder fühlte ich mich wie die Gazelle, die dem Löwen ins Auge blickt, nur diesmal nicht einem jungen, sondern einem alten, erfahrenen, den die Jahre schon ein wenig zu plagen beginnen.

»Also, nehmen Sie Angebot an?«

»Ich komme bei Ihnen um halb neun vorbei. Dann regeln wir das.«

»Gut.«

Ich nickte ihm zu, dann stieg ich aus. Der Fiat fuhr leise an. Die Reifen knirschten auf den Steinen des Bankette und schon war der Wagen hinter einer Ecke der Sanatoriumsmauer verschwunden. Die tiefhängenden dunkelgrünen Blätter der Eichen und Linden, die klare Luft und die grünmoosigen Ziegelsteine der Mauer erinnerten mich ein wenig an ein Märchen. Fast schien es sicher, dass sich hinter der Mauer kein Sanatorium befand, sondern der Zaubergarten der Hexe aus Jorinde und Joringel. Fast wäre ich stehen geblieben, um eine rote Blume zu suchen, mit einem Tautropfen im Kelch, um meine Liebste zu befreien. Das Märchen brachte mich auf eine Idee. Laura mochte sicher Blumen. Ein Vogel zwitscherte vergnügt in den Ästen, ich konnte ihm nachfühlen. Ein herrlicher Morgen.

Ein paar Minuten später saß ich im 48erBus Richtung Rudolfsheim-Fünfhaus. In den Wiener Linien machen Sommermorgen, auch wenn sie noch so schön sein mögen, deutlich weniger Spaß. Irgendwer isst immer eine Pizza, der Chauffeur ist immer schlecht drauf und der Schweißgeruch des letzten Tages geht über Nacht auch nicht weg. Nach dem Umsteigen war es nicht besser, und im 15. sind die Morgen einfach nicht so strahlend wie am Stadtrand. Dafür gibt's mehr Autos und weniger Bäume und mehr Hundstrümmerl.

In der Märzstraße stand ich vorm Kotanko und trat ein. Drinnen war wie immer der Chef, vertieft in die Lektüre seiner Zeitung, sowie ein weiterer Trinker. Aber Kurti war nicht da. Genauso wenig wie die böhmische Schankmaid.

An ihrer Stelle stand ein junges Mädchen, das ich noch nie gesehen hatte, hinter dem Tresen.

»Servas«, begrüßte mich der Chef. »Du suachst'n Kurti.«

»Genau.«

»Der wird erst kumman. Trink was, da vergeht die Zeit schneller.«

»Nein danke, bin in Eile. Wo wohnt der Kurti eigentlich?«

»Drüben in der Holochergass'n , vis à vis der Hintereinfahrt vom Sissi.«

»Danke.«

Mit Sissi war das Kaiserin-Elisabeth-Spital gemeint, nicht etwa ein Tschecherl oder ein Café. Ein paar Straßenüberquerungen später stand ich vor der Haustür. Auf dem Schild der Klingelanlage war Kurti schnell gefunden, ich kannte schließlich seinen Nachnamen. Ich klingelte.

Nach kurzem Warten rauschte es, und eine alte, belegte Stimme war zu hören.

»Ja.«

»Guten Tag, ich bin Arno, ist der Kurti da?«

»Der schlaft no. Kumm auffa, i weck eam.« Die Gegensprechanlage rauschte wieder und es war still. Dann summte der Türöffner.

Im Stiegenhaus war alles sauber und ordentlich, die Türmatten wirkten neuwertig und über allem schwebte eine Idee Schnitzelduft vom letzten Abendessen. Im zweiten Stock angekommen, klopfte ich. Hinter der Tür war ein Schlurfen zu vernehmen, es klackte, als Riegel weggeschoben wurden, und schließlich stand eine winzige alte, verhutzelte Frau vor mir. Sie trug eine blaue, geblümte

Hausschürze, die Haare streng nach hinten gebunden, wahrscheinlich in einem schönen Zopf.

»Du bist der Arno?«

Sie artikulierte ein wenig undeutlich, was daran lag, dass sie entweder ihre Zahnprothese nicht trug oder gar keine hatte. Auf ihrem Kinn sprossen drei schwarze Haare. Die blauen Augen, obwohl schon ein wenig alterstrüb, fixierten mich scharf.

»Genau.«

»Kumm eina. Da Kurti is glei do.«

Die Wohnung war winzig, ein Wohnzimmer mit zerwühltem Tagesbett, eine Küche mit Dusche und eine weitere Tür, die in das Kabinett führte, wo wahrscheinlich die alte Frau schlief. In der Küche plätscherte Wasser, Kurti wusch sich wohl gerade. Insgesamt maß die Wohnung vielleicht 40 Quadratmeter. Alles war penibel sauber. Es gab ein kleines Regal mit ein paar Büchern drin, einen kleinen Schrank mit dem guten Porzellan, wahrscheinlich neben Kurti der ganze Stolz der alten Frau, und einen Tisch mit vier Stühlen. Auf dem Tisch war ein Frühstück vorbereitet. Eine weiße Kaffeekanne, ein kleineres Kännchen mit Milch und ein geflochtener Korb mit schönen, blonden Semmeln, runden und langen. Butter war da, ebenso ein kleiner Tiegel mit Marmelade. Die alte Frau klappte das Tagesbett hoch und wies mir einen Platz zu. Danach legte sie mir ein Gedeck auf und kurz darauf kam Kurti herein. Sein Haar war noch nass und er trug nur ein Unterhemd.

»Zzzzt«, zischte seine Mutter leise und deutete hinter meinen Rücken, sofort knöpfte sich Kurti sein Hemd zu und setzte sich vollständig angezogen mir gegenüber an den Tisch. Die Mutter links neben mich. Von meinem Platz aus sah ich zum Fenster hinaus in einen Hof. Grau in Grau. Doch im Fenster zwischen den Doppelscheiben stand ein kleines Blumenbeet mit Stiefmütterchen. Die Pflanzen wirkten glücklich und zufrieden, obwohl mir nicht klar war, woher sie ihre Sonne kriegten.

Ich bekam eine runde Semmel auf meinen Teller, Kurti eine lange, und uns wurde Kaffee eingeschenkt. Dass ich keine Milch drin haben wollte, wurde nicht gehört. Auch bekam ich nur einen Löffel Zucker aus der Silberdose. Dafür musste ich meine Semmel selber schmieren, während Kurti seine geschmiert bekam.

Das Ganze war ein Ritual. Solange keine Atombombe auf Wien fiel oder der alten Dame keine Ader im Gehirn platzte, würde es so weitergehen. Tag für Tag. Immer mit derselben Sorgfalt und Genauigkeit und all der Liebe, die sich darin ausdrückte. Ich konnte für einen Moment hinter den Schein der Wirklichkeit linsen, sah Kurti mit kurzen Hosen und Lausbubenlocke, dann mit blauen Jeans und Rockertolle, die Jahre und Gestalten zogen an mir vorüber. So hatten sie dagesessen am Tag der Mondlandung, beim Regierungsantritt Kreiskys, der Einführung des Euros. Ich sah die alte Frau auch allein neben dem gedeckten Tisch sitzen, dann, wenn Kurti im Gefängnis gewesen war. Kein schönes Bild.

Während wir unsere Semmeln aßen und den Kaffee tranken, er war stark und malzig, saß die alte Frau neben uns. Sie aß nicht mit, hatte für sich selbst nicht einmal ein Gedeck aufgelegt.

»Mutti, lasst du uns kurz alleine? Wir müssen reden.«

»Sicher, Kurti.«

»Danke.«

Sie schenkte uns Kaffee nach, legte jedem von uns eine zweite Semmel auf den Teller und verschwand dann in der Küche.

»Brauchst gar net fragen, i hob des Notizbiachl. Aber du kriagst's net.«

»Warum?«

»Da geht's um an Haufen Marie.«

»Blödsinn.«

»Sicha.«

»Kurti, du hast keine Ahnung. Sei vernünftig, gib mir das Buch und du kriegst was von meinem Honorar.«

»Wie vü is des?«

»1.500 Euro.«

»Für mi?«

»Nein, das ist mein Honorar. Meine Miete bis Silvester.«

»Hupf in Gatsch.«

Kurti biss in die Semmel. Ich trank einen Schluck vom Kaffee. Gar nicht schlecht.

»Mehr kann ich dir nicht anbieten.«

»Für des Oizerl mach i des net. I hab die Villa gseng. Des Biachl is a runde Million wert. Wahrscheinlich mehr.«

»Sei vernünftig, Kurti. Zwing mich nicht, hart zu werden. Wenn alles gut geht, kriegst du deinen Teil. Ganz sicher.«

»Darauf gib i nix.«

»Hast du das Notizbuch da?«

»Schau i so bled aus in da Frua?«

»Keineswegs.«

»Eh.«

»Letzte Chance.«

»Hupf in Gatsch.«

Darauf war nichts mehr zu sagen. Schließlich wusste ich auch so, wo er das Ding aufbewahrte. Die verliebten Blicke der Bedienung im Kotanko waren mir nicht entgangen. Vor allem aber nicht, dass ihr Kurti Feuer gegeben hatte. So was machte er nicht zum Spaß. Wo die Frau wohnte, würde sich ohne Probleme herausfinden lassen. Genüsslich schmierte ich mir die zweite Semmel mit Margarine, denn die Butter war gar keine, und aß sie auf. Dazu trank ich den Kaffee. Schließlich kam die Mutter wieder herein und räumte ab. Ich verabschiedete mich, bedankte mich höflich und ging.

VII

Draußen auf der Straße brummten die Verbrennungsmotoren ihren frühmorgendlichen Paarungsgesang, ich drückte mich in einen Hauseingang und telefonierte.

»Moratti, Kripo Wien.«

»Guten Morgen.«

»Ah, der Herr Doktor. Und wie wars? Wir warten schon die ganze Nacht auf Ihren Anruf.«

»Hat alles geklappt, das Notizbuch ist da und muss nur mehr abgeholt werden.« Es knackte ein wenig in der Leitung. Ich nahm an, dass Moratti auf den Freisprechknopf drückte, damit seine Chefin mithören konnte. Seltsamerweise scheint es so zu sein, dass bei der Polizei immer der B-Mann telefoniert und der Alpha-Beamte zuhört.

»Inklusive aller Seiten?«

»Aller Seiten? Soweit sich das sagen lässt, ja. Ich hatte nicht viel Zeit reinzuschauen.«

»Reden Sie keinen Scheiß, komplett oder nicht, das ist hier die Frage.«

»Sicher komplett.«

Es wurde still am anderen Ende der Leitung. Die beiden berieten sich. Dann wieder Moratti.

»Gut, bringen Sie es, so schnell Sie können, vorbei.«

»Das wird ein wenig dauern, fürchte ich.«

»Gar nichts wird das. Um acht Uhr liegt es auf meinem Schreibtisch.«

»Das geht sich vielleicht aus, aber sicher nicht, wenn ich es Ihnen bringe.«

»Was ist los, sind Sie im Krankenhaus?« Passenderweise fuhr gerade ein Rettungswagen mit Blaulicht vorbei. Ich musste grinsen, denn im Telefon hörte ich die Molnar fragen: »Ist ihm was passiert?«, und Morattis Antwort: »Nein, glaube nicht.« Die beiden klangen ein bisschen nervös. Dann wieder zu mir. »Also, was spielt sich da ab?«

»Sie müssen das Buch selber holen.«

»Warum?«

»Weil mein Partner mich übers Ohr gehauen hat.«

»Wir hatten nichts von einem Partner gesagt. Sind Sie wahnsinnig geworden, wissen Sie, was das bedeutet, wenn das rauskommt, Sie Fallott!« Aufgeregt verfiel Moratti wieder in seine heimatliche Ausdrucksweise, die mit den Schneegipfeln in den Vokalen und den gefällten Baumstämmen bei den Knacklauten. Wieder ein Geräusch am anderen Ende der Leitung. Die Molnar.

»Was ist da los? Warum haben Sie jemanden hinzugezogen?«

»Weil der eine echte Koryphäe ist und so alles viel sicherer vonstatten gegangen ist, als ich das hätte durchführen können. War sicher in unserem Interesse.«

Da musste ich ausweichen, weil eine junge Mutter mit Kinderwagen und einem weiteren Sprössling zur Tür hinaus wollte, die ich blockierte. Im Wagerl saß ein Mädchen in Rosa, mit Maschen im Haar. Ihr Bruder, ein bisschen älter, vielleicht 4, ging alleine. Er hatte ganz dunkles, gelocktes Haar, große dunkle Augen und schmale Lippen. Er starrte mir unentwegt tief in die Augen. Die Mami schien sehr jung zu sein, mit Ganzkörperkutte und Kopftuch. Das Kopftuch in strahlendem Silberrosa und die Kutte in unterwäschefreundlichem Hauteng. Die Kleidung war viel, aber sicher nicht puritanisch. Selbstbewusst schupfte sie mich mit dem Kinderwagen beiseite. Ich murmelte eine Entschuldigung.

»Was soll das?«

»Passanten.«

»Ach so.« Pause. »Weiter.«

»Der bewusste Partner hat jetzt das Notizbuch.«

»Wie konnten Sie nur so blöd sein, sich übers Ohr hauen zu lassen.«

»So blöd war ich nicht. Damit hab ich gerechnet gehabt. Ist so auch viel praktischer.«

»Warum?« Sie grübelte kurz. »Wir verhaften ihn und müssen keine unangenehmen Fragen beantworten, woher wir das Ding haben.«

»Genau.«

»Gut. Adresse.«

»In der Holochergasse.« Keine Reaktion. Ich nannte die ganze Adresse und den kompletten Namen. Noch immer keine Reaktion.

»Noch nie von Kurti gehört?«

»Nein.«

»Fragen Sie mal die älteren Kollegen.« Damit legte ich auf. Schritt eins und zwei hatten geklappt. Nun hieß es Daumen halten und weitermachen. Das Weitermachen führte mich zurück zum Kotanko. Beim Eintreten bestellte ich einen großen Mokka und bekam ihn diesmal ohne den Schnaps dazu, denn der Chef war nicht da.

»Der Kurti war nicht zu Hause«, meinte ich zum neuen Mädchen hinter der Bar, sie war vielleicht 16.

»Net?«

»Nein.«

»Komisch.«

»Vielleicht ist er bei seiner Freundin.«

»Hat er kane Gspusi.«

»Sicher, wo wohnt denn die Bedienung?«

»Ich wohne hinten, am Kirche«, antwortete das Mädchen hinter dem Tresen frech. Sie war Rumänin. Und hübsch.

»Nein, ich meine diejenige vom letzten Mal.«

»Die Ira, wohnt sie gleich vis à vis. Nummer 11.«

Ich trank den Kaffee aus, bezahlte und ging. Sobald ich draußen war, hetzte ich über die Straße und klingelte. An allen Knöpfen. Eine Sekunde später summte der Türöffner und in der Gegensprechanlage tobte ein Orkan aus tausend Stimmen und ebenso vielen Sprachen. Ich wette, nicht einmal Beelzebub persönlich kennt so viele Flüche. Drinnen eilte ich die Treppen hinauf, bis ich vor Nummer 11 stand. Die Tür war zu. Verschlossen. Das machte nicht viel, denn sie bestand aus zwei Flügeln. So eine hatte ich auch einmal gehabt. Ich lehnte mich gegen den Türknauf, drückte ihn fest nach oben, so dass sich die Tür ein wenig anhob, dann warf ich mich mit aller Kraft gegen den zweiten Flügel. Ein Knacksen, unisono Tür und Schulter, ein bisschen Schmerz, denn blöd wie ich bin, hatte ich wieder die Schulter erwischt, die schon den Sturz aus dem VW aufgefangen hatte. Die Tür war offen. Lebe und lerne, heißt es. Oder doch lebe und leide? Egal, beides hat was.

Jedenfalls war ich drin. Die Wohnung, soweit ich sehen konnte, schien ein gemütliches Chaos zu sein. Helle Farben, viel schönes Allerlei, es roch gut und alles wirkte fröhlich. Überall Topfpflanzen. Plötzlich stand eine Frau vor mir, nackt. Sie war nie im Leben Ira. Ich hatte die falsche Türe geknackt. Die Frau schien noch nicht ganz wach zu sein und sah mich fragend an.

»Wohnt hier nicht Ira?«

»Ira?«

»Ja.«

»Sicher.« Sie drehte sich um, öffnete eine Tür, rief: »Ira« hinein und verschwand wieder hinter einer anderen. Ich ging zu der Tür und schaute in das Zimmer hinein. Eine Matratze am Fußboden, mit dottergelber Bettwäsche bezogen, ein wohlgefülltes Bücherregal, das sehr gelesen wirkte und ein Nachttisch. Auf dem Nachttisch, neben einer Lampe, das Notizbuch. Unter den Kissen kam Iras Schopf zum Vorschein. Sie blinzelte sich den Schlaf aus den Augen. Ich schnappte mir das Notizbuch, warf ein fröhliches »Guten Morgen« hin und machte mich wieder auf und davon. An der Tür steckte innen der Schlüssel, ich sperrte das Schloss auf und ging. Ich raste die Treppen hinunter wie die wilde Jagd, vorbei an Parteien, die sich im Gang etwas zuschrien. Wahrscheinlich wegen meines Klingelns. Niemand aber vermutete mich hinter dem Tumult. Draußen überquerte ich die Straße und ging in den Reithofferpark. Dort ruhte ich ein wenig aus und schnaufte durch. Schritt drei hatte auch geklappt. Bis auf ein paar Tauben war ich allein. Ich holte mein Handy raus.

»Hi, Reichi. Schon wach?«

»Noch nicht so ganz. Warum?«

»Noch Lust auf den Seelendeal?«

»Sicher.«

»Dann sei so schnell wie möglich am Reithofferpark. Ecke Märzstraße. Dort ist das Institut.«

»Gut.«

»Aber beeil dich, last call.«

»Alles klar. Viertelstunde vielleicht.«

»Gut.«

Ich legte auf. Nun musste ich nur mehr warten, bis Reichi auftauchte, dann konnte Schritt vier gestartet werden. Allein zu Korkarian zu gehen, war keine gute Idee, der Mann hatte eine Knarre und ich wollte kein Loch im Bauch. Zur Not wäre die Kripo auch in Reichweite. Aber das war nur der letzte Rettungsstrick, denn dann könnte ich mir das Konto abschminken, doch besser arm und am Leben als reich und tot.

Von der Gier getrieben und auf den Schwingen des

Schicksals reitend, war Reichi keine 20 Minuten später eingetroffen. Ich beobachtete aus den Büschen, wie er die Straße überquerte und ins Kreditbüro eintrat. Ich folgte ihm, schaltete mein Handy auf lautlos und trat ebenfalls ein.

Reichi saß Korkarian gegenüber, am selben Platz, auf dem auch ich gesessen hatte. Korkarian bemerkte mich sofort, und alles andere war für ihn in diesem Moment Luft. Er bemerkte den überraschten Gesichtsausdruck von Reichi nicht. Nach einer Zehntelsekunde hatte sich Reichi wieder unter Kontrolle, für einen alten Pokermeister kein Problem. Korkarian war aufgestanden und auf mich zugekommen.

»Ich hab was für Sie.«

Korkarian deutete mit seinem Kopf auf Reichi.

»Habe momentan eine Kunde.«

»Gehen wir nach hinten.«

»Gut.«

Er drehte sich um und ging. Ich folgte ihm. Hoffentlich hielt ihn Reichis Anwesenheit davon ab, von der Kanone unter seinem Anzug Gebrauch zu machen. Das Hinterzimmer wurde von einem Kopierer und einem Fax beherrscht. Metallregale enthielten Papierpacken, Druckertoner und sonstigen Bürobedarf. Auch Akten gab es.

Ich legte das Notizbuch von der Schauberger auf den Kopierer. Es war leicht zu bemerken, wie Gier und Vernunft in Korkarian miteinander stritten. Es schien die Vernunft zu siegen.

»Finfhunderttausend. Letztes Angebot.«

»Mehr ist Ihnen das Leben Ihrer Tochter nicht wert?«

Seine Lippen formten Worte, die ich weder hören noch verstehen konnte.

»Ich hetze Kana auf die schöne Elena. Sie ist ein Druckmittel, genau nach seinem Geschmack.«

Wieder formten sich lautlose Worte auf seinen Lippen. Dann zog er die Kanone. Ganz kurz blieb mein Herz stehen. Nun trat er einen Schritt zurück, fummelte an seiner Weste und holte einen Schlüssel heraus. Mit einem Auge und der Knarre fixierte er mich, mit dem anderen den Safe. Er schloss auf. Ohne hinzusehen, zog er eine Aktenmappe heraus. Die legte er neben das Notizbuch, den Tresor schloss er mit der Schulter. Langsam griff ich mir die Mappe, er sich das Notizbuch. In der Mappe befanden sich alle auf den ersten Blick nötigen Informationen. Mehr ließ sich im Augenblick nicht feststellen.

»Ich brauch noch was.«

»Was?« Er spie das Wort förmlich aus.

»Eine der Akten, viel sollte drin sein, aus dem letzten Jahr vielleicht, aber Unverbindliches, das Sie verschmerzen können.«

»Nehmen Sie eine von die Regal.« Das tat ich auch, schließlich wollte ja auch Mutter Kirche Resultate sehen.

Ich trat zur Tür, öffnete sie, noch immer zu ihm gewandt.

»Dann ist ja alles klar. Auf Wiedersehen.« Damit ging ich an Reichi vorbei, hinaus auf die Straße. Mich fröstelte, denn mein Hemd war nass, meine Socken waren nass und meine Hände hinterließen Schweißabdrücke auf der Aktenmappe. Cayman Savings & Loans stand drauf. Eine

Palme und ein Anker waren auch zu sehen. Das Logo sah irgendwie aus wie eine Piratenfahne.

Draußen war ich noch keine zehn Meter gekommen, mit weichen Knien und einem mulmigen Gefühl im Bauch, als auch schon mein Handy sein Recht einforderte. Es war Moratti, wieder einmal im Testosteron-Modus.

»Linder, Ihr Mann hat das Notizbuch überhaupt nicht. Er ist auch keineswegs bereit, eine Aussage zu machen.«

»Soso.«

»›Soso‹? Wissen Sie was, Sie mit Ihrem ›Soso‹ …«

»Kann ich mir vorstellen. Haben Sie eine Schmuckkassette sichergestellt und ein bisschen Bargeld?«

»Ja?«

»Gut, dann kann man wenigstens den Einbruch nachweisen.«

»Einbruch? Na und. Wir wollen Kana.«

»Ist mir durchaus klar. Wenn mein Mann es nicht hat, dann Korkarian. Das ist der Widersacher von …«

»Kana, wissen wir. Wo sitzt der?«

Ich nannte die Adresse. »Und beeilen Sie sich.«

Aber Moratti hatte schon aufgelegt. Ich setzte mich auf eine Parkbank, und zwei Minuten später sauste ein Wagen am Reithofferpark vorbei, ganz sicher mit erheblicher Geschwindigkeitsübertretung, und kam mit quietschenden Rädern vor Korkarians Büro zum Stehen. Mitten auf dem Gehsteig. Molnar und Moratti sprangen heraus. Moratti hatte schon eine Knarre in der Hand, Molnar ein Handy. Es war wie im Kino, mir fehlte nur noch das Popcorn. Leider war ich nicht mit dabei. Es war auch so unerhört spannend. Dann kam Molnar raus, hinter ihr Korkarian, mit gefesselten Händen, und hinter ihm Moratti. Molnar hatte das Notizbuch in der Hand. Mittlerweile waren zwei Streifenwagen dazugekommen, und als ich Reichi unbeschadet davonschleichen sah, gab ich meinen Beobachtungsposten auf und ging betont schuldlos davon. Mit unheimlich viel Geld unter dem Arm.

6. KAPITEL

I

Es war vollbracht. Alles hatte geklappt, so wie ich mir das ausgerechnet hatte. Nun saß ich mit einer Kanne Sencha und der Aktenmappe in meinem Büro. Draußen herrschte die grimmige Mittagshitze uneingeschränkt, darum waren auch die Jalousien heruntergelassen. Im Halbdunkel vor mir auf dem Schreibtisch lagen grob geschätzte 300 Gramm Papier schlechtester Qualität. Aus den Plastikboxen auf dem Fensterbrett klang Bach an mein Ohr. Wohltemperiertes Klavier, gespielt von Glenn Gould und seinem quietschenden Sessel. Den Sessel hatte einst sein Vater für den kleinen Glenn gebaut, nun war er der Schrecken sämtlicher Toningenieure. Auch egal, vor mir lag Geld. Richtig viel Geld.

Ich befeuchtete mir den rechten Zeigefinger und begann in den Unterlagen zu blättern. Ich war so aufgeregt, dass mir die Sätze vor den Augen verschwammen. Es war alles da, der Vertrag samt Kleingedrucktem, je kleiner, desto mehr, schien mir, Kontoauszüge und Zugangsdaten. Ich begann ganz langsam den Vertragstext durchzusehen, konnte mich jedoch überhaupt nicht konzentrieren. Also ließ ich es bleiben und besah mir die Zugangsdaten. Aber auch da war nichts auszurichten. Ich blätterte eine leere Seite um und dahinter begannen die Nullen. Ein paar hinter dem Komma, doch die waren mir egal. Die vor dem Komma waren zahlreich und hatten anscheinend die Familie mitgebracht. Ich zählte. Schüttelte ungläubig den Kopf. Zählte noch mal und konnte das Resultat nicht glauben. Nachdem ich zum dritten Mal gezählt hatte, beschloss ich, es einfach hinzunehmen, dass auf dem Konto ein achtstelliger Betrag geparkt war, der keine Eins vorne stehen hatte. Ich schenkte mir Sencha nach, ließ ihn auf der Zunge und schmeckte genießerisch. Der Bach-Gould-Sessel-Sound perlte klar und logisch durch den Raum. Dann schnappte ich mein Notizbuch und schrieb auf eine Seite den Kontostand. Zweihundertunddrei Millionen Euro. Dann in Zahlen. 203.000.000. Ich beschloss, mich von nun an reich zu fühlen. Wirtschaftskrise, Inflation und Arbeitslosigkeit sollten bloß kommen, ich war vorbereitet.

Mein Handy klingelte. Ich nahm ab.

»Arno, du Arsch, was hast du da abgezogen? Ich will einen Anteil.«

»Reichi, du hast doch die 500 Euro?«

»Ist sich gerade noch ausgegangen.«

»Fein, freut mich zu hören. Mehr ist da nicht drin.«

»Blödsinn, irgendwas sind die Akten, die du da rausgeschleppt hast, doch wert.«

»Nicht für uns.«

»Aber für deinen Auftraggeber.«

»Schon, aber der zahlt mir vielleicht 1500, so gesehen hast du eh ein Drittel gekriegt.«

»Dein Gesichtsausdruck hat mich an Cortéz in Caxamalca erinnert, als du da aus der Kammer rausgekommen bist.«

»Ich glaube, das war Pizarro in Peru. Aber egal, schau, Reichi, du hast die 500, ist doch auch was, oder? Ich hätt dich auch einfach nicht einweihen können.«

»Ganz glaub ich dir nicht.«

»Ich versorg dich und du wirst misstrauisch.«

»Mag's nicht, wenn man mich als Lockvogel einspannt.«

»Das war unschön, geb ich zu, jedoch nicht zu vermeiden. Sonst hättest du den Deal nicht mehr abschließen können. Außerdem, bedenk den Aufwand, so leicht wirst du nicht mehr so schnell 500 Euro verdienen. Und du warst erster Hand bei einer Verhaftung dabei.«

»Hast auch wieder recht.«

»Wegen der unschönen Komponente lad ich dich nächster Tage zum Abendessen ein. Entschuldigung angenommen?«

»Ok.«

»Wir hören uns.«

»Tun wir.«

Das war knapp gewesen, Reichi kann Kohle durchs Telefon riechen, auch bei schlechten Verbindungen. Da ich das Telefon schon in der Hand hielt, beschloss ich, gleich die nächste Sache hinter mich zu bringen.

»Hi, Arno.«

»Servus, Erich, stör ich beim Mittagsmahl?«

»I wo, zuhören und kauen ist gleichzeitig kein Problem.«

»Fein. Also, es liegt alles bei mir, man muss es nur mehr holen kommen.«

Kaugeräusche.

»Genaueres bei Abholung.«

Schluckgeräusche.

»Bin den ganzen Nachmittag im Büro.«

Kultiviertes Schmatzen, dann eine Antwort.

»Besser woanders. Gegen sechs im Sperl.«

»Bin dort. Sitz drinnen.«

Kaugeräusche und schließlich Stille. Erich hatte aufgelegt.

Eigentlich hatte ich nun vorgehabt, den versäumten Nachtschlaf nachzuholen. Aber ich war so aufgewühlt, dass an Schlaf überhaupt nicht zu denken war. Im Sessel war es unbequem, auf dem Boden hart und mit der Matratze zu heiß. Außerdem war sowieso noch etwas zu überprüfen. Zuerst verstaute ich den kostbaren Akt im Schrank, unter den Sitzungsprotokollen der Philologen-Tagung in Lausanne anno 73, da würde niemand nachsehen. Den Aktenordner für Erich legte ich einfach im Schreibtisch ab. Nach einer kurzen Katzenwäsche sperrte ich ab und verließ die Uni, wieder Richtung Westen, nach Ottakring hinaus.

Wenn irgend möglich, war es oben am Flötzersteig diesmal noch heißer als das letzte Mal. Das Plakat der Ottakringer Brauerei hing immer noch neben der Bushaltestelle. Nur ein Haufen Hundekot schien neu hinzugekommen zu sein. Wieder stieg ich die Böschung hinauf und ging zur Kleingartensiedlung.

Neumanns Schlachtschiff in Türkis stand am selben Platz wie letztens, daneben saß seine Frau. Diesmal trug sie einen bananengelben Bikini und war in der Zwischenzeit noch ein bisschen brauner geworden. Ansonsten war alles exakt so wie beim letzten Mal. Ich nickte ihr zu, was sie nicht einmal ignorierte, und trat an den Gartenzaun. Drinnen saß Neumann, in Badehose und mit Flinserl im Ohr, ruhig im Schatten. Er erkannte mich sofort und bat mich herein. Als ich saß, legte er seine Zeitung beiseite und fragte mich: »A a Bier?«

»Gerne.«

Er stand auf, ging in den Schuppen und kam mit zwei gelben Bierdosen zurück.

»Zum Wohl.« Er knackte seine und trank lautstark. Meine Dose war eiskalt und das Kondenswasser perlte an ihr herab. Ich nahm auch einen Schluck. Das Bier war tatsächlich eiskalt.

»Nicht mehr lauwarm aus der Regenrinne?«

»Wir haben jetzt einen neuen Kühlschrank.«

»Praktisch.«

»Genau.«

»Tut mir leid wegen Buehlin.«

»Ja, is a tragische Gschicht.«

»War die Beerdigung schon?«

»Vorgestern.«

»Schade. Sonst wär ich gekommen.«

»Es warn eh nur mia und da Hausser da. Außerdem wars e vü z'haß. War ka schene Leich.«

»Kann ich mir vorstellen.«

»Genau, der Kenner stirbt im Mai.«

Ich nahm noch einen Schluck aus der Dose.

»Bei der Sommerhitzn fangens vül z'schnell zum Safteln an, die Leichen. Dann stinkns grauslich. Mei Schwiegamutter hat's letztes Jahr im August dablasn.«

Er hatte zuerst einen Blick auf seine Frau geworfen und dann geflüstert. Schließlich nahm er einen Schluck aus der Dose.

»War net schen, weils scho a paar Tag in der Wohnung glegn is. Den Spannteppich hamma aussareißen miassn, war urdentlich teuer.«

Ich nickte mitfühlend.

»Die Schwigamama war im Leben wia im Tod a Kretzn.«

Er nahm noch einen Schluck.

»Glauben Sie das mit dem Selbstmord?«

»Bei Buehlin?«

»Sicher.«

»Waaß net. Mir hamma telefoniert, kurz davor. Er war ganz panisch.«

»Was hat er gesagt?«

»Der übliche Schmarrn wegen seina Maschin. I hab versuacht, ihn zu beruhigen. Aber hat anscheinend net g'hulfen. Wenn ma an Menschen so lang kennt und alles …« Er verstummte. Schaute über die grünen Hügel nach Westen. »Vielleicht wars eh besser so. Schuldig fühlt ma sie doch imma.«

Ich nickte stumm.

»Wenn a Freund stirbt, des is a schwere Last.«

Wir blieben noch ein bisschen bei dem Thema, als dann mein Bier aus war, verabschiedete ich mich und ging. Die Sonne brannte mir auf den Rücken, den ganzen Weg die Steinbruchstraße hinunter. Wenigstens wusste ich jetzt, wo Buehlins Maschine geblieben war.

II

Nun war Hausser dran. Diesmal ging ich nicht von vorne in die Wohnanlage, sondern einfach über die Rasenflächen zwischen den Häuserblocks. Grünes Gras, Birken, ein verwahrloster Spielplatz und Wäscheständer standen herum. An ein paar der Ständer hing frisch Gewaschenes, Höschen, Hemden und solche Sachen. Es roch ein wenig nach Waschmittel und Sauberkeit. Dazwischen jagten immer wieder ein paar kleine Kinder über die Waschbetonfliessen, die meisten hatten nur Badehosen an. Ein kleiner Junge fiel mir auf, der, vielleicht fünfjährig, dazu verdammt war, mit einer riesigen braunen Badehose aus den Sechzigern herumzulaufen. Alle paar Schritte musste er haltmachen, um das Ding wieder hochzuziehen. Eigentlich hätte er gleich nackt laufen können, aber das ging anscheinend nicht. Die Kinder kreischten und waren happy. Dann sah ich Hausser.

Sein Rollstuhl klackte über die Waschbetonfliesen des Weges. Bei jeder Fuge war ein »Tack« zu hören, wie in der Eisenbahn. Hausser schaute selbst für seine Verhältnisse missmutig drein. Auf seinem Schoß, den eine dicke Karodecke warm hielt, stand ein Sechserträger Bier. Das Kinderlachen schien ihm körperliche Beschwerden zu verursachen. Ich ging auf ihn zu, er erkannte mich und nickte. In seiner Rechten hielt er ein Pensionistenhandy, in das er irgendetwas eintippte. Als ich bei ihm war, steckte er es weg.

»Sie scho wieda?«

»Genau.«

»Warum?«

»Wollte ein bisschen mit Ihnen plaudern.«

»Warum?«

»Sie haben so viel Esprit.«

»Geh und fick deine …« Aus Ehrerbietung meiner Mutter gegenüber verbietet es mir mein Anstand, Haussers

Spruch wiederzugeben, aber ich denke, er ist auch so verständlich.

»Sehen Sie, Hausser, das ist Esprit.«

Ungerührt wiederholte er die Aufforderung. Was sie anderen Beschimpfungen, denen ich im Laufe meines Lebens ausgesetzt war, voraushatte, war ihre Ehrlichkeit. Hausser sagte es tatsächlich so, als ob er es ernst meinte.

»Sie legen ein bisschen Blues auf und wir unterhalten uns. Dann bin ich wieder weg, und wenn Sie Glück haben, sehen Sie mich nie wieder.«

»Kumman's mit.«

Wir benutzten den Hintereingang zu seinem Wohnblock, denn dort gab es eine Rampe, die in den Waschkeller hinunterführte. Es roch klamm und war dunkel. Obwohl ich es nicht sehen konnte, war ich mir sicher, dass in der vertieften Mitte des Raumes ein schwarzes Metallgitter vorhanden war, durch das Wasser abfließen konnte. Dort gab es sicher jede Menge Asseln und Tausendfüßler, die man den Mädchen ins Haar werfen konnte oder in die Jausensemmel stecken, wenn man garstig war und ein kleiner Junge.

Schließlich kamen wir vor dem Lift zu stehen und nach ein paar Augenblicken fuhren wir nach oben.

Draußen war es heiß gewesen, im Waschkeller kühl, im Lift drückend, aber in Haussers Wohnung war es der Wahnsinn. Die Luft schien sich wie ein Mantel aus flüssigem Blei um einen herumzulegen und dann unbarmherzig zuzudrücken, alle Poren verschließend und ein sanft klaustrophobisches Gefühl hervorrufend. Mir rann der Schweiß im Nacken herunter wie ein Bergquell.

»I mogs warm.«

»Sagen Sie bloß, Sie heizen?«

»Geht net, die Stadt draht im Summer immer die Heizung ab. Aber i hab an Elektroofen.«

»Sehr schlau.«

»Genau.«

Hausser räumte das Bier in den Kühlschrank, aus dem es ziemlich seltsam roch.

»Sie trinken Bier?«

»Na, aber nachher kummt a Schneggerl vorbei, die kan Schnaps mag.« Er fuhr zum Tisch und drückte Play. Bessie fing an zu singen und Hausser schaute mich an. Gott sei Dank bot er mir nichts zu trinken an.

»Also, was is?«

»Darf ich mich setzen?«

Er nickte. Ich schob die Pornos beiseite und setzte mich.

»Also, Hausser. Buehlin ist tot.«

»I waß. Hat sie selber des Licht ausblasn. Na und?«

»Was ist mit seinem Nachlass?«

»Was sull sein damit? Die paar Biachln interessieren kein Schwein.«

»Vielleicht. Doch wo ist seine Maschine?«

»Woher soll ich des wissn. Hat eh net funktioniert, des Klumpat. Drum hat er sich wahrscheinlich das Licht ausblasn. Ein Moment der Klarheit, wenn man so will.«

»Sehn Sie, Hausser, genau das passt nicht zusammen.«

»Warum?«

»Wenn er sich aus Resignation das Leben genommen hätte, müsste die Maschine noch da sein. Niemand klaut so etwas, wenn es nicht funktioniert. Wenn sie funktioniert hat, warum hat er dann Selbstmord verübt?«

»Wer weiß schon, was in dem Hirn von so einem Spinner vor sich geht.«

»Wenn Buehlin überhaupt verrückt war.«

»Machns Eahna net lächerlich. Der war gaga, so sicher, wie dass I im Rollstuhl sitz.«

»Vielleicht auch nicht. Was war das überhaupt für eine Maschine, das frag ich mich.«

»Irgend a Schaaß. A Luftschloss.«

»Sagt Ihnen der Name Schauberger was?«

»Nein.«

»Ich hab auch lang herumgerätselt.«

»Wie kummans überhaupt auf den Namen?«

»Es gab da eine Journalistin, intelligent, jung, hübsch und jetzt tot. Ich hab sie bei der Seelenkredit-Sache kennengelernt.«

»Sehr traurig. Aber was hat des mit Buehlin und seiner Maschine zu tun?«

»Durch die Schauberger bin ich damals auf Buehlin gekommen.«

»Und?«

»Sie hat recherchiert, im Zusammenhang mit einem Wirtschaftsbetrug.«

Hausser lachte schäbig.

»Schon mal den Begriff ›Haunebu‹ gehört, Hausser?«

»Nein.«

»Das waren Nurflügler der Nazis. So was wie fliegende Untertassen.«

»Sie san genauso verrückt wie der Buehlin. G'hen's jetzt. I hab ka Zeit für so an Blödsinn.«

»Ich denke doch.«

»Schauns, dass aussekumman.«

Sein Rollstuhl summte giftig und er fuhr zum Küchenkasten. Ich stand auf und mit einem schnellen Schritt stand ich hinter dem Rollstuhl. Ich drückte das Gefährt so gegen die Wand, dass er nicht mehr fahren konnte. Hausser schimpfte schrecklich, mir war das egal. Nach ein paar Minuten war er still.

»Was haben Sie da im Kasten drin?«

»Küchenrolle.«

»Eher Knarre.«

Keine Antwort.

»Wenn Sie brav sind, lass ich Sie los. Sonst werfe ich einfach Ihr Gerät um, dann liegen Sie auf dem Boden und ich trag den Rollstuhl mit mir davon. Sie können dann die Müllkippen danach durchsuchen. Auf dem Bauch kriechend. Sicher ein Heidenspaß.«

»Is ja guat. Lassns los jetzt.«

Er rollte wieder an seinen Platz am Tisch, schenkte sich einen Schnaps ein und trank. Ich öffnete den Kasten, drinnen lag neben Haushaltsgerät eine Schusswaffe. Ich nahm sie mit meinem Taschentuch auf, legte sie vor mich auf den Tisch, gerade so, dass Hausser nicht drankam, und setzte mich wieder.

»M'chen's weita.«

»Was fällt Ihnen jetzt zu Schauberger ein?«

»Nix, hab i ja schon gsagt.«

»Da war ein Ingenieur. Zwischenkriegszeit. Baute Strömungsanlagen und Turbinen. Seltsamer Kauz mit skurrilen Ansichten über die Naturgesetze, aber seine Überlegungen funktionierten.«

»Na und.«

»Der Typ hatte sogar einen Termin bei Hitler persönlich, er sollte den Antrieb für diese Nurflügler entwickeln. Aber er weigerte sich, aus politischen Überlegungen heraus. Nach dem Krieg schnappten ihn die Amis, mit ähnlichen Interessen wie die Deutschen. Da wollte er auch nicht so recht. Schließlich haben sie ihn umgebracht.«

»Tragisch.«

»Genau. Ich hab lang gebraucht, bis mir einfiel, woran mich der Familienname der Journalistin erinnerte.«

»An was?«

»Der Mann hieß auch so. Viktor Schauberger. Zufall? Nein.«

»Schön und gut. Super Geschichtl.«

»Eben. Was fällt Ihnen jetzt zu Haunebu ein?«

»Nix.«

»Mir schon: Das ist eine Abkürzung für die Namen der Ingenieure, die den Nurflügler gebaut haben. Hausser, Neumann und Buehlin. Ihre Väter haben diese Maschine entwickelt.«

»Und wenn schon, was solls.«

»Buehlin ist tot.«

Achselzucken.

»Seine Maschine ist weg.«

Achselzucken.

»Noch mal zurück. Wenn die Maschine nicht funktioniert hat, dann hätte es zwar einen Grund für Buehlins Selbstmord gegeben, aber keinen dafür, dass sie verschwunden ist. Da sie verschwunden ist …«

»… hat's funktioniert.«

»Buehlin hätte jedoch niemals einen Diebstahl zugelassen. Dazu hätte man ihn umbringen müssen.«

»Es war aber Selbstmord.«

»Genau.«

»Und jetzt?«

»Liegt doch auf der Hand.« Ich schaute mir Hausser genau an.

»Er hat sich umgebracht und dann hat jemand die Maschine geklaut«, meinte Hausser im Ton tiefster Gleichgültigkeit.

»Nein. Seine Tür kann man nicht knacken, ohne dass es auffällt, und dann hätte die Polizei die Selbstmord-Geschichte wesentlich strenger untersucht.«

»Also?«

»Jemand hat mit seinem Willen die Maschine abtransportiert, danach hat er sich umgebracht.«

»Und wer soll das gewesen sein?«

»Wir beide wissen das.«

»I sitz im Rollstuhl, i kann gar nix abtransportieren.«

»Ich war vorher bei Neumann.«

»Und?«

»Das letzte Mal hatte er lauwarmes Bier in der Regenrinne. Heute war es eiskalt. Bei Buehlin in der Wohnung war es auch eiskalt, als ich damals bei ihm war und die Maschine lief. Das letzte Mal musste Neumanns Frau aufstehen, zehn Meter gehen, um ihm die Dose zu bringen, die genau über seinem Kopf lag. Heute ging er selber in den Schuppen, um uns zwei Bier zu holen.«

Hausser schnaufte laut durch die Nase.

»Dann hat sie halt Neumann, die Beamtenseele.« Er schnaufte verächtlich. »Was geht's mich an?«

»Neumann ist ein netter Kerl, der die Wundermaschine dafür verwendet, sein Bier zu kühlen. Dem trau ich nicht zu, Buehlin in den Selbstmord zu treiben, um an das Gerät zu kommen. Vor allem, wenn er es dann dazu verwendet, Bier zu kühlen, das er auch lauwarm trinkt.«

Schweigen.

»Aber Ihnen, Hausser, ist das zuzutrauen.«

»Wie hätt ich das machen sollen?« Wieder grinste er schäbig.

»Sie haben noch viel mehr gemacht.«

»Ich, im Rollstuhl?«

»Sie im Rollstuhl.«

»Ich bin nicht Doktor No.«

»Nicht ganz, aber fast. Sie haben damals den Deal mit dem Kredit eingefädelt, so dass Kana Buehlin unterstützen konnte, ohne dass Buehlin davon wusste. Dann ist die Schauberger aufgetaucht, dann ich. Das war ihnen zu viel. Außerdem hatte Buehlin die Maschine so weit fertig. Sie haben Kana vor Schauberger so viel Angst eingejagt, dass der sie ausgeschaltet hat, weil Sie, Hausser, davor Angst hatten, dass die Schauberger rauskriegt, wohinter Sie her sind.«

»Sie war bei Buehlin, der musste ihr natürlich sofort erzählen, dass ihr Großvater mit unseren Vätern zusammengearbeitet hat. Die Kleine brauchte nur mehr eins und eins zusammenzählen.«

»Also musste sie weg.«

Er nickte.

»Warum das Ganze? Ging's Ihnen ums große Geld?«

»Ach wo. Wenn die Maschin funktioniert, is sie eh a perpetuum mobile. Sowas kann ma net patentieren loss'n.«

»Sie wollten bloß nicht Buehlin den Triumph gönnen?«

»Zwanz'g Jahr hab i herumgeschraubt und probiert.

Nix hat funktioniert und der Trottel bringts tatsächlich zum Laufen. Net mit mir.«

»Dann haben Sie Buehlin so viel Angst vor Kana gemacht, dass er sich umbrachte, um seine Maschine zu retten. Da sein einziger Freund Neumann ist, wussten Sie auch, wohin die Maschine gebracht wurde. Kein Risiko für Sie. Sie müssen nur mehr ruhig dasitzen, die Maschine läuft Ihnen nicht weg, und in ein paar Wochen kann man sie holen.«

Hausser grinste schäbig. Als er wieder sprach, war der Dialekt verschwunden und Hausser sprach wieder wie ein gebildeter Mann.

»Dann wird keiner mehr von Buehlin reden, nur mehr von mir. Ohne Sie hätt das aber nicht geklappt. Sie haben Buehlin so eine Heidenangst eingejagt, dass er weich wie Butter war.«

»Wie haben Sie Kana eigentlich kennengelernt? Ich tippe mal über seinen Vater und die Bildungsanstalt. Das letzte Mal klangen Sie sehr nach Lehrer?«

»Auch wenn man es jetzt nicht mehr merkt, ich war einmal an der Uni angestellt. Bei Kana hab ich zuerst nur nebenher mitgearbeitet, aber …

»Als man Sie auf der Uni rausgeschmissen hat, nur mehr bei Kana.«

»Es gab da kleine Unregelmäßigkeiten. Die Maschine hat mein ganzes Leben zerstört. Ehe, Karriere und Gesundheit. Was meinen Sie, warum ich im Rollstuhl sitze? Aber ich werde ganz vorne anfangen. Im Krieg arbeiteten unsere Väter damals gemeinsam an den Reichsflugscheiben. Als die ganze Farce den Bach runter gegangen war, wurden die drei von den Westalliierten geschnappt.

Unseren Vätern war das gar nicht so unrecht, schließlich konnten sie so weiter an Nurflüglern arbeiten und die finanziellen Ressourcen waren schier unerschöpflich. Neumann nahm seine Familie mit hinüber, Buehlins Vater und meiner nicht. Die haben dort wieder geheiratet. In den späten Fünfzigern, als die Möglichkeit einer Mondlandung langsam Realität zu werden begann, gab es dann einen Unfall. Unsere Väter waren tot. Neumann kehrte zurück.«

»Sie meinen den Sohn?«

»Genau. Damals begann ich mich für die Arbeit unserer Väter zu interessieren. Es waren ein paar Aufzeichnungen übrig geblieben, ich studierte Maschinenbau. Schließlich fing ich an selbst ein wenig herumzubasteln, anfangs nur nebenher. Mit der Zeit fraß die Idee von der Implosion aber mein ganzes Leben auf. Besessenheit nennt man sowas. Ich investierte Geld, das ich nicht hatte, das flog auf und die Maschine funktionierte immer noch nicht. Ich verlor meine Stellung. Meine Frau betrog mich. Zuerst fiel es mir überhaupt nicht auf, aber dann wurde es mir plötzlich klar. Ich hatte nie jemandem von meiner Arbeit erzählt, weder Neumann noch Buehlin. Doch eines Tages wusste Buehlin davon. Meine Frau hatte es ihm erzählt. Dann passierte der Unfall, es gab eine Explosion. Mein Haus verbrannte, genauso wie meine Frau.«

»Sie haben sie umgebracht.«

»Vielleicht. Auf jeden Fall sitz' ich seit damals in dem Rollstuhl. Buehlin fing auch an, mit der Implosion herumzuspielen. Ich konnte an ihm die ganze Entwicklung beobachten, die auch an mir vorgegangen war. Schließlich hatte er Erfolg, aber jetzt ist auch er tot.«

»Spielen Sie auf Zeit, Hausser?« Sein Redefluss hatte mich die ganze Zeit über schon nachdenklich gestimmt. Warum erzählte er mir das alles?

»Sie haben doch draußen im Hof eine SMS geschrieben?« Er blickte mich verdutzt an.

»An Kana, denke ich.«

»Der wird gleich hier sein. Du kommst nicht mehr raus, du Arsch.« Triumphierend.

»Kana wird nicht kommen. Der sitzt schon.«

Sein böses Grinsen verschwand. Er war unsicher.

»Ich war schneller, Hausser. Kana ist Geschichte, genauso wie Korkarian.«

Kleine Kunstpause.

»Ohne Kana werden Sie auch nie mehr an Neumann herankommen. Der wird bis zum letzten Tag eiskaltes Bier trinken und nicht kapieren, mit was er da seine kleinen Freunde kühlt.«

Es klingelte. Hausser lächelte triumphierend, aber da täuschte er sich.

»Das ist die Polizei, Hausser, Kana hat sicher gesungen, und wenn ich mir das recht überlege, dann war der Mann gar nicht fähig, die Schuldverschreibungssache allein durchzuziehen. Da haben Sie auch Ihre Finger drin. Fein.«

Ich stand auf, ging zur Tür und ließ den alten Mann sitzen. Die Schusswaffe ließ ich auf dem Tisch liegen. Es klingelte noch einmal. Als ich die Tür hinter mir schloss, dröhnte ein Schuss durch die papierdünne Tür. Es war vorbei. Unten ging die Tür auf, ich drückte mich in ein Eck, und nachdem Molnar und Moratti an mir vorbeigerannt waren, ging ich langsam die Kellertreppe hinunter und durch die Waschküche nach draußen.

III

Die Zeit für das Treffen im Sperl rückte unaufhaltsam näher. Mittlerweile fühlte ich mich rechtschaffen müde. Ohne die Aufregung kam ich mir vor wie eine ausgelutschte Weintraubenhaut, die weggeworfen auf der Straße liegt. Mehr aus Verantwortungsbewusstsein heraus als aus wirklichem Hunger blieb ich bei einem Dönerstand stehen und kaufte mir einen. Wo das war, kann ich nicht mehr mit Sicherheit sagen, und ob er geschmeckt hat, auch nicht. Alles, was mir in Erinnerung geblieben ist, war das ausgezeichnete Deutsch des Budeninhabers, bis auf die bei jedem Dönerkauf gestellte Frage: »Mit alles?« Mir scheint, irgendwo sitzen die auszubildenden Dönerverkäufer in einem Lehrsaal, und der Professor schimpft: »Herr Dr. Mutlu, wie oft soll ich Ihnen noch sagen, das heißt ›mit alles‹.«

»Aber die deutsche Grammatik verlangt in diesem Fall den Dativ.«

»Dr. Mutlu, Sie sind ein präpotenter Störfaktor. Es handelt sich hier nicht um eine Frage der Grammatik, sondern der ›corporate identity‹. Wenn Sie so weitermachen, dann lass ich Sie durchrasseln. Haben wir uns verstanden? Und jetzt alle gemeinsam!« Daraufhin der Chor: »Mit alles.«

Unter solchen Überlegungen war ich in mein Büro gekommen, hatte mir die Tarnpapiere für Erich geholt und war dann zum Sperl gefahren.

Das Sperl ist eines der ganz alten Kaffeehäuser in Wien. Tief in der zweiten Hälfte des 19ten Jahrhunderts gegründet, konnten es weder Welt- noch Bürgerkriege,

Finanzkrisen noch Starbucks in seiner Existenz bedrohen. Es liegt an der Ecke Gumpendorferstraße und Lehargasse. Auf der Leharseite finden sich ein paar Bäume im steinernen Rundherum und dort stehen für gewöhnlich auch ein paar Stühle draußen. Ich mags lieber drinnen. Schöne Täfelung, matter Glanz und ziemlich gemütliche, gutbürgerliche Atmosphäre. Ich pflanzte mich in eine der Fensternischen und wartete. Erich schien sich etwas zu verspäten, mein Handy zeigte schon 18:01. Sonst war der Mann die Pünktlichkeit in Person. Es lagen noch ein paar Zeitungen auf, ich schnappte mir eine und begann zu lesen.

Österreichische Innenpolitik ist eine faszinierende Angelegenheit. Die Darsteller sind extrem überzeichnete Charaktere, so wie ein Musil sie zum Leben erweckte, deren Auftreten in realiter kaum von ihren Karikaturen zu unterscheiden ist. Der Plot wirkt wie von Shakespeare auf LSD und ständig tauchen irgendwelche bizarren Figuren aus dem Hintergrund auf, die kurz darauf in einer Supernova verglühen. Das Ganze wird von einem Chor Journalisten unterschiedlichster Couleur kommentiert. Mal todernst, mal durch und durch ironisch. Mit einem Budget um die hundert Milliarden Euro wahrscheinlich die teuerste Bühne der Welt. Aber man bekommt was geboten für sein Geld, so dass die Simpsons wie ein billiger Abklatsch wirken.

Ich hatte noch kaum den Leitartikel und ein paar Kommentare gelesen, als mich schon jemand ansprach. Eine kleine, weibliche Stimme. Ich senkte mein Blatt. Vor mir stand eine junge Frau, Anfang 20.

»Ja, bitte?«

»Herr Doktor Linder?«

»Genau der.«

»Bruder Erich schickt mich.«

»Warum kommt er nicht selbst?«

»Vorsichtsmaßnahme.«

Ich nickte.

»Setzen Sie sich doch.« Was sie auch tat. Mit dunklem Haar, großen braunen Augen und einem kurzen, karierten Rock fehlten nur noch zwei Zöpfe, und sie wäre als Schulmädchen durchgegangen.

»Wie haben Sie mich erkannt?«, fragte ich neugierig. »Hat man Ihnen ein Foto von mir gezeigt?« Hatte auch schon die katholische Kirche einen Akt über mich angelegt? Kein erfreulicher Gedanke.

»Ach, woher. Wir sind uns schon begegnet.« Ich war baff, dachte ein bisschen nach und kam nicht drauf.

»Helfen Sie mir bitte. Normalerweise habe ich ein gutes Gedächtnis …«

»… was hübsche Frauen betrifft.« Sie lächelte verschmitzt.

»Was Menschen betrifft, wollte ich eigentlich sagen, aber Ihre Version stimmt natürlich auch.«

Sie setzte zu einer Erwiderung an, wurde jedoch vom Ober unterbrochen, der in diesem Moment geruhte, an unseren Tisch zu treten, keine 15 Minuten nach meinem Eintreffen im Café. Ein Wunder. Wir bestellten und er zog von dannen.

»Also, wann sind wir uns schon einmal begegnet?« Ich biss mir beim Grübeln auf die Unterlippe, aber das half nichts.

»Ich war ganz anders gekleidet damals«, half sie mir auf die Sprünge, spöttisch lächelnd.

Ich dachte ein wenig nach, dann kam ich drauf.

»Sie haben mir die Tür geöffnet.« Es saß niemand in unmittelbarer Nähe, deswegen war nicht allzu viel Vorsicht angebracht. »Bei meinem Besuch beim Herrn Kardinal.«

»Genau.«

»Der Habit steht Ihnen auch sehr gut.«

Sie wiegte vielsagend den Kopf.

»Und Sie heißen?«

»Schwester Veronika.«

»Ein schöner Name.«

»Ich habe das Gelübde abgelegt, gegen Ihre Schmeicheleien, mit denen Sie wahrscheinlich jeder Frau kommen, bin ich immun.«

»Nein, das war mein Ernst.«

»Soso.«

Wie sie so die Lippen spitzte, war wundersüß. In dem Moment wurde uns der Kaffee gebracht. Sie hatte irgendwas in einem hohen Glas mit jeder Menge Milchschaum drauf. Für mich war der Mokka. So wie immer. Ich zuckerte ausgiebig, Richtung wundersüß. Nach einem ersten Nippen gings weiter.

»Es war doch Ihre Namensgeberin, die dem Heiland auf seinem Weg nach Golgatha hinauf das Schweißtuch reichte. Das jetzt in einer Säule im Petersdom als heiligste Reliquie der Christenheit verwahrt wird.« Ich nahm einen kleinen Schluck. Sie auch.

»Außerdem ist der Name selbst auch sehr schön. Berenike bedeutet auf Griechisch ›die Siegbringerin‹. Das wurde dann, wahrscheinlich unter dem Einfluss der biblischen Szene, zu Veronika, das ›wahre Bild‹. Oder irre ich mich?«

»Bruder Erich hat mich vor Ihnen gewarnt.«

»Da tat er gut daran.« Werbung ist Werbung, nur der Name muss richtig geschrieben sein, wie Flavio Briatore immer sagt.

Sie lächelte wieder, diesmal ein bisschen mehr, so dass ein wenig ihrer weißen Zähne zu sehen war.

»Eine meiner Lieblingsgeschichten von Poe trägt auch diesen Namen.«

»Ach so? Ich lese keine profanen Schriften«, erwiderte sie kokett.

»Ora et labora.«

»Genau. Vor allem labora. Haben Sie mir nicht etwas mitgebracht?«

»Sicher.«

Ich griff unter den Tisch zu meiner alten Tasche, die mir Kurti damals geschenkt hatte, und hob sie zu mir auf die Sitzbank. Ich klappte die Messingbügel auf und holte die Papiere hervor, die ich vor sie auf den Tisch legte. Sofort war ihre ganze Aufmerksamkeit in Beschlag genommen und sie blätterte aufmerksam und schnell lesend durch die Seiten. Wenn ich nicht gewusst hätte, dass Erich kein Leichtgewicht schicken würde, hätte ich es jetzt bemerkt. Die Dame war patent.

Nach etwa einer Minute konnte ich mich nicht mehr beherrschen.

»Ich dachte, Sie hegen kein Interesse an profanen Schriften? Die hier scheint Sie sehr zu fesseln.«

»Alles im Auftrag der Kirche. Armut, Keuschheit und Gehorsam.«

»Drei schreckliche Worte.« Ich schüttelte mich. Sie schaute mir noch einmal mit einer Mischung aus Spott und Ernst in die Augen worauf sie sich wieder in die Papiere vertiefte. Ich saß da wie allein, trank meinen Kaffee und wartete darauf, dass sie fertig würde. Schließlich war sie so weit, ordnete die einzelnen Blätter und räumte sie in einen schwarzen Rucksack.

»Mein Honorar?« Nicht dass ich es noch nötig hatte, aber es galt, den Schein zu wahren.

»Wird bezahlt werden.«

»Gewöhnlich geschieht das bei der Übergabe.«

»Armut. Ich trage kein Geld bei mir.«

»Wie machen wir es dann? Soll ich Ihnen eine Bankverbindung angeben?«

»Nein. Bruder Erich ist da sehr streng. Sie werden in bar bezahlt werden.«

»Wann und wo?«

»Die Papiere müssen noch geprüft werden, von sachkundigeren Augen, als es meine sind. Dann sollte dem nichts mehr im Wege stehen. Bruder Erich meinte um zehn Uhr, an der bekannten Adresse.«

»Freu mich schon, Sie wiederzusehen.«

»Keuschheit«, lächelte sie, stand auf und ging. Zurück blieb ich mit zwei leeren Kaffeetassen, allein und mit einem schlechten Gefühl im Magen. Eigentlich hätte ich glücklich sein müssen. Ein guter Kaffee, ein schöner Tag und ein Flirt mit einer interessanten Frau, was will man mehr. Aber Erich wusste um die Bedeutung ihres Namens. Er liebte solche Spielchen. Alle wissen, was mit dem armen Tischlersohn an dem Tag passierte, als ihm Veronika begegnete. Kurz spielte ich mit dem Gedanken, den Termin am Abend sausen zu lassen und mich mit meinem Geld abzusetzen. Wie will man vor der Kirche fliehen? Vor einer Organisation, die die Welt umspannt und über unbegrenzte Mittel verfügt, sowohl materieller als auch spiritueller Natur. Descartes hatte das probiert, alles, was er erreicht hatte, war ein mühseliges Leben auf der Flucht, bis er schließlich im eisigen Schweden an einer Lungenentzündung starb. Außerdem musste ich an die Verbrecher denken, die sich mit ihrem Geld nach Südamerika absetzen und dann zwanzig Jahre lang irgendwo dahinvegetieren, bis sie schließlich gebrochen und reumütig zurückkehren. Verurteilung und Gefängnis warten auf sie. Aber nicht auf mich. An Flucht war nicht zu denken, da half alles nichts, in diesen bitteren Apfel musste gebissen werden.

IV

Pünktlich um zehn Uhr stand ich vor der Blumenstockgasse 5. Drückende Nachthitze und böse Vorahnungen machten mir zu schaffen. Die Gassen rund um die Franziskanerkirche waren wie ausgestorben, was den Eindruck einer barocken Morbidität, den ich das letzte Mal verspürt hatte, noch verstärkte. Ich wusste jetzt um das Geheimnis, Tür auf, Arno rein. In nahezu vollkommener Dunkelheit stieg ich die Treppe hinauf und klopfte, mir wurde aufgetan. Veronika im Habit.

»Servus«, meinte ich fröhlich, sie legte nur den Zeigefinger an die Lippen und schüttelte sacht den Kopf. Ich trat ein und sie schloss die Türe hinter mir. Dann gings wieder den langen Gang entlang, mit den Porträts der Erzbischöfe und Kardinäle vergangener Tage. Da nur ein kleines

Licht brannte, war es düster und die geistlichen Würdenträger an der Wand wirkten Furcht einflößend. Es gibt da eine kleine Story von Lovecraft, die sich auch um ein Haus mit seltsamen Porträts dreht. Mir ging es ähnlich wie dem Protagonisten dort. Endlich kamen wir an die Tür, ein leises Klopfen und ich trat ein. Schwester Veronika wartete draußen. Von Bruder Erich fehlte jede Spur.

»Linder, kommen Sie her zu mir und nehmen Sie Platz.« Ich tat wie geheißen. Solange nicht von mir erwartet wurde, seinen Ring zu küssen, sollte mir alles recht sein, so gut wie alles.

Vor dem Kardinal, auf dessen wunderschönem Schreibtisch nur eine Leselampe augenfreundliches Licht verströmte, lagen die Alibipapiere. Offensichtlich schon gut durchgesehen. Ansonsten war es dunkel im Raum, die Wände nicht zu sehen.

»Es stimmt mich froh, dass Sie Vernunft angenommen haben und die Früchte dieses Gesinnungswandels nun vor mir liegen. Ihr persönlicher Einsatz soll belohnt werden, schließlich waren Sie einigen Risiken ausgesetzt.« Pause. Ich sagte nichts. Dann gings weiter.

»Obwohl die Papiere nicht uninformativ sind, ist doch eine gewisse Unbestimmtheit zu beklagen. Ein lückenloser Nachweis lässt sich damit leider nicht führen.« Wieder eine gewichtige Pause.

»Da aber mittlerweile polizeiliche Untersuchungen andere Verdachtsmomente gegen den Herrn Korkarian zutage gefördert haben, wie wir aus sicherer Quelle wissen, vertrauen wir auf die weltliche Gerechtigkeit. Überdies ist nur ein Fall dieses Seelenschachers aufgeführt, daher wollen wir die Sache auf sich beruhen lassen, zumal der Vertragsnehmer schon vor Jahren der heiligen Mutter Kirche den Rücken zukehrte.« Er bekreuzigte sich beim Angedenken an den Toten.

»Was nun Sie betrifft, kann ich leider kein uneingeschränktes Lob aussprechen, weswegen ich auch eine jede weitere Verwendung Ihrer Person in kirchlichen Angelegenheiten, seien sie nun delikater oder gelehrter Natur, kategorisch ausschließen kann.« Antike Kirchenväter ade. Nun gut, juckte mich nicht wirklich. Bei meinem Bankkonto konnte ich mir die Dinger kaufen, wenn ich wollte. Ich machte trotzdem brav ein zerknirschtes Gesicht, schließlich galt es, den Schein zu wahren.

»Den von Ihnen gewünschten Ausdruck des Dankes pekuniärer Natur wird Ihnen Schwester Veronika aushändigen. Ich denke, damit ist alles gesagt. Sie sind entlassen.«

Ich stand auf, deutete eine leichte Verbeugung an und ging zur Tür, die sich geräuschlos öffnete, als ich herankam, und ebenso geräuschlos hinter mir geschlossen wurde. Draußen folgte ich Veronika zu ihrem Schreibtisch neben der Eingangstür, sie händigte mir einen Umschlag aus, den ich unbesehen einsteckte und mich auf den Weg machte.

20 Minuten später hob sich die Uni am Lueger Ring wie ein schwarzes Ungeheuer gegen den violetten Nachthimmel ab. Ich ging hinauf ins Institut und betrat mein Büro. Noch ehe ich den Lichtschalter umgelegt hatte, befiel mich ein unbestimmtes, aber starkes Gefühl einer fremden Präsenz im Raum. Die Fliege hörte ich auch summen, aber die war's nicht. Einen Augenblick lang schos-

sen mir Phantombilder von Muskelbergen mit Knarren durch den Kopf, doch als ich den Lichtschalter umlegte, wären mir die harten Jungs lieber gewesen. In meinem Stuhl saß Bruder Erich.

»Sei gegrüßt, Arno.«

»Hi.«

»Hast mich nicht erwartet, stimmt's?«

»Kann man so sagen. Obwohl ich mich schon gewundert habe, wo du steckst. Du hättest selbst bei Korkarian einbrechen sollen, scheinst dich ja auf Schlösser zu verstehen.«

»Ich persönlich nicht, aber wir können auf viele Hilfsmittel zurückgreifen. Ich gehe nur durch Türen, die offen stehen. Einbrechen sollen andere.«

»Kann ich mir denken.«

Ich ging zum Schreibtisch, schnappte mir eine Schale und meine Kanne und schenkte ein. Der Tee war alt und kalt, aber gutem Sencha macht das nichts. Ich stürzte eine Tasse hinunter und setzte mich dann mit einer neuen, vollen, in den Studentensessel. So war das also. Erich war gekommen, um die Kollekte einzufordern, von dem Konto und all den Nullen konnte ich mich verabschieden. Aus der Traum. Kurz dachte ich daran, die Papiere aus dem Aktenschrank zu schnappen und einfach abzuhauen. Raus aus dem Büro, raus aus der Uni, dann raus aus Wien und irgendwo untertauchen. Einen Moment stand mir sogar die Möglichkeit eines Mordes vor Augen. Erichs Hirnschale war sicher nicht härter als die von anderen Menschen und die Teekanne recht schwer. 203 Millionen Euro stellen eine enorme Versuchung dar. Es bedurfte aller Selbstbeherrschung, derer ich fähig war, um ruhig zu bleiben. Wieder und wieder sagte ich mir mein Mantra vor: Es ist nur Geld, es ist nur Geld. Schon allein dafür hätte ich mich ohrfeigen können. 203 Millionen Euro sind nicht einfach nur Geld. Aber ganz von Anfang an, seit meinem ersten Job für Bender, hatte ich gesehen, wie andere der Versuchung erlegen waren. Von der Gier geblendet, waren sie in ihr Verderben gestolpert, entweder in den Knast oder in den Sarg. Mir sollte das nicht passieren, hatte ich mir damals geschworen. Es ist nur Geld, einfach nur Geld. Unter enormen seelischen Schmerzen ließ ich los. Jeden Nuller einzeln, es war ein harter Kampf. Innerlich heulte ich wie ein Schlosshund und knirschte mit den Zähnen. Als ich den Kampf gegen mich gewonnen hatte, lächelte ich Erich an, gute Miene zum bösen Spiel.

»Was ist denn?«

»Du hast mich reingelegt.«

»Wie kommst du darauf?«

»Veronika. Ich dachte die ganze Zeit nur an die Schweißtuch-Sache. Du hast mich ordentlich aufs Glatteis geführt. Ich hab mir seit sechs Uhr nur Gedanken darüber gemacht, dass am Ende ein schönes Kreuz auf mich warten könnte. Dass die Veronika aber auch eine Figur im Stierkampf ist, ein Ablenkungsmanöver, das ist mir erst gerade eben aufgegangen.«

Erich schien sehr glücklich.

»Aber was für eine Art Ablenkungsmanöver, Arno, wovon wollte ich dich ablenken?«

Da blieb nur mehr eine Möglichkeit.

»Von den Zugangsdaten.«

Erich nickte.

»Du warst so damit beschäftigt, darüber nachzudenken, was heute Abend passiert wäre, dass ich keine Angst haben musste, dass du einfach mit dem Geld abhaust. Dafür bist du viel zu neugierig.«

»Neugier bringt die Katze um.«

»Ist aber auch ein Zeichen für Intelligenz.«

»Wenn du jetzt dämlich grinst, und mir ironisch Beifall klatschst, dann vergesse ich mich, Erich.«

»Keine Sorge, ich bin kein Schmierenkomödiant. Aber es ist schön, dass dir das Spiel mit dem Namen aufgefallen ist. Meistens hab ich mit Idioten zu tun, die nur verstehen, was sie auch ablecken können.«

»Du Armer.«

»Du weißt gar nicht, wie arm.«

»Gutbrunn weiß nichts von der Sache, stimmt's? Der glaubt wirklich an den Seelenschmarrn.«

»Seine Exzellenz hat wichtige Aufgaben. Ein guter Sekretär weiß, was die Aufmerksamkeit seines Meisters verdient und was nicht.«

»Er steht also nur da und macht ein gutmütiges Gesicht für die Öffentlichkeit.«

»Es sind immer die im Hintergrund, die die Fäden ziehen.«

Ich nippte an meinem Tee, dachte ein wenig nach, füllte meine Schale wieder und begann von Neuem zu sprechen.

»Warum hast du mich da hineingezogen? Wenn ich nur einigermaßen durchblicke, dann hättest du viel effektivere Werkzeuge gehabt als mich.«

»Nicht unbedingt. Du hast drei Vorzüge, Arno. Die wiegen schwer.«

»Komm, schmeichle mir, welche sind das?«

»Du bist allein, machtlos und neugierig. Ich musste mir keine Angst machen, dass du irgendetwas gegen uns verwenden könntest, egal was auch passieren würde. Im schlimmsten Fall würde dich niemand vermissen. Du bist aber so neugierig, dass ich mir sicher war, dass du genau der richtige kleine Stoß sein würdest, der erforderlich war, um alles ins Laufen zu bringen.«

»Wenn ich so machtlos und allein bin, wie du sagst, dann könnten wir doch ein wenig über die Sache plaudern.«

»Ein bisschen. Alles werde ich dir nicht erklären.«

»Ist mir bewusst. Du hast also mit Korkarian und Kana Geschäfte gemacht. Die haben dich zeitweilig ein wenig ausgetrickst und das Geld auf den Caymans versteckt. Dann hast du Schauberger, die Kripo und mich in die Sache hineingeführt, gleichzeitig Korkarian und Kana gegeneinander aufgehetzt, so dass sie nervös wurden. Die Polizei hast du dazu verwendet, um sie aus dem Verkehr zu ziehen. Während ich dir die Papiere so besorgte, dass niemand wirklich weiß, wem die Millionen tatsächlich gehören.« Kurze Nachdenkpause.

»Also hast du die Polizisten gebraucht, um die beiden anderen aus dem Verkehr zu ziehen. Du konntest aber nicht riskieren, dass die Kripo die Zugangsdaten findet, denn dann wäre sicher etwas an die Öffentlichkeit gesickert. Dazu hast du mich gebraucht. Warum aber hast du mit den beiden überhaupt Geschäfte gemacht?«

»Die Frage kannst du dir ruhig selbst beantworten.«

Wieder nahm ich einen Schluck Tee, dann lag alles klar vor mir.

»Es ging die ganze Zeit nur um die Maschine. Du hast das Geld nur gebraucht, um in das Spiel mit Kana und Korkarian und den drei Haunebus einzusteigen. Mit dem Geld hast du dich eingekauft, gleichzeitig aber auch einen Keil zwischen die beiden getrieben, so dass du sie manipulieren konntest.«

»Divide et impera.«

»Hm. Dann stammt auch die Idee mit dem Seelenschacher von dir, das hast du gemacht, damit Schauberger und ich überhaupt einsteigen konnten. Kana hast du es als Möglichkeit dargestellt, unerkannt eingreifen zu können. Und dein Hintergedanke war, so durch Schauberger und mich Druck auszuüben, dass die beiden nervös wurden. Und wer nervös wird, macht Fehler.«

»So in etwa. Obgleich sich die ganze Sache nicht streng geplant entwickelt hat, sondern ich einfach die Möglichkeiten ergriffen habe, die sich mir boten. Zuerst musste ich einen Weg finden, wie Kana Buehlin ein bisschen Geld zukommen lassen konnte, ohne selbst in Erscheinung zu treten. Sonst wäre Buehlin sofort abgesprungen. Kana fand die Idee gut und Korkarian war einverstanden, weil er so wirklich einmal den Juden spielen konnte. Später dann stellte sich heraus, dass die Idee glänzend war, weil ich sowohl die Schauberger als auch dich in den Fall reinschleusen konnte.«

»Ohne dass deine Partner Verdacht schöpfen würden, dass du gegen sie spielen könntest.«

»Genau. Ich hatte nur ein wenig Angst, dass du selbst auf die Verbindung kommen könntest. Vor allem, nachdem du mir beim Stopfer erzählt hattest, dass es nur zwei Kreditnehmer gibt.«

»Wieder einmal waren da zu viele Bäume im Wald, für

mich auf jeden Fall. Was mich aber noch mehr ärgert, ist, dass ich dich unterschätzt habe.«

»Du solltest mehr Chandler lesen. Der Auftraggeber ist immer der Böse.«

»Die Dinge, die direkt vor der eigenen Nase liegen, die übersieht man immer.«

»Warum aber dein Interesse an der Maschine?«

»Komm, Arno, das verstehst du nicht? Ich bin doch ein wenig enttäuscht.«

»Ich bin müde, verrat's mir einfach. Wirtschaftliches Interesse kann keines dahinterstecken, wenn das Ding funktioniert, ist es eine Art perpetuum mobile, und auf so etwas kann man kein Patent anmelden. Auch nicht, wenn's funktioniert, jeder Bastler könnte es kopieren.«

»Richtig. Die Maschine erzeugt Strom. Sehr wenig, aber gleichmäßig. Anscheinend unbegrenzt, was sie zu einer Art perpetuum mobile macht. Das aber widerspricht dem Energieerhaltungssatz, nach dem die Summe der Energie im Universum konstant ist.«

»Wenn die Maschine funktioniert, bleibt also nur eine Möglichkeit übrig: Das Universum muss unendlich sein.«

»Genau. Das aber ist unmöglich, da nur Gott unendlich ist, die Schöpfung aber endlich. Sonst wären wir beim Pantheismus und damit bei der Gottlosigkeit.«

»Wenn also die Maschine funktioniert, dann ist das quasi eine Art Anti-Gottesbeweis.«

»So kann man es auch sehen. Ich sehe es allerdings so: Die Maschine ist das Böse. Wenn sie für etwas ein Beweis ist, dann für die Existenz des Gegenspielers. Da Gott die erste, unbewegte Ursache ist, auf der alles ruht und durch die alles ins Sein tritt, kann jeder Beweis von der Nichtexistenz Gottes nur eine Täuschung des Verführers sein.«

»Sozusagen ein zweiter Apfel.«

»Sehr schön gesehen. Ich dachte immer mehr an ein zweites goldenes Kalb, aber der Apfel trifft es besser. Wir haben nur verhindert, dass die Menschheit, nachdem sie sich selbst des Paradieses verwiesen hat, nun auch noch ihrer zweiten Heimat verlustig geht. Arno, diese Maschine ist das Böse, innerhalb weniger Tage hat sie fünf Opfer gefordert. Ich kenne ihre Geschichte besser als du, diese fünf sind nur Tropfen, verglichen mit denen, die schon gestorben sind und die noch sterben würden.«

»Aber der Tod von Menschen hat euch doch nie so gekümmert. Ihr seid keine Humanisten. Solange die Seele gerettet ist, ist alles andere zweitrangig.«

»Wer an diese Maschine, deren reine Existenz schon ein Anathema ist, seine Seele verliert, der verliert sie auch vor Gott in Ewigkeit. Wer mit dieser Maschine in Kontakt kommt, der spielt ein Spiel, bei dem er seine Seele als Pfand einsetzt. Aus kleinlicher, hartnäckiger Gewinnsucht. Meist ohne es auch nur zu ahnen.« Erich bekreuzigte sich.

»Neumann ist also einer deiner Männer.«

»Nein, er ist ein einfacher, alter Mann, der von nichts weiß und der deshalb nicht in Gefahr ist. Er wird beobachtet, und da er keine Kinder hat, wird nach seinem Tod alles der Kirche zufallen. Wir haben so viel Zeit zu warten.«

»Jetzt, was hast du mit mir vor, nachdem ich dir die Akte gegeben habe?«

»Keine Sorge. Wir behalten dich im Auge, solange du

dich ruhig verhältst, wird dir nichts geschehen. Aber vergiss die Maschine.«

»Wenn Neumann keiner deiner Leute ist, wie bist du dann auf die Sache draufgekommen?«

»Über die Jahrhunderte sind Menschen immer wieder dem Versucher und seinen Einflüsterern erlegen, wir halten seit jeher unsere Augen offen. Gleich, ob es sich um Alchimisten, Philosophen oder Theosophen handelt, die Kirche sieht alles.«

»Ich habe nur noch eine Bitte.«

»Lass hören.«

»Eine alte Dame, deren Sohn wieder im Gefängnis sitzt, kümmer dich um sie.«

»In der Holochergasse?«

»Genau.«

»Soll sein. Und jetzt sei so gut und gib mir die Papiere, es ist schon spät und ich bin müde.«

Zwei Minuten später saß ich allein in meinem Büro. Ganz allein. Die Fliege war verschwunden.

V

Die Nacht schlief ich durch, ohne einmal aufzuwachen. Mit den Millionen war auch die Anspannung vollständig verflogen. Der Verzicht auf das Geld hatte fast einen kathartischen Effekt. Zum ersten Mal hatte ich erlebt, dass auch Geld, das man hat, eine Bürde sein kann. So gesehen, war ich fast froh, dass ich es doch noch losgeworden war, aber eben nur fast. Lieber unglücklich und reich als arm. Außerdem hatte ich in der ganzen Aufregung vergessen, meine Seele auszulösen, oder zumindestens den Vertrag in meinen Besitz zu bringen. Aber da es Seelen ohnedies nicht gibt, nahm ich die Angelegenheit auf die leichte Schulter.

Am nächsten Morgen frühstückte ich, eigentlich war es schon Mittag, knapp vor eins. Anschließend telefonierte ich ein bisschen mit Greg, erzählte ihm, so viel ich für richtig hielt, und wünschte ihm alles Gute. Ich glaube, er ist wieder in die USA zurück. Elena kam mir in Zukunft nicht mehr in die Quere und ich meinerseits hatte keinerlei Interesse, daran etwas zu ändern. Später sah ich sie noch hier und da im Kreditbüro, das sie anscheinend weiterführte. Einzig und allein an die wunderbare Katze denke ich noch manchmal.

Die Polizei ließ mich in Ruhe, was ich auf die schützende Hand von Erich zurückführte, die ja ursächlich für den ganzen Deal verantwortlich gewesen war. Eine SMS von Mike kam dann auch noch, irgendwas war mit meiner Wohnung schiefgegangen: »Auf absehbare Zeit unbewohnbar«, hatte er geschrieben. Das würde ein langer Sommer im Institut werden. Was meine Chefin betrifft, so fand ich am nächsten Morgen einen Umschlag mit einer Karte drin. Darauf ein paar Zeilen, sie bedankte sich für die Blumen und teilte mir mit, dass sie ein Scheidungsverfahren eingeleitet hatte und nun zur Entspannung in die Toskana fuhr. Über all dem in der Karte Gesagten hing unbestimmt eine Drohung: Schweigen Sie wie ein Grab, ansonsten …, aber da ich gar nicht vorhatte, irgendwem von dem Erlebten zu berichten, schreckte mich das nicht. Die Sieben Furien waren also in der Toskana, somit hatte ich das Institut wieder ganz für mich alleine. Das nennt man dann wohl Einsamkeit, und wer einsam ist, der kommt ins Grübeln. Wer grübelt, denkt an die Liebe. Ich für meinen Teil werde dann immer sentimental. Das führte dazu, dass ich mich zur Kärntnerstraße aufmachte, denn dort befindet sich Sir Anthony. Ich hatte 1500 Euro und einen Plan. Der hatte mit Blumen zu tun und war mir oben auf der Baumgartner Höhe gekommen, als der Vogel sang und die Morgenluft kühl in den Blättern spielte, damals, als ich an Jorinde und Joringel denken musste, und die rote Blume mit dem Tautropfen.

Sir Anthony ist ein Herrenausstatter, obwohl es unter Umständen angebracht ist, den unbestimmten Artikel durch den bestimmten zu ersetzen. Unter der fachkundigen Anleitung des Personals, das über meine zerknitterte Discount-Aufmachung sichtbar die Nase rümpfte, dauerte es nur ein paar Stunden, bis in den knappen Grenzen, die mir der Geiz von Mutter Kirche setzte, ein Anzug gefunden war, samt Krawatte und Hemd. Schuhe gingen sich leider keine mehr aus, aber ich hegte die Hoffnung, dass das nicht so auffallen würde.

Etwa um sechs verließ ich das Geschäft, eingekleidet in einen wunderbar leichten Leinenstoff, der die Vorzüge, die mir Mutter Natur mitgegeben hatte, zur Geltung brachte. Das Grau des Stoffes erzeugte in Verbindung mit der Struktur des Leinens einen optisch sehr angenehm-eleganten Effekt. Dazu trug ich ein eierschalenfarbenes Hemd und eine Seidenkrawatte in dezenten Farben mit persischem Muster. Das hatte ich von Korkarian abgeschaut, und insgeheim freute es mich, dass außer mir nicht viele wussten, dass dieses Muster eigentlich einen stilisierten Uterus darstellt. Was doch Ursache für etliche nette Reflexionen sein kann.

Dergestalt ausstaffiert, machte ich mich auf zum Blumenladen in der Josefstädterstraße. Dort trat ich ein, es war kurz nach sechs.

»Sie schon wieder. Das letzte Mal kommen Sie, bevor wir geöffnet haben, diesmal knapp nach Ladenschluss. Meinen Sie, wir haben nur für Sie geöffnet?«

»Es tut mir leid. Aber erstens wollte ich mich für das letzte Mal bedanken, die Dame hat sich sehr gefreut und betont, wie schön der Strauß gewesen sei.«

»Sie haben uns doch sicher empfohlen?«

»Selbstverständlich.« Ich hatte sie ein wenig besänftigt. Ihre beiden Angestellten hatten mit ihren Arbeiten aufgehört und waren näher gekommen.

»Zweitens aber brauche ich wieder einen Strauß.«

»Für dieselbe Dame?«

»Nein, für eine andre. Diesmal aber explizit romantisch.«

»Aha.« Sie schaute mich über den Rand ihrer Brille hinweg scharf an. Das Rechnungsbuch, in das sie mit Tischlerblei einschrieb, lag offen vor ihr.

»Wer ist denn die Empfängerin?«, fragte der Lehrling neugierig. Entschuldigung meinerseits bei der Damenwelt, aber ›Lehrlingin‹ bringe ich nicht übers Herz.

»Sie ist etwa in meinem Alter, sehr erfolgreich beruflich tätig, sehr schön und intelligent. Wahrscheinlich auch ein bisschen böse auf mich, und außerdem gibt es noch einen anderen.«

»Bisschen viel für nur einen Strauß«, meinte die Chefin grimmig.

»Wird schon werden«, meinte die mittlere aufmunternd zu mir. Dafür erntete sie einen bösen Blick.

»An wie viel haben Sie gedacht?«

Ich hatte mein Geld in der Straßenbahn gezählt.

»105,45 Euro«, mehr war nicht übrig vom Geld, mit dem ich eigentlich meine Miete hätte zahlen sollen. Aber ich dachte an den fehlenden FI Schalter im Haus und drückte fest die Daumen. Reichi konnte da sicher was rausholen, rein mietrechtlich gesehen. Wenn nicht, dann Gute Nacht.

Unterdessen sahen sich die drei Fachverkäuferinnen zufrieden nickend an.

»Dafür geht scho was«, meinte die Jüngste. Man beriet sich, zog Fachliteratur und Erinnerung zu Hilfe, lief geschäftig hin und her und ging ganz in der Arbeit auf. Ich versuchte, nicht im Weg herumzustehen, und genoss ansonsten den sauberen Duft von frischem Grün und klarem Wasser. Es war erst das zweite Mal in meinem Leben, dass ich in einem Blumengeschäft war, aber es gefiel mir außerordentlich gut hier.

Nach einer Weile standen sie wieder vor mir. Diesmal mit einem Bukett. Es war nicht übertrieben groß und auch nicht übertrieben auffällig. Der Hauptbestandteil waren Rosen, von einem Rot, das fast schon schwarz wirkte. Die Rosen waren noch nicht ganz erblüht, sondern hatten gerade erst die Form erreicht, in denen sie ein wenig dem weiblichen Geschlechtsteil ähneln. Ein paar glänzende Tautropfen fanden sich auch, durch welche Art von Zauber, weiß ich nicht. Außerdem war noch ein bisschen Grün und Weiß vorhanden. Ohne auch nur die geringste Ahnung von Blumen oder Bukatttheorie zu haben, war ich mir völlig sicher, dass ich ein Kunstwerk vor mir hatte. Nicht groß, überwältigend und glühend wie ein Klavierkonzert von Mozart, sondern mehr wie eine Partita von Bach oder eine der Fugen aus dem Wohltemperierten Klavier. Makellos, elegant, ein jeder Teil das Ganze spiegelnd und dabei so einfach, dass nur ein Meister erkennen kann, wie komplex es in Wahrheit ist. Mit einem Wort, ich war zufrieden.

»Diesmal sollten Sie den Strauß aber selbst übergeben«, wurde mir unisono mitgeteilt.

»Das habe ich schon vor. Keine Sorge.«

Zufälligerweise waren genau 105,45 zu zahlen. Ohne einen Cent machte ich mich auf zum Hamerlingpark, der ebenfalls in der Josefstadt liegt, nur ein paar Häuser weiter. Dort, in der Kupkagasse, nahm ich all meinen Mut zusammen und klingelte. Es war fünf vor sieben. Keine 20 Sekunden später summte der Türöffner. Ich war ein wenig verwundert, denn die Gegensprechanlage war still geblieben. Umso besser, hatte ich doch so schon einen Fuß in der Tür. Gewissermaßen.

Die Treppen hinauf waren kein Problem, aber mein Herz klopfte trotzdem wie verrückt, als ich mich Lauras Stockwerk näherte. Oben am Treppenabsatz bemerkte ich die weit offene Wohnungstür. An den Türrahmen gelehnt, stand sie da. Die dunklen Locken waren in den vergangenen Monaten ein wenig länger geworden, kräuselten sich an den Schultern, die weiß und bloß waren. Sie trug ein graues Kleid aus einer Art Seidenkrepp, mit hauchdünnen Spaghettiträgern. Am rechten Bein war das Kleid geschlitzt. Dorthin durfte ich nicht blicken, wollte ich nicht augenblicklich den Verstand verlieren, und gerade den brauchte ich jetzt. Laura war ganz leicht geschminkt und trug lange Silberohrringe, in deren hauchdünnen Fäden sich das Licht fing. Ihre mitternachtsblauen Augen blickten mich verwundert an.

»Arno, was machst du da?«

»Dich besuchen.«

»Passt mir momentan überhaupt nicht gut.«

»Na und?«

»Was soll das heißen? Sagst einfach ›na und‹. Einen Moment hab ich mich gefreut, dich zu sehen, und du wirst schon wieder unverschämt.«

»Na gut, dich erobern.«

»Wie meinen?«

»Na, besuchen passt dir nicht. Hast du recht. Ist arg unpersönlich. Also eigentlich bin ich da, um dich zu erobern. Vielleicht passt dir das ja besser.«

Sie hatte sich vom Türrahmen gelöst und stand jetzt direkt vor mir. Antwort bekam ich keine.

»Schau, ich hab sogar Sturmleitern mitgebracht.« Der Strauß hatte zwischen uns kaum mehr Platz.

»Sehr schöne auch noch. Ich hab sie schon gesehen, du musst sie mir nicht so unter die Nase halten.«

»Willst du sie? Ich schenk sie dir.«

»Darauf wäre ich aber alleine nicht gekommen«, meinte sie schnippisch.

»Siehst du, ohne mich bist du verloren.« Ich lächelte sie an und hoffte.

Sie nahm die Blumen und roch daran. Halb über und halb durch den Strauß sah sie mich an. Schwer zu sagen, ob Laura mit oder ohne Strauß schöner war, aber vielleicht geht das auch gar nicht.

»Schön, dass wir uns einmal wiedergesehen haben, Arno. Aber ich werde jetzt die Tür schließen und die Blumen in eine Vase geben, und dann werde ich ernsthaft darüber nachdenken, ob du mich vielleicht einmal anrufen darfst.« Sie hatte die Blumen sinken lassen und hielt sie hinter dem Rücken. Zwischen uns war nicht mehr sehr viel Platz. Langsam beugte ich mich zu ihr vor. Sehr langsam. Ein paar Zentimeter, bevor ich ihre Lippen berührte, hielt ich inne. Wartete ein ganz klein wenig. Dann, als sie eine Idee auf mich zukam, wich ich zurück. Die ganze Zeit hatten wir uns in die Augen gesehen.

»Überlegen, so ein Blödsinn. Du willst, dass ich dich küsse.«

»Du Arsch.« Sie hieb mir mit dem Rosenstrauß ins Gesicht. Gerade brachte ich noch meine Augen zu, denn die Dinger haben Dornen. Einer riss mir die Haut über dem Wangenknochen auf. Scharfer, stechender Schmerz. Dann wollte sie sich umdrehen, aber ich war schneller. Sie hatte die Hände mit den Blumen voll, ich legte ihr einfach meine Rechte um die Hüfte und zog sie her. Dann noch mal das gleiche Spiel mit der Annäherung. Doch auch diesmal küsste ich sie nicht, sondern wich ihren Lippen aus und legte ihr meinen Kopf, Gesicht voran, in die Beuge zwischen Hals und Schulter, dort, wo unter der Oberfläche von ein bisschen Parfüm der echte Duft wohnt. Sinnenverwirrend nennt man den wohl. Sie hatte ihre Arme um mich geschlungen, und so standen wir kurz da. Dann flüsterte ich ihr was ins Ohr, das war nur für sie bestimmt und sonst für niemanden.

Das Nächste, was ich weiß, ist, dass wir in ihrem Flur standen, die Tür war zu, und uns küssten. Irgendein Lärm störte.

»Es klingelt.«

»Ich hatte Besuch erwartet.«

»Er?«

Sie nickte. Ich blickte sie fragend an. Laura antwortete.

»Na und?«

ENDE

Weitere Krimis finden Sie auf den folgenden Seiten und im Internet: www.gmeiner-verlag.de

MARTIN MUCHA
Papierkrieg

372 Seiten, Paperback.
ISBN 978-3-8392-1054-3.

WIEN HARD-BOILED Arno Linder, Anfang dreißig, schlägt sich als lausig bezahlter Sprachwissenschaftler der Universität Wien mehr schlecht als recht durchs Leben. Als ihm in einer eisigen Märznacht auf dem Heimweg ein ebenso schönes wie betrunkenes Mädchen inklusive geladenem Revolver in die Arme fällt, hat Arno kurze Zeit später einen Haufen ernsthafter Probleme am Hals: einen toten Nachbarn aus dem zweiten Stock, zwei lästige Polizisten und einen serbischen Kunsthändler, der ihm eine antike Papyrusrolle zweifelhafter Herkunft anbietet …

CLAUDIA ROSSBACHER
Steirerblut

273 Seiten, Paperback.
ISBN 978-3-8392-1136-6.

AUF HEIMATBESUCH Als Abteilungsinspektorin Sandra Mohr vom LKA in Graz ausgerechnet in die steirische Krakau gerufen wird, um in einem rätselhaften Mordfall zu ermitteln, ist sie alles andere als begeistert. Schließlich hat sie ihrer Heimat nicht ohne Grund vor Jahren den Rücken gekehrt.

Die Suche nach dem Mörder der Journalistin Eva Kovacs, deren nackte, grausam zugerichtete Leiche im Wald aufgefunden wurde, gerät für sie zur Konfrontation mit einer verschworenen Dorfgemeinschaft, aber auch mit der eigenen Vergangenheit …

GMEINER

Wir machen's spannend

Alle Gmeiner-Autoren und ihre Romane auf einen Blick

Alle Gmeiner-Autoren und ihre Romane auf einen Blick

KLAUSNER, UWE: Bernstein-Connection • Die Bräute des Satans • Odessa-Komplott • Pilger des Zorns • Walhalla-Code • Die Kiliansverschwörung • Die Pforten der Hölle **KLEWE, SABINE**: Die schwarzseidene Dame • Blutsonne • Wintermärchen • Kinderspiel • Schattenriss **KLÖSEL, MATTHIAS**: Tourneekoller **KLUGMANN, NORBERT**: Die Adler von Lübeck • Die Nacht des Narren • Die Tochter des Salzhändlers • Kabinettstück • Schlüsselgewalt • Rebenblut **KÖHLER, MANFRED**: Tiefpunkt • Schreckensgletscher **KÖSTERING, BERND**: Goetheruh **KOHL, ERWIN**: Flatline • Grabtanz • Zugzwang **KOPPITZ, RAINER C.**: Machtrausch **KRAMER, VERONIKA**: Todesgeheimnis • Rachesommer **KRONENBERG, SUSANNE**: Kunstgriff • Rheingrund • Weinrache • Kultopfer • Flammenpferd **KRUG, MICHAEL**: Bahnhofsmission **KRUSE, MARGIT**: Eisaugen **KURELLA, FRANK**: Der Kodex des Bösen • Das Pergament des Todes **LASCAUX, PAUL**: Gnadenbrot • Feuerwasser • Wursthimmel • Salztränen **LEBEK, HANS**: Karteileichen • Todesschläger **LEHMKUHL, KURT**: Dreiländermord • Nürburghölle • Raffgier **LEIX, BERND**: Fächergrün • Fächertraum • Waldstadt • Hackschnitzel • Zuckerblut • Bucheckern **LETSCHE, JULIAN**: Auf der Walz **LICHT, EMILIA**: Hotel Blaues Wunder **LIEBSCH, SONJA / MESTROVIC, NIVES**: Muttertier @n Rabenmutter **LIFKA, RICHARD**: Sonnenkönig **LOIBELSBERGER, GERHARD**: Reigen des Todes • Die Naschmarkt-Morde **MADER, RAIMUND A.**: Schindlerjüdin • Glasberg **MAINKA, MARTINA**: Satanszeichen **MISKO, MONA**: Winzertochter • Kindsblut **MORF, ISABEL**: Satzfetzen • Schrottreif **MOTHWURF, ONO**: Werbevoodoo • Taubendreck **MUCHA, MARTIN**: Seelenschacher • Papierkrieg **NAUMANN, STEPHAN**: Das Werk der Bücher **NEEB, URSULA**: Madame empfängt **ÖHRI, ARMIN / TSCHIRKY, VANESSA**: Sinfonie des Todes **OTT, PAUL**: Bodensee-Blues **PARADEISER, PETER**: Himmelreich und Höllental **PELTE, REINHARD**: Inselbeichte • Kielwasser • Inselkoller **PORATH, SILKE**: Klostergeist **PUHLFÜRST, CLAUDIA**: Dunkelhaft • Eiseskälte • Leichenstarre **PUNDT, HARDY**: Friesenwut • Deichbruch **PUSCHMANN, DOROTHEA**: Zwickmühle **ROSSBACHER, CLAUDIA**: Steirerblut **RUSCH, HANS-JÜRGEN**: Neptunopfer • Gegenwende **SCHAEWEN, OLIVER VON**: Räuberblut • Schillerhöhe **SCHMITZ, INGRID**: Mordsdeal • Sündenfälle **SCHMÖE, FRIEDERIKE**: Wernievergibt • Wieweitdugehst • Bisduvergisst • Fliehganzleis • Schweigfeinstill • Spinnefeind • Pfeilgift • Januskopf • Schockstarre • Käfersterben • Fratzenmond • Kirchweihmord • Maskenspiel **SCHNEIDER, BERNWARD**: Spittelmarkt **SCHNEIDER, HARALD**: Räuberbier • Wassergeld • Erfindergeist • Schwarzkittel • Ernteopfer **SCHNYDER, MARIJKE**: Matrjoschka-Jagd **SCHRÖDER, ANGELIKA**: Mordsgier • Mordswut • Mordsliebe **SCHÜTZ, ERICH**: Judengold **SCHUKER, KLAUS**: Brudernacht **SCHULZE, GINA**: Sintflut **SCHWAB, ELKE**: Angstfalle • Großeinsatz **SCHWARZ, MAREN**: Zwiespalt • Maienfrost • Dämonenspiel • Grabeskälte **SENF, JOCHEN**: Kindswut • Knochenspiel • Nichtwisser **SPATZ, WILLIBALD**: Alpenlust • Alpendöner **STAMMKÖTTER, ANDREAS**: Messewalzer **STEINHAUER, FRANZISKA**: Spielwiese • Gurkensaat • Wortlos • Menschenfänger • Narrenspiel • Seelenqual • Racheakt **SZRAMA, BETTINA**: Die Konkubine des Mörders • Die Giftmischerin **THIEL, SEBASTIAN**: Die Hexe vom Niederrhein **THADEWALDT, ASTRID / BAUER, CARSTEN**: Blutblume • Kreuzkönig **THÖMMES, GÜNTHER**: Der Fluch des Bierzauberers • Das Erbe des Bierzauberers • Der Bierzauberer **ULLRICH, SONJA**: Fummelbunker • Teppichporsche **VALDORF, LEO**: Großstadtsumpf **VERTACNIK, HANS-PETER**: Ultimo • Abfangjäger **WARK, PETER**: Epizentrum • Ballonglühen • Albtraum **WICKENHÄUSER, RUBEN PHILLIP**: Die Magie des Falken • Die Seele des Wolfes **WILKENLOH, WIMMER**: Eidernebel • Poppenspäl • Feuermal • Hätschelkind **WÖLM, DIETER**: Mainfall **WYSS, VERENA**: Blutrunen • Todesformel **ZANDER, WOLFGANG**: Hundeleben